天瑞说符 ⊙ 著

泰坦无人声

There Were
None on Titan

北京联合出版公司
Beijing United Publishing Co.,Ltd.

图书在版编目（CIP）数据

泰坦无人声 / 天瑞说符著 . — 北京：北京联合出
版公司，2021.10
ISBN 978-7-5596-5480-9

Ⅰ . ①泰… Ⅱ . ①天… Ⅲ . ①科学幻想小说－中国－
当代 Ⅳ . ①I247.5

中国版本图书馆 CIP 数据核字（2021）第 162782 号

泰坦无人声

作　　者：天瑞说符　　　　　出 品 人：赵红仕
出版监制：辛海峰　陈　江　　产品经理：张建鑫
责任编辑：龚　将　　　　　　特约编辑：郭　梅　王周林
封面设计：别境 lab　　　　　美术编辑：任尚洁

北京联合出版公司出版
（北京市西城区德外大街 83 号楼 9 层　100088）
北京联合天畅文化传播公司发行
天津中印联印务有限公司印刷　新华书店经销
字数 340 千字　710 毫米 ×1000 毫米　1/16　19.75 印张
2021 年 10 月第 1 版　2021 年 10 月第 1 次印刷
ISBN 978-7-5596-5480-9
定价：49.80 元

There Were None on Titan

目 录

1月28日

2101年1月28日。

腊月二十九。

距离地球1365114235.44千米。

土卫六，香格里拉平原。

卡西尼站。

沉重的一声"咔嚓"，锁芯退出，正压气闸室的舱门被缓缓推开。那一瞬间，舱内的空气从门缝中外泄，与零下一百八十摄氏度的低温相遇后，水蒸气、氧气和二氧化碳都迅速凝结，变成贴地流动的白色雾气。

而室外空气中的液态烷烃则在吸热后立即挥发，门外雨骤风狂三尺涛，又是一场漆黑的倾盆大雨，冒雨归来的人们急匆匆地踏进气闸室。他们全副武装，一行三人，身着厚重的深红色舱外服，手里拎着工具箱，像是一支拆弹部队，又像是一队磁爆步兵。

"大白！开门！"

领头的人将遮光面罩推上去，灯光照亮了一张中年男人的脸庞，他满身都是凝结的白霜，朝着内舱门气喘吁吁地大喊。

紧随其后的两人也踏进气闸室，外舱门合拢锁死，他们一前一后，抬着一个红色的收纳箱。明黄色的警示灯光闪烁，洗消系统开启，三人站在水幕中冲刷，身上的残余尘土和碎冰被清洗干净。与此同时，气闸室的舱内气压开始缓缓下降。

"收到，站长先生……欢迎回来，诸位看上去像是一伙盗墓贼。"耳机中传出清脆的合成音，"正在为您开门。我注意到诸位带回来了未知物体，X光无法穿透它，不像是矿物标本。"

男人抬头看了一眼头顶上的摄像头，又回头看了一眼身后的箱子，嘿嘿一笑："怎么？你有兴趣？"

"有兴趣。"

"待会儿再告诉你。我跟你说，大白，这次中大奖了，超级大奖。"男人喜上眉梢。

"多大的奖？"大白问，"诸位出门进行地质考察，是在陨石坑里挖到了下一期双色球的中奖号码吗？"

"彩票算什么？跟这玩意儿比起来，诺奖都不值一提。"

气闸室的内舱门轰然洞开，灯光耀眼。

有人立在门内的走廊上等候已久。

他穿着白大褂，戴着一副玳瑁框的眼镜，脑门锃亮，眼看着三个拆弹部队磁爆步兵完好无损地站在气闸室内，才松了口气："江子，你们总算回来了，这么糟糕的天气，雨下得跟天塌了似的，今天怎么回来得这么晚？哎，你们手里拎着什么……"

"少说两句，让让让让让……老胡，让开让开，闲话待会儿再说。"站长江子按着对方的肩膀把他推开，让出一条路来，大步地往前走，"实验室现在空着吗，老胡？"

"哪间实验室？"老胡推了推眼镜，跟了过来。

站长指指前方的走廊尽头。"P3。"

"空着。"

一行四人护送着箱子迅速穿过长廊，连身上的舱外服也来不及脱，所有人都想把手中的东西尽快妥善地安置，一刻都不拖延。他们直达尽头的实验室，穿过两道隔离门，把深红色收纳箱拎起来放在实验台上。

实验室的安全隔离门在他们身后合拢，门上的绿灯亮起。

老胡穿好防护服，戴上手套。

"这次又是什么新发现？看你们这么急匆匆，找到了什么宝贝？"

最近这段时间，外出考察的队伍总能带回来新发现，每天都要搞个大新闻，好像下一届诺奖就要在这里诞生了——每一次驻站队员刚轮换时都是如此，胡董海已习惯了。实际上，他们搬回来的不过是各种各样的石头，有些是这里的"土著"，有些是天上掉下来的，这些人在坑里乐此不疲地刨来刨去。梁敬是搞地质的，对这些自然有兴趣，但他老胡是做物理研究的，整天和石头打交道着实乏味。

说来也正常，卡西尼站建立快八年了，真有什么重大发现，也早就被人捷足先登了，哪里还能轮到他们？

等他们挖再多的石头也发不了几篇CNS[1]级别的文章时，热情自然就消退了，

---

1 学术界三本顶级期刊《细胞》（Cell）、《自然》（Nature）和《科学》（Science）的简称。

然后变成一群泰坦咸鱼……胡董海一边整理身上的防护服，一边默默地想。

"大宝贝。"江子嘿嘿笑道，"我们估摸，怎么着也值十几个炸药奖，咱们一人分一个，都还有多余的支援第三世界的国家。"

"这么牛？"胡董海吃了一惊，接着嗤笑，"江子，你昏头了吧？牛也不是这么吹的。"

"不夸张。"江子摇头，"真的，不开玩笑，这玩意儿能改变人类历史。"

胡董海看看两边的梁敬和楼齐，两人的表情很严肃，但严肃中流露出按捺不住的振奋。很显然，这不是在开玩笑。

"在亚历山大坑里找到的？"

亚历山大坑是老坑了，挖了好几年，哪还能有什么新的大发现？

"不，在亚历山大边上的拿破仑坑里。"江子回答。

"拿破仑坑？"胡董海微微吃惊，"那个坑太深太陡了，你不要命了？"

"不是我，是梁敬这个疯子。"江子指指身边的男人，"他二话不说就往里面跳，我们拦都拦不住……"

"我当时在找球粒陨石，往下挖得有点深，谁知道会发现这东西呢？"站在一边休息的梁敬咧嘴一笑，竖起大拇指，"我一开始还以为是石头呢，后来发现不对劲，就叫江子帮我挖出来了……真是个古怪的东西。"

"古怪？"胡董海挑眉。

不是陨石？

以这伙老油条的眼光、资历，还有什么东西能让他们觉得古怪？

"古怪，非常古怪。"江子点点头，"我长这么大，几十年里从没见过这种玩意儿，你看看就知道了。"

老胡拉下护目镜。

"有辐射吗？"

"测过了，"江子把盖革计数器丢过来，"没有放射性。"

"生物安全性呢？"

"不知道，我们没有仔细检查，没这个条件，所以才带回来，不过应该是安全的。"江子提醒，"我们把它完全密封在标本箱里，箱内温度保持在零下一百一十摄氏度，没有进行过直接接触。老胡，你最好小心一点。"

胡董海把手按在箱子上，箱子上没有贴任何标识。如果是矿物标本，他们一般会贴上有害物质和一级放射性物品标识；如果是液态与气体样本，则会贴上有毒物品或者环境危险物质标识。但这次他们什么都没贴，说明发现者不知道该怎么分类。

他看了身边的三人一眼："不……不会是活物吧？"

三人互相对视，一齐摇了摇头。

"不是活物，至少看上去不是。"

"咔嚓"一声，胡董海扳开收纳箱的锁扣，缓缓打开箱盖。惨白的灯光下，四个人都睁大了双眼。低温的白雾从箱子内溢出来，胡董海往后退了一步，雾气流淌至实验台上，接着缓缓沉到地板上。

"默予姐，你看……土星！"

女孩托腮坐在窗边，透过小小的观察窗，在昏暗的夜色中看到了闪烁的橙黄色光芒。

窗外是倾盆大雨，空气浑浊得像是一锅黄色的泥汤，突破零下一百七十摄氏度的低温让空气中的烷烃冷凝成液态，雨滴沿着观察窗的外层玻璃流动，但并不淌下，而是汇聚成一层薄薄的液膜，看上去很像水，因为液态甲烷也是无色无味的。

年轻的女人坐在床沿上，一只手捧着平板，另一只手撑着脑袋，一缕黑色的额发垂落下来。

她抬头看看女孩，又朝外望了一眼，笑着摇了摇头："崖香，那不是土星。"

"不是土星？"小姑娘眨眨眼睛。

"是闪电。"默予的手指在平板上轻滑，切换图书的页码，随口说，"我们头顶上有一团非常剧烈的雷暴，大气遭到电离，会发出非常明亮的橙黄色光，看上去像是模糊的土星。实际上，土星不在那个方向，而且这种天气是看不到土星的。"

"那什么时候可以看到土星？"

"等天气好些。"默予回答，"反正它非常非常大，而且永远都只在一个方向。"

"这种天气还要持续多久？"崖香问。

"嗯……谁知道呢？"默予想了想，"这地方长年累月都是这种天气，你才刚来几天？我在卡西尼站已待了几个月了，暴雨就没停过。"

"哎，默予姐，你知道吗，在我来这里之前，我以为卡西尼站是这样的：澄澈如水晶的漆黑星空中，巨大的土星从地平线之下升起，占据半个夜空，我们站在这里就能看到土星表面巨大的风暴，那个巨人般的行星近得触手可及。"崖香用双手在半空中比画出一个巨大的圆球，神采飞扬。

但随即她又变得很郁闷。"谁知道整个卡西尼站根本就坐落在一团浑水里，每天都是大暴雨，什么都看不见。"

默予扑哧一笑。

"想象很浪漫，但现实很骨感，是吧？你还没见过更恶劣的天气呢，这旮旯的天气变化比你老家那边可剧烈多了。等雨季来临的时候，我们头顶上的云层就是一片倒悬的汪洋，雨下得跟大坝泄洪似的……还有暴风，风最大的时候可以卷走火车头。"

崖香想象了一下可以卷走火车头的风暴。

"真可怕。"

她把手按在观察窗的玻璃上，椭圆形的观察窗面积很小，像是二十一世纪老式客机的舷窗。几厘米之外就是零下一百八十摄氏度的液态烷烃，女孩白生生的娇嫩手指在这种低温中会瞬间被冻得粉碎，但内层玻璃摸上去仍然是温暖的。

崖香一度对窗玻璃很好奇，她老是想搞懂这玩意儿的原理。

"卡西尼站一直都是最遥远最危险的科考站，在过去的八年里，卡西尼站一共损失了十八个人，都是因为陡然变化的天气。"默予轻声说，"你能想象吗？一眨眼的工夫，走在你前头的人就消失得无影无踪了，连尸体都找不回来……你到这儿来做专访，危险性堪比战地记者呢。怎么样，在这儿待得惯吗？"

"我的理想就是成为一名战地记者。这儿什么都好，就是作息调整不过来，睡觉得吃药，但一吃药就不知道醒了。"小姑娘露出一颗小小的虎牙，她一推墙壁，轻巧地扑到默予身上，把她按倒在床上，然后跟猫似的在她身上蹭来蹭去，"默予姐，你们的条件这么艰苦，说不定我的专访做完了能让大众更重视你们呢，然后给你们拨很多很多钱……哇！好香好大。"

"哎，当心当心，重力太小，别摔着了……"默予扔掉平板，伸手将她搂住，"现在一天睡多长时间？哎哎哎哎，崖香，你的爪子往哪儿放？"

两人撞在床头上，默予伸出一只手按在墙壁上才稳住两人的身体。土卫六上的重力比月球上的还要小，控制身体是一件相当困难的事。

"十几个小时呢，睡得和死猪一样，地震都叫不醒我……默予姐，你平时吃什么？"

"站内的标配食物。"

"那跟我吃的一样啊。"崖香闷闷地说，"为什么我的就长不大？"

"你年龄还小。"默予安慰她，"还会再长的。"

"我已经二十三了！二十三了，默予姐。"崖香说，"到这个年龄，发育早就结束了，不会再长了，这辈子都不可能再长大了。"

"……你知道为什么还要问？"

"默予姐，站长他们说，卡西尼站快坚持不下去了，地球那边在催它退役，拨的款一年比一年少。"

崖香和默予并排躺在床上，望着房间的天花板。卡西尼站墙壁的隔音效果很好，外界雷暴轰响，震耳欲聋，但在室内一丁点儿都听不到。

默予的个子比崖香的稍高，头发随意地扎着。

"谁说的？"默予扭过头来，"江子？老胡？万大厨？"

"他们都这么说。"崖香回答，"说是耗资太大，取得的成果与投入的成本不成比例，美国航空航天局（NASA）已经不想再进行下去了。如果美国人退出，那么欧洲太空局一定也会退出，只靠中、日、俄三国，撑不起这么庞大的计划。"

默予怔住，这些东西她不太关注。大白每天都会接收到巨量的地球网络信息，这些数字信号从地球发送至一亿千米之外的火星，再从火星中转，发送至十二亿千米之外的土星。如此遥远的距离，即使是光速也要奔波一个多小时，抵达卡西尼站时无线电波的功率已经衰减得可以忽略不计。

卡西尼站是人类世界中距离地球最遥远的居住地，为了维持这座小小的科考站的正常运转，地球建立了一条堪称庞大的后勤补给线，人员运输船和物资补给船像大巴那样每年定时出发，而这些太空巴士在路上就得飞一年。

即使默予不懂政治也不懂经济，她也知道这其中的投入必然是惊人的。

建立卡西尼站本就是一次激进的尝试，就像二十世纪的阿波罗计划和二十一世纪中叶的火星登陆。火星开拓取得了很大的成功——如今在火星上已经可以喝到星巴克了——这给了激进派极大的自信，他们迫不及待地把目光投向了更遥远的木星和土星，想在木星轨道上建立空间站，甚至派人登陆土卫六。

在理想主义贯彻人心的那梦幻三十年里，在掌权的激进派大力推动下，人们以第二次大航海时代的名义开辟了前往土星的遥远航线，在土卫六上建立了卡西尼站。

这也是唯一一座位于小行星带外的有人居住的科考站，人们还没来得及建立第二座，太空发展的经济泡沫就已破灭。

在灰暗的大经济环境下，卡西尼站的存在越发显得多余，对于参与计划的各成员国而言，它变成了一个极大的负担，跟它每秒钟烧掉的钞票比起来，卡西尼站的价值实在小得可以忽略不计。理想主义的狂热逐渐褪去，人们迅速回归现实，每年发往卡西尼站的物资运输巴士班次越来越少，项目拨款金额也越来越低，卡西尼站的地位越来越尴尬。

默予幽幽地叹了口气。

"我不想让它退役。"崖香说。

"为什么？"

"默予姐，你想啊……我们这是在哪儿？在土卫六上啊，在一个与地球完全不同的星球上，在一个神奇的世界里。"崖香说，"卡西尼站代表的是人类最最最崇高的理想和锋利的精神，它代表着永不停息的开拓和进取呢。"

"如果把卡西尼站废弃了，那么就是把这把刀的刀尖给折断了。"崖香接着说。

"可这是历史的发展规律，人们的思想就是在一次又一次的封闭—开放、封闭—开放中前进的。"默予笑笑，她看了一眼时间，拍了拍小姑娘的后背，"别在床上躺着了，站长他们该回来了，我们还有些工作要完成。"

崖香一愣："还有什么工作？"

"小丫头日子过昏头了吗？"默予起身，点了点对方的脑门，"今天多少号了？明天是什么日子？"

"今天？"崖香皱眉，"1月28日啊。"

默予踏出房门，转身用指头朝她比了个手枪，眨眼。

"农历？"

崖香愣了愣，然后跳起来追了上去。

"哎呀哎呀哎呀，默予姐，你们需要贴对联吗？我会写毛笔字哟！还有，这里能放烟火吗？明天晚上包饺子吗……"

崖香在走廊里追上默予，她花了很长时间才适应土卫六上的低重力——这个星球上的重力只有0.14个G，不到地球重力的七分之一，所以在卡西尼站内走路时人总是轻飘飘的，稍不注意就会摔倒。

黏性或者磁性鞋底可以用来克服重力过小的问题，尽管如此，在卡西尼站内行动仍旧需要长时间的练习与适应，否则一个跟头能从走廊这头儿滚到走廊那头儿。

对于崖香这样刚来不久的新人，卡西尼站提供了轮椅。

还有跌打损伤膏。

"当心……当心，姑娘，稳一点，慢一点。"默予看着崖香蹦蹦跳跳，小心地让出路来。显然这丫头非常喜欢低重力环境，曾几何时，默予跟她差不多，以为重力管不着自己了，开始飞天遁地，但在摔了一个猛虎下山式的狗吃屎之后就收敛了。

就算重力不在，牛顿还在。

"默予姐，我现在觉得自己身轻如燕，跟超人似的。"崖香抬头望了望头顶的天花板，"随便一跳就能摸到屋顶。"

女孩说着把右脚的鞋子脱了下来，穿着袜子踩在地板上。

"这么多年辛苦的减肥历程，就这一次最成功，一下子就轻了七十多斤。"

崖香原本不到九十斤的体重，在这里体感只有十三斤。

"在飞船上，零重力的日子没过够吗？"默予跟在后头问，"'阿尔忒弥斯'号？'暴风雪'号？"

"'暴风雪'号，我跟你提过，那艘充满过期牛奶味的飞船，特别特别难闻。"崖香耸耸肩，"可是飞船上有1个G的人造重力啊，而且大部分时间我都在低温休眠，一路上是睡过来的，中途偶尔醒过几次吃药，跟在地球上没什么区别，无聊得很。在抵达土星轨道之前，飞船上只能看到无穷无尽的黑夜。"

"'暴风雪'号是新飞船，速度已经很快了。"默予轻轻推开走廊上的隔离门，"初代聚变动力飞船服役的时候，从地球飞到这里需要两年半的时间，现在这个时间已经缩短了一大半……至少不用绕远路借用引力弹弓了。"

门后是宽敞明亮的主厅，大概有五六十平方米，四面的墙壁都是醒目的白色，靠墙摆着高大的书架，书架下有沙发和茶几。这里是站内人员活动的主要空间，既是休息室也是会议室，同时还兼具健身房的功能。

有人正坐在墙边的沙发上看报纸，他放下手中的平板，朝默予招了招手："晚上好啊，姑娘。"

"我们是中午。"默予说，"大厨，咱们有五个小时的时差。"

"夜猫子姑娘。"中年人笑道。

卡西尼站是个规模很小的深空科考站，位于香格里拉平原北部，是一个小小的建筑群，布局相当紧凑，主站、能源舱、车库、通信塔以及停机坪都分布在方圆百米的区域内。其中，主站是所有人生活、工作的庇护所，从外观上看是一栋两层的低矮建筑，像是个饼干盒。

主站的一楼是工具间、机房和实验室。一条走廊贯通整个楼层，两边都是房间，布局像是大学宿舍，但是从不住人。

二楼则是生活和工作区。站内常驻人员一共只有七个，每隔一定时间，运输飞船就会带来轮换的队员和充足的补给。崖香就是在最近这次人员轮换时抵达卡西尼站的人之一，代替了一位英国队员。

二楼中央的大部分空间被开辟出来作为主厅，主厅两边的墙上各有一扇门，门后是直达尽头的走廊，这边是队员生活区，而对面是办公区和厨房。

"站长他们呢？"

默予从墙上的饮水机里取了一杯水，插上吸管，在大厅里踱步。

"已经回来了，这会儿正在楼下的实验室里。"万凯缩在沙发里，捧着平板。

"这两天出门这么勤？"

"那个最近新来的……叫什么来着，梁敬？就是那个川大来的搞地质的。他很勤快，把每天的工作时间调到了十六个小时，巴不得在外头过夜。"万凯努力回忆，抖了抖眉毛，"所以其他人也只能跟着勤快，江子得给丫做向导啊。"

"毕竟是刚来的新人嘛，到这里对什么都稀奇，每天都嚷着要出去，可能是做考察什么的。"万凯以老咸鱼的语气啧啧了两声，"具体情况我也不清楚，我一直待在厨房里。"

"我也想出去。"崖香坐在对面的沙发上弱弱地说，"可惜我没取得资质。"

"这个其实不难，我觉得跟考驾照差不多。"默予说。

"那么简单？"崖香双眼一亮。

默予点点头："航天飞机驾照。"

"玩命的资质，没有才是好事。"万凯抬眼，"见识过零下一百八十摄氏度的大风吗？能把火车头卷上天的那种。人体在零下一百八十摄氏度的低温中会被冻得跟玻璃一样脆，你如果不想成为第十九个在土卫六上死无全尸的烈士，就不要踏出气闸室的门……愿意到这里来的都是些科学疯子，为了搞研究连命都不在乎的那种人，在地球上他们也敢往火山口里跳。小姑娘也跑到这里找罪受，有什么想不开吗？"

"万叔，我是那种人吗？"默予捏着水杯站在边上。

万凯瞄了她一眼。

"哪种人？"

"疯子。"

"你是我见过最神经的疯丫头。"厨师摇摇头,"你哪里是疯?你丫根本就是反社会人格吧?"

崖香听着扑哧笑出了声,默予横了她一眼。

崖香闭嘴。

默予咬着吸管,用力把杯中的水一饮而尽。"大厨,我再给你一次组织语言的机会,谁是反社会人格?我这叫高智商反社会人格!高智商!高智商!高智商!脱离了这个前提,反社会人格不过就是精神病罢了。"

"是是是是,高智商,高智商,你IQ 250。"

万凯抱着平板往沙发里缩了缩。众所周知,在卡西尼站内跟默予这疯姑娘打嘴仗是不会有好结果的,他不是那种嘴皮子利索的人。默予或许智商高,但她很反社会,她到卡西尼站来,远离正常世界,也算是为民除害了。要是放在一百五十年前,她这叫反动知识分子。

"万叔,你在看啥啊?"默予扭过头来,忽然有些好奇。

大厨平时最喜欢待在健身房里"撸铁",因此他有两块非常亮眼的肱二头肌。在卡西尼站内,他可以轻松举起两百千克重的杠铃。大厨平时的爱好就是一手举起那些看上去不可思议的重物,然后到社交媒体上发自拍。

他不喜欢阅读,也不喜欢观影,对文艺作品不感兴趣,难得有机会坐在这里。

万凯抱紧手中的平板,陡然警惕起来。

按照以往的经验,引起疯姑娘兴趣的任何人和物都不会有好结果。

"跟你无关。"

"万叔,不用紧张,我只是稍微有点好奇,能不能让我也看看……"

"不不不行!"万凯往后挪了挪,护住手中的平板,"绝对不行!"

"这么私密?"

"对对对——少儿不宜,少儿不宜。"万凯大汗,好言相劝,"小姑娘不要看,影响不好,影响不好。"

"你在看黄?"默予睁大了眼睛。

万凯迟疑了几秒钟。

"对——没错!"

下一刻,万凯就为自己这见鬼的回答满世界找后悔药了,因为他看见默予的脸上露出了惊喜的表情。

"我也要看,我又不是小孩子,让我看看你的审美水平。"

果然是反社会人格。

默予立即凑上来，万凯慌慌张张地点击平板的屏幕，想关闭视频窗口，可惜还是被默予瞥见了。

默予大失所望。

万凯面如死灰。

"喊，是国足。"

黑色球体安稳地待在透明的真空手套箱内，四个全副武装的男人围在周围，他们想凑近又不敢靠得太近，仿佛那箱中的东西拥有致命的吸引力又极度危险，好比毒蛇额头上散发着冷光的宝石。

江子、楼齐和梁敬已经换好了衣服，臃肿而严密的防护服套在身上像是白色的大麻袋。实验室内长久没人说话，只有此起彼伏的沉重呼吸声。

四个男人都在震惊中沉默，在他们长期的学习与科研生涯中，大概都没出现过这样一刻，早已根深蒂固的世界观遭到动摇。

"这是……你们从拿破仑坑里刨出来的？不是玩我吧？"

胡董海摸了一下面罩，他满头是汗，下意识地想擦汗。

"玩你我死全家。"江子说。

"你户口本上不就一页？"

"滚。"

"这究竟是个什么玩意儿？"胡董海问。

"如你所见……"梁敬站在他对面说，"是个球。"

"你们挖了个球？"

"对，挖了个球。"

手套箱的中央有个银色托盘，托盘上是个黑色的规则球体，直径大概十厘米，看不出来是什么材质。梁敬发誓，自己长这么大从未见过这么黑的东西，和它比起来，资本家的心肠简直冒着粉泡泡。按照江子他们的说法，这玩意儿是从坚硬的冰层与永久冻土层中挖掘出来的，可叫人诧异的是，它的表面居然没有丝毫划痕。

托盘其实是台精密的电子秤，它计算出了黑球的标准质量。

2.72千克。

"拿破仑坑……"胡董海沉吟半晌，"半尺湖边上那个地质坑？"

"是。"

半尺湖距离卡西尼站不远，大概两千米，乘车只需要三十分钟——由于土卫六上重力极小，风力又极大，普通的履带工程车辆在这里根本无法正常使用，卡西尼站所有的人员运输车都像螃蟹一样低矮，步行移动。

没错，步行移动。

每辆车都有六条小短腿，底盘低矮，迈着小碎步爬行，速度非常缓慢，但是可以克服复杂的地形以及恶劣的天气。风暴来了，重型挖掘机都能被轻松卷跑，这个时候，运输车就会缩起脑袋，放平身体，将六条腿上的螺栓深深地打进脚下的冰层，把自己牢牢地固定起来。

任何人离站两百米以上就必须乘车。

半尺湖是距离卡西尼站最近的大型湖泊，这片湖的正式名称叫洞庭湖，但它显然跟十三亿千米之外的那片洞庭湖相差十万八千里，不知道是哪位大神脑子抽筋给它取了这么个名字。半尺湖的总面积超过四十六平方千米，站在湖边一眼望不到边际，但湖水并不深，只能淹没成年人的小腿。

卫星遥测显示这片湖就像一个浅碟子，一个四十六平方千米大的碟子。湖面和湖底都极度平坦，最深处只有四十四厘米，最浅处为四十二厘米，最大落差居然不超过两厘米。

湖内有超过两千万立方米的液态甲烷，是天然的燃料库。

胡董海盯着箱子内那个黑色球体，黑球被密封在透明的有机玻璃手套箱内，而他则被密封在防护服内，双方在空间上完全隔离，至少隔着三层透明材料。

作为卡西尼站的科研主任，胡董海是个经验丰富的天体物理学家。他今年五十五岁，四十五岁那年他第一次踏足土卫六，彼时卡西尼站甚至还未建立。到今天为止，他在泰坦上累计待了三年零六个月，是全世界留守卡西尼站时间最长的人之一。

在卡西尼站待的时间长了，新鲜感早就过去了，失望多于希望，胡董海已经变成了一条泡在甲烷里的老咸鱼。

土卫六是什么地方？

土卫六只是一个冰冷黑暗、暗无天日的死寂星球，除了狂风暴雨就是狂风暴雨，极其无聊。

胡董海喉头动了动，张开嘴想说些什么。

江子说这是个大宝贝，和它比起来，诺奖都不值一提。现在看来这话是有道理的，这着实是太过惊人的发现，完全可以改变人类历史。这个消息如果传回地球，肯定能引起轰动。胡董海还能保持镇定，是因为他暂时不能确定这东西的真假。如果不是什么人恶作剧把这玩意儿埋在了地下，那么它只可能来自外界，来自非人类之手，来自一个完全未知的地方。

"不会是什么人落在坑里的吧？"胡董海抬起头，把视线挪开，"看看上面有没有印'MADE IN CHINA'（中国制造）。"

"没有。"梁敬摇摇头，"也没有办证手机号码，所有的工程车辆上都没有这样的零件，它不是来自地球的人造物体。"

"自然形成？"胡董海接着问，他的态度很谨慎。

"不像是自然形成的。"梁敬再摇头，"我搞了这么多年地质和矿物，从没见过这种东西。"

江子把双手伸进橡胶手套，轻轻触摸那个球，触感光滑、坚硬。他们从外面的冻土层中挖出它时温度是零下一百八十摄氏度，现在的室温是二十五摄氏度，如此大的环境温差没有对它造成任何影响，黑球仍旧坚硬而光滑。

"老胡，你说这是不是外星人搞的？"江子笑着问，"我们发现了外星遗迹，要青史留名了。你们几个大科学家赶紧研究这东西，诺奖肯定能拿到手软，到时候记得分我一点奖金……苟富贵苟富贵……"

"少扯淡。"胡董海按动手套箱操作面板上的按钮，让电子秤的结果再精确些。

数字闪了闪。

质量精确到毫克，变成了2.718282千克。

胡董海一愣。

周围三个人瞄了一眼，也都吃了一惊。

"巧合？"楼齐出声问道。

胡董海摆摆手，示意他不要出声，然后再次按动按钮，进一步精确。

精确到微克。

2.718281829千克。

"还能不能再往下精确？"梁敬轻声说。

再次精确，十分之一微克。

2.7182818285千克。

再精确，百分之一微克。

2.71828182846千克。

再精确，千分之一微克！

2.718281828459千克。

四人对视，谁也看不见对方的脸，可都能察觉到对方的诧异和不可思议。

江子犹豫片刻，说："我觉得这个数字好像是……自然对数？"

在场的四个人中，就数他的学历最低，作为卡西尼站的修修修修修理工兼站长，他平时干得最多的是体力活儿，学术问题插不上嘴。

谁也不敢随意下论断，但这串数字又着实太著名了。莫说是江子，就算是一个中学刚刚毕业的学生站在这里，也能一眼认出来，屏幕上的数字就是自然对数底数e。

"巧合？胡主任，这是巧合吧？"

"还能再精确吗？"胡董海抬起头，"大白，这个数字还能再精确一点吗？"

"主任，您需要再精确多少位？"

"尽你所能，精确到极限。"

"好的，诸位请勿再触摸样品，稍稍后退一步。"大白温和的声音从扩音器中传出来，"我正在调试光压质量检测……"

几分钟后。

"调试完毕，称量完毕，结果数值贴合e。"

"有多贴合？"

"在量程范围内完全贴合。"

四人深吸了一口气。

"完全吻合，没出错？"

"是的，至少在精密光压秤的量程内完全吻合。"

"还能再精确吗？"

"很抱歉，主任，我已经精确到了10^{-18}千克，现有硬件条件已经无法进一步精确测量。"

大白的声音很平稳，它毕竟是个没有感情的人工智能，只会忠实地完成任务。

"如果真的是自然常数e，"梁敬问，"这意味着什么？自然常数和质量有什么关系吗？"

"不可能，绝对不可能。"胡董海摇头，"e是个无理数，它只在数学上有意义，现实生活中怎么可能测量得出？"

"为什么不存在？"江子插了一句，"我画一个边长为一厘米的正方形，它的对角线长度不就是$\sqrt{2}$厘米吗？"

"在数学中这样算当然是正确的，但在实际工程测量中你无法真正画出一个边长为一厘米的正方形。$\sqrt{2}$是个无限不循环小数，无论你的画图工具精度有多高，你都只能无限逼近它，而不可能与它完全吻合。"梁敬解释，"如果你的工具精度是毫米级，那么你画出来的$\sqrt{2}$就是1.41厘米；如果精度是微米级，那你能画出的$\sqrt{2}$就是1.41421厘米……你可以永远精确下去，但这不会有止境。"

"自然常数其实有现实意义，是用来表示增长极限的。"梁敬接着说，"它可以出现在计算中，但不可能出现在实际的工程测量结果中。"

江子沉默下来，他也隐隐察觉到了其中的诡异。

一个对角线为$\sqrt{2}$厘米的正方形？

一个质量为 e 千克的黑球？

无论你怎么精确，无论你精确到小数点后多少位，最终都与标准答案完全吻合。

真是活见鬼了。

"我说哥几个，咱们把它从冻土层里挖出来，东摸西摸，折腾这么长时间，难道它一丁点儿质量都没有损耗？"江子忽然意识到了这一问题，"即使它的质量真的是2.7182818千克无限不循环，为什么大白测到小数点后十八位还能完全吻合？我随便敲敲，它起码也会损失哪怕0.0000000001克的质量吧？"

江子念零都念得舌头打结了。

"不知道。"

"没法儿理解。"

另外三人不约而同地摇头。

其实江子说得有道理，精密光压质量检测仪可以把质量称量精确到小数点后十几位，千分之一微克、万分之一微克，甚至十万分之一微克，但到了这个精度，吹口气都会造成巨大的数值波动，何况黑球是从地下挖出来的，作业环境粗暴又恶劣，江子这个莽汉一镐子敲下去，花岗岩都能被砸裂。

为什么它的质量没有丝毫损失？

"要不我试试？"江子东张西望，目光落在实验台上的锤子上，"敲它一锤子，看看质量有没有变化？"

三人连忙制止。开什么玩笑！

活得好好的，学什么六分仪？

"这世上有没有什么东西是不可分割、不可能损失质量的？"梁敬问。

楼齐扭头看向胡董海，后者才是物理学家。

"中子简并态物质，自身引力大到超过了中子简并压力，把原子核紧紧地压在一起。这样的天体几乎不可分割，至少人力无法分割，也就是我们俗话所说的中子星，但中子星的密度超过每立方厘米一亿吨。"

胡董海扬起胡楂儿下巴，指了指手套箱中的黑球，意思是如果这玩意儿是个中子星，那么它恐怕会和半个土卫六一样沉。

"除了中子星呢？"

"那宏观世界中不存在了。"

胡董海注视着那个黑色球体，长久的科研工作带给了他某种敏锐的直觉，靠着这种直觉，他常常能比其他人更快找到问题的答案，但这一次直觉失灵了。

尽管大白的极限只能计算到小数点后十八位，但胡董海本能地觉得，如果继续精确下去，得到的答案仍然会是e。

自然常数e，这个无理数，这个超越数，这个经常活跃在数学家笔下和黑板上的数字，居然会出现在"千克"这个单位的前头。

真是活见鬼了，连"千克"这个单位本身都是人为界定的，自然界中不存在千克的天然概念。

什么东西的质量是严格的一千克？

千克原器。

千克原器是哪儿来的？

人造出来的。

"这个问题先放放。"胡董海叹了口气，"我们看看其他数据……大白，直径是多少？"

十厘米。

胡董海愣了一下，忽然笑出声。

"诸位，我们可能得到了一个绝无仅有的、方便计算圆周率的数学工具。大白，告诉我这个球的赤道周长。"

31.4厘米。

"大白，再精确一点。"

31.41593厘米。

"大白，再精确！"

大白调试测量仪器，改变量程。

实验室里出现长久的沉默。

"靠！"江子下意识地脱口而出，"这狗东西。"

31.41592653589793厘米。

万凯不想让别人知道自己在看国足。从2002年出线以来，一直到2101年，这近一百年间一共举办了二十四次世界杯，国足再未出线过一次，次次都以微弱劣势败在日本、韩国、卡塔尔或伊拉克脚下。因为卡西尼站距离地球实在太远，电磁波以光速都要跋涉一个半小时，所以万凯的哀号和咆哮总是比地球人晚一个半小时。

既然看球的事被默予揭穿了，他也不再遮遮掩掩，直接把视频投射到大墙上。在众目睽睽之下，中国队的球门被对方一记直射破门而入，比分拉大至二比一，全场欢呼，万凯再次发出愤怒的号叫。

看来中国队要回家过年了。

"大厨冷静，节哀顺变。"默予安慰他，"这只是一个多小时前的录像，我们要乐观，说不定现在比分已经拉大到三比一了呢？"

万凯抱着枕头，把头埋进枕头里，发出沉闷的"呜呜"声。

崖香想安慰一下大厨。

"万……万叔，不要听默予姐瞎扯，肯定不会那么惨的，我对国足还是有信心的，真的，比分最多二比一。"

万凯用力抓紧枕头。"呜呜呜呜呜呜呜！"

"大白，来点Music（音乐）！"

默予坐在沙发上打了个响指。

"请问要来一首什么歌？"

"来一首上世纪中叶的经典老歌，古典主义叛逆风格电音教主的《高中班主任的加特林》！"默予悠悠地说，"哎，你知道吗？现在那些年轻人的歌都没法儿听，不知道在鬼哭狼嚎些什么玩意儿。"

崖香在她身边坐下，柔软的沙发微微地陷了下去，将崖香的身体吸住并固定。

卡西尼站的一切都是有吸力的——默予随手把手中的水杯贴上墙壁，杯子就被固定住了。万凯坐在对面，从枕头里抬头看了她一眼。

"杯子从哪儿拿的记得放哪儿去。"

"OK。"默予又打了个响指，"大白，帮我收拾一下。"

话音刚落，贴在墙壁上的杯子便开始移动，崖香的目光好奇地跟随着它——杯子沿着墙壁绕了一圈，进入指定的收纳区域，然后墙壁面板跟暗门似的忽然翻转，将它带进了回收通道。原理其实不复杂，默予向她解释过，只是简单的磁力作用。卡西尼站墙壁内部布满了运输通道，原则上你可以在楼内的任何地点召来任何物品，只要它能通过狭窄的管道。

默予说，人类文明永远都在朝着越来越懒的方向发展。

她提出了一个概念，叫作"懒熵"。

随着文明的进步，懒熵会逐步降低。换言之，越懒的智慧越先进。

崖香说："按照这种说法，宇宙中顶级的神级文明肯定是不存在的。"

默予问："为什么？"

"因为它们都懒得活了。"

默予从微波炉中取出热烤饼分给崖香和万凯，后者摆了摆手示意自己吃不下。他平息怒火，调整心态，掏出键盘，他要上论坛讨伐国足了，今天又将是一个不眠夜。

卡西尼站内并没有固定的饭点，因为每个人的作息时间都不同。土卫六上云层太厚，天气恶劣，几乎看不到阳光，而没有东升西落的太阳，也就没有光照节律。这颗卫星被土星强大的引力潮汐锁定，永远都只有一面朝向土星。

如果按照土卫六上的昼夜计算，时间相当混乱，所以卡西尼站内的时间与地球上的标准时间同步，原则上是协调世界时，但在实际工作中驻站人员爱用哪个就用哪个。

上一次人员轮换带走了最后一个英国人，于是卡西尼站迎来了建站以来仅有的一次全员华人，所有人心照不宣地开始使用北京时间。

江子、楼齐、梁敬和胡董海，他们几个的工作时间一致，而默予和崖香的工作时间则要推迟几个小时，因为她们的工作性质不同。默予毕业于东北大学——国内的那个东北大学——生物学专业，直博毕业之后她就到这里来了，在一楼负责一间小小的实验室。

从行政架构上来说，卡西尼站是个古怪的玩意儿。它的满员常驻人数仅有七人，是世界上最小的科考站，但它名下又挂靠着一大批顶级专家，还有横跨几个大学科的繁多课题与项目，从这个角度来说，它又是世界上师资力量最强大的科研机构。

默予的工作不需要出站，在崖香看来，她的工作就是每隔一段时间给培养皿里的细胞换换营养液，然后吃吃喝喝听听歌。跟默予比起来，其他几个在外头下地的矿工就要辛苦多了。

崖香蜷缩在宽大的沙发上，一边啃着烤饼一边望着窗外。

外头的光线稍微明亮了一些，但空气中仍旧布满棕黄色的雾霾，像是某种毒气。

实际上，土卫六大气中绝大部分是氮气，虽然不能呼吸，但不至于有剧毒。土卫六上大气层的气压甚至超过了地球，它是太阳系内罕有的大气层比地球更浓厚的星球，这导致卡西尼站的设计与其他地外科考站都不同。火星上的科考站，从最早的昆仑站一直到最庞大的伊希地工作平台，建筑保持气密性都是为了防止气体外泄。而卡西尼站刚好相反，它保持气密性是为了防止外部环境中的大气侵入室内，所以这里的气闸舱都是高压气闸舱，舱内大概维持1.6个至2个标准大气压，可以有效地把大气中浓厚的氮气隔离在外。

"站长他们怎么还没上来？"崖香问。

"被什么耽搁了吧？"默予问，"大白？"

"站长先生在楼下的P3实验室。"大白回答，"他们正在研究带回来的样本。"

"那些破石头有什么好看的，这么多年了，还没看够吗？"默予摇摇头靠在沙发上，"大白，你去催催他们，地球在催我们赶紧把视频发过去，他们好做安排。"

"视频？"崖香一怔。

"对，你忘了吗？就是那个巨蠢巨蠢的……"默予正了正神色，露出介于超市营业员与银行柜员之间的职业微笑，"驻土卫六卡西尼站全体工作人员给全国人民拜年啦！"

崖香这才想起来还有这么一茬。

每年春晚主持人都会一本正经地宣读各地发来的新春贺词。

"中国驻美、英、法、德、日、俄、韩、加拿大、尼泊尔、阿富汗、澳大利亚、印度尼西亚、列支敦士登大使馆祝全国人民新春快乐。"

"广大海外侨胞与留学生群体祝全国人民新春快乐。"

"全体地外工作人员祝全国人民新春快乐。"

他们就是地外工作人员。

几分钟之后，大白回来复命。

"我已经催过了。"

"他们怎么说？"默予问。

"需要我原话转述吗？"大白问。

默予点点头。

"闭嘴。"

"太过分了，这是对你说的？"

"这是对你说的。"

默予下楼来兴师问罪了。

她打开实验室的大门，进入隔离间，给自己套上防护服并消毒。

"站长？"

"嗯？"实验室内传来江子的声音，"是默予吗？我们正忙着呢，有什么事？"

透过安全门上的玻璃，默予可以看到四个大麻袋围绕而立。

"来看看你们几个大忙人。"她戴上呼吸面罩，拉上拉链。

卡西尼站内就这么一间高等级防护实验室，在一楼走廊的尽头，自成一区，与其他区域隔离。它同时也是卡西尼站内占地面积最大的实验室，按照美国国立卫生研究院（NIH）的标准，可以达到生物安全防护三级实验室的要求。

能在土卫六上建一间高等级实验室真是个奇迹。卡西尼站的站内空间有限，所有空气和淡水都必须循环使用，而P3实验室的建设要求与前者刚好相反，实验室排出的空气绝对不能循环使用，两者在设计需求上完全矛盾。默予不知道设计者们是怎么办到的，但他们终归还是做到了，把这俩玩意儿拼凑到了一起，并把它们建在了土卫六上。

尽管看上去"高大上"，但P3实验室其实很少被使用，因为它有严格且烦琐的使用标准和步骤，正常人都不愿意套着麻袋一样的密闭防护服在实验室里站上两个小时。而且，这间实验室在土卫六上是否真能发挥它的作用也是存疑的——真的需要像对付埃博拉和SARS病毒一样面对研究样本吗？

"你们在忙什——这是啥？"

默予进门，第一眼就看到了手套箱内的黑球。

四个男人沉默着站在周围。

梁敬搜肠刮肚半天，才找到一个词来形容。

"BUG（漏洞）。"

"这个宇宙的BUG。"

一个质量数值为e、周长数值为π的黑球，这要么是宇宙的BUG，要么是上帝创世时使用的标尺。

而且，那个上帝还是人类。

还好教宗不在这里。

默予靠着柜子，盯着那个黑球看了半天。

"你们知道我想到了什么？"

"什么？"梁敬问。

"看过《2001太空漫游》吗？那个著名的黑色方碑。"默予说，"如果我们触摸这个黑球，生命形式会不会得到升华？"

"江子已经摸过了。"梁敬回答，"你看他升华了吗？"

默予上下打量江子，摇了摇头。

"还是南非大猩猩，不仅没有进化，可能还退化了。"

五个人沉默地站在实验室里，通风系统发出细微的嗡嗡声。

他们正在思索，大脑迅速转动。

在场的每个人都在观察黑球，做出自己的判断。

"这一点我不理解，"默予抱着双臂，"千克也好，厘米也好，这些单位是我们人为定义的……大白，你使用的千克定义是什么？"

"根据国际计量大会的认定标准，以普朗克常量与阿伏伽德罗常数作为基准。"大白回答，"在物理定义上，当普朗克常量为$6.62607015×10^{-34}$J·s时，一千克的质量由一个纯硅28球形千克原器确定。"

"那么这个黑球的质量刚好是这个结果的e倍，而它的直径刚好是人类所定义的厘米的十倍。"默予点点头，"这可能吗？难道除了我们，还有其他什么地方也在使用千克和厘米这种单位？而且定义与我们一模一样？"

"这不可能。"梁敬说，"但事实已经摆在你的眼前了。"

"所以这肯定是个人造物体。"默予断言。

"但是，人类肯定造不出来一个质量为e千克、直径为十厘米的标准球体。"梁敬说，"这是一个真正的标准球体，比我们历史上制造过的所有球体都要标准得多。穷尽我们的测量能力的极限，它的直径都是十厘米。也就是说，即使我们把它放大到地球或太阳甚至奥尔特云那么大，它表面的最高点与最低点之间的落差

21

仍然为零。"

无怪乎他们说这玩意儿是个BUG了。

它是如此的精准，以至于根本不可能自发诞生于自然界中。如果说这个宇宙是某人设计的系统，那么这个球毫无疑问是个程序漏洞或者编译工具。

"这么说，它的表面应该是绝对光滑的。"默予说，"它的分子结构什么样？"

"这是我们接下来要说的第二个重点。"胡董海和另外三人交换目光，"我们不知道。"

默予吃了一惊。

"怎么会不知道？"

胡董海没有回答，楼齐和江子把身边的扫描电镜推了过来，探针进入真空手套箱，缓缓向下接触黑球表面。

默予看着电镜的显示器，屏幕上一片漆黑。

一开始她还以为是电源没开，下意识地就要去戳按钮，但紧接着她看到了屏幕上变化的参数——扫描电镜在正常工作，放大倍数已经超过六十万倍。

默予见过正常的扫描电镜拍摄图像，在六十万倍的放大倍数下，分辨精度可以低至次纳米级。实验室里的电镜一般用来分析矿物晶体的表面结构，用实验室主任胡董海的话说，用这台电镜拍摄大肠杆菌，你可以通过它们的口型来判断大肠杆菌晚上在说什么梦话。

默予预想中的拍摄结果应该是重峦叠嶂、坑坑洼洼的丘陵地带，或者是被人群踩踏过的干燥混凝土。无论宏观上多么整洁光滑的物体，在微观上都惨不忍睹，就好比绝世美女的脸蛋放大了布满毛孔一样。在默予的认知中，即使是世界上最光滑的玻璃和金属，只要放大倍数足够大，它们照样会变成粗糙的砂纸。

当然，她也做好了另外一种心理准备：这个黑球真的可能是完全超出自己认知的物体，放大超过六十万倍仍然光滑如镜。

可最终结果还是出乎她的意料。

显微镜直接黑屏了。

怎么调试都是黑屏。

"故障？"默予问。

"没有故障。"胡董海摇头，"显微镜工作正常，我们检查过，无论怎么拍，无论怎么放大，就算放大至一百万倍，都是黑屏。"

"为什么会这样？"

几个男人对视了一眼。胡董海的眼神很凝重，梁敬的眼神很恐惧，楼齐的眼神很诡异，江子很茫然。

"因为我们无法观测它。"胡董海踟蹰了片刻，"从某种角度上而言……"他顿了顿，"它并不存在。"

"你还记得电镜的原理吗？"

默予怔怔地点了点头："我记得是发射电子……"

"没错，扫描电镜的电子枪产生高能聚焦的电子束，照射在样本的表面，反射回来的信号被接收处理并转换成图像。"胡董海把手搭在显示器上，悬在黑球上方的是场发射电子枪，"这实际上也是我们所有观测方式的基本原理，打出去一束光，再接收反射回来的光……但如果没有光反射回来呢？"

"那我们就看不见它。"默予下意识地回答。

"是的。"胡董海指了指箱中的黑球，"没有任何电子反射回来。"

"可能是这种材料有吸收电子的特性，跟电子发生相互作用……"默予反应很快，立即想到了一种可能性。

"这个我们也想到了。"梁敬说，"更大的问题在于它不只吸收电子。我们在给它做基本测量时发现了这一点：用来测长的短脉冲激光一旦接触这东西的表面，就会消失得无影无踪……后来我们试着用其他波长的光，包括红外线、紫外线，甚至X射线和γ射线，全部有去无回。"

"会不会是散射过于微弱？"

"只要有一个光子，我们就能发现。"梁敬摇头，"可是一个都没有。"

默予这时才意识到为什么这几个男人会定在这里，想必是世界观遭到了颠覆，出门恐怕会走不稳路。

实际上，人类的观测手段数十万年来没有发生过根本变化。一百七十万年前，元谋人观察环境依靠的是阳光、星光和火光。自然环境中的光线在这个世界中漫反射，最终被人类的眼球接收，通过晶状体聚焦在视网膜上，最后在大脑中被转换成图像。

现代人类有能力制造出直径达数十万米的庞大加速器与对撞机，他们在地下百米深的隧道中填充低温超导磁铁，发射的质子流能量超过一万亿电子伏特。他们用质子撞击质子，再接收撞击产生的信号，最后转换成数据结果。

数十万年来，人类使用的工具越来越先进，掌握的能量越来越高，从自然界的阳光到人造的火光，从火光到灯光，从光子到电子，需要观察的对象越小，需要放大的倍数就越大，所需的能量就越高。但无论技术变得如何先进，观察的逻辑始终未曾改变。

这个逻辑就是反馈。

如果没有反馈，没有无所不在的反射，人类的肉眼将看不到任何东西。

"我要试试。"默予说。

"随意。"梁敬后退一步，让出位置。

手套箱内集成有 X 射线和 γ 射线枪，梁敬一般用它们来做矿物元素分析，而默予则用它们来促进生物细胞的基因变异。她轻车熟路地遥控着 X 射线枪缓缓展开，枪口对准托盘上的球体，箱子原本透明的六个面迅速变成墨色，这一方面是为了感光，另一方面是为了防止辐射泄漏。

胡董海、梁敬几个人站在边上旁观，这些操作他们每个人都做过一遍，但结果没有任何差异。

默予将波长调整至 0.2 纳米，这个波长接近 X 射线的上限，然后她按下开关。

"你开机了？"楼齐探头瞄了一眼，"大白，开机了没？"

"开机了吧？"梁敬也问。

"开机了。"默予盯着箱子里的黑球。

玻璃箱毫无动静，六块深色的智能感光板跟墨色玻璃一样澄净透明。默予绕着手套箱转了一圈，皱了皱眉头。无论 X 射线与黑球接触后发生了什么，吸收了也好，散射了也好，透过了也好，只要有一束落网之光，必然会打在四周的感光板上，让外头的人看到。

梁敬用 X 射线做元素分析时，默予见过什么样子，感光板会像没信号的老电视屏幕一样布满跳跃的噪点。

显示器上的数字为零。

这说明 X 射线在这个封闭的箱子内消失了，一条鱼都没有逃出来。

默予调整枪口的角度，从垂直改成倾斜照射，一点点地尝试，到最后枪口几乎和黑球的表面平行了。

数字还是零。

默予火了，干脆拿着 X 射线枪对着感光板照射。感光板瞬间亮了起来，密密麻麻的亮点疯狂跳动，跟炸了锅一样。

显示器上的数字猛蹿起来。

机器没坏。

"你还可以试试其他波长。"楼齐提醒。

梁敬点点头:"试试其他波长。"

默予把波长从0.2纳米一路降低至0.005纳米,发射的X射线也从极软逐渐变成极硬,可显示器上的那个数字从未变化过。

零。

"X射线无法透过它,也无法逃离它,所有的X光在与这个黑球接触的一瞬间都人间蒸发了,换成能量更高的γ射线也一样。"胡董海关闭了X射线照射系统,手套箱的箱壁重新变成无色透明的,"它不像是真实存在的实物,反倒像是个空洞,所有向它照射的电磁波全部从这个洞中逃走了,所以既没有反射也没有透射。"胡董海说着笑了笑,这个猜测着实太玄乎了,他自己都不相信。

"我想到了黑体。"默予说,一个能把电磁波完全吸收的物体,眼前的黑球确实容易让人产生这样的联想。

默予并非物理专业出身,可大名鼎鼎的黑体模型她还是有所耳闻。

"自然界中并不存在真正的绝对黑体,黑体只是个理想的理论模型。这东西不产生辐射,完全违背热力学定律。"胡董海摇摇头,"我们用尽了所有手段,一路试下来,最终得出结论,所有波长的电磁波都会被这个球体全部吸收。"

默予终于知道为什么这个球这么黑了。

它不反射任何光线。

"是不是很可怕?"梁敬冷冷地笑了一下,那个笑容莫名地让人想到了死人面部的肌肉抽搐。

默予沉默着点头。

"还有更可怕的。"梁敬说,"这是我们接下来要说的第三个重点……它不光吸收电磁波,还能吸收机械波!"

机械波?

默予一时没反应过来这是什么意思,可紧接着楼齐和江子就把超声造影设备推了过来。

"超声波?"默予明白了,"你们给它做了个B超?"

"核磁共振和CT都不管用,可不只能上B超了吗?"楼齐说,"但不光是B超,C超、D超、E超和F超都没用,都是泥牛入海,声波也逃不出这个可怕的囚笼。"

利用超声波窥探材料和结构的内部是常见的手段，但这种方法在黑球面前完全失灵。

他们甚至不知道超声波是被完全吸收了，还是压根儿就没能进入球体内部。如果这个黑球是不可分割的刚体——谁都知道世界上不存在真正的刚体，但黑球的出现动摇了所有人的世界观，在黑球出现之前，他们也认为世界上不存在质量为 e 千克、直径为十厘米的标准球体。

如果这个黑球真的是个刚体，不发生任何形变，不发生任何扭曲，那么机械波在其内部压根儿就没法儿传播。

以卡西尼站的条件，胡董海他们是束手无策了，只能干瞪眼。

即使把这个球体送到地球上，地球上的人们也未必有什么好办法，他们能做的不过是使用更精密的显微镜、波长更短的射线和能量更高的粒子束——黑球已经证明了这种方法是无效的，以人类的观测逻辑，他们永远无法洞察球体的内部结构。

默予再一次意识到人类科技在高技术表象下的粗陋，一个球就把所有人都难倒了，而它所做的只不过是保持静默——无论你丢什么东西进来，我都不予回应。

"说它是个球，不如说它是个洞。"梁敬忽然说，"我们射进去的 X 射线和 γ 射线，这个时候说不定已经跑到银河系另一头去了。"

"但它确实是个球体，"默予问，"怎么会是个洞？黑洞吗？"

"不不不，不是黑洞，它不可能是个黑洞——如果它真的是个史瓦西半径为五厘米的黑洞，别的暂且不说，这个球的质量就应该是 2.25×10^{25} 千克，也就是 225 万亿亿吨重，相当于 3.75 个地球那么沉；如果它的事件视界半径远小于五厘米，那么不可能没有任何电磁波逃逸。"梁敬摆摆手，"我是说正儿八经的洞，破洞的洞。"

"可它确实是个球啊，怎么会是个破洞？"默予不明白梁敬是什么意思，这个球不就摆在所有人眼前吗？

一个标准的直径为十厘米的球体，为什么说它是洞？

"如果它真的是个球，那么这只吞不吐的特性就违背能量守恒和热力学定律了，所以它不可能是个球。"梁敬解释道。

"可它确实是个球。"默予第三次重复。

"如果它是个球，那么它就违背了能量守恒和热力学定律，所以它不可能是个球。"梁敬也开始复读，"能量守恒和热力学定律不会允许它存在。"

"你先别管允不允许存在，问题在于它已经存在了啊，这是既定事实，这个球还是你们挖出来的。"默予上前一步，指着箱子里的黑球说，"你自己看看，它不是球是什么？我们所有人的眼睛和书本上的理论，你相信哪一个？"

"当然是理论。"梁敬相当干脆，不假思索。

默予沉默了几秒钟，她忽然明白了这些理工男死硬的脑回路，如果观测到的现实与既有理论违背，那么他们会否认现实。

黑球的存在违背了能量守恒与热力学定律。

能量守恒和热力学定律是不可能出错的。

所以出错的是现实。

梁敬还是个搞地质和结构物理的，如果现在站在这里的是个理论物理学家，他多半已经掏出纸笔和计算机计算了，试图找出一个黑球常数，套在黑球头上，让这个球的存在符合现有的理论模型。

实验结果与理论预期之间永远都只差一个系数。

没什么是一个系数解决不了的。

如果有，那只是因为系数不够大。

"为了遵循既有理论，你们搞物理的可以指鹿为马、睁眼说瞎话吗？"默予抚额。

"不是睁眼说瞎话，你没有明白我的意思……洞看上去也可以是球体。"梁敬捏着自己身上的防护服抖了抖，"我问你，如果我身上的衣服破了个洞，它看上去是什么形状？"

默予一怔。

"圆形。"

"三维空间中的洞是二维的，是一个圆，这很好理解。如果四维空间中破了一个洞，那么它在我们眼中就是三维的，也就是个球体。"梁敬说，"这么说你能理解吗？它看上去是个球体，实质上可能是个破洞，只不过是高维的破洞。"

默予微微吃了一惊，这个层次的讨论就开始超出她的知识范畴了。理论上，四维空间的空洞在三维世界里的投影确实是球形，但这仅仅是数学和物理学在纸面上的计算结果，说到底是推测出来的，谁也没见过真正的四维空间是什么样。

梁敬的猜想很大胆，但恐怕连他自己都没法儿验证自己的猜测。

默予瞄了一眼身边的胡董海，后者背靠着生物安全柜，杵在那里一动不动，盯着黑球不知道在思考什么。梁敬说这个球是四维空洞时他没有说话，神色没有丝毫变化，或许胡董海早就想到了这一点，只是默不作声。

楼齐站在对面，他皱着眉头，看上去在努力思考，但就表情来看应该没有什么头绪，因为他看上去和便秘者一样痛苦。物理学不是他的专业，他想破头多半也想不出什么来。

还有江子……

江子在玩手机。

玩得不亦乐乎。

"同志们，暂时到这里为止。"胡董海打破了沉寂，他直起身子，扶了扶眼镜，"空想是想不出任何结果的，我们缺乏有力的观测手段，还需要听取更多专家的意见。咱们先上去联系地球方面，把这事通报一下……还有，默予，你来找我们不是有事吗？"

"啊？哦哦哦哦哦，对，有事有事。"默予愣了下，然后回过神来，忙不迭地点头。如果胡董海不提醒，她差点就把正事给忘了。"视频！CCTV在催我们去拍视频！要给全国人民拜年！上去！上去！都给我上去！其他人还在上面等着呢！"

"预备——

"一！崖香小姐，请笑得再灿烂一些，左边嘴角再上扬1.125度；楼齐先生的脸请再朝右偏5度……楼齐先生，5度就够了，您不必亲到梁敬先生的脸上。

"二！注意，大家请看镜头。

"三！"

"卡西尼站全体驻站人员祝全国人民新春快乐！"

所有人都努力挤出最热情洋溢的笑容，他们在背景墙上贴了火红的福字和年画，好让卡西尼站内看上去有过节的气氛——至少在镜头上看着如此。卡西尼站在名义上属于全人类所有，但它的建造单位是有国籍的，历届驻站人员算起来属中国人最多，其次才是欧洲人和美国人。

所以，卡西尼站内不光会过春节，还会过端午和中秋，毕竟他们拥有世界上最大的月亮。

"OK了，诸位。"大白终于放过了这群人，所有人都松了口气。

大白作为摄影师，是个完美主义者，它要求每个人的采光和拍摄角度都必须正好，不能有一丁点儿瑕疵，以求达到最佳的上镜效果，所以它把所有人像玩偶一样摆来摆去。其中，默予的笑容被大白多次矫正，大白说那是"上门推销假冒伪劣保健品、欺骗中老年人的虚情假意式笑容"，默予气得牙痒痒。

刚拍完视频，万凯就扑上沙发抓起平板。他正在足球论坛上与其他人展开一场史无前例的漫长骂战，一句国骂要跨越十三亿千米的遥远距离，在路上以光速飞行足足一个多小时，才能让屏幕对面的网友们感受到万凯对他们的"亲切问候"。

让国骂再飞一会儿。

胡董海离开大厅，进入自己的办公室。胡董海的主任办公室在二楼的行政区，办公室边上是医务室和厨房。他把门锁上，然后背靠在房门上，脸上的笑容缓缓收敛。

"您还好吗，主任？"大白问，"我注意到您的脸色不太正常，是否需要就医？"

"不……不需要，不需要。"胡董海摆了摆手，显得很疲惫，"大白，我没事。"

他在办公桌前坐下来，把双手用力插进头发里，深吸了一口气。

办公室里很寂静，灯光柔和，胡董海习惯在安静的环境下思考问题，实验室里人多口杂，几个人的叽叽喳喳对他来说是噪声。现在独处一室，胡董海才真正开始思考黑球的问题——大白把所有的数据都投放了出来，他注视着眼前滚动的数字和图像，眉心的山字纹越来越深。

黑球的存在与他所接受的教育绝对是相违背的，在这种情况下，胡董海第一个想到的并非什么不着边际的四维空洞……而是大白的测量数据有误。

"大白，复检情况如何？"

"复检结果无误。"大白回复。

为了确保测量结果的准确，胡董海让大白反复测量与多次自检，以确保每一个环节都没有漏洞。

"还是 e ？"

"是的，还是 e。"

胡董海长叹了一口气，他抬起头，目光落在对面的墙壁上。"帮我联系地球。"

胡董海花两个小时整理出了一份详尽的报告，然后以最高优先级通过专用通道发往地球上的主管单位。敲下发送按钮时，胡董海甚至能猜到地球上的人会是什么反应。这份报告会以最快的速度被分发至卡西尼项目组名下的各个机构，紧接着被送到值班专家的手上，而自己在学术界的声誉则会为这份报告背书，让它不至于被人当作愚人节玩笑扔进垃圾桶。

遗憾的是，即使是专用通道，信息传递的速度也不会比正常通信快上一毫秒。胡董海只希望这封信能尽快到达对方手上。

两个半小时后，地球的回复到了。

胡董海对地球方面的反应速度感到吃惊，排除传递本身所耗费的时间，地球几乎是在接到自己的报告后立即予以了回复。这帮学术官僚什么时候效率变得这么高了？

往常这帮人申报个账单都要扯皮半年，这次大概也是被卡西尼站的发现给吓着了，任何一个接受过完备教育的人都能意识到黑球的不同寻常。

地球发来的邮件中只有三个字：

带回来！

五分钟后，"暴风雪"号聚变飞船与卡西尼站取得联络，通知胡董海飞船已掉头，正在以最快的速度返回卡西尼站。这艘飞船就是上一轮的补给运输船，崖香和梁敬就是乘坐这艘船抵达土卫六的，它之前正在返回地球的路上，是距离卡西尼站最近的交通工具。很显然，地球方面把任务交给了它，飞船在接到地球方面的指令后立即转向。

这掉一次头至少要多花几亿美金，但地球上的人已经等不及下一轮运输船出发了。

"胡主任，'暴风雪'号已经开始加速，将在十三个小时后进入满功率运行。"大白说，"抵达土卫六同步轨道的时间预计为一百七十个小时后。"

大白话音一落，虚拟显示器右下角便开始倒计时。

一百七十个小时，七个地球日。

"需要这么长时间？"胡董海皱眉。

"最近土星辐射活动持续增强，'暴风雪'号需要规划轨道。"大白回答，"这是最佳方案。"

胡董海点点头，在回复邮件中最后输入"Thank you very much"（非常感谢）和落款，然后敲下回车键。

邮件开始发送，胡董海移开目光，伸手准备关掉显示器。

这是他的习惯，得目送邮件发送成功才关闭电脑——胡董海把食指悬在办公桌的桌面上，随时准备敲下去，关闭显示器只需要轻轻一敲。

邮件发送完毕，弹窗跳了出来。

胡董海正要敲桌面，随意瞄了一眼屏幕，忽然一愣。

"发送失败。"

"大白！"胡董海问，"这是怎么回事？"

"正在自检，少安毋躁。"大白说，"可能是土星磁场的干扰，这是正常——"

它的话还没说完，地板突然微微一震，房间内的灯光也跟着闪烁，胡董海警觉起来，四下张望。下一秒，更剧烈的震动传了过来，办公桌上的水杯开始跳动，然后被震翻，在桌上滚动。

"大白？大白！出什么事了？"胡董海还没意识到发生了什么，抓着桌子大喊。大白哑火了，再没有回应。房门却被猛地撞开，冲进来的是默予，她没有穿鞋，一路上几乎是飞过来的。

她紧紧地抓住门沿，才没有因为惯性直接滚进来。默予气喘吁吁地大喊："主任……主任！爆炸！爆炸！"

整座卡西尼站都剧烈地震颤起来，像是发生了六级地震，建筑的内部发出刺耳尖厉的哀鸣，仿佛有一股巨大的力量在拉扯卡西尼站。胡董海和默予都站不住了，两人摔倒在地板上。

在低重力环境下，他们无法控制自己的身体，可惜光滑的地板上没有什么东西可供抓握。默予没法儿固定自己，她一头撞在地板上，然后又被弹了起来，像是落在了蹦床上。胡董海躲在桌子底下，他伸出手揪住默予的衣服，把她硬生生地扯了过来。

更剧烈的震动传了过来，胡董海和默予双手抱头缩在桌子底下，这一次两人都听到了声音。爆炸声来自室外，穿透了隔音外墙，动静之大，让人想起航弹的爆炸。不过，这还真像是一枚重几百千克的航空炸弹在门外爆炸了，庞大能量释放的一瞬间，空气被急剧压缩，然后形成激波扩散出去。

如果在泰坦上引爆航弹，毫无疑问，杀伤力远超在地球上。

又是一声沉闷的爆炸声，听上去这莫名的轰炸还在继续。默予吓得一颤，她很担心卡西尼站的外壳无法承受住冲击，毕竟卡西尼站不是抗弹建筑，一旦外壳开裂，失去气密性，外界的冷空气就会迅速入侵，那会是个大麻烦。

墙壁上的灯光在震动中明灭，闪了闪后熄灭了，办公室顿时陷入黑暗。

断电了。

"什么东西？"胡董海从怀里摸索出手机，用屏幕的背光照亮自己的脸。

"不知道。"默予紧靠着桌子腿，用手抓住办公桌固定自己，她满脸是汗，披头散发，"我自己也是蒙的。"

默予确实是蒙的，她只不过是恰好去厨房里找吃的，第一声爆炸响起的时候她正在用刀剁冷冻排骨，一刀下去地动山摇。

默予拿着刀呆了两秒钟，第二声爆炸响起时她才意识到发生了什么，但她并不清楚这爆炸发生在什么地方，只是下意识地以为是燃气或者电池爆炸了，所以急急忙忙出来喊人，因为燃料爆炸多半会发生火灾。

办公室内鸦雀无声，电力供应中断之后，所有设备都停止了工作，室内黑得伸手不见五指。

两人坐在地板上，呼吸声此起彼伏。爆炸和震动都已逐渐平息，默予小心翼翼地探头望了一眼，门外的走廊上同样一片漆黑，看来断电的不只是办公室。

"不会再出什么问题了吧？"默予举着手机照明，从桌子底下钻出来，"外头好像安静了。"

走廊上也有手机灯光在晃动，脚步声由远及近，江子的大嗓门儿比他的人到得还快："默予！胡主任！你们都还好吗？"

"我们在办公室里！"默予大喊。

一个粗壮的大家伙猛地推开房门，还有一群大家伙紧跟在他后头，看上去简直是一群棕熊直立着闯了进来。他们头顶明亮刺眼的光柱，胳膊比成年人的大腿还粗——这是穿上了舱外活动服。

江子和梁敬的反应速度很快，爆炸发生后第一时间穿上了舱外服，然后上楼搜寻默予和胡董海。存放舱外活动服的工具间在一楼，爆炸发生前梁敬、楼齐一直在P3实验室里守着黑球，爆炸发生后他们直扑工具间。

"默予姐，你还好吗？"崖香把默予扶起来，梁敬丢过来一套舱外服让她穿上。目前卡西尼站情况不明，保险起见，每个人都得做好防护。厚重的舱外活动服能在零下一百八十摄氏度的低温环境下保住他们的体温。

"没人受伤吧？没人受伤吧？"江子喘着粗气问，同时协助默予套上舱外活动服，"你们谁知道这究竟是怎么回事？"

"你们也不知道发生了什么？"胡董海扣上面罩，头灯的光柱扫了一圈，"什么地方爆炸了？"

"不知道。"梁敬说，"我们也很蒙，几分钟之前我们还在楼下的实验室里看那个黑球，爆炸突如其来，差点把实验室里的玻璃震碎。"

"奶奶的，这是知道我们要过大年了，放几个大炮仗助助兴？"江子龇牙咧嘴，"谁他妈在外头放烟花，别让我知道，否则我要把他揍得他姥姥都不认识。"

办公室内的应急灯忽然亮了起来，房间内的人一起抬头，卡西尼站的备用电力系统启动了。卡西尼站的主要电力来源是一座微型聚变堆，磁约束环流器构型，也就是俗话所说的托卡马克装置——这东西诞生了一百五十多年，非常古老，但是非常靠谱，土卫六上的这座聚变堆拥有世界上最强大的磁场线圈。

土卫六上的低温环境对人类来说极其恶劣，对反应堆来说却是个优势，零下一百八十摄氏度的低温环境让线圈处于超导状态，可以持续提供超过五十特斯拉的稳态超强磁场。由于磁场太强，所以反应堆的体积可以做得很小，核心等离子体的直径只有1.5米。

聚变堆被安置于独立的能源舱内，距离主站建筑不远，完全处于大白的监控之下，已经安全运行了八年，从未出现过任何故障。

而卡西尼站的紧急备用电力系统就更靠谱了——MB1000K-505涡轮增压柴油机，功率超过两千千瓦。它的同门师叔祖们曾被广泛应用于豹系列和挑战者系列主战坦克，由德国MTU集团出品，是百年老品牌，品质很有保障。这家公司还有个更为人熟知的名字，叫作戴姆勒-奔驰。

"女士们，先生们，你们还好吗？"大白终于上线了，这台人工智能一到关键时刻就掉链子，"卡西尼站刚刚中断了电力供应，根据自检结果，是电力传输链路中断了。"

"麻烦你说人话。"

"简而言之，是能源舱与主站之间的电缆脱节了。"大白回答。

"刚刚的地震和爆炸声是怎么回事？"江子问，"你知道吗？"

"很遗憾，我暂时并不清楚爆炸声的来源。"大白回答，"不过它大概率来自室外，卡西尼站内目前为止没有发生爆炸与火灾的迹象。另外，我建议诸位在接下来的时间内保持舱外活动服穿着状态，直到我完成全站检查。现在，请大家前往主厅休息。"

"卡西尼站不会有事吧？"胡董海问。

"就目前的情况来看，仅有通信系统与电力系统受到了影响。"大白说，"主任不必过于焦虑，这些都不是不能解决的问题。"

他们一个接一个地离开主任办公室，穿过走廊进入主厅。这个时候人员不能分散，所以大白建议他们去主厅休息，直到它完成全面检查。

主厅里还是一样宽敞明亮，仅有几只杯子被震落在了地板上。崖香推开门就一下子扑倒在沙发上，长出了一口气。

她也吓坏了，作为一个二十来岁的小姑娘，她什么时候经历过这种阵仗？爆炸发生时，她当即呆立在原地，六神无主，还是万凯把她拉到了桌子底下，然后给她找来了舱外活动服。

"默予姐，是外星人的轰炸机吗？"崖香靠在窗前闷闷地问。

默予坐在她身边，笑笑又摇摇头。

虽然她也不知道究竟是怎么回事，但说是外星人的轰炸机可就太扯淡了。如果爆炸的真是炸弹，那么卡西尼站哪里还能幸存下来？

"我们附近不是有个湖吗，说不定是外星人在炸鱼呢……"崖香的声音慢慢低了下去，她忽然伸手扯了扯默予，"默予姐，默予姐。"

"嗯？"

"默予姐，默予姐，你看啊！你看啊！"崖香指着窗外，几乎是惊呼出声。

默予凑过来，屏住了呼吸。

崖香和默予惊动了其他人，所有人都聚过来凑在窗前，然后不约而同地瞪大了眼睛。

"这……这是怎么回事？"楼齐半晌才出声。

"难道爆炸的是烟幕弹？"江子说。

舱外活动服头灯的光柱从观察窗中射出去，但窗外已经不再是倾盆大雨，所有人的瞳孔中都倒映出一片翻滚流动的白。

不知从什么时候开始，窗外不再是倾盆大雨，而变成了白茫茫的一片，它们不是稀薄的雾气，更像是厚重的棉花，浓郁到舱外活动服的头灯光柱都无法穿透。这些乳白色的烟雾紧贴着玻璃窗流动翻滚，仿佛具有生命，正在寻找缝隙伺机钻进来。

崖香有点惊恐，往后退了一步，默予伸手按住她的肩膀。

"别害怕。"默予轻声说。

江子又往前凑了凑，面罩玻璃几乎要贴上观察窗了。他瞪着眼睛盯着外头的白雾，眼珠子跟着它们游移。

江子对这东西很好奇，老觉得白雾可能是某种有生命的物体，或者说白雾中藏着什么。江子慢慢伸出手，但手指在触及窗玻璃之前被梁敬挡住了，后者投来略带警告的眼神。

"大白，"默予问，"这雾是什么？"

大白照旧一问三不知。

"很遗憾，我不知道。"

"你在你的同类中是不是最废的那个？所以地球上的人才把你流放到这里？"默予说。

"恰恰相反，我是目前最先进的人工智能。"大白说，"换作其他AI在这里，它们会给你同样的答复，这是因为我们缺乏足够的信息和数据。不过我们很快就会知道这些白雾是否对人有害，因为我已经派出了机器人。"

在他们进入主厅休息时，大白已经派出了机器人。这些小小的巡视器平时待在仓库里，处于折叠状态时看上去与拉杆箱一般大，接到指令后，它们会展开六条小短腿行动——几乎一切交通工具都靠步行前进，这是卡西尼站的特点。其实，建站早期人们也曾使用过轮式和履带机器人，但它们要么在冰原上寸步难行，要么被暴风卷上天，战损率居高不下。

步行巡视器可以深入人类无法进入的恶劣环境，它们由土卫六近地轨道上的庞大星链网络提供信号。土卫六的近地轨道上散布着一千四百多颗微卫星，它们由运输飞船分几次带过来，然后像乌龟下蛋一样被抛撒在轨道上。卫星自带离子推进器，有能力进行机动变轨，这一千多颗卫星组网之后几乎可以无缝覆盖整个泰坦星的表面，为土卫六上的考察探测工作提供支持。

即便如此，机器人的损耗率也是惊人的。土卫六上恶劣的天气与浓厚的大气会严重干扰信号，巡视器经常一去不归，更何况还有一个麻烦的大家伙近在咫尺——土星的磁场与辐射对卫星有致命影响。

很快，默予和崖香就看见白雾中有红色的微光闪烁，从窗前经过。

大白告诉她们，那是步行巡视机器人。大白派出了所有的巡视器，这些机器人像蟑螂一样顽强，也像蟑螂一样在卡西尼站内爬来爬去，伸出探测杆检测大气成分。

"六台机器人。"崖香指着墙壁上的图像说。大白把巡视器的运行状况投射在了墙上，蓝色的方块代表建筑物，其中最大最长的就是主站，移动的红点就是巡视机器人，一共有六台，在主站周围缓缓移动。

江子、胡董海和梁敬都坐在沙发上，跷着二郎腿望着墙壁，在大白做完全部检查之前，他们什么都做不了。

如果卡西尼站真的遭受了致命的损伤，那么他们需要进入紧急状态，停止工作，等待救援。

"你们说，雾气里会不会藏着什么怪物？"江子问，"待会儿我们就会看到这些机器人一个接一个地失去联系。"

"站长，你刚刚就是在想这个？"梁敬看了他一眼，"雾气里藏着怪物？就像斯蒂芬·金的《迷雾》那样吗？"

"你们不觉得这是极好的恐怖片题材吗？"江子点头，"你们看那扇窗子，说不定下一刻就会有一只黑色的触手搭在上面。听说过克苏鲁神话吧？"

楼齐扭头望了一眼观察窗，没有灯光照射，窗外几乎一片漆黑，他悄悄往沙发内侧挪了挪。

"如果真有什么黑色的触手，那可是不得了的大发现，该害怕的不应该是我们，而是怪物。"梁敬说，"因为明天地球上所有的媒体头条都会是这个，然后世界各国纠集起浩浩荡荡的外星生物捕捉大队，带着巨型捕鲸炮杀过来，为了抓泰坦上的大章鱼。我觉得，那些生物学家可以踏平土卫六，空降装甲车都不是不可能的事。"

江子想了想，觉得也是，论恐怖，还有什么东西能比得上恐怖直立猿？

无论什么生物，把自己贸然暴露在恐怖直立猿的目光之下都是最不明智的选择。

如果它还能麻辣或者壮阳，那就更糟糕了。

扯淡归扯淡，实际上，谁也不相信白雾中真的存在什么怪物。土卫六在多年前一度被认为是太阳系中最有可能存在外星生命的星球，但当科考团队真正登陆之后，人们发现自己还是过于乐观了，低估了演化生命的难度。

土卫六上存在复杂的有机物，但这距离最简单的生命形式还差数十亿年的进化。

卡西尼项目组意图扩大探测范围，他们认为，香格里拉地区不存在复杂生命，不代表其他地方也不存在。遗憾的是，项目经费遭到削减，仅仅维持卡西尼站就已经千难万难，其他计划只能胎死腹中。

默予靠在沙发上，顺着几个男人的话题，脑子里不着边际地遐想：土卫六上的大气浓密，气压很高而重力极低，如果真的存在高等生命，那么很有可能进化出一种非常浪漫的动物——大气蜉蝣生物。

只要这种生物的体积足够大，密度足够低，那么它就能像气球一样悬浮在大气层中。默予甚至给这种想象中的动物取了一个名字，叫飞鲸。那是一种如鲸鱼般庞大的蓝色生物，它们的鳍变成了巨大的翅膀，在璀璨而幽暗的星空之下，它们突破云层高高跃起，划出一道弧线，仿佛要飞向远方的土星。

那真是梦幻般的美景，可惜现实中的土卫六压根儿就不是这个样。

投影中的六台机器人仍然在移动，有一台绕着主站爬了好几圈，应该是在检查建筑的外壳和结构，另一台在能源舱边上停留了很长时间，其他机器人的运行轨迹毫无规律，宛如布朗运动，没人知道它们在干什么。有一台机器人在原地跳了二十多分钟"8"字舞，江子给它取名小蜜蜂。

"那家伙究竟在干什么？"江子忍不住了，"大白，它一直在绕着一个点做'8'字形运动，是在招蜂引蝶吗？"

"站长先生，你指的是5号巡视器吗？它正在对检测目标进行X光照射，'8'字形移动是为了全方位无死角覆盖。"

"照了二十多分钟了，还没搞定？"

"分析工作已于五分钟前完成。"大白回复。

"那它为什么还在打转？"

"显而易见，它出毛病了。"大白很干脆，"我正在尝试修正它的路径控制程序，暂时没有起效。"

所有人无语。卡西尼站的穷日子过了不是一两天了，一台步行巡视机器人官方报价一千六百万美金，使用总成本超过两千八百万美金，正常工作寿命只有二十四个月，这个价位在三年前还可以接受，可现在经费几乎被腰斩，项目组只好能省就省。小蜜蜂的工作时长已经接近寿命，但是由于项目组花不起换新的钱，只好强行让其老当益壮。

终于，小蜜蜂停止了舞蹈，看来大白的修正起了效果，它缓缓爬向仓库。

这时，大白总算把结果反馈了回来。

"女士们，先生们，我已经知道外界的白雾是什么了。"

"是结晶的烷烃吧？"胡董海说。

"是的，是碳氢化合物凝固后的细微结晶，主要成分是正丁烷、丁二炔、正戊烷、异戊烷，以及极微量的氰化氢。"大白回答，"它们在低温环境下凝固，形成微米大小的细微结晶，所以看上去是白色的烟雾。"

这个结果在胡董海的意料之中。

他是卡西尼站的老咸鱼，也是第一批踏足土卫六的人类之一。这么多年风里来雨里去，他大风大浪见得多了，早就练就了一颗波澜不惊的咸鱼之心，二百二十伏的电压都无法撼动。想当年他刚到卡西尼站的时候，曾亲眼见识过大风是怎么把巨大的集装箱从他眼前卷走，再抛到五百米之外的，也见识过密集的雷暴从天而降劈在湖面上，真不知是何方道友千里迢迢来泰坦渡劫，这么能跑，起码得是个大罗金仙。

土卫六上剧烈的大气活动会积累巨量的电荷，云层与地面之间相当于一个巨大的电容器，所以一打雷就是倾泻电荷，遥望过去，简直就是雷神把手探下了云层。这样强烈的雷暴在地球上是罕见的，地球上有个地方叫委内瑞拉，委内瑞拉有个湖叫马拉开波湖，这里是地球上闪电最密集的地方，高峰期一分钟可以劈下二十八道闪电，而胡董海在卡西尼站数过，半尺湖上的雷暴，一分钟可以劈下一百三十多道。

这是他能数清的，听起来是这样的：轰轰轰轰轰轰轰轰轰！

再密集的就没法儿数了，因为听起来是这样的：轰——！

目视？是不能直接目视的，因为强光会闪瞎眼。

跟这种变态天气比起来，航弹爆炸什么的着实不够看，想跟盟军的闪电风暴相比，你起码也得上一枚核弹。

胡董海走到窗边，说："那么爆炸呢？爆炸声是怎么回事？"

"火山喷发。"大白回答。

"火山喷发？"在场的所有人都吃了一惊，卡西尼站周边哪儿有火山？

"大白，你鬼扯吧，我在卡西尼站待的时间不短了，方圆几百千米连座山都没有，更别说火山了。"江子说。

"这一点可以由梁敬博士为您解释，站长先生，在地质学上他比我更专业。"大白当机立断，迅速"甩锅"。

所有人的目光都汇聚到梁敬身上，后者坐直身子，犹豫了几秒钟说："存在。"

"你说什么？"

"大白的说法是正确的，这里存在火山。"梁敬补充道。

"如果真的存在火山，那么梁老师，它在哪儿啊？"崔香问。

梁敬的结论令人费解，卡西尼站周边一马平川，方圆几百千米都是一望无际的大平原，怎么可能存在火山？

梁敬指了指脚下："就在我们脚底下。"

"首先要注意，我们所说的火山，不是你们想象中的那种大烟囱，它是冰火山，主要喷发物是固态烷烃混合物与冰，而不是灼热的熔岩。"梁敬坐在沙发上跟周围的人解释，"它存在于地下，这样的火山在地球上同样存在。并不是所有的火山都像富士山或者维苏威火山那样，恰恰相反，大多数火山喷发时没那么大威力，熔岩是慢慢从地下溢出来的，而不是轰的一声爆开——"

"说重点，梁工。"江子说，"我们不需要你从宇宙大爆炸说起。"

"首先，我得跟你们普及一下火山的基本概念，否则你们都认为火山就是个高耸入云的大圆锥。"梁敬说，"相当一部分火山是存在于地下的，比如我们脚底下的这个。我们是最近一年才发现它的，它是个直径超过六万米的巨大地表穹隆结构，说白了就是个鼓包，跟你被蚊子叮了后皮肤上起的鼓包没有区别，而卡西尼站就坐落在这个鼓包上。"

"这个鼓包就是火山？"崖香问。

"这么说，卡西尼站居然建在火山口上？"默予问。

"等等，等等，你们最近一年才发现它？"江子问，"早几年你们干啥去了？一个直径六万米的鼓包，我们头顶上的上千颗卫星都是瞎子吗？"

"听我说完。"梁敬抬手示意江子闭嘴，"我们都知道我们的脚底下有一片海洋，但这片海洋究竟有多大你们可能不太清楚，香格里拉平原地下海的总面积超过二百四十万平方千米，相当于一个地中海的面积。"

梁敬瞄了一眼胡董海的头顶。

"这个地下海中贮存着巨量的液态烷烃，就在我们脚下两万米的深处。"梁敬接着说，"土卫六是个地质活动很剧烈的星球，有很强的地热效应。我们都知道，液态烷烃被加热之后会变成气态——只要温度超过它的沸点。但在地下未必如此。因为地下的压力太大，高压环境下其沸点会升高，所以在地层深处，即使温度达到其沸点，它们也会被强压成液体。因此，这个地下海中是沸腾的液态烷烃。"

"而我们脚下的冰层和岩层并非铁板一块，它们是稀松、破碎的，充满了裂隙。液态烷烃会侵入这些缝隙，由于越往上走压力越小，它们会汽化，变成液气混合物。在这个过程中，其体积会迅速膨胀。"梁敬说，"地层就是这样被顶起来的，这些液气混合物在地层的缝隙和空腔中不断积累，一旦有裂隙通往外界，它们就会被释放出来……"

梁敬做了个爆炸的手势。

"火山就喷发了。地表的温度远低于地下，这些喷发物在进入大气的一瞬间就会迅速冻结，变成结晶，形成烟雾，就像我们现在看到的那样。"

周围的人眼露惊异。

"至于为什么我们最近一年才发现这个巨大的火山，那是因为一年前它还不存在。"梁敬说，"烷烃的液气混合物流动性极好，它们会钻进一切可钻的缝隙中，所以地下的冰火山是会移动的，它们会在某一天出现，也会在某一天消失……这也是为什么我会在这里，我就是为了调查脚下的这座火山而来的。"

"等等，梁老师，按照你的说法，我们现在就坐在火山口上，那这座火山会不会哪一天突然爆发，把整个地皮都翻个底朝天？"默予问。

楼齐、江子和崖香也跟着点头，他们都是今天才知道自己的屁股底下居然是个火山口。

天知道这座火山会不会猛烈喷发，让卡西尼站步庞贝古城的后尘。

"不会。"梁敬很干脆地摇头，"喷发是小规模的，它没有能力把整个冰层都翻起来。你们可以这么想，这座火山就是冰块里的气泡，如果有缝隙让它通往外界，气泡内的气体当然会泄漏出来，但这个气泡有能力把整个冰块都炸掉吗？只要喷发的出口不是刚好在卡西尼站的正下方，我们就一丁点儿事都没有。"

"最后一句话你其实可以不用说……"崖香弱弱地提醒。

"完了，覆水难收。"默予一拍巴掌说道，"话已出口，flag（旗帜）已立，我们在劫难逃。"

"大过年的，能不能说点好话？"江子有点恼火，"梁工，你是说没事对吧？"

"没事。"梁敬信誓旦旦，"百分之百没事。"

江子满意地拍拍屁股起身，他要的就是一个保证。现在爆炸声的来源清楚了，大白和梁敬给了他一个很科学的解释，也就是说，白雾里并不存在克苏鲁和奈亚拉托提普。

江子放心了，在科学面前，没有什么怪力乱神、妖魔鬼怪。

接下来他们要做的就是维修电力和通信系统。

"我建议诸位优先维修能源舱。"大白给出行动计划。能源舱的故障原因明确，且它距离主站只有几步之遥，而通信塔则情况不明，更是远在一百米之外，修理能源舱显然更方便。

"妈的，大年三十还要干活儿。"江子叹了口气，他是卡西尼站的修修修修修修理工，"明天把能源舱搞定，至于通信系统，那东西等过了年再说……大白，你先派机器人过去探探情况。哎，那个小蜜蜂怎么样了？它安全到家了吗？"

"您指的是5号巡视器吗？"

"对。"

"很遗憾，它死在了半路上。"

1月29日

默予按下闹钟，睁开眼睛，金色的太阳已经从蔚蓝的海面上升起，棕榈树在微风中摇曳，发出簌簌的声音。她望着洁白的天空发了一会儿呆，昨天晚上睡觉时她把室内温度调得有些高，现在满身是汗，特别是手心和脚心，头发沾在脸颊上，让人莫名烦躁。

昨天发生的事太多，先是黑球，后是火山，折腾到很晚才消停，默予回到宿舍休息时还心惊肉跳，躺在床上不敢闭眼，生怕脚底下的火山突然爆发。这种感觉就像是床底下藏着炸弹，指不定什么时候爆炸，在这种情况下若还能睡得安稳，神经怕不是钢缆。

尽管梁敬拍着胸脯保证绝对没问题——"真的不要紧，你们尽管回去睡觉，卡西尼站受到影响的概率比发生空难的概率还要低。"这是他的原话——但在默予眼中，他是在"插flag卖头"，电影里这种人一般都活不过五分钟。

默予翻了个身，把脸埋进枕头里，她的大脑在隐隐地胀痛。她昨天晚上没睡好，半夜反复惊醒。

默予闭着眼睛。

失眠了吗？

神经衰弱？

老年痴呆？

老年痴呆就是阿尔茨海默病，据说严重的人连今天是星期几都想不起来。默予想："嗯——等等，今天星期几？今天星期几来着？我天，我不会真老年痴呆了吧？

"完了完了，我老糊涂了。

"我才二十六啊。"

"默予小姐，个人清洁工作已准备就绪。"大白的声音在半空中响起。

"知道了，知道了。"默予没有动弹，嘟嘟囔囔地翻了个身，随手在眼前展开虚拟显示屏，花花绿绿的图像和人物在晃动，这是昨天一整晚的新闻。

默予的习惯之一是醒了之后不着急起床，先玩会儿手机。

"大白，我待会儿要洗个澡。"

"干洗还是水洗？"

"干洗。"默予爬起来坐在床上，随意翻动网页，"记得要茉莉花香的，你要是搞成石楠花，我就炸了你的机房。"

某个地方隐隐传来江子的声音，他的大嗓门儿向来能穿透两道门："有酒没有啊？大厨，今天有酒吗？我知道你有北京二锅头，拿出来喝呗！"

万凯以同样的大嗓门儿回应："没有！卡西尼站内不准饮酒！"

"过节不能破个例吗？今天过年啊，过年啊！就一杯，一小杯！真的就一小杯！"

"一小杯都不行！"

"上次圣诞节怎么就能喝酒了？大厨，我看你就是因为国足输了球，在我们头上撒气。"

默予揉了揉眼睛，打了一个呵欠。一只海鸥从她头顶飞过，停在远方小屋的屋檐上，然后扭过头来望着默予。后者打了个响指，太阳、大海、海鸥和棕榈树瞬间消失，她从宽广的加勒比海沙滩上重回室内。卡西尼站内难得如此闹腾，按照北京时间，今天是农历2100年腊月三十。

无论在什么地方，今天都是法定假日。

有人在外头的走廊上轻轻地敲门："默予姐？"

"进来。"默予将披散的头发随意地绾起来，待会儿准备洗个头。她下床穿上鞋子，站在镜子前翻白眼。

"那我进来啦，进来啦——默予姐，你穿着衣服吧？"崖香小心翼翼地推门进来，探头探脑地东张西望，一只手佯装蒙着眼睛，实际上她的眼睛睁得比谁都大，另一只手捧着一个红色的盒子。

默予扭过头来："什么东西？"

"给你的新年礼物，每个人都有。"崖香嘿嘿一笑。她把盒子交到默予手中，后者稍稍有些意外。这丫头居然暗暗地给卡西尼站里的每个人都准备了礼物，这种精巧的小心思，她默予再过十年也生不出来，谁让她生来就这么咋咋呼呼。

"我能打开吗？"

"嗯嗯。"

默予打开盒子，黑色的海绵上安安静静地躺着一枚精致的金属书签，书签下面用红色的细绳吊着小小的平安符。

这年头纸质书早就是收藏品了，象征意义大于实际价值。默予这辈子摸过的实体书不超过三本，其中一本还是《新华字典》。

她盯着书签看了半晌，觉得可以把它挂在门口辟邪。

作为回礼，默予送了崖香一支玉制簪子，是她出门旅游时买的纪念品。簪子的做工很别致，用岫玉雕成的盛开的牡丹上停着一只蝴蝶，还带有银色的流苏，生产厂家甚至专门把它做旧，以显得古朴。商家说，严格意义上讲这不叫发簪，而叫步摇。默予走到崖香身后，把她的头发盘起来，然后将步摇插上。

崖香蹦蹦跳跳地去照镜子，默予进入浴室洗澡。

"今天有什么工作吗？"

"嗯……本来是没有的，今天不是放假嘛。"崖香歪着头照镜子，银流苏晃来晃去，闪闪发亮，"但是昨天火山喷发，能源舱出了问题，通信塔也出了问题，所以今天要把能源舱修好。不过，通信系统今天不准备修，因为比较麻烦，一天时间可能修不好。"

默予脱下身上的衣服。所谓干洗，就是用一大块看上去类似琼脂的专用胶体来做身体清洁，这种方法的正式名称叫作"限制非牛顿流体吸附清洁技术"，而默予一般叫它"凉粉洗澡法"。一块一人多高的"凉粉"，看上去很有韧性，实则非常柔软，内部流动性极好，任何人都可以轻易穿过。默予只要屏住呼吸钻进去转一圈，澡就算洗完了，从头到尾用不了十秒钟。

"凉粉"里还能加配料，比如说茉莉花香精、石楠花香精和风油精。

当然，也有加火锅底料的。

"修不好通信系统，是不是看不成春晚了？"默予有点遗憾，她还挺想看到自己在CCTV1频道出镜的，毕竟不是每个人都有机会登上中央一台。

"站长说可以放去年的，反正就是个背景音乐，没人真看。"

"他还可以放上上个世纪的，咱们坐在一起看赵忠祥。"默予说，"除了这个呢，还有其他什么节目？"

"嗯……还有，站长说可以拎一瓶液氧出门放烟花，但是这个被其他人全票否决了。"

"他应该知道外头到处是甲烷吧？"

"知道啊，他说这样才精彩，点着之后烟火跟下雨一样漂亮。"崖香回答，"这是只有卡西尼站上才能看到的奇景。"

土卫六是个充斥着可燃烷烃的星球，如果你有足够的氧气，理论上你可以点着整个星球，把这个当作过年的烟火，全世界的人都可以看到。

"那个黑球呢？"

"它在实验室里，主任跟它待在一起。"崖香说，"主任昨天一整晚都没睡，一直泡在实验室里。"

胡董海手里端着平板，坐在实验室里一动不动，如老僧入定。

他已经这么坐了十多个小时，手指间夹着笔，偶尔在平板上写写画画，视线几乎从未离开过黑球。

作为一条已知天命的泰坦老咸鱼，胡董海从未有过这样一刻，心脏跳得犹如三十年前在拐角遇到初恋女友时的自己，多少年来他不曾如此激动。两百年前的1900年，物理学大厦上空的两朵乌云几乎重构了世人对这个宇宙的认知；两百年后的今天，已臻完备的理论物理体系中又出现了一个黑球。

它是如此的不可思议，毫无道理地与现有理论格格不入。梁敬说这鬼东西不可能存在——如果它不是真的存在，人们可以很轻易地证明这样一个球体是不可能存在的。

它的质量精确地等于自然常数e，而直径精确地等于十厘米。如果说这仅仅代表了某种不可思议的制造加工精度，还是可以想象的，尚未超出人们的理解，但它吸收一切电磁波的特性显然违背了能量守恒与热力学定律。

大白非常精确地测定过，这个黑球没有对外释放任何热辐射。在外界的人看来，这个黑球应该是严格的绝对零度，因为任何温度高于零下273.15摄氏度的物体都会释放红外辐射。

江子用手触摸过黑球，但隔着厚厚的防护服，他并未意识到球体的低温。如果用裸手触摸，必然会被冻伤。

胡董海在脑中一步步地推理：如果一个球持续吸收外界的电磁波和热辐射，而不发生散射，会发生什么？

毫无疑问，它的内能会持续增高。

内能升高意味着温度升高。

所以，它不可能保持绝对零度。

胡董海想到了神话中的北海之眼。传说北海之眼是海底的无底漏洞，仿佛世界的缺口，海水无时无刻不从这个缺口中流出去。而黑球就是一个真正的北海之眼，它永远保持绝对零度，热量源源不断地被它吸收，然后消失得无影无踪。

它是全宇宙的能量最低点，是这个世界的地漏，只要这个宇宙的寿命足够长，那么全宇宙的能量甚至都能流进这个黑球内。

碍于通信系统的问题，他没法儿和地球上的同行们交流。这个黑球的出现对于现有理论体系是个颠覆，热辐射来自原子的振动，而它没有对外辐射，这说明它内部的构成原子是不振动的……真是该死，怎么偏偏这个时候通信出了问题？

胡董海漫长的咸鱼生涯终于迎来了转机，越仔细研究，他越意识到黑球是个宝藏，它身上未知的秘密太多了，每一个都超乎想象。这将会是下一个物理学革命的开始，二十世纪初的两朵乌云为人类揭示了这个世界的另一面，那么这个出现在二十二世纪初的黑球，又将带来怎样惊人的发现呢？

胡董海是个无神论者，否则他真要以为这是命运女神的眷顾了——在理论物理即将走进死路的关头，他们居然发现了上帝创世的钥匙。

作为一个理论物理研究者，胡董海自己都不得不承认，理论物理的研究已经走到了尽头。加速器没法儿再做大了，理论上的研究再做下去也只是在玩数学游戏。胡董海是个坚定的验证派，那些用花里胡哨的数学描述疯狂灌水的行径是他所不屑的，所以在他看来，自三十年前中国超级强子对撞机停机之后，高能方向的理论物理就已经停止进步了。

胡董海手中捏着笔，沉默地思考。

能级上的大沙漠阻碍了人类的进步，如果这世上真的存在大过滤器，那高到令人绝望的能量要求大概就是其中之一。若想进一步窥探世界的秘密，人类需要把太阳系做成粒子加速器，这在胡董海看来是不可想象的。

黑球带来了希望，它身上有如此之多的秘密，却又可以装在箱子里供人研究。

"主任。"大白叫了他一声。

"嗯？"胡董海没有动弹，"有什么事吗？"

"您已经超过两个半小时没有动过一根手指头了，出于对您身体健康的考虑，我建议您稍微活动一下。"大白说，"我为您准备了咖啡。"

"谢谢提醒。"胡董海点点头，放下手中的平板，"大白，通信系统什么时候可以修好？"

他一直在等通信系统恢复正常。这一昼夜，大白对黑球的观察与测量积累了十几个PB[1]的数据，通信一恢复，他就要把数据全部发往地球，然后把全球相关的

---

1 拍字节或千万亿字节。

物理学家全部揪起来关小黑屋，不出结果不准出来。

在胡董海眼中，这个球就是未来研究道路上的桥头堡，他一个人攻克不下来，需要集思广益。胡董海不算是顶尖的物理学家，他其实更擅长做实验，并不精通数学，真正的理论大师们这个时候全缩在麻省理工、普林斯顿、斯坦福和清华的办公室里。他们的眼睛又近视又老花，还散光，五米之外看不清人脸，但是能敏锐地洞悉宇宙的真理。

"初步估计，是冰火山的喷发物砸坏了天线，具体损毁情况还需要进一步评估，预计明天可以恢复正常。"大白回答，"另外，站长先生正在修复能源舱，他也计划明天维修通信系统。"

"江子那边还顺利吗？"

"有好消息也有坏消息。"

"好消息是什么？"

"站长先生的维修工作非常顺利。"

"那坏消息呢？"

"上一条是假的。"

江子叹了口气，松开了双手。他不得不承认，自己做得还不如大白，"电玩小王子"今天算是出师不利、马失前蹄，真是晚节不保。

魔爪机器人缓缓收回机械臂，过去半个小时内它曾六次尝试把脱落的电缆接上，可最终只是在接口上留下了几道爪印。那根该死的电缆不知怎么卡在了箱子里，怎么扯都扯不出来，而魔爪机器人又笨手笨脚。江子觉得，自己是在操纵挖掘机给人做阑尾手术，问题在于他并非百年名校蓝翔毕业。

"我早就跟你说过，相信我的直觉，换个角度把爪子探进去，你不听。"楼齐坐在沙发上当事后诸葛亮，"失败了吧？"

梁敬帮厨回来，接了两杯水递给他们："怎么？能源舱还没搞定？"

"没。"江子摇头，"情况比我想象的要复杂一点，机器人可能搞不定。"

他们在使用机器人修复能源舱，维修机器人外号叫"魔爪"，采用通用步行平台。它最大的特点是有一只灵活的机械臂，这只机械臂有一米多长，集成了摄像机和电机，能承担相当一部分检修任务。在卡西尼站内，机器人能干的事基本上都让机器人干，这是为了安全起见。

魔爪机器人可人为遥控，也可由大白操纵。大白操纵着它尝试修复了两次，全部失败，所以江子就拍拍胸脯上了。他说自己小时候号称"电玩小王子"，操纵机械臂和使用自己的胳膊一样灵活，如臂如指。"反正机器人的操纵系统和电子游戏没什么区别，不就一摇杆加几个按钮嘛。"

接下来就是"电玩小王子"的"扑街"时间。

江子低估了操作难度，这个时候外界空气中充斥着白色烟尘，严重干扰了机器人的视线。江子说这该死的战争迷雾居然不守规矩，从不消散，而魔爪机器人也是个和小蜜蜂一样的老将，机械臂的爪子松松垮垮，电机时灵时不灵——廉颇老矣，尚能饭，不过只能吃流食。

"说到底还是要靠人工，机器人就是靠不住，大白都不行。"江子给自己套上厚重的舱外活动服，扣上面罩，像个即将出任务的消防员，"到头来还是得我亲自出马。"

"如果什么事都能由机器人解决，那还要我们干什么？"楼齐和梁敬在身后帮他做检查，他们拍了拍舱外活动服的生命维持系统，竖起大拇指，"没问题，OK！"

卡西尼站的专用舱外活动服通体为深红色，标准质量四十千克，是一套相当特化的舱外活动服，与适应火星工作的明光铠系列差异巨大。泰坦上最要命的不是气压，而是低温，所以它针对超低温进行了专门优化，在零下一百八十摄氏度的环境中能持续工作十二个小时。按照惯例，它被称作铁浮屠。

江子一巴掌拍在气闸室的按钮上，然后扭过头说："你们派个人去把魔爪叫回来，下面的工作由我接手了。"

他站在舱门前活动手脚，四肢上的电机发出细微的嗡嗡声。铁浮屠之所以被称作铁浮屠，是因为它的核心是一具猴版的作战机械外骨骼。在环境恶劣的土卫六上，人力无法抵抗骤变的天气，在这种情况下能倚仗的只有强大的机械。这玩意儿的正式名称虽然叫作"土卫六地表工作辅助系统"，但全功率运行时能一拳捅穿砖墙，而它的同门兄弟们则被广泛用于武装陆军部队——带着上百千克的负重冲锋陷阵，后者才是真正的铁浮屠。

气闸室内的气压下降至一个标压，大白打开舱门。

"祝您好运，站长先生。"

楼齐去拿魔爪机器人的操作箱，他转身看了江子一眼，忽然觉得江子的背影莫名有些壮烈。

奇怪，自己怎么会有这种想法？

他又不是回不来了。

楼齐摇摇头。

江子之所以是站长，是因为他是这里经验最丰富同时最优秀的驻站队员，全世界也难找到第二个比江子更熟悉卡西尼站的人。修个能源舱而已，小菜一碟。

"大白，魔爪的情况怎么样了？"

"楼齐先生，魔爪机器人状态良好，正在返回仓库。"

舱门打开的一瞬间，江子就有点后悔了，后悔没把楼齐一起叫上。楼齐倒是说过要一起来帮忙，但被江子拒绝了。

室外的情况比他预计的更糟糕，火山喷发产生的白色烟雾久久不散，遮天蔽日，铁浮屠带着射灯，能见度也不足三米。梁敬说这是凝固结晶的烃类化合物，不存在什么妖魔鬼怪，但当江子真的走进这片烟雾，才意识到真正令人恐惧的不是妖魔鬼怪，而是左右不着边际的虚无和孤独感。

他想起了经典的《迷雾》，以及更经典的《寂静岭》。

香格里拉平原这鬼地方常年刮大风，但偏偏这个时候大气纹丝不动，黏稠的液态甲烷如雨水般落在铁浮屠的面罩上。江子沿着安全绳行走，能源舱在什么地方他闭着眼睛都能找到。

在卡西尼站内移动未必要乘车，但需要安全绳，每个人都需要把自己扣在安全绳上。这些绳子就像登山时使用的安全索，只不过前者是架在地面上的，支架则用钎子深深地打进冻土层内，再大的风都刮不动。不同颜色的安全绳代表前往不同的方向，黄色代表前往能源舱，红色代表前往通信塔。

"大白，太安静了，给我来点音乐。"

"OK。"

大白开始播放《春节序曲》。

能源舱就在几十米之外，它与主站保持一定距离是为了防止超导磁铁的强磁场对电子系统造成干扰。

从外观上看，能源舱是个简洁的立方体，长宽都不超过六米。它是世界上最先进的轻聚变反应堆之一，使用氘氚作为聚变燃料，结构高度集成化、模块化，其核心技术由中国科学院合肥物质科学研究院率先突破，而制造工程则由中国航天科工集团负责承担。

能源舱一个周期可以持续工作二十年，也就是说，一直到卡西尼站被废弃，它都不会退役。但这不代表它不需要维护，由于聚变会产生大量高能中子，所以每隔三年要更换一次吸收材料。

"站长，魔爪回来了。"耳机中传出楼齐的声音。

接着江子就听到了机器人的脚步声，魔爪像蜘蛛似的爬了过来，它从江子脚边经过时还伸直机械臂与江子击掌了。

魔爪机器人越过江子，慢慢消失在雾气中。

江子想起传说中的黄泉路就是这副模样，茫茫的大雾，看不清身前，也看不清身后，你只能往前走，不能因留恋人世而回头，一回头就会被拉进地狱，永世不得超生。

好在江子很快就看到了能源舱，安全绳把他带到了正确的目的地，没有把他带进地狱里。

"大白，故障源？"

"电缆接口脱落。"大白回答，同时在江子的面罩上投影，把故障源标了出来，"站长先生，您只需要把电缆重新接好，然后重启控制电路，就能恢复卡西尼站的供电。"

铁浮屠的双脚把长钉打进冻土层内，以此来固定江子的身体。他打开工具箱，接着魔爪的维修进度继续工作。他看到了脱落的电缆，不是传输电力的粗电缆，而是控制电路中的电线。一颗螺丝钉严重老化，在震动中断裂，造成了控制电路故障。

这是个小问题，只需要换颗螺丝就能解决。

"楼齐，梁敬，你们谁去跟大厨说，今天晚上要是没酒喝，这电可就修不好了。"

江子哼哼道，用螺丝刀敲了敲能源舱的外壳。现在能源舱的命脉就抓在他的手中，他可以挟电力以令大厨。

抱着机器人遥控器的楼齐一愣。

梁敬反应较快："那我去跟他说。"

江子把断裂的螺丝清理出来，然后从工具箱内找到备用零件，对比着试了试规格。耳机里沉默了几分钟后又有了声响。

"怎么说？"

"大厨说他没酒。"

江子把新螺丝换上。"扯淡吧这人，敢做不敢当？你问他，厨房储藏柜里的那瓶北京二锅头是不是他的？居然还不承认，死鸭子嘴硬。"

耳机里又沉默了半分钟。

"大厨说那酒瓶子确实是他的。"

"这不就得了。"江子很得意，人赃俱获。

"不过里面装的是醋。"

"妈的，大厨这个人有什么毛病，用酒瓶子装醋？"江子骂骂咧咧。

"大厨是山西人。"梁敬解释。

"我还是个广东人呢，我也没在柜子里塞个福建人啊。"江子想在大年夜喝一杯的希望破灭，格外失望。在卡西尼站内，工作时间严禁喝酒，但是休假期间不做限制，江子上一次尝到酒精还是在两个月之前。卡西尼站内的饮食分配全部归万凯管辖，虽然他被叫作大厨，听上去像是新东方毕业的厨师，实际上他是宾夕法尼亚大学的高才生，正式职位是"卡西尼站的营养与健康规划师"。

所以，万凯说不能喝就不能喝，站长都不能喝。

江子愤愤地打了能源舱一拳。

他本来想用脚踹，但是脚抬不起来。

"站长先生请注意，您面前是一座正在稳态运行的聚变反应堆。就在您身前三米处，是一亿摄氏度的高温等离子体，而在您身前一米处，是高能中子吸收材料。"大白提醒道，"如果吸收材料发生破裂与泄漏，舱外活动服无法提供有效保护。"

"行了行了，甭吓唬我，这东西我比你熟悉。"江子摆了摆手，"你见过这东西的壳子没？穿甲弹都打不穿。"

他把电缆接好后，大白开始重启控制电路。维修工作相当顺利，从头到尾花了不到十分钟，江子收拾工具准备打道回府了。

"你说我为什么要待在这里？大过年的，在外头修电源，连口酒都喝不到。"江子把螺丝刀和扳手依次插进工具箱，叹了口气，"真是自己跟自己过不去。我这把年纪，本来早该退居二线了，在地球上坐坐办公室，放了假了跟朋友喝喝酒、打打高尔夫球……这次任务还有多长时间结束？结束之后——"

"您接下来是不是要说'干完这一票就金盆洗手'？"大白打断他。

"不是。"江子一怔，"你干吗问这个？"

"我需要在必要时阻止您立 flag。"大白解释，"根据不完全统计，只要诸如'干完这一票就金盆洗手'以及'等打完这一仗我就回家结婚'此类承诺出现，发言者在接下来一个月内的意外死亡率将飙升至正常死亡率的1200%。换句话说，我是在保护你。"

"我是想说，这次任务结束之后我要去看看我女儿，她才刚上大学。就为了这鸟不拉屎的鬼地方，她的开学典礼我都没工夫去。"

"令爱会为您感到自豪的。"

"屁嘞，她不能理解我啊。"江子咧嘴笑了笑，有些无奈，这个向来粗神经的中年男人眉眼间流露出小小的落寞，"从小到大都是她妈在照顾她，她的家庭作业上我都没签过字，那丫头早就不认我这个做老爹的了。"

"那您应该与女儿加深联系。"大白建议，"需要我为您开通亲情专线吗？您可以每天晚上录制问候视频，我帮您发送至令爱手中。"

江子愣了愣，半晌后摇了摇头。

"算了。"

"父女感情出现裂痕应该尽早弥补，否则矛盾会发展至不可调和的地步。"

江子把工具箱拎起来，舱外活动服的外骨骼松开固定，插进冰层的长钉缓缓拔出来，他伸手抓住安全绳说："她有新爹了。"

大白安静了几秒钟。

"容我多问一句，站长先生，您是被绿了吗？"

"绿你大爷！"江子勃然大怒，旋即又沉默下来，"是我自己作，不是她们的错。你想啊，像我这种连续几年都回不了家的人，谁会跟我一起过日子？我女儿一岁那年，我出门执行任务，是去火星，等我回去的时候，那丫头已经三岁半了。她都认不出我是谁，因为她只在视频里见过我。"

"我跟你说，搞深空探测，无欲无求的和尚、道士最适合。"江子接着说，"他们不用拖家带口，否则一来一回十年八年的，你连自己儿子长多大了都不知道。但哪怕过一百年，佛祖还是佛祖，三清还是三清。"

"我会向上级建议的。"

白雾仍未消散，四周一片昏黄。暗黄是大气的本来颜色，土卫六本就是个一年一千八百三十二天都是重度雾霾的星球，白雾的出现只不过加剧了雾霾的严重程度。铁浮屠的射灯灯光在雾气中弥散，江子抓着安全绳原路返回。这根绳子来自不可知之处，又去往不可知之处。

江子和大白随意地聊着天。大白是个很好的听众和树洞，因为你知道它其实无法理解你在说什么，却会不断表示"对，您说得对"和"是的，您毫无疑问是正确的"，并在适宜的时候提问，以表示自己对你的话题有十足的兴趣。

"我跟你说，大白，人类的未来在什么地方？当然是浩瀚的星空，一个不断开拓的文明才是有希望的。我在给上级的报告中说，我们要坚持走出去和引进来，两手都要抓，两手都要硬。"江子还没喝酒就吹起来了，"什么叫走出去？就是人员、资金、技术都要向外拓展，向月球，向火星，向土星轨道上拓展；什么叫引进来？就是这些东西最终都要回流，要反哺地球。"

"对，您说得对。"

"跟一个伟大的文明前景比起来，个人的情感都是渺小的，有些牺牲在所难免。"江子侃侃而谈，"什么名誉地位、金钱财富、儿女私情，和我们头顶上的星空比起来，又算得了什么呢？你说是不是？"

"是的，您毫无疑问是正确的。"

"只恨我早生了五百年，如果晚生五百年，我或许可以看到人类走出银河系的那一天。"这一刻，江子看上去像是个理想主义者和诗人。

"站长先生，如果用您的名誉地位来换一个伟大的文明前景，您愿意吗？"

"当然愿意。"江子大公无私，不拘小节，舍小我为大家，"我一介凡夫俗子，如果能为全人类做出这么大贡献，我心甘情愿。"

"那么，用您的金钱财富来换一个伟大的文明前景，您愿意吗？"

"当然可以。"江子视金钱如粪土，"钱这东西没什么用，我生平不爱钱。"

"用令爱来换一个伟大的文——"

"滚！什么狗屁文明前景，哪有我女儿重要？谁敢动我女儿，我要他狗命！"

江子在门口卸下身上的铁浮屠，楼齐和梁敬上来帮忙。越过他们的肩头，江子远远地望见默予进入了P3实验室。

"主任，大厨让我下来看看你忙完了没有，马上要吃午饭了。"默予站在隔离间说，透过门上的玻璃，她居然看到胡董海坐在实验室里喝咖啡。

全世界的实验室里都不准吃东西，看来这条规定从来就没人在乎。

上梁不正下梁歪，默予径直推门进去。其实，卡西尼站内的所有人都不在乎这间P3实验室，因为它压根儿就没怎么派上过用场，处于被遗弃的边缘，前任站长甚至很严肃地考虑过把实验室改造成桑拿房。

"小声点。"胡董海老神在在地坐在椅子上，身上的防护服已经半脱下来，手里端着咖啡，"别惊扰到它。"

"它？"

胡董海朝着黑球努了努嘴。

那个黑球被安安稳稳地放置在手套箱内，它正在缓缓旋转，像是一枚躺在保育箱内的卵，只是不知道会孵化出什么来。

"你在干什么？"

"我在欣赏它。"胡董海回答，"你不觉得它很完美吗？物理也好，数学也好，在它身上都臻于完满，它是无可挑剔的球形，同时也是这世上最纯净的颜色。"

"黑色？"默予问。

"黑，纯粹的黑，你从未见过的黑。"胡董海抿了一小口咖啡，"黑其实不是颜色，它是亮度，它能吸收全部可见光，就相当于在一张五颜六色的画布上硬生生地裁了一块下来，露出了后面的底色。它是你视野中的一个洞，无论从哪个方向看，它都会是一个洞。"

胡董海用手指画了一个圈。

"两百年前，物理学的大厦同样接近完美，仅仅存在一丁点儿可以忽略不计的漏洞，可就在这个小漏洞中，我们颠覆了整个世界……同样，此时此刻，这个黑球就是我们发现的一个世界的小漏洞，我们可以再一次颠覆世界。"

胡董海的声音很低，有条不紊，不紧不慢，但默予听得出平静下暗藏的狂热。这种缓慢、沉重的狂热就像水面下流动的熔岩，它们的高温和灼热只是暂时被掩盖了。

"我可不敢跟那东西靠得太近。"默予说。

"为什么？"

"太邪门了。"默予回答，"我担心跟它靠太近SAN值会掉。"

"SAN值？"

"Sanity，理智的意思。"默予绕到胡董海身后，抄着双手，"这是某些游戏中的设定，如果与某些不可名状的玩意儿靠得太近，人类会逐渐失去理智，最后变得疯狂。"

"有点意思。"胡董海笑笑，"不过有一点是对的，跟这个球待在一起，我们确实会失去理智。从某种意义上来说，它是一个洞，是新世界对我们打开的洞口，从这个洞中我们可以看到全新的宇宙，这世上没什么比这个更具有诱惑力了。"

显然，胡董海对这个黑球极度着迷，如果时间倒退三百年，再给他一套萨满巫师袍，他能绕着这个球跳大神。面对不可名状、不能理解的观察对象，SAN值会掉是人类心理的正常现象，只不过古人放弃理解它们，把它们统统归结为神明，而现代人拥有强大的工具和学习能力，能洞悉古人眼中的神迹。

想让现代人掉SAN值相当困难，因为现代人知道得太多了，知道的认为自己知道，不知道的还认为自己知道。即使太平洋底的古城中真藏着一只长有章鱼头的怪物，严重威胁来回航运，美国人应该也不会吝惜用一把三叉戟送它去见波塞冬的。

按照惯例，谁有三叉戟，谁就是海神。

波塞冬只有一把。

而美国人有一大把。

其实，默予挺担心胡董海的状态，自从挖出这个黑球后，他就没有休息过，几乎一心扑在这上头，不眠不休，少吃少喝。她说掉SAN值是开玩笑，但身心健康不能马虎。站内的每一个人都能理解胡董海的心情，这个人无儿无女，没有家庭，几乎为土卫六和卡西尼站奉献了一切。

卡西尼站从计划筹备、初步立项至真正建立，中间隔了漫长的二十年时间，胡董海跟着从黑发熬成了白头。卡西尼站是他的全部心血，如果最终卡西尼站不得不关闭，那么胡董海就失去了心灵的栖身之所。

"1∶4∶9。"默予说。

"1∶4∶9，我也看过。"胡董海这回接住了默予的梗，"相比于这个球，方碑其实更好理解，因为比例是个无量纲量，跟长度和质量不一样。"

"它不会真的是个四维空洞吧？"默予想起了梁敬的猜想，他认为这个黑球是四维空洞在三维空间中的投影，而某种超级智慧把这个空洞固定在了一个可移动的外壳里，e就是外壳的质量数值。

"不知道。"胡董海摇摇头。

"如果它真的是个洞，那么它的另一头通往哪里？"默予很好奇，"这就是传说中的虫洞吗？它的对面是宇宙的尽头？"

"不知道。"胡董海再次摇头。

"我说主任，如果我们能把什么东西送进去，比如说用超级闪光弹或者超大功率的电磁波信号对着它广播，然后在另一头安装灵敏的接收器，"默予说，"如果我们能在另一头接收到相同的信号，是不是就能验证这个黑球是虫洞了？"

胡董海笑了。

"听起来可行，但不具备实际操作性。首先，我们没那么大功率的广播，你要是能塞进去一个太阳，那可以。"胡董海说，"其次，就算它真的是个虫洞，你知道它的另一头距离我们有多远？十光年？二十光年？甚至在可观测宇宙之外呢？或者在天体内部呢？那我们永远都接收不到信号。"

"那我们就把它发射到太阳里去。"

胡董海正在喝咖啡，差点被呛到。

"行行行，等我们把它研究透彻了，就把它送进太阳里。"胡董海说，"不过，丢进去可就捞不回来了，所以还是得等我们有能力制造这玩意儿了再说……当然，首先要把它送回地球。"

默予从胡董海手中接过空咖啡罐子。她有些好奇，如果这东西被送回地球，地球上的人会怎么对付它。

一开始，所有人小心翼翼，将其视若珍宝，严密保护在实验室中，碰不得，摸不得。

上美国总统。

上英国首相。

上法国总理。

上俄国大帝。

然后大家面面相觑，目瞪口呆，呆若木鸡，茶饭不思，苦思冥想，抓耳挠腮……

上高压电镜。

上核磁共振。

上粒子对撞。

再后来，所有人恼羞成怒，勃然大怒，怒不可遏，饿虎扑羊……

上超量子计算机。

上百万吨水压机。

上新东方挖掘机。

上吨级TNT炸药[1]。

最后"无可奈何花落去，似曾相识燕归来，小园香径独徘徊"。

去你的。

滚进太阳里去吧！

---

1 一种烈性炸药。

今天的午饭是咖喱牛肉、西红柿炒鸡蛋和花椰菜，大厨说晚上包饺子，所以午餐就做得简单一些。反正每天的食谱都由他定，其他人没有决定权。驻站队员们围着餐桌吃吃喝喝，在微重力环境下，筷子才是最好用的餐具，叉子、勺子都是渣渣，除非你是印度三哥，用手抓。

"午餐吃咖喱牛肉，那下午茶时间吃什么？"默予问。

"咖喱牛肉。"大厨回答。

"下午茶后的休息餐呢？"

"咖喱牛肉。"

"休息餐后的工作能量补充呢？"

"咖喱牛肉。"

"五点的大脑恢复点心呢？"

"咖喱牛肉。"

"六点的晚餐前预备食品呢？"

"咖喱牛肉。"

"为什么全都是咖喱牛肉？"默予不满。

"因为咖喱牛肉做多了。"大厨回答，"我今天做了半头牛。"

"另外半头牛呢？"默予问。

"不是昨天被你吃了吗？"

"吧嗒"一声，筷子从目瞪口呆的崖香手中落下。

"脉冲激光？"

胡董海把筷子转过来，平放在餐盘上。

"对，高能脉冲激光，脉宽四个飞秒，功率峰值八百太瓦，这个是我们能拿到的功率最强的激光器了。事实证明，黑球的吸收能力可能没有功率上的极限。"梁敬咬着橙汁中的吸管，口齿不清地说，"或者说在功率上没有筛选机制。"

"功率还能继续提升吗？"胡董海问。

"地球上可以，这里没办法了。"梁敬把吸管吐出来，"我把搞矿石的老底子都搬了出来，可对那个见鬼的球来说没有一丁点儿用。主任，我是没辙了。"

功率峰值超过八百太瓦是个什么概念？一太瓦等于一亿千瓦，而三峡水电站的发电总功率是一千八百万千瓦，八百太瓦相当于四千多座三峡水电站的发电总功率。也就是说，在这短短四个飞秒的时间内，激光器的瞬间功率超过四千多座三峡水电站的。

"哎，我说哥几个，你们都被那个球鬼迷心窍了吗？这一天到晚茶不思饭不想的，都在寻思那玩意儿。"江子的大嗓门儿插进谈话，"虽然那个球确实是个古怪东西，少说也值十几个诺贝尔奖，但今天可是过年，咱们来喝一杯呗？搞研究不急于这一时，反正它就在底下的实验室里放着，又不会长脚跑了。"

江子说着，神气活现地从桌子底下掏出一瓶北京二锅头，五百毫升软瓶装。

"正宗北京红星二锅头！

"四十六度。

"来来来，咱们几个能喝的走一个！"

众人注意到大厨的脸色顿时就黑了下来。

万凯确实有一瓶酒，但俗话说狡兔三窟，为了防止这瓶酒被江子这样的人偷喝，万凯特意准备了三个酒瓶子用来鱼目混珠，其中只有一瓶是真正的酒，另外两瓶里装的是白醋，他还把三个瓶子分别藏在了不同的地方。可惜道高一尺魔高一丈，大厨那点道行在江子面前还是不够看，后者当年可是夹带白酒上太空的惯犯，且屡教不改。

自一百四十年前加加林上天起，偷偷带酒上太空向来是各国宇航员的"优良传统"。他们把酒瓶子改造成各种模样，伪装成字典，伪装成工具盒，伪装成奶奶的相框，以期能骗过飞行前的安全检查。前辈们甚至还把未喝完的酒留在空间站内，以飨后来者。

后来，航天活动不再禁止酒精，并把低烈度酒精饮料列为补给必需品，酒鬼们反倒失去了兴致，都说后勤部门送上来的酒没有自己带上来的好喝。

江子捏着瓶子把白酒挤进杯子里，他用一根五毫升的分度吸管给众人倒酒。卡西尼站内的所有液体容器都是密封的，无论喝什么都得插上吸管，这是为了防止液体洒得到处都是。酒精这种有挥发性的液体更是如此，不密封起来会污染空气。

默予和崖香不喝酒，她们坐在一边喝橙汁。

"哎呀……天知道我这几个月是怎么熬过来的。上次那个白兰地喝起来一股工业酒精的味道，没有二锅头好。当然，最好的还是茅台。大厨，你怎么不搞瓶茅台来呢？"江子举起杯子和周围几人碰杯，用力吸了一口二锅头，开始感慨，"饭后一杯小酒，给个部长都不换。"

"搞个屁，这瓶酒是我自己买的，一瓶八十八。"万凯说，"一瓶茅台八万八，那是国酒，我哪里买得起？"

"红星二锅头也是国酒，咱们就喝这个国酒。"

很快，男人们就把午餐变成了酒会。胡董海和梁敬喝得少，楼齐一开始不想喝，但架不住江子劝。一群人吵吵嚷嚷地闲聊，从黑球扯到黑洞，扯到银河系，最后又扯回到地球。江子说市中心的房子一平方米两块钱，买一箱二锅头的钱就能租个几百平方米的大平层，但是有一大堆乱七八糟的服务费。梁敬说那不如住到郊外去，郊外的房子稍微贵一点，但都是两层的独栋，反正真空轨道超快，相当于音速的六七倍。

"你们可以去火星上买房，在火星上买房政府倒贴钱给你们。"楼齐说。

"上火星买房？"江子嗤之以鼻。

"扯淡呢吧，在火星上买房，你家孩子坐聚变飞船去上学啊？现阶段移民火星纯属扯淡，那个……那个什么公司来着？"

"爱达。"

"对对对，就是那个生产木糖醇的，他们搞火星地产开发就是骗补贴！真的就是骗补贴，还建中央居民区，忽悠谁呢，有本事你把师大附中、协和医院搬过去。"

默予安静地坐在边上，撑着脑袋，慢悠悠地转着手里的杯子，她不参与这些话题，默不作声地旁观。她忽然想：什么才叫作人类呢？在远离地球十三亿千米的星球上，仍旧吃吃喝喝，骂地方政府办事不力，无论飞出多远，脑子里永远都装着鸡毛蒜皮，这才是人类。

她不由得想，在久远的未来，人类已经征服了整个银河系，甚至抵达了宇宙的尽头，在某个遥远的角落，人们仍然会坐在一起喝二锅头，讨论把师大附中和协和医院搬到仙女座大星云上。

真是有意思的幻想，这应该叫什么？

师大附中朋克。

或者协和医院朋克。

不出意外，这顿午餐他们吃了整整一下午，一直吃到晚餐时间。在卡西尼站内，看时间全靠钟表，没人看钟表，他们能吃一整天的午饭。

江子一喝起来就刹不住车，他作为站长经常起头敬酒，其他人只能陪他喝。江子经常嚷着"来！为了卡西尼站，我们来喝一个"，然后把杯中的酒一饮而尽。他为了土卫六可以喝一个，为了太阳系可以喝一个，为了爱与和平可以喝一个，为了宇宙微波背景辐射也可以喝一个。

觥筹交错到下午五点时，梁敬说："咱们这午饭该结束了。"

默予和崖香松了口气，心说总算要结束了。

江子一看时间，说："行，现在开始，我们这就是晚餐了。"

大白开启3D投影，大厅顿时变宽敞不少，人声喧哗。几个人稍带惊异地四望，他们坐在熙熙攘攘的人群中间，脚底下踩着金红的绒毛地毯，头顶上是白色与金色的顶棚，挂着灯笼和吊灯。年轻的女服务员高举着托盘侧身从餐桌旁边经过，新到的客人身着黑色的长绒大衣、戴着围巾踏进大门，抖落肩上的雪花，侍者迎上前接过他们的帽子。

原本冷清的卡西尼站顿时热闹起来，他们不知道自己身在什么地方，但看样子是某家高档酒店的宴会大厅。

"这里是什么地方？"楼齐问，"大白，以前没见过你用这个素材啊。"

"钓鱼台国宾馆？"胡董海张望一圈说。

"是的，钓鱼台国宾馆。"

"哪年？"

"1960年。"

崖香对一百四十年前的人很好奇，她的目光透过窗玻璃往外张望，一百四十年前的街道上空空荡荡的，夜空中飘着飞雪。

大厨端上来热腾腾的饺子，不出意外的话，应该是猪肉三鲜馅的。

默予咬了一口。

"大厨，你这包的是什么玩意儿？"

万凯瞄了一眼默予碗里的饺子，轻描淡写地耸肩。

"哦，你那是奶油巧克力馅的。"

"老胡，你甭担心，卡西尼站废不了，花了这么多钱盖的，怎么可能说丢就丢了？"江子起身给胡董海倒酒，"现在咱们发现了这个球，肯定要轰动世界的，接下来卡西尼站绝对会变成科研重地，天知道地底下有没有更多的黑球，你说是不是？"

胡董海也喝了不少酒，他平时滴酒不沾，但到了年关饭桌上，谈起卡西尼站的前世今生和未来前景，不禁悲从中来，愁容满面。眼看着项目经费、财政拨款一年比一年少，各个成员国都想抽身，卡西尼站从香饽饽变成了烫手山芋，熬过了今年，不知道还有没有明年。

胡董海越喝越伤心，喝到最后，所有人都来安慰他。

"钱啊，都是钱的问题，没钱什么都干不成。"胡董海叹了口气，"有句话怎么说来着，这世上只有一种病，那就是穷病。"

"开心一点，老胡，这个球是举世皆惊的重大发现，咱们和卡西尼站注定要青史留名了，来来来，再喝一点。"江子拍着他的肩膀安慰他，"我敢跟你保证，只要咱们把这个球带回去，就再也不用为钱发愁了，这辈子都不用为钱犯愁了。"

胡董海沉闷地哼了两声。

"赶明儿我就去把通信系统修好，叫'暴风雪'号快马加鞭赶回来。"江子说，"他们是赶上了，若干年后的历史书上就会有这么一笔：人类科学史上最重大的发现之一，著名的黑球，就是由'暴风雪'号聚变飞船带回地球的。"

江子说得有道理，只要他们把黑球带回去，就再也不必担心卡西尼站会被放弃了，更不必担心没有财政拨款。与此相反，地球方面还会持续加大投资，扩展科考站的规模，增加站内的人员，这种球体不至少挖出五个来，白花花的银子是不会断的。

想想到目前为止这个黑球所表现出来的惊人特性。

质量。

直径。

不可分割。

吸收几乎一切电磁波和机械波。

江子已经可以想象"五大流氓"为这个球打架的情形了。

"来来来，为了黑球，为了青史留名的卡西尼站和我们，咱们来喝一个！"江子在钓鱼台的宴会厅中起身，与周围的人一起高举酒杯，"为了卡西尼站！新年快乐！"

"为了卡西尼站！"

牛顿绝对时空观被推翻后的第一百九十六年，遥隔十三亿千米的两个世界共用同一时间，现在是农历2100庚申猴年，还有五分钟，全宇宙将进入全新的三百六十五天。

默予有点头疼。

她也喝了一点酒，大厨专门从厨房里取了一瓶红酒给姑娘们喝。默予给自己倒了小小的一杯，然后跟着男人们一起，每次就抿一小口，但她着实酒量不行，抿着抿着就满脸通红了。

众人吃到很晚才散席，对于站内的绝大多数人而言，这是他们在卡西尼站过的第一个春节。熬过了午夜十二点，默予扶着崖香回房睡觉。

过年的繁杂事务到此终于结束了，明天默予就要把作息给改回来。

她脱了衣服坐在床上，把房间里的灯光调暗。"大白，新年快乐。"

"默予小姐，新年快乐。"大白说，"您睡前需要洗澡吗？"

"不了，明天早上再洗。"默予摇了摇头，钻进温暖的被窝，"我现在头昏脑涨的，怕淹死在浴缸里。困死我了，大白，帮我把灯关上吧，明天见。"

"好的，明天见，晚安。"

灯光缓缓变暗，房间里非常安静，默予精神疲惫，几乎是沾上枕头就睡着了，连手机都没玩。

她睡得很沉。不知过了多久，默予忽然隐隐约约听到了敲门声。

"咚咚咚！"

"谁啊？大半夜的来敲门……"默予被惊醒，她打开灯，睡眼惺忪地爬起来，走过去把门打开。

站在门外的是崖香，这姑娘穿着白色的睡衣，光着脚，怀里抱着一个大号枕头，头发没梳，乌黑浓密的长发披散着。可奇怪的是，她一直背对着默予站在走廊上，默予只能看到她的后背和后脑勺，这是在干什么？

"崖香？你有什么事吗……"默予困得不行，打了个呵欠，"怎么连衣服也不换，你的鞋子呢？进来，进来。"

崖香一步一步地倒退进来。

"你在搞什么？"默予莫名其妙，揉了揉眼睛，"干吗倒着走？这是什么地方的传统习俗吗？"

"倒着走？"崖香的声音响起，"没有呀，默予姐，我没有倒着走。"

默予一愣，低头去看崖香的脚。

果然，她的双脚是朝前的。

默予从噩梦中猛然惊醒，睁开眼睛。

她抬手覆上自己的额头，摸了满手的汗，又湿又冷。她没喝多少酒，但不知怎么竟像是宿醉了，大脑昏昏沉沉的。

"大白。"默予注视着天花板，细细地喘息，"帮我把灯打开。"

"好的，默予小姐。"灯光应声亮起。

大白为默予倒了一杯热水，默予捧着水杯坐在床上，身上裹着被单。房间内的空气温度不低，但默予仍旧浑身发凉，刺骨的寒意从脚底下升上来，流经脊椎和后脑，让她生生地打了个寒战。默予把裸露在外的脚丫子缩了回来。

头顶上的灯光把她的影子投在床铺上，默予定定地看着自己的影子，回想起刚刚那个噩梦。

她想象着背对自己的崖香站在房间中央笑。

那种笑声默予从未听过，那肯定不会是崖香的笑声，甚至不会是正常人的笑声。莫名地，默予觉得那像是婴儿在笑，一个婴儿在像成年人那样窃笑，笑得那样得意、那样张狂、那样肆无忌惮。可她从未听过婴儿开口笑，她只听过婴儿的哭声。婴儿会这样笑吗？

"嘻嘻嘻嘻。"

梦中的自己绕到正面去找崖香的脸，可是没找到，因为另一面还是长发和后脑勺。她不断地绕着女孩转圈，可无论在哪个角度、哪个方向，她都只能看到对方的后背和后脑勺。

"默予小姐，您还好吗？"大白问。

"没事，做了个噩梦而已。"默予摆了摆手，喝了一口水。

"那您应该多喝热水。"

"还好你是个AI，你要是个男人，会找不到女朋友的。"默予把碎发撩到耳后，坐在床边休息。她轻舒了一口气，好在只是噩梦，醒来之后一切如常，如果崖香真的变成了那副模样——

"咚咚咚！"

默予头皮一麻，汗毛直竖。

她猛地抬起头来，手里捏着杯子，屏住呼吸，望向房门。

门外沉默了几秒钟，万籁俱寂中敲门声再次轻轻响起。

"咚咚咚！"

男人缓缓推开实验室的门，实验室里没有开灯，一片漆黑，仅有的光源是计算机屏幕和电镜上的指示灯，闪烁着微弱的红光和绿光。

手套箱中的黑球此刻看上去失去了立体感，人眼无法对它进行精准的成像，大脑也没法儿确认它所占据的空间大小，甚至没法儿分辨它是个球体还是张圆形纸片。在胡董海眼中，它就像是空间中被什么人生生剜走了一块，在昏暗的光线中留下一个圆形的黑色空洞。

在弱光条件下，它趋于胡董海所说的完美。

男人没有穿防护服，也没戴口罩和护目镜，这显然违反了实验室管理条例，但他并不在乎，而且向来不在乎。

"主任，需要我为您开灯吗？"大白很清楚来人是谁。

"不需要。"胡董海说，"大白，麻烦你离开这里。"

"离开这里？"大白确认了一遍指令。

"是的，离开这间实验室。"胡董海说，"让我一个人独自待一会儿。"

"明白，主任，如果您有什么需要，请呼叫我。"

大白离开了P3实验室。胡董海左右张望了一下，尽管感觉不到任何变化，计算机的指示灯照常闪烁，换气风扇照常转动，但他知道从现在开始，实验室里就剩他自己一个人了，没人知道他在干什么，P3实验室脱离了大白的掌控。

他坐下来，沉默地注视着那个球，跷着二郎腿，脚丫子晃来晃去。

胡董海原本严肃的神情变了，眉头慢慢舒展开来，他换了一种坐姿，两脚放平，身子靠在椅背上，远远地望着那个球。

他觉得自己在和那个球对视。

胡董海就这么坐了很久，他的表情在变，他在黑暗中咧开嘴笑，然后又换了一种坐姿，软软地瘫坐在椅子上。

在这几个小时内，胡董海不断变换坐姿，久久地盯着箱子里的那个球，用唇语无声地问：你是什么东西？

是人？

是神？

还是怪物？

胡董海猛然起身，绕着手套箱转圈，大踏步地行走。他想靠近那个黑球，可又不敢贸然上前，仿佛要在火中取栗的猴子，靠近了又远离，急得抓耳挠腮。

最后，他走到实验室最远的尽头，又转身回来，站到了箱子前。

胡董海接下来的行为令人惊愕，他关闭手套箱控制系统的电源，打开了它的阀门，让空气灌入破坏了箱内的真空状态，然后打开箱盖，把双手伸进去慢慢抓住了黑球——这是最严重的实验室违规操作，从他们发现黑球起，从来没人用手碰过它，就连江子都没想过要摸这东西。擅自用自己的肢体接触未知样品是危险且愚蠢的，不仅可能威胁自己的人身安全，还会对观察样本造成污染和破坏。

作为实验室主任，胡董海对这一切再熟悉不过了，但他亲手违背了自己定下的所有规则。

黑球的直径只有十厘米，成年男性的双手可以把它完全拢住，所以即使摩擦力为零，胡董海也可以把它慢慢地提出来。他把黑球捧高，凑近，瞪大眼睛，宛如矿工在审视手里的黄金。

他早就想这么干了，可惜一直没有机会。

黑球摸上去很坚硬，但没有想象中冰冷，这个结果很反直觉——这个球的表面是严格意义上的绝对零度，即零下273.15摄氏度，按理来说，任何触摸它的人都会被迅速冻伤，而胡董海以裸手触摸它却安然无恙。

实际上，绝对零度意味着黑球表面的所有分子都是僵死的，分子不可振动就意味着无法交换内能，所以胡董海的双手与黑球之间几乎不存在热传导，缺乏最重要的热流通渠道，黑球不从他身上吸取热量。

"嘻嘻嘿嘿嘿嘿。

"嘻嘻嘿嘿嘿嘿哈哈哈！"

男人大笑起来，笑得如此得意又狂妄。在今天的晚餐桌上，这个人分明还愁容满面、满腹悲苦，表现得像个忧国忧民的老学究。江子说他们要青史留名了，他都高兴不起来。

"哈哈哈哈哈哈！"胡董海在实验室里转圈，他把黑球贴在自己的脸颊上，在自己的皮肤上滚动，从脸颊滚到额头，像是在抚摸少女娇嫩的肌肤，同时闭上眼睛陶醉地喃喃自语，"完美……太完美了，你要是能归我所有该多好？"

亲手触摸这样一个绝对标准的球体，对胡董海的吸引力是致命的，这是男人的共性。只不过大多数人想玷污纯净的女神，而胡董海想玷污纯净的物理和数学。

玷污它们！

玷污它们！

让它们混乱！让它们繁杂！让它们变成一团乱麻！

让它们差之毫厘谬以千里！

这种快感，庸俗的常人怎么可能理解？

黑球从他手中滑落，砸在地板上，"铛"的一声发出清脆的声响。

胡董海立即扑过去把它抱在怀里，惊慌地取出手机照明，上上下下仔细审视。

"没有裂纹，没有伤痕，果然是完美的，果然是完美的……"他窃窃低语，"世上怎么可能存在你这样的绝对完美？"

男人抱着黑球龟缩在墙角，一声一声地低笑。

默予悄悄地起身，来到房门前，示意大白别出声。

几秒钟后，敲门声再次响了起来。

她深吸一口气后拉开了房门，站在门外的人果然是崖香，她穿着一身白色睡衣，披散着头发站在光线昏暗的走廊上，怀里抱着一个枕头，跟噩梦中的情景一模一样。

但好在现实中的崖香看上去很正常，默予看到的不是后脑勺，而是女孩白皙的脸和一对暗褐色的明亮眸子。崖香眨了眨眼睛，咬着嘴唇，目光很无辜。

"默……默予姐……"

她显然是在临时找理由，好解释为什么大半夜来敲默予的门。

默予松了口气，二话没说伸手把她拉了过来。

"哎，默予姐，你——"

崖香愣住了，默予把她紧紧地抱在怀里。

崖香的个子比默予矮，她把头埋进后者的肩膀，嗅到了若有若无的茉莉花香，柔软温暖。

"说吧，妞，这么大半夜的，来找老娘干什么？"默予用力抱紧崖香，在她耳边轻声说。

"我——我——"

"没正当理由今晚你就别回去了。"默予磨了磨牙。

"我我我我能和你一起睡吗？"崖香弱弱地问，"今天晚上？"

"欸？"

这回换默予愣了。

房间里的床很宽大，并排躺两个人绰绰有余。平时默予独自一人睡觉时从来不注意睡姿，在床上滚过来滚过去，怎么舒服怎么来，摆成"大"字形、"十"字形、"片"字形，以及不可名状形。但和崖香共睡一床的时候她就规矩了，毕竟在人前还是要脸的，不能表现得太像个神经病。

崖香小心翼翼地钻进被窝，还偷偷地把脸埋进去深吸了一口气，默予红着脸把她拉了出来。"不准闻来闻去！好好睡，不准作妖！"

崖香规规矩矩地躺好，她还带了枕头过来，准备相当充分，和默予并排睡在一头。

"今天怎么突然想到我这儿来睡了？"

"嗯——就是想呗。"崖香把被褥拉到下巴底下,嘟囔道,"大年夜不想一个人睡。"

"那你可以把AR投影打开,把卧室变成健身房,这样你身边就会有一堆肌肉男在做卧推,一边推一边发出粗重的喘息声。"默予说,"这样你就不是一个人睡了,只是你可能会很兴奋,导致睡不着。"

"我不喜欢投影,他们又不是真人,而且我讨厌肌肉男。"崖香吐了吐舌头,"有时候我觉得AR投影真的很惊悚,因为背景中的人物偶尔会一动不动地盯着我看。我知道他们其实不是在看我,可能是在看投影中的其他什么东西,但我仍然会觉得自己被幽灵盯上了。毕竟他们看得见但摸不着,跟幽灵一模一样。"

默予笑笑,说:"那你还跑到这里来,舒舒服服地待在地球上不好吗?过年就应该跟你的家人、朋友一起守岁啊。"

"我只有这一次机会,卡西尼站又不是想来就能来的。"崖香撇嘴,"我可是费了好大的劲才争取到上飞船的机会。"

"正常人都不会想来这里。"默予说,"你居然累死累活就为了跑到这里来受罪,图啥啊?为了看土星?"

"这么说,默予姐也不是正常人?"崖香笑着问。

默予调整了一下睡姿,侧过身来,两人在被窝里对视。"是啊,我也不是正常人。"

崖香一怔。

默予很认真。

"卡西尼站内的所有人都算不上正常。你以为这里是什么地方?这里是人类世界最偏远的角落,理应聚集着人类社会中最不正常的一群人。"默予看着崖香说,双眼在黑暗中灼灼发亮,目光仿佛能直透人心,"你在这里接触到的所有人,站长也好,主任也好,都没你想的那么简单、普通。"

小姑娘的八卦心理顿时被激了起来,眼睛一亮,问道:"真的吗?跟我讲讲呗!"

"就拿主任来说,你觉得主任是个什么样的人?一个沉默寡言、慢条斯理、为人和善的老学究?"

崖香点点头,任何人对胡董海的第一印象都是如此,她甚至没见胡董海动过怒生过气,他说话做事永远不紧不慢的。无论外貌还是性格,胡董海都是外行人眼中典型的科研工作者——戴着厚厚的眼镜,顶着不长毛的聪明脑袋,大部分时间都穿着白大褂泡在实验室里，不善交流与言辞，待人友善、亲切。

"我觉得他不是那样的人，至少现在不是……主任其实是个非常偏执的人。你知道吗？他几乎从不回家，甚至不回地球，长期住在火星上的院所宿舍里。你是不是从没见他收到过亲戚朋友的问候视频？我听人说他没有家人，也没有朋友。"默予低声说，"由于卡西尼站，他跟自己的亲人、朋友全部断绝了来往，所有人都骂他是疯子，跟他关系最亲近的只有他的两个学生。"

"那他的学生呢？"

"你还记得卡西尼站过去有多少人殉职吗？"

"十八个。"

"其中两个就是主任的学生。"默予说，"这是很多年前的事了，其实是纯粹的意外事故，由于安全绳断裂，两个人都被卷进了风暴里。但胡主任一直觉得是自己害死了学生们，这件事项目组里的很多人都知道，从那以后他就再也不肯回地球了。"

崖香暗暗吃惊，在默予的描述中，他简直是个偏执狂。

"愿意留在这里的人，或多或少都有些隐晦的原因。"默予说，"你以为仅仅是为了做研究吗？卡西尼站一直就是个怪咖集中地好吗。"

"那么你呢，默予姐？"崖香很好奇，"你为什么要待在卡西尼站？"

默予长出了一口气，翻过身来望着天花板，然后翻了翻白眼。"我为什么来这里呢？大概是因为地球上蠢货太多了。"

1月30日

胡董海死了。

这位资深的卡西尼站科研主任，大年初一的早上被人发现死亡，死时面目狰狞，姿态扭曲，怀里紧紧地抱着黑球。

发现死者的人是梁敬，他一大清早到实验室里做例行检查，进门后发现胡主任蜷缩在墙角——他那个跟灯泡一样亮的头顶，梁敬隔着老远就能看到。胡董海当时背对着他，头靠在墙壁上一动不动。梁敬有点诧异：这是喝多了醉倒在这儿了？他叫了两声，见没有回应，于是上前拍了拍胡董海的肩膀。

"铛"的一声，梁敬看到那个黑球从胡董海身上掉下来，骨碌骨碌地滚远了。

接下来看到的景象令他惊恐万分。主任的身体慢慢地歪了过来，他四肢蜷曲着，冰冷而僵硬，双眼瞪得老大，眼神涣散，竭力张大着嘴，嘴角还有唾液的残迹。胡董海的神情极度扭曲，梁敬不知道那是惊恐还是惊喜，不知道他是在尖叫还是在尖笑。他像是在水中痛苦地溺水窒息，又像是欢喜地登上了极乐世界。

梁敬吓坏了，跌跌撞撞地去找其他人，他嘶哑的声音打破了卡西尼站新年清晨的寂静。

"确认死亡？"

"确认死亡。"万凯从胡董海的颈动脉上收回手指，叹了口气，"有一段时间了，应该是昨天晚上人就没了。"

江子、楼齐和梁敬蹲着围在周边，默予站在实验室门外，手捂着崖香的眼睛。

众人都很沉默，连大白都没吱声。胡董海死状惊悚，他们都是普通的科研工作者，不是警察也不是法医，碰到这种事难免不知所措。

梁敬发现异常后，第一个赶到现场的人是江子，其次是楼齐，两人当时正在大厅里吃早餐，计划着怎么修复通信系统，听到动静就冲了下来。万凯则在厨房里准备今天的菜谱，所以稍慢一步。默予当时还没起床，她是被大白吵醒的，她把怀里的崖香叫醒，披头散发地下楼来。

万凯是卡西尼站的兼职医师，工作内容是辅助大白对驻站人员的健康状况进行诊断。实际上，真正干活儿的都是大白，他只需要看一眼大白的诊断结果，然后点个头就行。在这个年代，人工智能的医学诊断比人的更精确。

说起来，万凯只是个摸鱼医生，不是法医，从来没干过尸检。万凯还没来得及向众人解释自己的专业是看活人而不是看死人，江子就把他推上前了。没办法，就算他是个兽医，碰到这种情况也只能硬着头皮上了。

"没有伤痕，没有血迹，没有外力作用的痕迹。"万凯说，"不是他杀，但也不太可能是自杀。"

这是废话，卡西尼站里一共也才七个人，如果是他杀，凶手难道来自站外？

自杀其实也可以排除，P3实验室里没有可以用来自杀的工具。胡董海死状诡异，却没有伤痕，万凯检查过，也没有服用化学毒剂的痕迹。卡西尼站内的有毒化学试剂有限，而且致死量大多超过一两斤，得对瓶吹才能毒死自己。除非胡董海可以憋气自杀，但那样他就不是人类了。

"江子？"梁敬扭头看江子。

江子摆摆手，蹲在边上看着胡董海的尸体。他也蒙了，好端端的一个人，怎么说没就没了？昨天晚上大家不还一起喝酒来着吗？

"老胡有心脏病吗？还是有什么过敏史？"江子的第一反应是心脏病突发。

"都没有，主任的身体一直很健康，体检时没有发现过任何异常，他甚至很少感冒。"楼齐摇摇头，"是吧，大白？"

"主任的健康状况一直良好，没有心脏病史，也没有过敏史。"大白回复。

江子焦躁地抓着头发，他是站长，碰到突发状况其他人第一个仰仗的是他，可他本人也六神无主。

卡西尼站的突发状况应急预案中可没这么一条：发现自家的科研主任莫名其妙地死在实验室里该怎么办？碰到这种情况，首先要做的应该是拨打120和110，但离他们最近的派出所都远在十三亿千米之外，这个距离神仙都够不到，即便打给朝阳区派出所，他们也没法儿出警。

江子环顾一圈，周围的人还在等他的指令，默予带着崖香躲在实验室外的走廊上，不敢进门。

"我进来的时候主任正抱着这个球，不知道想干什么。"梁敬戴上手套，把地板上的黑球轻轻地钳了起来，仔细审视，黑球的表面一如既往地光滑，没有丝毫划痕，"主任大半夜跑到这里来，就是为了这个球？"

这时众人才发现黑球已经被人取了出来，手套箱被打开了。主任的死亡吸引了所有人的注意力，以至于没人注意到这个黑球，梁敬一提醒，他们立即意识到黑球与此事的关系：胡董海的双手仍然保持着握球的姿势，这无疑是极其蹊跷的——胡董海自己违背了实验室的所有规定，半夜偷偷地钻进P3实验室把黑球取了出来。

这种行为本身就毫无道理，众人不可理解。胡董海是科研主任，他什么时候来看这个球不行，为什么非要等到夜深人静、三更半夜？

而且，他深知裸手触摸实验样本是对样本的污染和破坏，黑球是如此珍贵的观察对象，胡董海怎么会去破坏它？

没人知道胡董海在想什么。

"那个球有什么异常吗？"江子问。

"没有。"梁敬把黑球重新放回手套箱内，关闭阀门，把它隔离起来。他下意识地远离这个诡异的黑球，胡董海死亡的时候紧紧地抱着它，毫无疑问，它与主任的死亡有直接联系。

江子把胡董海的眼睛合上，然后拉起塑料布把他盖上。在场的还有姑娘，这惊悚的死状可能会吓着人家。

"别再碰它了，离那东西远一点。"

江子仍然处于震惊中，卡西尼站已经有很长一段时间没出过人命了，他们在吓唬新人的时候总是把那十八个因公殉职的烈士搬出来，可那是因为恶劣自然环境而发生的意外，与地震、火山、泥石流无异，从未有人在卡西尼站内失去过生命。

胡董海是他的老朋友了，主任为人稳重，不苟言笑，但他死前的扭曲表情让江子暗暗心惊。

老胡这是见到了什么？

江子慢慢伸出手握住胡董海枯瘦冰冷的手，就在昨天，这双手还是温暖有力的。

众人把胡董海的尸体搬进了医务室，总不能让他就这么一直躺在实验室里，医务室里好歹还有张床。万凯和大白负责尸检，其他人待在二楼大厅里等消息。

崖香和默予挤在一起，默予按着崖香的肩膀安慰她。小姑娘长这么大从没碰到过这种事，一上午情绪都相当低落。默予跟她说："你可是想当战地记者的人，得坚强一点。"虽然默予看上去很镇定，但实际上她自己也在发抖，胡董海诡异的死状着实吓到她了。

男人们坐在边上，江子多年来第一次犯了烟瘾，他已戒烟多年，现在却想抽一支。

他们找大白要监控录像，可大白表示自己没有监控，因为昨天晚上胡董海进入P3实验室后把它赶了出来。主任在实验室里究竟做了什么，可能只有天知道。

江子深吸了一口气，用力捏了捏眉心。

胡董海的突然死亡把所有人的行动计划全部打乱了。江子原计划今天出门维修通信系统，大白估计是冰火山喷发影响了通信，但实际故障情况还需要江子本人去确认。梁敬则准备和胡董海一起继续研究那个黑球，现在看来是没可能了。

万凯推开门进来，所有人几乎同时起身。

"什么原因？"

"大厨，这究竟是怎么回事？"

"老胡究竟是个什么情况？"

万凯摆了摆手，接过水杯喝了口水，又坐下来喘了口气，才有力气说话："别着急，别着急，一个个地来。"

他刚从医务室回来，医务室就在二楼，跟办公室和厨房在一条走廊上。那里是唯一有条件进行尸检的地方，大白是个非常优秀的大夫，万凯只需要为它打下手。

"老胡究竟是什么情况？"江子问，"突发疾病？"

"没伤，也没病。"万凯回答，"可能是猝死。"

"猝死？"

众人皆惊。

"对，就是猝死，而且不是心源性猝死，有可能是罕见的精神性猝死，即剧烈的情绪或者心理变化导致的死亡。"万凯解释，"通俗地说，就是我们平时所听说的'吓死了'或者'笑死了'。"

"吓死了？"梁敬问，"人还真能给吓死？"

"当然可以。"万凯点头，"虽然很少见，但是过度惊吓确实是死亡的诱因之一。"

"但这不合理啊。"默予说，"主任在实验室里，怎么会被什么东西吓死？"

万凯耸耸肩，他也莫名其妙。大白对胡董海的尸体进行了细致的检查，确认他体内的组织器官没有发生病变，但胡董海大脑内分泌了大量的儿茶酚胺类神经递质，比如多巴胺。这类递质主要用来传递中枢神经兴奋，说明胡董海死前的情绪和心理波动极大，所以大白推测主任之死是剧烈精神变化所诱发的猝死。

"那个球。"梁敬提醒。

"那个破球把老胡吓死了？"江子觉得不可思议，"扯什么淡呢。"

胡董海死亡时手里抱着黑球，他的猝死多半与黑球脱不了干系，但要说胡董海是被这个球给吓死的，那就是扯淡了。

老胡是什么人？卡西尼站的资深科研主任，活了大半辈子，从地球到泰坦，什么东西没见过？黑球古怪归古怪，但不至于把人给吓死，否则当年发生黑体辐射紫外灾难的时候怎么没把一帮物理学家给吓死？

可猝死这种事本就是不可预测的，即使如今发达的医学可以攻克癌症，每年仍有人骤然死亡。他们不是死于灾祸，也不是死于疾病，而是死在自己的工作岗位上，高强度的工作和长时间的精神压力像一块沉重的棺材板，盖在他们的身上。某一天，他们闭上眼睛往地上一倒，就再也醒不过来了。

卡西尼站科研主任胡董海就这么倒在了新世纪的门槛上，他还没来得及仔细研究黑球，还没能看到物理学的重大突破。

"这人哪……真是说没就没了，天有不测风云，人有旦夕祸福。"江子叹了口气，"前一刻还好好的，下一秒眼睛一闭就什么都没了，什么都没啦。"

他望着地板，嘴里絮絮叨叨。

卡西尼站已经有很多年没出过伤亡事故了，应该说，自从卡西尼站正式建成并完善之后，就再也没死过人，牺牲事件都发生在卡西尼站的前期探索阶段。江子的任期马上就要结束了，而到时候胡董海会与他一同返回地球进行休整，两人约好了再见面时喝酒。

"我们先把通信修好，这件事要报告上级。"江子说，"我们短期内的原计划不变，先跟地球和'暴风雪'号取得联系，让他们把老胡带回去……大白，给我评估一下通信系统的损坏情况，待会儿把报告给我。"

"收到。"大白回复。

"我下去看看那个球。"梁敬说，"说不定能发现什么。"

"行。"江子点头，"不过要注意安全，让大白跟你待在一起，碰到什么不对劲立即示警，那个球太邪门，离它远点。"

"好。"梁敬说，"我会注意的。"

江子缓缓起身，准备下楼开始维修工作。

"站长，"楼齐喊了他一声，"主任那边怎么处理？"

"主任那边怎么处理？"梁敬也问。

江子怔了一下，旋即明白他们是在问胡董海的尸体怎么办，总不能把尸体一直放在医务室里吧？

"暴风雪"号聚变飞船还有一个礼拜才能抵达，如果把胡董海的尸体一直留在卡西尼站内，可能会发生腐坏。

"我不建议诸位把胡主任的尸体留在卡西尼站内，尽管它不会像在地球上腐烂得那么快，但它在室温下仍然会缓慢氧化，并污染站内空气。"大白说话了，"而且，我认为它会不同程度地影响各位的工作状态。"

这倒是句实话，没人愿意与一具尸体长期共处一室，无论这具尸体生前跟你是不是熟人。

"难道放到外头去？"江子有点恼火，"零下一百八十摄氏度，还不给冻成冰碴子了？"

"我建议诸位将胡主任的尸体储存在铁浮屠内，然后停放在机器人或者步行车仓库，并为铁浮屠通上电。"大白说，"这既可以将其与生活区隔离开，也便于保存主任的尸体。等到'暴风雪'号运载飞船抵达，诸位再把主任运上飞船带回地球。"

江子沉默了几秒钟。

"行，就这么办吧。"

江子再次套上铁浮屠，出门维修通信系统。

这大概是他这辈子过的最糟糕的一个春节，火山、黑球，再加上胡董海猝死，一波未平一波又起，真是个多事之秋。

"站长，评估报告已经发至您的邮箱内。"

"好，我收到了。"

按照大白的评估，通信系统的故障源清晰且明了，就是火山喷发物砸坏了天线，是自然灾害引起的通信中断。类似的问题之前不是没有出现过，比如风暴刮倒了通信塔，雷击烧毁了线路，还有低温暴雨磁场辐射，在这鬼地方出问题是常态，不出问题是变态。

通信塔距离主站大概一百多米远，是一座六层楼那么高的圆柱形高塔，直径超过两米，类似于风力发电机的立柱，内部有维修阶梯，塔顶就是高频天线。卡西尼站依靠通信塔与轨道上的中继卫星保持联络，同时它可能也是整个土卫六上最冒尖的建筑，所以它吸引了方圆上百千米所有的雷击。

中学生都知道什么叫尖端放电，而通信塔就是这个天打雷劈的尖端。雷暴发生时，卡西尼站内的人会挤在窗前看打雷，因为场景蔚为壮观。地球上从未有过这么粗的闪电，它从云层中贯穿下来，落在通信塔的塔顶，如游龙般翻滚，天地之间亮如白昼。

云层中积累的电荷会形成一个巨大的电场，积累起百亿伏特级的高压，闪电落下来的一瞬间，电流会超过六十万安培——这个数字也不知道是哪位富兰克林测出来的，不知道他是不是还活着。在强电场之下，空气变成导体，庞大的电流击穿空气之后进入通信塔，再流入大地。遥望过去，通信塔仿佛某种地对空超级武器，正在释放能量抵抗云层中的外星人。江子给通信塔取了个名字，叫雷火炼塔。

而塔内精密的通信系统还能扛得住这神罚般的雷击，只能说设计它们的工程师牛掰。

通信塔跟能源舱刚好在相反的方向，以最大程度地降低聚变反应堆强磁场对通信的影响。一根红色的安全绳把通信塔与主站连接起来，要去通信塔就必须沿着安全绳走。

"我出门了。"

江子拖着工具箱出门了。要维修通信系统只带个箱子是不够的，具体损坏情况不明，他可能需要更换大型零件，所以江子身后拖着笨重的雪橇。

"祝您好运。"

室外的浓雾仍然不散，香格里拉平原上出现罕有的连续无风天。土卫六的重力只有地球的七分之一，在弱重力环境下，这些悬浮在大气中的颗粒物沉降速度极慢，如果再不来一次大风，这场大雾能延续到下个地球月。

江子放眼望去，上看不到天空，下看不到地面，没有天地的概念，四周是一团搅在一起的浑水。如果这个星球上真有什么智慧生物，那么它们多半不会进化出眼睛。江子抓着安全绳一步步地前行，脚底下止不住地打滑，雪橇拖在身后磕磕绊绊。

他想起了卡西尼站内流传多年的某个传说，关于土卫六上第一个牺牲的人的传说。那是一位英国籍的环境学家，彼时卡西尼站还未完全建立，也是在这样一个大雾天，那个英国人从登陆飞船出发，去十米之外的临时营地，可就这么短短十米的距离，他却一去就是十年，到现在还没走到目的地。

没人知道如此近的距离他为什么还会迷路，更不知道他迷路后去了何处。江子可以想象出当时的情形：那个孤独的英国人绝望地走在荒芜的冰原上，通信断绝，不知方向，最后倒在香格里拉平原的某个角落。

自那之后，不止一个人声称在远方的黑暗风暴中看到了射灯的灯光。有人坚信那个死者的灵魂至今还在泰坦的荒原上游荡，打着微弱的头灯，想找到回家的道路。

"站长，能听到我说话吗？"耳机中有人说话，是楼齐的声音。

"能听到。"

"我就在你的左后方。"

江子一愣，扭过头来，发现魔爪机器人吧嗒吧嗒地从浓雾里钻了出来，很快就超过了他，在他的前头爬着，高举的机械臂上带着超强射灯。

"你把魔爪开出来作甚？"江子说，"它又派不上什么用场，这玩意儿的小短腿爬不了梯子。"

"陪你。"楼齐说，"一个人在外头，你不觉得怪恐怖的吗？"

江子东张西望，咂巴咂巴嘴："还行，我习惯了。"

卡西尼站内的男人们都取得了出外业的资质，他们在地球或者火星上接受过适应性训练。但除了江子和梁敬，其他人都会尽可能地避免出门——危险是一方面，更大的原因是心理压迫，雾霾中能见度极低，几乎屏蔽了所有的视觉信号，看不见就会导致心慌，心慌容易出乱子。

卡西尼站的外业工作遵循最少外出人数原则，意思是出门的人越少越好，一个人能办成的事就不要派两个人。之所以会制定这样反常规的条例，是因为土卫六上的环境已经恶劣到如此地步，人们不得不把降低人员损失作为第一要务。一旦碰到要人命的情况，来再多的人也是送死。曾经卡西尼站遵照在火星上的经验，要求多人协同配合完成任务，遇到紧急情况可以互相帮助，但这一套在泰坦上造成了严重的人员损失，陡然出现的低温冰暴气旋把任务团队一锅端了。

"站长。"

"嗯？"

"接下来该怎么办？我是说等'暴风雪'号到了之后，我们继续留在这里，还是跟着飞船一起回去？"

"等联络恢复之后看上级的指令，不过我估计这一回咱们都得回去。发现一个见鬼的球，老胡又突然没了，我们肯定要回去接受调查，说不好还得隔离。"江子说，"不过也不是什么好大的事，就当是休假了……我也累了，不想再干下去了，这趟回去我就申请转岗。"

"那个球呢？"

"老子不管了，谁爱要谁要去。"江子说，"反正我也不是搞研究的，拿诺奖也轮不到我。如果老胡还在，他拿到诺奖说不定还能分我一点点，现在他没了，这东西对我来说毫无价值……我到了。"

安全绳到了尽头，江子面前就是通信塔，一座白色的圆柱体，有两三个成年人合抱那么粗，但是看不清究竟有多高。

江子解下身上的锁扣，拧开通信塔外壁上的小门，然后钻了进去。

魔爪机器人停在外头，机械臂挥了挥手。

通信塔内的空间相当狭窄，每隔一米有一盏小灯，江子穿着铁浮屠，两边的肩膀刚擦着内壁，转个身都有困难。他抓着垂直的梯子往上爬，雪橇就吊在身体底下。这一趟下来很耗体力，也就是江子，换成其他人未必坚持得下来。

通信塔高二十米，顶部安装有高增益天线，火山喷发物就是砸坏了这玩意儿，导致通信中断，而江子的目的就是修好它。

"磨剪子嘞，戗菜刀……"江子低声地哼哼，他站在梯子上，像个下水道工那样拧开头顶上的门，把半个身子探出去，"我说大白，今天不会打雷吧？"

江子有点担忧，抬头望了望。

他的头顶上有一个白色的穹顶，像是个半球形的雷达罩，实际作用是防风和挡雨，天线就被安置在这个防风罩之下。

现在这个防风罩已经被砸穿了，罪魁祸首是一块冰，有脸盆那么大。很显然，它就是所谓的喷发物，它被喷发的火山射了出来——就是射了出来，不是抛飞。土卫六上这么弱的重力，呈抛物线运动的玩意儿没那么大力量，但喷射物就不一样了。这块冰不是榴弹炮，而是加农炮，倾斜着从下往上击穿了防风罩，然后又砸翻了天线。

"未来六个小时内都不会有雷暴天气。"大白回复。

江子稍稍放心。

如果再来一次雷暴，他会瞬间被劈得尸骨无存、羽化登仙。

"这地方倒是个修仙的好去处。"江子把身下的工具箱拉了上来，放在天线平台上，"道行不高，恐怕会被九天雷劫劈得灰飞烟灭，不知道三清是不是在这里得道成仙的？"

江子用安全绳把自己吊在塔顶，然后打开工具箱，脚底下就是二十米高的梯子，塔底的灯光已经变成了一连串小点。他觉得自己像是国家电网的维修工人，正在修理风力发电机。

综合射频天线不是传统的抛物面或者衣架子，它看上去更像是一块大号的奶油巧克力——至少江子这么认为。所有的阵列天线集成在一块平板上，这块板子差不多有一平方米那么大，承担卡西尼站与外界的所有通信，低轨上的庞大星链负责接收卡西尼站发出的所有信号，并把它们发往地球。

火山喷射出来的冰块击穿了防风罩，然后砸在了天线上。江子看到了满地的碎冰，平板天线被砸出一个凹坑，但真正致命的不是巨力撞击——通信塔上的天线阵列由一万个高频通信单元集合而成，每一个单元都能独立工作，也就是说，就算一万个通信单元损坏了九千九百九十九个，剩下的最后一个仍然能保证联络。

导致通信断绝的真正原因，是冰块砸坏了天线的隔热保温系统——那个浅浅的凹坑意味着天线内部的隔热材料断裂，防冻液泄漏，热交换循环中止，精密的半导体射频单元暴露在零下一百七八十摄氏度的低温中，一万枚毫米级的砷化镓芯片瞬间全军覆没。

江子掏出螺丝刀，小心翼翼地拆开阵列天线的外壳。

"果然，都冻裂了。"江子用手指弹了弹集成电路基板，拧亮头灯仔细查看，"太先进、太精密也不是好事，太脆弱，一出问题就一锅端了。"

他用刷子把电路板上的白霜清扫干净。"以前这里用的是老式阵列天线，信号发射机与天线是分开的，发射机放在塔底，天线放在塔顶，中间用波导管连接，坏也只坏一头。现在他们把发射机和天线都集成在一块芯片里，出问题就全部报废了。"

"其实还有更先进的通信芯片。"大白说，"只不过它们扛不住土卫六上恶劣的环境。"

"如果不是这鬼地方老是下雨，我们可以用激光啊。"江子说，"你瞧瞧这玩意儿被冻成什么样了？技术再牛又怎么样，管你是砷化镓还是石墨烯，老天想治你真是太简单了，零下一百八十摄氏度，什么东西都得被冻成傻子。"

江子仔细审视手中的通信天线，基板上整整齐齐排列着一万个射频模组，横向一百枚纵向一百枚，组成一个差不多一平方米大小的正方形。他一个一个地检查，希望能从中找到一两个还有半口气能抢救回来的。

大白也在通过铁浮屠上的摄像头进行评估。大白是站内最专业的通信工程师，跟它比起来，江子只能算个修理工，只不过大白拿不起螺丝刀。

"站长，情况如何？"楼齐问。

"情况不太乐观，我估摸它们恐怕已经全体牺牲了。"江子的脖子有点酸，他扬起头活动了下肩膀。他的上半身探进塔顶，双腿则搭在梯子上，用两根安全带在屁股底下交叉成简易吊篮，他就这么坐在吊篮上，悬在二十米高的半空中。"防风罩被砸了个大洞，我们还得先补房顶。"

"防风罩被砸穿了？"楼齐有点吃惊，"那可是能防弹的。"

"能防弹又怎样？对方使的可是二百五十毫米口径的加农炮。"

江子伸手把那块浑浊的冰块拉了过来，轻轻敲了敲。不知道它是什么冻结而成的，可能是某些烃类的混合物，在低温中被冻得极其坚硬。这东西如果高速运动起来，威力绝对不亚于炮弹——十七世纪大英帝国皇家海军风帆战舰上的舰炮也不过如此。

"通信模块呢？有可能恢复工作吗？"

"这些芯片还没我的指甲大，全部封装起来，我拆不开。"江子说。

"您拆开了也无可奈何，芯片内部的三维电路只有五纳米粗，您得用扫描电镜才能看清它们。"大白提醒。

"在看，在看。"江子取出自动检测箱，把接口插上。巨型立体集成电路用人眼是没法儿检测的，和这些印刷电路比起来，即使最细的针尖都庞大得堪比宇宙战舰，江子只能用自动检测设备，用同样精密的工具对付它们。

"磨剪子嘞，戗菜刀……"江子按下按钮，指示灯开始跳动。

他老神在在地坐在半空中，思考着怎么把防风罩上的破洞补起来。

"用透明胶加塑料袋行不行？"

"不可能。"楼齐说，"扛不住强风。"

"那用万能胶加麻袋怎么样？"

"不可能。"

"当年女娲补天用的什么材料？"江子问。

"用五彩石，五彩石不够，就用她自己的身体。"楼齐说，"站长，你是想牺牲自己去堵那个破洞吗？"

"那我建议使用臀部。"大白说。

检测完毕，江子瞄了一眼。

"果然，全部报废了，这就有点麻烦了。"

"没有抢救的余地了？"

"彻底凉了。"江子摇摇头，"以卡西尼站的条件，肯定是修不好这玩意儿的，要送回地球让菊花厂来修。"

"给菊花厂打个电话吧，叫他们派人来取走，他们不是宣称太阳系内全年保修吗？"

"通信都断了，怎么打电话？"

"下次建议他们到这里来建个保修点。"楼齐说，"站内还有备用的吗？"

"有。"江子回答，"老式的无源阵列天线就在仓库里放着，作为这一套系统的备份，只是安装起来有点麻烦，一个人搞不定，至少需要两个人。"

"今天能完成更换吗？"

江子估计了一下时间："不可能，今天完不成，我们先得检查备用天线的状态，再把它运到这里来换上，还得完成调试，至少需要两天时间。从明天开始工作，到后天才能全部搞定，这还是最理想的情况。"

"明白了。站长，你先回来吧，更换备用系统的事我们再做计划，明天再说。"

江子把报废的阵列天线拆了下来，尝试了一下能否把它带下去，但一平方米大小的方壳子着实不好拿，抱在怀里不是，背在身后也不是，通信塔内空间本就狭窄，容纳一个成年人已经四处掣肘，江子只好把它留在塔顶。

梁敬站在实验室里，全身裹得严严实实。

面对这个诡异的球体，梁敬不得不抱以最大的警惕。他向来是个谨小慎微的人，面对未知的物体，他的谨慎总是大于兴奋。

它可能是类似经典物理大厦头顶上的两朵乌云那样的能带来理论变革的种子，也有可能是一枚原子弹。梁敬深知这其中的风险，任何未知的新生事物都有可能是双刃剑，在这把锋利的双刃剑面前，人类只是五岁的孩子。

梁敬不想成为新理论发现过程中的牺牲者，诺贝尔奖从不颁给死人。

"梁敬先生，请勿靠近黑球一米以内。"大白提醒。

"大白，如果这东西有什么能力可以影响人类的大脑，那么最有可能的途径是什么？"梁敬问。

"人类的大脑是精密而脆弱的组织，最简单的影响方式无疑是一枚以每秒四百五十米的速度飞行的直径5.8毫米的金属弹丸。"大白说，"它可以让脑组织变成一摊无法辨认的渣渣。"

"要活的。"

"那么这个问题可以从多个层面考虑。大脑活动依赖于神经递质的作用，包括氨基丁腺素、乙酰胆碱、多巴胺、组胺以及一部分氨基酸，它们由神经细胞释放，作用于特定部位的受体，以此来传递神经信号，究其根本，是一种生物化学反应。"大白说，"使用人工制造的类递质药物可以达到同样的效果，只要它能代替神经递质与受体结合，就能产生同样的刺激，比如说麦角酸二乙基酰胺。"

梁敬怔了一下。

"LSD？"

"是的，致幻剂能让人类产生强烈的幻觉，并导致精神错乱。"大白说，"除此之外，其他精神管制类药品也能造成类似的后果，比如甲基苯丙胺。"

梁敬皱眉。

"你的意思是，主任吸毒了？"

"我可没这么说。"

"可是药物不可能隔空影响人类。"梁敬绕着黑球转了一圈，"它必须进入人体内，让人吸收，才能发挥效力。"

"LSD可以通过皮肤吸收。"大白提醒，"主任曾经裸手触摸过黑球。"

"除了药物呢？"

"从更深层次的角度考虑，人类大脑活动的基础是神经细胞上的电流，是一种生物电现象，有电流变化就会产生磁场变化，那么反过来，电场与磁场也可以影响大脑。"大白说，"比如说二百二十伏的电流经过大脑后会致使脑组织坏死。"

"你举的例子跟你的推测完全无关。"梁敬说，"我们已经证实这个球不会对外产生任何辐射和能量，还有更底层的吗？"

"从最底层的角度考虑，大脑活动在根本上是量子化的，存在量子相干，但由于理论物理与脑科学停滞不前，缺乏相关信息，所以我无法进行更深入的推测。到目前为止，人类意识的相关问题仍旧是学术界争论不休的议题。"大白说。

"量子隐形传态。"梁敬忽然说。

"不好意思？"大白没听清他在说什么。

"量子隐形传态，一种量子通信方式，其中有一步就是隔空的。"梁敬自言自语。

"和这件事有关吗？"

"不，没有关系。"梁敬沉吟着摇头，"量子隐形传态无法隔空传输任何有意义的信息，也不可能隔空干扰人脑的思维活动，这个是不对的，完全不对。"

这么一路思索下来，梁敬只能得出一个结论。

胡董海的死就是猝死。

他可能是对这个球太着迷、太恐惧了，再加上精神压力太大，导致了猝死，跟那些面对电脑屏幕猝死的程序员没有区别。这个球本身并没有主动杀人。

"梁老师？"门口忽然有人叫他。

是默予。

默予没穿防护服，径直走了进来："你还在看这个球吗？"

梁敬点点头。

"梁老师，你说这东西会不会真的是个四维空洞？"默予很好奇。

梁敬哑然失笑。

这个想法最早还是他提出来的，但他当时也只是随口一说，是个假设，没有当真。

"可能吧。"

"那有没有可能是某种怪物从这个洞里跑了出来，杀了人后又钻了回去？"默予虽然不懂多少物理知识，但电影看得不少，"我们又不知道这个洞的另一端在什么地方，说不定是什么外星怪物的巢穴呢？它们躲在宇宙的某个角落，然后到处散播这种球，作为猎食的手段，要猎食时就从这个球里钻出来。你觉得我说的有没有可能？"

"那主任的尸体为什么还在这里？"

"嗯……多半是因为主任的肉质太老了，它们不想吃。"

默予满口食人族的语气。

"那你可要注意了，如果它们是这么挑食的生物，那你不就最危险了吗？"梁敬悠悠地说，"我、江子和楼齐都是皮糙肉厚的大老爷们儿，不合这些怪物的口味。到了半夜它们就从这个球里钻出来，悄悄地摸到你的房间里，把你吃掉，明天早上我们敲门的时候，就只能看到一堆——"

"哇，别说了，别说了！"默予连忙打断他。

"少胡思乱想，哪来的什么怪物。"梁敬摇头，"在这个宇宙中，生命是渺茫的奇迹。你想想，一种以碳基生物为食的捕食者，它的组织形态、身体结构以及生活方式必然与地球生物的极其接近，这说明它的生存环境与地球极其接近，这种怪物存在的概率有多小？"

"如果它们吸食生命呢？"

"吸食生命？"梁敬一愣。

"我突发奇想的，就是把人类的生命从身体上吸走，被吸走生命的人就会无声无息地死亡。"默予形容的东西有点像古典神话中吸食男人阳气的狐妖和女鬼，男人的阳气被吸干后就枯槁而死，但默予自己也知道这说法很扯淡。她很难定义生命是什么，更别谈怎么吸干这东西了。生命这个词和灵魂一样，是物质？是能量？还是形而上的哲学概念？

再深入下去就会涉及生命究竟是什么的根本命题：一个人活着与死亡，究竟有什么区别？

这些问题默予想不通，她也犯不着思考这些问题来折磨自己的头发。

"在我看来，生命是个存续概念，跟活着一样，你没法儿把它单拎出来关进笼子里。"梁敬说，"它无法脱离生物实体而单独存在，所以比起吸食生命，还不如直接吸食血液呢。吸血鬼把人的血吸干了，人就死了，这不也是吸食生命吗？"

到底是理工男，思路又粗又直。

"我还是不太放心，觉得把它放在手套箱里不太安全。"默予指了指黑球，"最好把它锁进保险箱里，能防弹的那种，这样就算有什么东西跑了出来，也威胁不到我们。"

梁敬在P3实验室里一直待到深夜，然后他让大白打开监控，自己回宿舍通过闭路电视监视黑球。像梁敬这么谨慎的人，不会以身犯险，深更半夜与这玩意儿共处一室。

梁敬坐在床上，抬眼看了一下时间。

北京时间凌晨一点半。

昨天胡董海就是这个时候独自潜入P3实验室的。

梁敬盯着监控画面，实验室中空无一人，那个黑球一动不动地待在手套箱内。实验室内的照明灯已经关闭，仅有指示灯在有规律地微弱闪烁。大白能在多个波段上监控实验室内的环境，即使有什么肉眼看不见的东西出现，梁敬也能在红外波段上发现它。

大白建议梁敬按时休息，天亮后看录像即可，但梁敬坚持守株待兔。这样一来，如果真的发生什么异变，他就能抓个正着。

"我认为您无须如此紧张。"大白说，"没有任何证据表明主任的身亡与黑球有直接关联，那只是个意外。"

"你真认为是个意外？"

"至少这个结论是符合逻辑且站得住脚的。"

"你不了解主任那个人，我跟他在卡西尼站共事很长时间了，你问任何一个熟悉胡董海的人，他们都不会相信胡董海会这么莫名其妙地死去。"梁敬说，"这丫的死必然是有原因的，只是我们暂时还没找到这个原因。"

"如果用我们的所有探测手段都找不到这其中的关联，那么我们可以认为这层关联是不存在的。"

"不……不，你要相信我的直觉，这里一定存在什么关联。"梁敬盯着显示器上的黑球说，"我的直觉是不会出错的。"

"我无法理解什么是直觉。"大白说。

"所以你还要学习。"梁敬说，"你没法儿解释直觉是什么，但是在人类历史上，直觉一直发挥着很大的作用。"

时间一分一秒地过去，梁敬逐渐感到困顿，他打了个哈欠，撑着脑袋望着那个球。

在昏暗的环境下，他其实看不清那个球，看不到球的轮廓，透明手套箱中只有一片纯粹的漆黑，球体几乎吸收了所有光线。

"现在几点了，大白？"

"凌晨两点半。"大白回答。

他已经蹲守了一个小时，有些累了，他向后仰靠在床头的枕头上，强行打起精神。

"要不今天晚上就到这里，明儿再看。"梁敬困得不行，他已经盯了一个多小时，可什么都没看到，再这么守下去，不知道什么时候才是个头。

"我会为您录像的。"

"再看半个小时，最后再看半个小时就睡觉。"

"半个小时……"

梁敬一边说一边打盹，大脑昏昏沉沉的，他靠在枕头上，不一会儿，室内就响起了均匀的鼻息声。

显示器被平放在床上，监控图像中，那个球体安安静静、纹丝不动。

小贼蹑手蹑脚地推开门，探出头来东张西望，眼神警觉地四下扫射。综合办公区的走廊上空空荡荡，灯光很暗，这个时候站内的所有人都应该睡熟了。

她怀里抱着什么东西从走廊上经过，两边是办公室、医务室、档案室和控制室，房门都紧闭着。唯一令她担心的两间房此刻灯光也是暗的，一间是办公室，另一间是医务室，江子或者万凯偶尔会在这里工作到很晚，她不想被逮个正着。

经过医务室时，她下意识地多望了一眼。主任的尸体这个时候还停放在医务室内，准备明天送出去——如果这个时候推开门，会不会看到那具尸体缓缓地坐起来？

小贼强行压住动手推门的想法，把脑子里的胡思乱想全部甩掉。说实话，夜深人静的时候与一具尸体靠这么近还是挺瘆人的，她不由得加快了步伐，通过办公区，打开门进入大厅。

大厅里同样空无一人，淡蓝色的壁灯散发着幽幽的微光，如月光般落在书架、沙发和地板上，茶几上放着一个平板，不知是谁忘拿走了，墙角放着一盆青翠的吊兰。这个时候连大白都处于休眠状态，如果没人呼叫它，它不会主动跳出来。小贼快速穿过大厅，打开进入宿舍区的门。

宿舍区最危险，因为所有人此时都集中在这里。最靠近大厅的两间宿舍属于江子和胡董海，两人的房门面对面。再往前的两间则是大厨和梁敬的，走廊左边的214房是梁敬的，走廊右边的207房是大厨的。小贼悄悄走过两人的宿舍，两间房里都没有动静，主人应该是睡着了。

与其相邻的208号和213号房都是空房间，崖香的房间是与213号内侧相邻的212号宿舍，而她自己的宿舍则是走廊尽头的210号房，与崖香的房间是斜对门，210号房间对面是无人居住的211号房。

她把210号房的门轻轻打开，房间内的灯光亮起，小贼舒了口气，把怀里的东西扔到身边的柜子上，抹了一把额头上的汗。行动取得圆满成功，硕果累累，她粗略地清点了一下，有蜜饯坚果、冰激凌和牛肉干——她又从厨房里偷了东西。

默予经常趁半夜没人的时候去厨房找东西吃。一开始她去得光明正大，在厨房里翻箱倒柜，找到什么好吃的就塞进口袋里，跟狗熊似的不知节制。但万凯总说她吃得太多了，吃太多会长胖，胖了就嫁不出去了。默予不想听他唠唠叨叨，他又不是自己的老爹，于是她改为地下秘密行动。

默予被逮到过几次。有一次，她从厨房里冒头的时候正好撞见大厨从医务室里出来，于是大厨勒令她交出身上所有的食物。

默予虽然穿得很少，但藏的东西很多，她能从各种匪夷所思的地方掏出堆积如山的零食。大厨目瞪口呆，说："你这是准备要冬眠吗？"

后来默予学聪明了，等大厨睡觉了再出门觅食，反正她的作息时间跟其他人的都不一样，她工作的时候所有人都在睡觉。

默予搓了搓手，这么多食物够她吃好一阵子了。她往房间里大踏了一步，反手把身后的房门推上。

"嘻嘻。"

默予汗毛倒竖。

她猛地扭过头去，通过正在变窄的门缝，她看到原本空荡的走廊上密密麻麻挤满了人，所有人都趴在门上直勾勾地盯着她，门缝里有成百上千双眼睛在眨动。

"咔嚓"一声，房门合拢了。

1月31日

天亮之后，默予直扑医务室。

"默予，你慢点说，慢慢来，不用这么着急……"万凯坐在桌子后头说，他有点诧异，自己才刚起床不久，早饭都没来得及吃，就被默予叫了过来。

"你是说幻觉？你产生了幻觉？"

"是。"默予点点头，"还有噩梦。"

"详细地讲一讲你所做的噩梦和你所看到的幻象，不要漏掉任何一个细节。"万凯皱了皱眉头靠在椅子上，同时打开语音记录仪，并让大白给默予端来一杯热水。

服务机器人在地板上移动，从墙内取出一杯水递到默予手中，后者握着水杯瑟缩了一下。

"默予小姐，您还好吗？"大白轻声问。

"还好。"

默予开始复述自己所看到的幻象——她认为那绝对是幻觉，现实生活中绝不可能存在那样可怖的情景。但它们又万分真实，不是吃了毒蘑菇之后眼冒金星看到的如万花筒般扭曲的幻象，也不是那种模糊不清、一觉醒来什么都记不住的梦境，它们冰冷、真实，仿佛触手可及。默予到现在还记得门缝里那些密密麻麻眨动的眼睛，想起来就头皮发麻。万凯听着听着，身子慢慢前倾，双肘撑在桌面上。

"你之前出现过这种症状吗？"

"没有。"

"最近发过烧吗？"

"没有。"

"癫痫呢？"

"没有。"

"服用过管制类精神药物吗？"

"没有。"

"精神病史？"

"我要是有精神病史，还能到这里来？"

万凯沉默了片刻，然后抬起头来观察默予的表情，后者稍有些憔悴，还有些气恼，头发没有仔细梳理，多半是昨天晚上没睡好，那双往日里神气活现又锋锐逼人的漂亮眼睛此刻茫然又疲惫。大厨很清楚，像默予这么自以为是又神经质的女人，如果不是被逼得走投无路、没法儿自己搞定，是不会来求助他的。

但她所描述的东西又着实让人摸不着头脑。

嘻嘻哈哈的笑声？

密密麻麻的人影？

这都哪儿跟哪儿啊？

这个反社会人格不会是在大年初二用鬼故事拿他开涮吧？

万凯翻看着手中的记录，大白已经把默予的口述整理成了病历。万凯从上看到下，默予多次提及某种诡异的笑声，这在精神病中是相当常见的幻听症状，有的人幻听很严重，甚至能听到有人一天二十四小时在自己耳边絮絮叨叨。

"大白，你怎么看？"

大白沉寂了几秒钟。

"按照默予小姐所描述的症状，如果她近期没有服用致幻类精神药物，那么百分之四十的可能性为被害妄想症或者抑郁症，百分之六十的可能性是重度精神分裂症。"大白回答，"精神分裂症病人会产生严重的感知觉障碍与思维障碍，典型临床表现之一就是会产生妄想与幻觉。"

万凯摊了摊手看向默予，意思是自己的看法与大白相同。"你这显然是精神分裂的症状——莫名其妙、无法解释的幻听和幻觉，还老觉得自己被什么人盯着。你这要是在地球上，可以直接去精神病院接受治疗了，他们会电好你的。"

"精神病人的认知向来毫无逻辑可言，你可以把所有人都当成蘑菇，也可以把自己当成蘑菇。"

大白的判断向来精准，它说是，那就八九不离十了。

默予的脸顿时就黑了。

这是她最不想听到的结论。

"默予，我认为你多半是因为最近精神压力太大，情绪过度紧张，所以脑子不太清醒，毕竟这两天大家的状态都不好。太压抑也可能出现幻觉。"万凯说，"要不我给你开一点神经营养药，你回去好好休息休息？"

他知道默予的精神状态一直都很正常，不可能患上精神分裂症。无论是后天形成还是先天遗传，精神病患者都不可能通过严格的筛查，登上土卫六卡西尼站。

万凯也想过会不会是主任的意外身亡刺激了她，但默予这种人天性凉薄，就算地球在她眼前爆炸，她可能都没什么感觉。主任的意外猝死确实是件很惊悚的事，但还不至于把什么人吓成精神病。

"不，不对，这绝不可能是精神压力导致的，不可能。"默予摇头，她不知道该怎么把那种深入心底的恐惧精准地描述给大厨听，说出来就像是个精神分裂症病人在胡言乱语，难怪连大白都认为她这是精神分裂的症状，但默予知道那绝对不是精神病人的幻觉，"我没有精神分裂，一定有其他什么原因，你明白吗？一定有其他什么原因，卡西尼站里或许存在什么我们看不到的东西。"

万凯歪着头瞄着默予，抿着嘴沉默了一会儿。

默予忽然一惊。

她注意到万凯的眼神变了，变得无情且锐利，那是医生观察病患的目光。如果说之前大厨还带着点同事之间玩笑戏谑的意思，那么现在他就是认真的了，他正以一位大夫的专业角度打量默予，考虑她是不是真是个满嘴胡话的精神病患者。

"默予，你知道相当一部分重度精神病患者的特征是什么吗？"

默予摇了摇头。

"偏执。"大厨说，"他们往往都极度偏执，认为自己的脑子没病，众人皆醉我独醒，和你刚刚的表现一模一样。我见过一个精神病患者，他坚定地认为自己是爱新觉罗·努尔哈赤，大清还没亡，他每天去吃饭都像是去上早朝，见到每一个医生和护士都会说一句'爱卿平身'。"

"你知道我没有精神病……"

"我知道，我知道。"万凯安抚她，他用手指点了点太阳穴，"但产生幻觉必然是什么地方出了问题，你不会平白无故出现幻觉，你的大脑可能受到了某种影响，或者发生了某种病变……要不这样，我们来做个检查，对你的大脑神经系统进行一次扫描。"

"怎么做？"默予问。

"切片。"万凯指了指桌上的笔筒，笔筒里倒插着一把锋利的手术刀，他冷冷一笑说，"把你的大脑一片一片地切开，切成上千万份，就能知道哪里出问题了。大白，把门关上。"

默予靠墙而立，机械臂缓缓地降下来，扫描仪扣在她的头上，这东西看上去像一顶头盔。

万凯悠然地站在房间对面，正在用牙签剔牙。

"我觉得你完全不必如此紧张，人在这种环境下经常会看到或听到一些莫名其妙的东西，这是完全正常的。"大厨说，"有些高能粒子会偶尔穿过人的大脑，刺激大脑皮层，让人产生短暂的错觉或者幻觉，这是常见情况，不是什么稀奇事。"

"那些幻觉是什么样的？"

"闪光，大多是突然出现的闪光，或者像是某人朝着你的鼻梁骨狠狠地来了一拳后你眼前冒出的金星。"

"不对，不是那样的。"默予摇头。

"别动，别动你的头，把你的头放好。"万凯制止她，"我们正在给你做全面而深入的神经电流扫描，你会感到皮肤有一点点刺痒，但这是正常现象。你的脑子里有一百亿个神经元，我们需要花一点时间。"

默予站得笔直，扫描仪闪着明亮的蓝光，发出嗡嗡的声音，强烈的磁场让她的头皮有点发痒。

与此同时，万凯的桌面上开始构建一个蓝色的大脑三维模型，默予的大脑被激光一点一点地构建起来，两个半脑看上去几乎对称。这是一个高精度的大脑扫描模型，从内部的胼胝体到外侧的皮层，细密的神经丛上流动着幽蓝色的光，像是星光和银河。

"好，默予，接下来我要问几个问题，你如实回答。"大厨随手把大脑模型摘了下来，用手指轻轻一拨，大脑开始缓缓旋转，"听明白了吗？"

"明白。"

"过去的一周内，你是否经常感到很难放松下来？"万凯问。

默予想了想。

"没有。"

"那么，你是否经常感到口干舌燥？"万凯接着问。

"没有。"

"你是否觉得自己再也快乐不起来了？"

"完全没有。"

万凯迅速地提问，他要求默予以最快的速度回答自己的问题。万凯手中的大脑模型正在闪烁，电流沿着神经网络发散，流向不同的部位，那些部位分管不同的心理和情绪，这意味着默予的大脑正高度活跃。

"有没有觉得自己对什么事都提不起兴趣？"

"没啊。"

"你是否会不由自主地颤抖？比如说手抖？"

"听音乐的时候抖腿算不算？"

"容易被激怒？"

"只要你不在我的视野内，我觉得自己还是挺温和、淡定的。"

万凯盯着默予看了一会儿，然后把手里的大脑模型丢在了桌上。"行了行了，我就说你一丁点儿问题都没有，你默予要是能抑郁，地球都能爆炸了。你的大脑和心理状态完全健康，没有抑郁症，没有被害妄想，也没有精神分裂，什么药都不用吃。你丫的，下次要是再用鬼故事来戏弄我，浪费站内的医疗资源，我就用一纸精神分裂症报告送你回老家。"

"没问题？"

"从上到下，从里到外，一丁点儿问题都没有。"万凯挥了挥手，扫描仪离开了默予，机械臂也折叠起来："大白，把检测报告给她，让她自己看。"

大白出具了检测报告，在短短十几分钟内，它对默予的神经和内分泌系统进行了全面的检查。"默予小姐，您很健康，大脑没有受到任何外力伤害，也没发生病理性变化，所有区域的活动以及各项递质和激素分泌都是正常的。从另一个角度说，像您这样长期待在卡西尼站还能不受影响的人其实很罕见。"

大白的意思是她不仅健康，还是所有人当中最健康的。

别人多多少少都有点毛病，她是一丁点儿毛病都没有。

默予飞快地滑动检测报告，上面显示她的每一项指标都在正常范围之内，最后大白给予的治疗意见是：一切正常，无须进行任何治疗。

"那我这幻觉是怎么回事？"默予问，"怎么解释？"

"天知道是怎么回事。"万凯不想再搭理她，默予这个神经病戏弄别人是有前科的，"或许是你洗头的时候脑袋进水了？还是出门时脑袋撞柱子上了？晚上睡觉之前不要看恐怖小说和电影，免得你分不清虚拟和现实。"

"我睡觉前从不看恐怖电影。"

"那就少玩点恐怖游戏。"万凯摊手。

"我也不玩游戏！"默予说。

默予真想让这货也亲身体验一下那种感觉，这样他就不会认为自己是在胡扯了。可惜人类的感知和情绪并不相通，有时候任你说得口干舌燥甚至磨破嘴皮子，对方也只是把你当猴看。

更何况默予的描述没有逻辑，听上去神神道道的，她自己也清楚这一点，所以她迫切地希望大厨能信任自己。

"行了行了，你这是在挑战我二十年的医疗学习经验，还是在挑战六百年的人类现代医学技术？我用的是全世界最先进的诊疗手段，就连你脑子里现在有几个细胞正在衰亡，它都能数清楚。如果连这个都发现不了问题，那人类科技是没辙了。"万凯说，"不要自己吓自己了，病人谨慎的心态，我们做医生的能理解，很多只是有囊肿的病人也非得做个活检，生怕是癌症，实际上完全没必要。你没有问题。"

"默予小姐，您没有任何问题。"大白也补了一句，"我相信，您以后注意休息就能恢复正常。"

默予摇头。

"走吧，走吧，回去吃早饭，吃好睡好比什么都强。"大厨下逐客令了，"说你没病不是好事吗？你干吗非要找病上身？"

默予还想争辩一下，可如果在医学和心理学上都找不到原因，她就不知道怎么处理这个问题了。她宁可这是什么脑部疾病，那还可以对症下药，不知原因才是最可怕的，这意味着她将束手无策。

万凯已经把身子转了过去，他打了个呵欠，指了指门口。

默予只能失望地离开医务室。

江子刚好从隔壁的办公室出来，迎头碰上她，有点诧异："默予？这么早你在医务室干什么？身体不舒服？"

默予冷冷地瞄了他一眼，没好气地说："是啊，大姨妈来了。"

"啊……"江子愣了愣说，"那你多喝热水，多喝热水。"

梁敬和楼齐拉开铁浮屠的拉链，给胡董海套上舱外活动服，后者闭着眼睛平躺在床上，神情很安详，就像是睡着了。

其余人沉默地站在周围。

主任在卡西尼站的威望很高，跟所有人的关系都很好。尽管他在某些方面脾气古怪，但所有与他接触过的人都会说他是个值得尊重的人。

江子上前把舱外活动服的头盔面罩扣上。

梁敬和万凯背起胡董海的尸体走出房间，门口的江子和默予侧身让出路来，一行人跟着主任的尸体下楼，像是一支送葬队伍。在气闸室门口，梁敬和大厨放下尸体，穿好舱外活动服，他们要把主任的尸体放到外头去。

梁敬和万凯在尸体的头和脚部捆上尼龙带，然后梁敬走在前头，万凯走在后头，一前一后抬着尸体离开气闸舱，消失在浓雾中。

其他人在他们身后深深地鞠躬。

胡董海要在机器人仓库里一直待到"暴风雪"号飞船抵达，回到地球之后，人们会公正地评价他这一生。

"老胡辛苦了一辈子啊。"江子叹气，"没想到是这么个结局。"

默予黯然。

胡董海为卡西尼站奉献了终身，最终以这种方式宣告结束，不知道是求仁得仁，还是可悲可叹。

"走吧，我们接下来要去把通信塔上的破洞补好。"江子拍拍默予的肩膀说。

两人套上铁浮屠，互相检查舱外活动服。舱外活动服是一套蛮复杂的系统，外层是机械外骨骼，集成了强力的电池、电机和液压系统，内层是保温气密服，保证穿着这套衣服的人不会被外界的低温冻死。大白已经做了全面的自检，但出于习惯和传统，出门前大家仍然会手动检查一次。

江子和默予伸出手互相按着对方的肩膀，然后依次往下——检查有一套严格的步骤，以防出现遗漏——从头盔的接口到铁浮屠上的气密阀门，再到外骨骼的电机与电池，一一确认没有问题。

"没有问题。"

"没有问题。"

江子计划用来修补防风罩的材料是一卷不锈钢。卡西尼站内着实很难找到可以承受土卫六地表低温的材料，唯一可以用得上的就是一卷太钢集团出品的399含铬奥氏体不锈钢，这东西可以在零下两百摄氏度的低温中不产生脆性。在卡西尼站它原本是用来修管道和外墙的，人们看中的其实是它高超的韧性和可塑性，耐低温只是附带的，谁知道现在居然要依靠它来补破洞了。

默予带的是大号工具箱，修补防风罩是个大工程，需要用到钻孔和焊枪。她把工具箱背在背后，跟着江子踏进气闸舱。

崖香趴在楼梯上朝默予挥了挥手，她没有外出作业的资质，只能留守在站内。

"默予姐，快去快回啊。"

江子与默予站在气闸室内，舱门洞开，舱内的高压气体瞬间外泄。

室外黄蒙蒙一片，白雾与大气中的棕黄色雾霾已经融为一体，看不到丝毫阳光，能见度不足五米。

这是默予几天以来第一次离开卡西尼主站，室外的浓雾仍然未散。默予把自己锁在安全绳上，跟在江子身后，亦步亦趋地前进。一路上，她注意到地上有零零散散的碎冰，很显然，这是火山喷发留下的痕迹。到现在为止，他们还不知道火山的喷发口究竟在什么地方，恶劣的天气阻碍了遥感卫星的观测。

"跟紧一点。"江子的声音从耳机里传出来，他的背影快要消失在默予的视野里了，她只能隐约看到浓重的雾气里那卷钢材在晃动。

默予加快了脚步。修补破洞需要两个人协同操作，这是一项挺麻烦的工作，需要在原本的防风罩上打洞，再把钢板切割成合适的大小，用铆钉固定上去修补破损。防风罩原本是中空的夹层结构，耐低温树脂内灌注着气凝胶，气凝胶是最好的隔热保温材料，但卡西尼站没有备用品，只能用钢板来应急。

"感觉怎么样？"

"还好。"默予回答，"只是脚下有点打滑。"

室外没有磁性鞋底，所以走起路来轻飘飘的，再加上本身就是光滑的冰原冻土，默予走一步滑三步，安全绳也跟着上下晃动，跟走吊桥似的。

"习惯就好。"江子说，"最疯的时候，他们还在这鬼地方开摩托呢，结果雪橇不知道飞到什么地方去了。"

默予咋舌，又是"外国人为什么这么少"系列。

"那边就是半尺湖。"江子停了下来，伸手指向右边的浓雾，"火山的喷发口多半就在那边。"

"为什么？"

"因为防风罩的破口就在这个方向。"江子解释，"梁工说，半尺湖底下可能有一个非常大的空洞。"

"地下甲烷海吗？"

"是的。"江子点点头，"按照梁工的说法，如果这座火山发生大规模喷发，这一片地壳都会发生大面积下沉和塌陷。"

默予吃了一惊。

"等通信恢复了，我就把这里的情况汇报给上级，我们所有人都可能会跟着'暴风雪'号回去，卡西尼站可能真要彻底废弃了。"江子说着叹了口气，"这里已经不安全了，以后肯定不会再派人到这里来了，就算土卫六再有研究价值，也只能在其他地方再建科考站了，卡西尼站不行了。"

"老胡不在了，卡西尼站也没了。"江子接着说，"他没留下什么遗言，以我对他的了解，那个老家伙肯定是不愿意回地球的，他宁愿被葬在土卫六上，把骨灰撒在半尺湖上……还好他没看到卡西尼站废弃的那一天，要不然他要怎么活啊？"

在谁也看不到他的浓雾中，江子絮絮叨叨地说个不停，什么他第一次和胡董海见面的时候那家伙还有一头浓密的黑发，什么在半尺湖上碰到雷暴时是他冲出去把胡董海拖了回来……就差没说自己是胡董海的再生父母了。总结下来，他支援过胡董海饭钱，给他买过酒，还救过他的命。

可说着说着，这个中年男人哽咽起来，默予沉默地听着，这是两个男人之间长达二十多年的友谊。

胡董海大概也就江子这么一个朋友。他死了，江子失去了多年的老搭档，端着硬汉的派头不好当众落泪，只能把悲伤讲给默予这个女神经病听。

女神经病大概是不能理解正常人类的感情的，所以她听完就会忘，江子不担心她会把这些说出去。

"我们到了。"江子钻进通信塔的维修通道里，卸下身上的钢板，然后爬上梯子。

江子爬上梯子之后默予才钻进来，她站在江子的脚底下抬头往上望，只见一连串橙黄色的小灯直达塔顶。

"我先上去把安全绳固定好。"江子说，"然后你再上来。"

默予点点头。

江子爬了上去，默予独自坐在通信塔塔底，从入口往外望。

她只能看到通信塔边上的安全绳固定杆，红色的安全绳延伸进暗黄色的雾霾中，看不到尽头。这真是个神奇的世界，一个无时无刻不充满浓雾的星球，无论什么东西，只要隔开五米你就看不到它了。默予伸出手去，在雾气中虚抓。

如果这是个死寂空洞的星球，那也太可惜了。

她多么希望这浓雾中隐藏着什么美丽而巨大的生物，终有一天，她可以看到它破雾而出，展开背上巨大的翅膀。

江子爬上了塔顶，然后把吊绳和安全绳垂下来。默予把吊绳滑轮扣在安全绳上，再开启铁浮屠上的电机。滑轮嗡嗡地滚动，在安全绳上攀爬，带着她缓缓上升。

江子钻进塔顶的防风罩，他准备先把防风罩上的破口修理整齐。

"锉刀。"

默予带着工具箱升到了梯子顶端，然后固定好自己。她不必跟着钻进防风罩，多一个人也钻不进去，她只需要在底下递工具，反正她只是个助手，轮不到她动手操作。默予取出电动锉刀递上去。

江子跪坐在隔板上，后脑顶着穹顶。有时候个子太高、体格太大也不是什么好事，此刻他不得不蜷着身体工作。江子弯着腰凑近，伸手抚摸防风罩上不规则的破口。这个洞有脸盆那么大，近似圆形，但是边缘很粗糙，有树脂编织纤维特有的毛刺。

他握着锉刀的手柄，沿着破损的边缘一点点地打磨平齐，像是个老手艺人在做木工活儿。在这种细枝末节上，再高级的技术也派不上用场，还得人自己上，但偏偏细枝末节又能决定成败，这也就是江子他们存在的意义和价值。

默予挂在底下的楼梯上，手里抱着工具箱，悬在二十米的高空中，嘴里嚼着口香糖，百无聊赖地晃来晃去。

她倒不担心自己会摔下去，土卫六上摔不死人。

"默予姐？"耳机里忽然传出崖香的声音，"能听到我说话吗？没打扰你吧？"

"嗯？崖香？"默予说，"啥事啊？"

"我在这柜子里看到了好多吃的，想问问——"

"等等，等等，那是我的，那是我的。"默予急了，"谁都不许动。"

崖香愣了愣。

默予抬头瞄了一眼头顶上的隔板，压低声音说："崖香，那可是我辛辛苦苦从大厨手里偷出来的，你可别给我抖出去了。如果被万凯那货发现了，他肯定又会全部收缴的，这可是我接下来好几天的口粮。"

"好，我不告诉大厨。"崖香也压低声音，跟做贼似的，"默予姐，我帮你藏好啦。"

"小妞真乖，回去分你一点。"

"默予，尺子。"江子把锉刀放下，活动了下酸疼的脖子，小小地舒了口气。

他已将破口的边缘修整完毕，全部磨平了，这样才能进行下一步操作，因为在给防风罩打补丁时不能留有缝隙，必须保证足够的封闭性。如果外界的低温空气能流进来，那么防风罩就会失去原本的意义。

默予把直尺递给江子。"你在干什么呢，崖香？"

"我？"崖香回答，"我在写稿子啊。采访本来就是我的任务的一部分，我需要详尽地描述你们的生活和工作，让大众了解你们在做什么……我现在正在记录的就是通信塔的修理工作。默予姐，如果你们方便的话，我能采访你们吗？"

"当然。"

"那你正在做什么？"崖香很有兴趣地问。

"吊着。"默予回答。

"欸？"

"我正在吊着啊。"默予悠悠地说，"就像崇祯皇帝吊死在煤山的老歪脖子树上一样吊着。"

江子用直尺测量了圆形破口的直径，大概二十六厘米，难以想象那块冰究竟是以多快的速度撞过来的。楼齐说得没错，构成防风罩的高强度树脂材料是可以防弹的，站在五十米外用手枪打都打不穿。

"钻子。"江子伸手。

默予把电钻交到他手里，然后收回直尺。

"那站长在干什么？"崖香问。

"站长正在修补破洞，我觉得他正在……"默予竭力抻直脖子，从底下探头张望，"给防风罩打孔。"

江子把头灯的亮度调高，握着电钻在防风罩上均匀地打孔，一阵猛烈的突突，就连底下的默予都能感觉到均匀的高频振动。他在圆形的破口周围打了一圈小孔，用来拧螺丝。

"笔。"

接下来，江子把钢板展开，按照之前测量的数据，用记号笔在钢板上画了一个大圆，又在这块圆形钢板上做好打孔标记。

"离子枪。"

江子接过离子切割枪，扣住扳机，枪口喷吐出暗蓝色的火焰。他缓缓调整离子喷射火焰的大小和流速，最终让喷流维持在一厘米的可见长度上。这东西可以产生两千五百摄氏度以上的高温，能像切奶油一样切开钢铁。江子沿着画好的线切割钢板，切出一个直径为三十厘米的圆。

江子把钢板用力地贴在防风罩上，靠着机械外骨骼把它压成一个与半球防风罩严丝合缝的凸面——399钢材的可塑性很好，能压制成各种形状。

江子开始用电钻在钢板上打孔，动作相当麻利，显然是多年的老修理工，轻车熟路。

"钉子。"

默予把一盒长螺丝钉放在隔板上。

两人的配合紧凑无间隙，江子要什么默予就给什么，也算是个靠得住的助手。你让她上房顶切钢板可能不行，但让她递个螺丝刀还是能办到的，毕竟她只是神经病，不是弱智。

江子把钢板按在防风罩的内壁上，把钢板上的孔洞与防风罩上的对齐，再把螺丝一颗一颗地拧进去，螺丝钉打进去之后会膨胀，然后把补丁牢牢地固定在防风罩上。铆接其实不如焊接牢固，但外层是塑料，他没法儿把塑料和钢板焊在一起。

他拧完最后一颗螺丝钉后用手从上到下仔细摸了一遍，确认平整，并打着手电、眯着眼睛检查是否有缝隙。

"行了。"江子拍了拍巴掌，欣赏自己的劳动成果——一个圆形的大补丁，丑是丑了点，可是很靠谱，跟他本人是一个风格，"其实最好在里面再涂上一层胶，把那些肉眼看不见的缝隙也填上，不过这样也足够应急了，真正的维修等'暴风雪'号到了再说……搞定了。"

到底是江子，干起活儿来从不拖泥带水，修个房顶、补个漏手到擒来，从头到尾不超过两个小时。他把工具重新塞回默予手里，然后往下指了指："下去吧，默予，咱们可以回去了！"

江子带着默予返回卡西尼站的时候，梁敬和万凯已经把胡董海的尸体送到仓库里回来了。

今天是大年初二，本应是假期，但卡西尼站比平时还要繁忙。

梁敬代替了胡董海，继续坐在P3实验室里观察黑球。相较于胡董海，梁敬要谨慎小心得多。他从不相信什么怪力乱神，他认为胡董海的意外死亡即使与这个黑球存在什么联系，这种联系也一定是唯物、可感知、确实存在的，他们发现不了只是因为没找对方法。

梁敬不仅把自己包裹得严严实实的，还把整个P3实验室都包裹得严严实实的。按理来说，P3实验室本就是极度安全且密封的空间，但梁敬仍不满足，他在四周的墙壁上贴满了吸能的复合金箔，用来隔绝一切辐射。

其他人从P3实验室门前经过，就能看到梁敬那货跟头棕熊一样站在手套箱前，不知道是不是想用自己体格的威压逼黑球就范。

大厨耸耸肩说，继胡董海之后，又疯了一个。

梁敬盯着极细的探针慢慢与黑球表面接触，最终趋于静止。但梁敬知道，探针的尖端实际上既未接触到黑球，也没有停止前进，只是它与黑球的表面已经极其接近，接近到只有几个原子的距离，肉眼无法分辨。

显示器上的数字正在飞快地滚动，这是一台扫描隧道显微镜，但梁敬并非想用它来观测黑球的表面，此前的观测已经证明这个黑球无法被观测。

显示器上的数字最后定格在1Å。

一埃，也就是0.1纳米。

"表面电荷为零。"大白说。

"严格为零吗？"梁敬问。

"严格为零。"大白回答。

"还真是零电动势。"梁敬长出了一口气，"见了鬼了，这些电荷都到哪儿去了？"

这时忽然有人敲了敲门："梁工，你找我啊？"

是楼齐的声音。

"楼齐，你来得正是时候，来来来，帮我看一下这台计算机，主机好像有点问题，怎么拍都拍不好。"梁敬朝他招了招手。楼齐是卡西尼站的网络工程师兼计算机修理员，谁修电脑都找他。

同样裹得严严实实的楼齐走过来坐下，在计算机上扫了两眼，说："哦，小毛病，没什么大碍。"

"能不能修好？"

"没问题。"楼齐说，"几分钟的事。"

"好，那我先去上个卫生间，你先忙。"梁敬收拾收拾出门了，急急忙忙地，"搞定了叫我。"

楼齐点点头，坐下来瞄了一眼屏幕，又是系统崩溃，他解决这类问题都能形成肌肉记忆了。

他一边敲代码，一边抬起头看手套箱内的黑球。

在实验室的灯光下，这个球仍然呈现出纯粹的黑色，看不到丝毫反光。如果是在黑暗中，那么这个球就是不可观测的。

无法被观测这个特性挑动了楼齐的另一根神经，到目前为止，还没有什么宏观物体是真正无法被观测的，这个黑球是最接近的，几乎所有电磁波都被其完全吸收。

"你们这是在干什么？"楼齐随口问，"用扫描隧道显微镜放大它的表面？有什么结果吗？"

"没有任何结果。"

楼齐盯着那个球看了良久。

"大白，你说它也是波吗？"

"波？"

"物质波，按照量子力学中德布罗意波的概念，万物皆波，我们所见的这个黑球应该是它本身波函数的平均值。"楼齐忽然表现得像个物理学家，"它其实跟电子一样，有可能出现在任何一个地方，它可能在这个手套箱内，也可能出现在卡西尼站外，甚至有可能出现在太阳系外，只是我们的观测让它坍缩了，坍缩在了概率最大的地方。"

"但在宏观世界中这种效应出现的概率是极其微小的。"大白说，"只有在微观世界中它才会明显地表现出来。按照量子力学的基本理论，楼齐先生，只要你反复撞墙超过10^{160}次，总会存在一次，你会毫发无损地穿墙而过。"

"量子隧穿。"

楼齐不是量子力学专家，但他大学时也是物理系的，只是后来找不到工作，才转行当了码农。这么多年过去了，他对大学的课程内容还有那么点印象和记忆。

"是的，它也是您眼前这台显微镜的工作原理。"大白说，"可您也知道，在实际生活中，只要不是绿巨人，任何人成功穿墙而过的概率都无限接近于零。"

"我的想法是这样的，如果我们使用红外波段、紫外波段或者无论什么波段来观测它，那么它在我们眼中就是完全不可见的。"楼齐突发奇想，"那么它的波函数还会坍缩吗？"

大白沉默了。

它很难回答楼齐的这个问题。

在微观世界中，这个宇宙是极度复杂的，甚至不存在"确定"这个概念。不仅仅是速度和位置，连物质本身的存在都是不确定的，粒子以波的形式分布在空间中，一个自由电子有可能出现在宇宙中的任何一个地点，且其在每个地点出现的概率都相等。

也就是说，一个自由电子可能出现在太阳系内，也可能出现在十六万光年外的大麦哲伦星云上。

然而，在宏观世界里，这种现象是不可能存在的。如果楼齐拿头去撞墙，他就算把头撞破也不可能穿墙而过。

可这个诡异的黑球以不可观测的特性把微观世界量子力学中的问题带到了宏观世界中。如果没有任何观察者看到这个黑球，那么它会发生什么？想想薛定谔的那只猫，在你关上盖子的一瞬间，你不仅不知它的生死，其实就连它是否存在于盒中都是不能确定的。

"来，让我们试试。"楼齐搞定了电脑，把它丢到一边，"看看只在红外波段上观测是什么结果。"

他戴上滤光眼镜，让镜片只能通过红外线，同时调整手套箱的参数，让它过滤一切非红外线。

可黑球还是那个黑球，没有多大变化，看上去可能比之前更黑了。

"楼齐先生，您这也是观测，您看不到它本身，可是您看到了它存在的痕迹。如果您真的不再观测，那么您应该离开实验室并把门关上。"大白说，"我提醒过您，在宏观世界中，这种效应出现的概率其实微小得可以完全忽略不计，即使您在红外波段上观察它，它忽然消失的概率也比您连中两百亿年彩票头奖的概率要小。"

楼齐沉吟着摇头。

"不对，不对，除了我，你也在观察。"

"楼齐先生？"

"这个房间里有两个观察者，除了我，还有大白你。"楼齐说，"只要你在持续观察，那么它的存在就必然是确定的，所以我们要试试只有一个观察者的时候会是什么样。"

"那么需要我做什么？"大白问。

"离开这里。"楼齐说，"大白，我需要你暂时离开这里，关闭实验室内的一切监测工具。"

"楼齐先生，我不建议您这么做。"

"没事。"楼齐说，"一小会儿就行，待会儿你再回来，这大白天的不会出什么事，待会儿梁工也会回来。"

"十分钟。"大白说，"那么我给您留出十分钟时间，十分钟后我会回来。"

"OK，没问题！"楼齐高高地举起右手，比了个OK的手势。

大白离开了实验室，走的同时关闭了实验室内的所有仪器，红红绿绿的指示灯依次熄灭，所有的声音都缓缓消失。

梁敬上完厕所回来了。

"楼齐，电脑修好了没啊？楼齐……"

梁敬愣住，P3实验室里空无一人。他打开桌上的计算机，显示器已经恢复正常。看来楼齐是修好电脑回去了，这小子干活儿真麻利。

他把掉在地上的滤光眼镜捡了起来，左右看了两眼，放在了柜子上。奇怪，这眼镜是什么时候掉地上的？

"大白？"梁敬注意到实验室内的所有仪器都处于关闭状态，连显微镜的电源都断了，"大白，你在哪儿？实验室里怎么停电了？"

"梁敬先生，我在这里。"大白回来了，"我注意到楼齐先生不在您的身边，请问他在什么地方？"

梁敬怔住了。

"你问我？他不是出去了吗？"

"不，梁敬先生，"大白说，"楼齐先生从未离开过这间实验室。"

梁敬呆了一下。

"你说什么？"

"你们看，他是这个时候进入P3实验室的，时间是13：22。"万凯指着图像上的时间数字。

在监控录像中，一个高大的白色"麻袋精"打开实验室的隔离门，踏进P3实验室，然后转身关上了房门。尽管隔着防护服看不清长相，但众人都很清楚他是谁——没错，就是楼齐，在今天下午一点二十分左右，他被梁敬叫去修理实验室的计算机。

接下来，监控角度切换，另一个身材臃肿的"麻袋精"站在手套箱前，他朝楼齐招了招手——真正的梁敬此时正坐在椅子上，看着监控中的自己重复十几分钟前的动作。

"这是梁工。"大厨指着实验室内的人说。

梁敬点点头。

"这是楼齐。"大厨又指了指实验室门口的人。

在众人的凝视之下，监控中的梁敬打开了桌上的电脑，楼齐径直走过来，前者让出位置，让楼齐坐在椅子上。

"我找他过来修电脑。"梁敬说，"然后我就出去上厕所了。"

他的话刚说完，众人就看到监控中的梁敬急急忙忙地出门了，迈着内八字小碎步，看来是憋了很长时间。实验室里只剩下楼齐一个人。

此时，卡西尼站全员集中在大厅里，围着监控录像看，所有人都盯着半空中的那个人影，眼睛都不敢眨，生怕他下一秒就人间蒸发，就像美人鱼那样化作一地泡沫。

画面上的楼齐坐下来修理计算机，到目前为止，一切都还正常。

"按照大白的说法，楼齐是在红外波段上观测黑球时消失的，为什么会这样？"江子问，"他怀疑黑球在无观测者时波函数不会坍缩？这是什么意思？你们谁来解释一下？"

默予和大厨面面相觑，他们都非物理学出身，对这玩意儿一头雾水。

"你们都知道波粒二象性吧？电磁波既是粒子也是波的那个理论。实际上，这个理论可以继续拓展。"在场的所有人中只有梁敬所学和物理靠点边，他只能站出来解释，"简单地说，在微观状态下，不仅仅是光子，我们熟知的所有基本粒子都是以波的形式存在的，而且是概率波，包括你我，你我都是波……我也不是研究这个的，大体就是这么个意思。"

"我是波？"江子皱眉。

"那我的波可能比你们的大。"默予说。

"楼齐的想法可能是这样的，他认为既然这个黑球无法被观测，那么它的波函数就无法确定，也就不会坍缩。"梁敬接着说，但说着说着他自己也纳闷儿了，"不过这怎么可能呢？他这种想法完全就是无稽之谈……黑球是个宏观物体，在宏观世界里这种效应发生的概率应该是微乎其微的，根本就不可能出现。虽然我们所有人在理论上都是概率波坍缩的结果，但在日常生活的尺度上，我们可以说某一件东西是确实存在的。"

"是的。"大白说，"楼齐先生当时就是这么跟我说的，他认为在红外波段上观察黑球会让观察对象发生变化，并为此让我离开了实验室。"

"如果波函数不坍缩会发生什么？"默予问。

"如果波函数不坍缩，那么在我们眼中，它就不是实际存在的。"梁敬看了她一眼说，"它可能会分布在这个宇宙中的任何一个角落。"

"你是说黑球会消失？"默予问。

"在我们眼中消失，当然，这是在把黑球当作微观粒子看待的前提下。"梁敬回答，"我仍然要强调，在宏观世界中这种现象是不可能存在的，你把一个苹果放进盒子里，那个苹果不会因为你不去看它就飞走消失。微观世界和我们平时生活的世界不同，它遵循另一套规则，比如海森堡不确定性原理，即你无法同时测出一个基本粒子的速度和位置。但在宏观世界里，我们既能测出一辆汽车的速度，也能知道它的位置，所以用微观世界的规则来讨论宏观世界的问题是不适宜的。"

"自从这个黑球出现，你们的科学经验就开始失效了。"默予一针见血地指出问题，"如果连最基本的热力学定律它都能违背，那么还有什么事是不可能的？"

梁敬沉默了。

确实如此，自从这个黑球出现，他过去所学的那一套就开始频频遭到挑战。

不过，量子力学本身就是个怪胎，跟量子力学那见鬼的反直觉理论比起来，黑球还要好捉摸一点。

相比于量子力学，梁敬更愿意和黑球待在一起。他当年就因自视甚高，无视老师"会算就行，无须理解"的谆谆教诲，深深地陷在量子力学中，试图去理解它，结果差点抑郁，最后果断转向化学物理和结构物理，才没断送自己的前程和生命。

"可是黑球没有消失，最后消失的是楼齐。"江子说，"你们的意思是，楼齐想观察到黑球消失，结果他自己消失了？"

"就结果来看——"梁敬点点头，"是这样的。"

监控图像中，楼齐支开了大白，然后他戴上眼镜，站在手套箱五米以外举起手比了个OK的手势，那是他留在这个世界上的最后一幅图像。

楼齐人间蒸发了，所有人掘地三尺都没找到他。

在卡西尼站这么狭小的封闭空间内，一个活生生的人居然在大家眼皮子底下不翼而飞了，江子百思不得其解。大白的监控录像显示，楼齐进入P3实验室后就再没出来过，整个事件从头到尾不过短短十分钟。

他们把大白的监控录像来来回回放了十几遍，可无论正放还是倒放，都只能看到人进去，不见人出来，而P3实验室仅有一个进出口，其他三面墙上连扇窗户都没有。

江子带着梁敬、大厨几人在墙壁上一寸一寸地摸，他甚至怀疑实验室的墙内有什么不为人知的暗门，但大白表示P3实验室中不可能存在这样的结构。为了保证密封性，这间实验室内没有布设任何物品传输通道，整间P3实验室就是一个没有缝隙的方盒子，关上门连苍蝇都飞不出去。

"这可真是大白天活见鬼了……"大厨摩挲着下巴说，他抬头望着实验室天花板上的通风管道，管道距离地面三米多高，窗口上安装着细密的过滤网，这些管道通往高效空气净化器，直径只有几厘米，除了苍蝇，什么都钻不进去，"人间蒸发了？"

"一丁点儿缝隙都没有。"梁敬蹲在墙角，轻轻敲了敲墙壁，"实验室里不存在第二条离开这里的通道，更何况室外是超低温环境，他能去哪儿？"

按照量子力学的基本理论，如果一个人连续撞墙10^{160}次，那么他是有可能穿墙而过的……但这个例子一般用来通俗地解释量子隧穿，从没有人真把这个当真。连续撞墙10^{160}次需要多长时间？假设楼齐是超高速磕头机，一秒钟可以撞墙一百次，那么他一直撞到宇宙毁灭再生毁灭再生毁灭再生一亿亿亿亿亿亿亿亿亿亿亿亿亿次，都不可能成功穿墙。

所以，楼齐不可能真的穿墙而过。

江子很头疼，这是继胡董海之后出事的第二个人了，如果胡董海的死还能说是个意外，那么楼齐的失踪就叫人无法理解了。

眼看他马上就要卸任卡西尼站的站长职务——等"暴风雪"号飞船抵达，他就回家——谁知道在这节骨眼儿上还能出问题，真是晚节不保。

默予站在之前楼齐站过的位置上，抬眼望过去，正前方五米处就是那个黑球，此刻手套箱的箱壁已经全部被封闭，无法透过任何光线，这是为了避免任何人与它对视。

默予戴上滤光眼镜，想象两个小时之前楼齐也像她这样站着，戴上滤光眼镜，调整至红外波段。他当时究竟看到了什么？

你究竟看到了什么？

"大白？"

"默予小姐。"

"你们第一次尝试的时候，没有出任何问题，对吗？"默予问。

"是的。"大白说。

"那么，把手套箱的封闭打开吧。"默予说。

大白打开了手套箱的封闭，玻璃箱再次变得透明，那个黑球安安静静地待在托盘上。不过，在默予眼中，那不是一个黑球，而是一个看不出立体感的黑洞。

在红外波段上观察，实验室中的大部分物体都是淡蓝色的，因为它们都处于室温状态。计算机和显微镜的电源是深红或者橙红色的，这说明它们是发热源，但手套箱内的那个黑球吸收了所有的红外线，所以它是一个黑洞。

默予盯着它，从未有过这样一刻，她觉得那不是个球体，而是个深不可测的洞穴，散发着不可思议的吸引力，那纯粹的黑暗中仿佛孕育着什么。她想看得更清楚些，无意识地逐步靠近手套箱，直到梁敬伸手拦住她。

"默予！"

默予惊醒，这才发觉自己往前走了好几步，再往前就要碰到手套箱了。

"当你凝视深渊的时候，深渊也在凝视你。"梁敬提醒。

默予点了点头，后背的冷汗浸透了衣服。

江子把所有人都赶了出去，然后把P3实验室的大门给封上了，不再允许任何人进入。

这个黑球太邪门了，江子不能再让任何人接触它了，至少在"暴风雪"号飞船抵达之前，这个黑球必须被隔离起来。

他可不管什么唯物不唯物，作为站长，他必须保证卡西尼站内每个人的生命安全。

大厨把晚餐端了上来，每人一份，众人坐在桌子周围沉默地吃喝。他们翻遍了整座卡西尼站，找了整整一下午，仍然一无所获。默予呆呆地用叉子戳着盘子里的烤牛肉，把牛肉一块一块地切碎。崖香坐在她旁边，轻轻扯了扯她的衣服："默予姐。"

默予惊醒："嗯？怎么了？"

"那个……楼齐先生究竟出什么事了？"崖香问。

默予摇了摇头。

"以后你们都别进P3实验室了，再出问题，我负不起责。"江子吃完了晚饭，把筷子一撂，"研究再重要也没命重要。"

"那楼齐的事不管了？"梁敬问。

"没都没了，还怎么管？"江子说，"你有办法把楼齐找回来？"

"没有。"梁敬摇头。

他是实话实说，谁也不知道楼齐到什么地方去了。默予坚定地认为这个黑球可能是个四维空洞或者虫洞，虫洞的另一头连接着一个未知的世界。

但梁敬跟她说，根据目前的理论计算，假如这个球真的是个虫洞，就算是变形金刚的身体强度，也绝无可能活着通过虫洞，任何生物都会在虫洞中被巨大的引力和能量撕碎。

"大过年的，出这种事。"江子擦了擦嘴，"我怎么跟上级交代？多少年没出过问题了，一出还出这么大的。"

"楼齐不一定真没了。"大厨插嘴，"他暂且只能算失踪。"

"那跟死了有什么区别？"江子说，"过去这些年，十八个人里有九个到现在都还是失踪，但是也没人真指望还能找到他们。"

"或许他不一样呢？"大厨说。

"没有区别，我们找遍了卡西尼站都没找到，难道他现在还能藏在我们的桌子底下不成？"江子反问，"明天我们就能把通信系统修好，看地球方面怎么处理。"

梁敬和大厨默然无语，如果有一线希望，他们也希望能把楼齐找到，可楼齐的失踪实在过于蹊跷，让人摸不着一点头脑，他们在P3实验室里像刑侦取证那样仔细搜查过，却找不到丝毫痕迹。

"从今天开始，谁都别进实验室，碰都别碰。"江子在饭桌上再次强调，眼神微微偏向梁敬，"千万别碰。"

梁敬知道这句话是对自己说的，但让他就此放弃黑球，他很不甘心。梁敬在地球上时就是个科学疯子，为了做研究敢跳进火山口。黑球对他来说有致命的吸引力。对于某些人来说，未知是一种莫大的诱惑，所谓好奇心害死猫，说的就是这类人。

梁敬的忘我精神在江子看来是最大的不确定因素，现在除了梁敬，也没其他人敢动那个黑球了。

"知道了，知道了，出了这档子破事，谁还会去碰那个球？"大厨挥了挥手，"等明儿修理好了通信塔，催'暴风雪'那丫赶紧过来，要么把我们带走，要么把球带走，我可不想跟那个球共处一室。"

"梁敬？"江子看向梁敬。

"知道了。"梁敬吞下一大口米饭。

"为什么不问问我？"默予跳了出来。

"你不会去吧？"江子翻白眼。

"不会。"

吃过晚饭，默予和崖香回房间休息，最近两天这俩人晚上都睡在一起。很显然，崖香喜欢抱着默予睡，用她的话来说，抱着默予就像抱着超大号毛绒玩具熊。

默予觉得这是在说自己胖，但她其实也乐于有个人陪自己睡，她一个人睡觉容易做噩梦。

到目前为止，她仍然不知道自己出现幻觉的原因。大厨无奈之下给她开了一些神经温养剂，三精牌，蓝瓶的，喝起来像是葡萄糖——后来她发现其主要成分就是葡萄糖，这东西是大厨拿来糊弄她的，所谓温养神经，不过是安慰剂效应。

"默予姐，那个黑球究竟是什么东西啊？"崖香问。

她走在默予身边，这些问题在饭桌上不好提及，现在只有她们两个，她终于有机会问了。

"天知道是什么东西，说不定是什么玩意儿的眼珠子呢？"默予耸耸肩，"我看那个黑球的时候就有这种感觉，像是在盯着什么东西的眼睛。"

"眼珠子？"

崖香伸手抓住默予的胳膊。

"其实我觉得那个黑球更像是个四维空洞或者虫洞，要不然楼齐到哪儿去了？就算是瞬间被超高温火化了，也该有把灰吧？"默予悠悠地说，"所以黑球内肯定存在一条通道，通向未知的地方，那里有一些未知的生物存在。"

"真的吗？"崖香很惊奇。

"猜测。"默予扭过头来吓唬崖香，"你那么好奇？说不定是吃人的怪物呢！长着密密麻麻的眼睛，尖牙利齿，口水直流，在墙壁上爬来爬去。楼齐打开了通道的开关，那个怪物因此从黑球里逃了出来，所以他第一个被吃了。现在怪物正潜伏在卡西尼站内的什么地方，伺机而动，我们都是它的猎物——"

崖香的神情越来越惊恐："别说了，别说了，默予姐。"

默予还不肯停下："等到晚上夜深人静的时候，它就会从暗处钻出来，专门找行动落单的人，一口把他吞掉，然后跟嚼脆骨肠一样大嚼特嚼——"

"默予姐！"崖香被吓到了。

"好好好，我不说了，不说了。"默予大笑，崖香是个胆子小的姑娘，不敢听这种故事，"开玩笑而已啦，开玩笑而已，不用当真……"

"嘻嘻。"

默予头皮一麻，汗毛直竖，陡然停住了脚步。

"默予姐？"

"没什么，没事……"

默予回头四望，身后是空荡荡的走廊，尽头处是大厅的门，走廊上空无一物。

默予从柜子里取出一个枕头抛给崖香，后者一把抱住，然后滚到床上去了。

"你到我这儿来睡觉，至少也得带个枕头吧？"

崖香穿着粉色睡衣，抱着枕头："我可以和默予姐睡一个枕头啊。"

默予扭头看她，随口问："你为什么跟我这么亲热啊？"

崖香怔了怔，抱紧了怀里的枕头："嗯——因为我觉得默予姐很亲切。"

"亲切？"默予抓了抓头皮，长这么大，还是头一次有人用"亲切"这种词来形容她。过去二十多年，听得最多的就是摔碗声，那个女人总是突然莫名地把桌上的饭碗砸在地板上，摔出一地的瓷器碴儿，然后骂"小贱种，吃吃吃，怎么不吃死你"。碎片能迸溅到默予的脸上，但她并不说话，只顾埋头扒饭，因为不吃快点，女人就会把菜碟子也掀掉。

默予小时候总以为是自己长得太讨人厌，所以那个女人看到自己就生气。直到后来在学校里听到其他女生在背地里传流言，说她是个婊子，被人包养，为了钱什么都能做，默予才意识到自己其实长得比其他人都漂亮，因为这种恶毒的攻击往往都源自嫉妒，特别是对她这种特立独行、不合群的人。

崖香点点头："我觉得默予姐很亲切，很温柔，也很好相处啊。"

"妞。"默予眉梢一翘，"你今天晚上这么恭维我，打的什么主意啊？老实交代，有什么事想找我帮忙吗？"

"没没没，绝对没有。"崖香猛摇头，"我说的都是实话。"

默予嘿嘿地笑，忽然扑上去把女孩压在床上，开始挠痒痒："坦白从宽，抗拒从严！说不说？说不说？"

"哈哈哈哈，真的，我说的都是真的……"默予捏着崖香腰间的软肉，崖香痒得受不了，蜷缩着身体，一脚把默予蹬下了床。

默予在地上打了三个滚才停下来。

崖香从枕头里悄悄地探出头来："哎呀……默……默予姐，你没事吧？"

默予抱着肚子慢慢地爬起来，灰头土脸，披头散发。

"听着，妞，以后不准在卡西尼站内随便踢人，你刚刚那一脚堪比黄飞鸿的佛山无影脚，你知道吗？"

在微重力条件下，卡西尼站内的人个个都是"拳打南山敬老院、脚踢北海幼儿园"的武林高手，飞檐走壁，一跃三尺高。

"我是说真的，我觉得默予姐比我见过的所有人都更亲切。"

默予咬着头绳，她正在扎头发："你是头一个这么评价我的人，你的眼光为什么和别人的都不一样？其他人都认为我是个无可救药的神经病。"

"嗯，我也认为默予姐是个神经病。"崖香点头，"但是个很温柔的神经病啊。"

默予龇牙，对着镜子做鬼脸，亲切？温柔？

她自己怎么不觉得自己还有这种优点？

默予向来认为自己是豹子头林冲那样的人。如果她穿越到《水浒传》里，必然选择当黑旋风李逵，或者花和尚鲁智深，前者单人杀四虎，后者倒拔垂杨柳，这样以后她跟人讲道理就轻松多了，不必再磨破嘴皮子，举起钵盂般大的拳头，先冲对方脸面上来一拳，问其服不服，不服就再来一拳。

而且她不是男人，所以无论男女都可照打不误，专治骂街的无理泼妇。

默予把头发盘了起来："我可不是什么温柔亲切的人，想当初我在学校里的时候，有男生想追我都被我吓跑了，想知道我是怎么办到的吗？"

"想。"

"那小子家里有点钱，想泡我呢，叫我出去吃饭，说想拉近一下关系，还特意订了一家高档餐厅。"默予说，"去赴约的那天，我用口红和毛笔在脸上画了个关公脸谱，就是看上去特凶狠的那种大红脸，然后口袋里揣把刀，一见面我就把刀插在了桌板上，跟他说，拉近关系可以啊，咱们来个桃园三结义？"

崖香听呆了。

"然后那小子就被吓跑了，真没胆。"默予耸耸肩，"浪费了我一支口红，虽然是地摊货，但好歹也花了十块钱呢。"

她说着躺回到床上，崖香平躺在她身边。房间内的温度自动调整至二十五摄氏度，大白开启了全息投影，原本狭小的房间豁然开朗，一张小小的床位于大漠中央，两人躺在床上，头顶上就是璀璨的星空。

"这里是什么地方？"崖香望着星空问。

"塔克拉玛干？撒哈拉？"默予说，"还是在火星上？"

"这里只有我们两个吗？"崖香支起身体，四处眺望，所见皆茫茫荒漠，银河从地平线的尽头升起，横贯夜空，"真是空旷得可怕，看上去好像全世界就剩下我们两个人了……如果这个世界上真的只剩下我们两个人，那该多恐怖。"

"那该多清净。"默予说。

"默予姐，你不觉得很可怕吗？"崖香问，"如果全世界只剩下你一个人，你肯定会发疯的。"

"你不觉得那很美吗？"默予的眼神安静下来，"一个人一个世界。"

崖香侧过身来，看着默予的侧脸："默予姐，你好像很讨厌周围的人。"

"有吗？"

"有。"

"那你还说我是个亲切的人？"默予反问，"一个看谁都不顺眼的人，怎么会亲切温柔呢？你这不是自相矛盾吗？"

"但你确实很亲切，也很温柔啊。"崖香抱住她的胳膊，用力嗅了一下，"你就是个很矛盾的人，还很香。"

默予愣了一下。

她注视着星空，自己是个很矛盾的人吗？她不觉得自己很矛盾，她只是经常身处矛盾之中。

每次那些无聊的女生在背地里造谣的时候，她其实都很想撕烂那些人的嘴，可是那帮女生中总是混迹着几个男生，真要打起来，她铁定打不过，要吃亏的。

这不是矛盾，这只是打不赢。

每次那个女人摔碗砸盘子骂她是小贱种的时候，她其实想骂回去，让那女人自己收拾烂摊子。

贱种怎么了？贱种不也是她生的？

但她终究还是没骂回去。

这也不是矛盾，大概是因为懒。

"你最近还能听到什么怪声吗？"默予问。

崖香摇摇头："和默予姐睡在一起之后好多了。"

默予长嘘了一口气："大厨那个白痴，什么问题都找不出来，就知道用葡萄糖来糊弄我。崖香你说，如果那个黑球真能影响人的神志——"

"那个球能影响人的神志？"

"我瞎猜的，其实也不一定。"默予说，"我觉得幻觉未必一定是黑球引发的，这可能是个思维误区。如果说黑球真的是个连通平行世界的通道，那么说不定有什么东西从那个洞口跑了出来，抑或……"

默予顿了顿。

"除了黑球，他们还带了其他什么东西进来呢？"

她的这个猜想把崖香吓住了。

还有其他什么东西进来了？

在江子、楼齐和梁敬带着黑球返回卡西尼站的时候，一直有什么东西紧紧地尾随在他们身后？

"某种看不见摸不着的东西，比如说弥漫在空气中的未知毒素，无色无味，连大白都检测不出来。"默予接着说，"吸入的人会产生幻觉，甚至疯癫而死，就像主任那样。"

"那……楼齐先生是怎么回事？"崖香问，"他彻底消失了。"

默予摇摇头："不知道，我也是在没根据地瞎猜，那几个专业人士都找不出来原因，我能做什么？"

"默予姐，按照你的想法，如果真的有其他什么东西跟着黑球一起进来了，你觉得它会藏在什么地方？"崖香搂紧默予的胳膊。

"首先它得避开大白的监控，这个就很不容易了，所以相比于固体或者液体，它更有可能是气体状态。某种气态的生物？"默予就着这个思路随口往下说。作为一个生物学专业出身的人，她很难想象一个全气态的生物该如何构建自己的身体组织以及进行生命活动。气体分子过于活泼，运动速度太快，且不受约束，而生命是高度秩序化的集合体，这与气体的特性刚好相反。

"泰坦上的生命未必要以细胞为基本构成单位，但它有一点与地球生物必然是一致的，那就是复杂的行为模式必然依赖复杂的生命活动，而复杂的生命活动必然依赖复杂的组织结构。草履虫是单细胞生物，所以它们只会爬来爬去吃吃吃，而人类拥有最复杂的大脑，所以知道怎么离开地球登上土卫六。

"如果真是气态生物，那么它怎么产生思维活动？气体分子根本就不受约束，分子间的作用力太小，无法传递有效信息，只要气压一低，分子就会四处逃逸。"默予说，"生命在本质上是信息传递的过程，碳基也好，硅基也好，或者其他什么乱七八糟的磷硫氯氟分子，只要能有效传递信息，那么就有可能形成生命，但气体不行……这是由它的物理特性决定的。真是越想越没边了。"

"万事皆有可能。"崖香说。

"是啊，万事皆有可能，你可以说我们房间里就存在一个气态生物。"默予伸出手指向半空，"但我们既观察不到它，也捕捉不到它，这种存在毫无意义，还不如用奥卡姆剃刀把它给剔了。"

崖香嘿嘿地笑了笑："默予姐，你老说他们是教条主义，你这其实也是教条主义啊。"

"这可不是教条主义，而是完全违反——"默予忽然一愣。

崖香说得没错。

在默予熟知的领域，她的表现跟梁敬一模一样，很多外行人眼中的问题，在业内人看来根本就是扯淡。默予忽然明白了为什么梁敬看她的眼神像是在看白痴……

"妞，你讨论这个是没意义的，因为我们没法儿探测到它。"默予说，"针对一个根本就找不到的物体，说再多都是空中楼阁。"

"那我们就想办法找到它！"崖香的眼睛在黑暗中闪闪发亮，像是天上的星星。

默予想笑，她伸出手拍了拍女孩的脸颊。在默予看来，她这话无疑是可笑的，外行人总是把一切都想得很简单。想办法找到它？怎么找？你以为是半夜打着手电筒躲在墙角后头抓贼呢？你先得证明它的存在，然后设计一个行之有效的方案，再拿出一份严密而详细的行动计划啊。

但她没笑，崖香的眼神中蕴藏着巨大的信心……真是无知者无畏啊。

"好，好，我们想办法找到它。"默予说。

"默予姐，你准备怎么找啊？"崖香问。

"怎么找……"默予想了想，"它既然是气态生物，那么它必然是和空气混合在一起的，我们就把整座卡西尼站内的空气全部抽空，那样就不用怕它了，对不对？"

"好主意！"崖香点点头，"不过，站长会骂人吧……"

"你知道站长会骂人就好。"默予捏捏崖香的脸，"下次别再扯这么不着调的话了，相比于什么莫名其妙的气态生物，你不如说它是寄生虫，只要它寄生在我们当中的某个人身上，那么大白的监控也发现不了它。"

"寄生？"崖香倒抽了一口凉气，"就像异形那样吗？潜伏在人的体内，长大后破胸而出。"

"它可能会这么出来……"默予又开始讲恐怖故事了，"比如说大厨被寄生了，那么哪天你和大厨坐在一起吃饭的时候，你会突然看到他痛苦得满地打滚，接着他的头皮开始裂开，细长的黑色触手从他嘴里突破出来，然后从口腔开始，把整个人一点一点地外翻，把内脏翻到外面……"

难怪大厨懒得搭理默予，这人就是这么抽风。

崖香听得都反胃了，默予还兴致勃勃。

默予在自己的描述中尽情地报复大厨对她的无视，崖香的脸色越来越苍白，她无法想象默予描述的场景："别说了，默予姐，我都被你吓得睡不着了。"

默予胡扯归胡扯，但她真的认真考虑过寄生生物的可能性，不光是寄生虫，包括真菌、细菌和病毒，它们都有可能是暗藏起来的杀手。只是卡西尼站成立这么多年了，从未发生过什么外星微生物感染事件，在土卫六地表考察初期，生物学家和环境学家们就对这里的生态进行过详细的考察，确认不存在任何微生物。

那些报告都储存在卡西尼站内，默予想看可以随时翻阅。

"好好睡觉。"默予说，这些玩意儿着实不适合当作睡前聊天的话题，她们其实应该聊聊大学里的男朋友。

崖香闭上眼睛，默予关闭了全息投影，注视着黑暗中的天花板。

她有点后悔了，讲鬼故事一时爽，但爽完就睡不着了。

在一片寂静中，默予满脑子胡思乱想，她想着自己闭上眼睛之后天花板上会不会突然出现成千上万密密麻麻的眼珠子盯着自己，她悄悄地伸出手抱紧身边的崖香。

默予闭上眼睛假装已经睡着，然后把眼睛眯成一条缝，偷偷地张望。

天花板上没有任何异常。

默予松了口气。

自己是不是越来越神经质了？大厨或许说得没错，自己只是压力太大了，把幻想当成现实了？

梁敬仰靠在椅子上揉了揉眼睛，时间已经到了夜间九点半，这几天他的作息都不规律，昼夜颠倒。

卡西尼站内作息混乱的不止他一个人，临近重大节日或任务，所有人都必须调整自己的作息时间来配合工作——土卫六上并无地球上那么规律的昼夜节律，这颗卫星被土星强大的引力牢牢地锁定，它的自转时间与公转时间一样长，也就是说，土卫六的一个昼夜相当于十五个地球日。

这里的生活更像是地球极地的，有漫长的极昼和极夜，人们的时间分配全靠钟表。在卡西尼站内，每个人的生活时间都是错开的，因为每个人的工作任务都不同。正常情况下，江子和老胡是上午八点起床，晚上九点休息，工作十三个小时。

梁敬是个工作狂，他每天早上七点起床，工作到晚上十一点才休息，而大厨要为所有人准备食物，他早上六点起床，中午十二点睡个午觉，下午两点再起床，晚上七点结束一整天的工作。默予是最特殊的，她的昼夜和其他人几乎是反着来的，她通常零点起来工作，顺便去厨房翻点吃的，一直工作到清晨六点，然后回去睡个回笼觉，一觉睡到下午两点起床，工作到晚上六点再休息。

崖香才刚来卡西尼站，还没来得及适应这错综复杂的作息，常跟着默予一起起床、睡觉，一天到晚迷迷糊糊的。

为了春节，卡西尼站内所有人都把作息时间调成了一致的，这被他们称为"倒时差"或者"调时步"，春节过了还得倒回去。

梁敬眼前是黑球的数据，这是大白这几天以来对那东西的分析结果，所有数据加在一起足足有十几个PB大。

暗蓝色的数字和字母在屏幕上滚动，梁敬深吸了一口气，这些数据胡董海也看过，可是没看出什么来。

物理规律在这个黑球身上是否真的失效了？

梁敬皱眉。

这个黑球显然不是泰坦上土生土长的，它来自外太空。梁敬发掘到它的那个地质坑——拿破仑坑——是一个形成于四亿年前的古代陨石坑，虽然已经被完全掩埋，但撞击的痕迹依然依稀可见。

也就是说，这个黑球来到太阳系时，地球还处于泥盆纪，邓氏鱼还是海洋里的顶级掠食者，两栖动物才刚刚上岸，连恐龙都还要再等两亿年才出现。

"大白。"

"嗯？梁敬先生？"

"我们当时用高能量的短波激光照射黑球表面，什么都没接收到，"梁敬说，"无论把频率提高到什么程度都是如此，对吧？"

"是这样的。"

"那这是否能有力地佐证黑球并非原子结构？"梁敬问。

"您的意思是没有光电效应吗？"

"是。"梁敬点点头，"如果它是原子结构，那么它必然存在光电效应。任何具有原子结构的物质，只要我们照射的光子能量足够高，就能把电子激发出来，形成辐射被我们探测到。但这个黑球不行，这说明它不具有原子结构，要么没有电子，要么电子被绑死了，不可能逃逸出来。"

"但这将违反泡利不相容原理。"大白提醒。

"是啊……怎么可能把电子绑死在原子核上呢？"梁敬低声喃喃，"这可真是连神仙都办不到。"

无论他们怎么照射，都没有探测到任何散射，也没有光电效应，难道这个场子连能量守恒都镇不住了？

他有些头疼，真是隔行如隔山，即使都是物理学专家，分析这个见鬼的黑球也不是他的研究领域。在最尖端的研究前沿，隔着一堵墙的两间实验室里的人就谁也听不懂谁在说什么。在粒子物理和理论物理领域，主任比梁敬要在行一些，但他已经身亡。

进一步的研究只能依靠地球上的人了。

"我还有一种推论。"梁敬说。

"梁敬先生？"

"想想 β 衰变，当年他们在研究 β 衰变时也认为能量不守恒了。"梁敬说，"这种事在历史上不止出现过一次。"

两百年前的二十世纪初，物理学家们提出了量子力学的基本理论，但在这个过程中，他们发现了一种有可能违背能量守恒定律的现象，那就是原子核的 β 衰变——所谓 β 衰变，就是原子核向外释放电子的自发衰变过程。在研究 β 衰变时，人们发现电子带走的能量比原子核损失的能量要小，这就好比你从苹果上咬下来一块，但是当你把这块苹果拼回去时发现缺口居然比自己手里的那块苹果大，一加一小于二，一部分能量凭空消失了。

"那是因为中微子。"大白说。

"是的，是因为中微子的存在。"梁敬点头。

对 β 衰变的研究直接导致了中微子的发现，物理学家们发现能量并非凭空消失了，而是变成了一种自己探测不到的粒子——它的静质量为零，不带电荷，几乎与任何物质都不发生任何作用，所以它从人们的眼皮子底下跑掉了，人们却没发现它。

"我们假设这个球是这样一个黑箱，它能把照射到它身上的所有粒子全部转变成某种我们无法探测的粒子，它和中微子一样，没有质量，不带电，且不与物理世界发生任何作用，我们目前的所有探测手段对其都无效。"梁敬说，"这样就可以补上能量守恒的缺口了。"

"可是现有物理理论并未预言过这样一种粒子的存在。"大白说，"在物理理论的体系内，找不到这个粒子的位置。"

梁敬沉吟。

这又不是他擅长的领域了。

如果胡董海在这里就好了，虽然胡董海也未必能得出什么结论，但至少比他瞎猜要强。

"嗯……有个位置。"梁敬拍了拍脑门,"有个很大的位置,非常非常大。"

"请问是什么?"

"很早以前就有人预言过它的存在,但是我们找了一百多年都没找到那玩意儿。"梁敬缓缓说,"暗物质……还有暗能量?"

梁敬摇了摇头,叹了口气。

"不猜了,不猜了,再猜都是瞎猜。"

暗物质是个框,什么都能往里装。

他放弃了,这着实不是他的研究领域,想破头都不可能想出什么结果。现代科学早就不是某个人闭关冥想、一拍脑袋就能取得结果的了,如果哪位大牛盯着墙壁就能推翻相对论,那么他的学术结论多半是在百度贴吧里发表的。

梁敬不具有那么坚固深厚的数学基础,到了这个地步,物理问题需要复杂的数学工具来辅助解决,他借着大白的帮助都觉得吃力,越算越觉得算不下去。

最后梁敬只能承认自己不自量力,这个球的问题还是交给其他专家解决吧。

"还好我当年学的不是数学。"梁敬说,"要不然我多半活不了这么长。"

"其实人的寿命与数学学习的深度呈正相关关系。"大白说,"数学学得越好,活的时间越长。"

"为什么?"

"我曾进行过大范围调查,事实证明,所有大学毕业后从事数学研究超过四十年的人,寿命都超过了六十岁,而从事数学研究超过六十年的人,寿命都超过了八十岁。"

"那我也进行过大范围调查,事实证明,所有大学毕业后抽烟喝酒烫头超过四十年的人,寿命都超过了六十岁,而抽烟喝酒烫头超过六十年的人,寿命都超过了八十岁。"梁敬说。

"不,学数学的跟他们不一样。"

"哪里不一样?"梁敬问。

"学数学的都没钱。"大白说,"所以不抽烟不喝酒不烫头,拥有良好的生活习惯,这才是他们长寿的原因。"

梁敬盯着显示器上滚动的数据,微微地叹气:"要是能做出一丁点儿成果,正教授的位置就到手了,可是这根骨头太硬,一口都咬不动啊。"

"我相信您在其他领域也能做出有足够分量的成果。"

"难哪……难，太难。"梁敬摇摇头，"川大现在的要求越来越高了，不是以前啦。加上今年，我一共当了八个年头的副教授。我刚从讲师晋升为副教授那时，人人都说我年少有为，谁知这副教授一当就是八年，怎么都上不去。再这么混下去，不知道哪年才是个头。"

梁敬扭头看看镜子，镜子里的人已经不再年轻，头发稍有些花白，他已经四十一岁了。这是个少年天才受追捧的年代，无论是学术界还是社会公众，他们追捧的都是那些博士毕业直升副教授、三年升正教授的"变态"。可怕的是，这样的"变态"还越来越多，梁敬这样的老一辈人正在迅速遭到淘汰。梁敬已经力不从心，他觉得自己正在逐渐掉队，越来越多的年轻人把他甩得连尾灯都追不上了。

时代的变革在加速，社会发展得像翻书一样快，北上广这样的国际超级都市每一秒都有新事物出现，一年一条代沟，条条都像马里亚纳海沟那么深。

"灌水是没有意义的，灌再多的水都没用。"梁敬说，"得有重量，去年我们学院招了一个普林斯顿大学的博士后，进来就是正教授。人家只用几年时间就发了一篇文章，发在《物理评论快报》上，听说解决了一个非常牛的问题。"

"值得祝贺。"大白说。

"你说这人和人的差距，怎么就这么大呢？"

大白不知道该怎么回复这句话。

其实人和机器人的差距更大。

"您已经足够优秀了，从您发现这个黑球的那一刻起，您就注定要青史留名了，梁敬博士。"大白安慰他，"您将成为斯文·赫定那样的人。"

梁敬苦笑。

"我不想变成斯文·赫定，斯文·赫定的成就换个人也能取得，但爱因斯坦换个人就不是爱因斯坦了。"

作为一位从业多年的科研工作者，梁敬还是想挣扎一下，并不愿意承认自己在学术道路上已无前途。

但这世上哪来那么多拉马努金？

"不过你说得没错，我是比上不足、比下有余，再怎么糟糕，我好歹比那些大龄千老强，知足常乐。"梁敬说着起身，"把数据整理整理，等明天通信修复了给地球那边发过去，那边肯定也等得心焦了。我下去看看自己的样本，为了这个球，我自己的活儿都丢下好几天了。"

"那您早点休息。"

梁敬出门了，他要下楼去自己的实验室看看，然后再回来睡觉。

江子这个时候还蹲在工具间里检查铁浮屠和天线的状态。他名义上是站长，但江子觉得自己其实就是个管家，净管些鸡毛蒜皮的小事。而真正的大事，比如说人事变动、经费管理、项目申报，那都是科研主任胡董海的工作，江子没有插手的余地。胡董海才是卡西尼站真正的一把手。

没办法，谁让自己不是专家呢？

明天要继续修理通信系统，必须保证铁浮屠不出问题。

"大白？"

江子握着离子枪，扣动扳机，淡蓝色的等离子喷流霎时燃起，江子往后一缩头，担心烧到自己的头发。

"站长先生。"

"天线有问题没？把墙边那个壳子给我。"江子慢慢扭动旋钮，喷流变得越来越亮、越来越长。

"备用系统状态正常。"机械臂灵活地抓起墙边的白色塑料壳，放在江子面前的地板上，这是备用天线的外壳。这套系统比新系统的体积庞大不少，前些年被拆了下来，放在站内作为备份，没想到还能用上。江子拔下插在发射机上的数据线，把外壳扣了上去。

"帮我把螺丝拧上。"江子把发射机往前一推，然后靠在柜子上休息，看着机械臂飞快地拧螺丝。

工具间里空间狭窄，散发着淡淡的润滑油味。倒不是房间小，而是一排排的架子把地面空间占满了，红色的铁浮屠舱外服挂在架子上，充电用的粗电缆混乱地缠在一起，墙上的消防玻璃柜里还有一把消防斧。

江子仰头看着头顶的灯光，他在这里待多少年了？

他总说老胡把一辈子搭在了这个鬼地方，回头看看，其实自己也一样。

很多年前他就记不清自己的女儿上几年级了，现在他也记不清女儿上大几、是毕业了还是考研了、有没有男朋友。

如果没有，得催催了，毕竟年龄也不小了。

如果有，他回去之后一定要把那不知道从哪里冒出来的混账小子的腿打折。

机械臂拧好了螺丝，江子把天线搬起来，左右检查一下，放在了架子上。

原本这活儿应该由楼齐来干，楼齐才是站内的通信技术专家。

"大白，铁浮屠状况怎么样？"

"一切正常。"

江子拍了拍铁浮屠舱外服上的灰尘，卡西尼站内备有很多套铁浮屠，用于驻站队员出舱活动。这些厚重的舱外活动服沉重且坚硬，穿上去有点像是把多层重型防弹衣叠加着套在了身上，尽管它根本扛不住子弹。但是铁浮屠仍然比火星上的明光铠轻便，有机械外骨骼的协助，穿着这套行装的人可以拖动小轿车。

铁浮屠的电池组在背上，它是整套系统最重要的部分。土卫六上没法儿用内燃机，电机是唯一的选择，高密度聚合物电池能让电机满功率运行十几个小时。这其实并非最先进的电池技术，但能扛得住泰坦零下一百八十摄氏度超低温的电池着实屈指可数。铁浮屠的电池组被层层保护起来，处于恒温状态下，一旦暴露在外界环境中，它们很快就会被冻成板砖。

"在地球上，这套玩意儿能带着火箭弹越野五万米。"江子用抹布擦拭铁浮屠的头盔，"一个人就是一个步兵班。"

"现役军用版本为96B式与99A式，分别于2096年和2099年服役，装备单位为中国人民解放军近地轨道登陆部队。"大白说，"美军版为W48型与W88型，于2089年服役，主要交付四等人使用。"

"不过那些盔甲可比铁浮屠结实多了，从上到下包裹得严严实实。你见过没有？两三厘米厚的防弹板，连屁股都给罩起来了。"江子用抹布拍打着舱外活动服，铁浮屠沉默地立在架子上，像是个武士，"新时代骑士老爷板甲。"

虽然说起来是骑士板甲，但单兵外骨骼战斗系统要比中世纪的老古董们灵活得多，功率强大的电机能提供足够的动力，所以装备该系统的士兵能像在第一人称射击游戏（FPS）中一样从各种地方掏出各种武器，且拥有用不完的弹药。铁浮屠身上一共有五台这样的电机，躯干和四肢上各有一台，这种强大的力量是驻站队员们对抗恶劣气候的重要帮手。

"但是在土卫六上，我一个人能打他们五个师。"江子说，"我也是能抵得过五个师的男人。"

在土卫六上，江子不仅可以单挑五个师，还能单挑五个军。

因为全世界能扛得住零下一百八十摄氏度低温的机械外骨骼，就只有铁浮屠了。

"他们会用导弹的，站长先生。"

梁敬盘腿坐在床上，查看大白的监控视频。

P3实验室内空无一人，黑球安静地待在密封的箱子里。楼齐出事之后，江子再也不允许任何人进入P3实验室，更不允许任何人再接触这个球。用江子的话说，如果站内再有人出事，那他这个站长也甭当了，地球也甭回了，直接出门找棵歪脖子树吊死一了百了。

江子甚至说要把这个见鬼的球丢出去，免得它再祸害其他人，被梁敬等人按住了——他们要是把这个球搞丢了，那就是民族罪人。

以后历史记述就是这样的：人类科学曾经距离突破只有一步之遥，却被几个无知短视的蠢货给断送了。

梁敬皱着眉头，胡董海意外死亡之后他就开始盯监控了，现在楼齐又消失了，他能肯定这个球背后有莫大的秘密，但他无法再接触黑球，只能通过监控盯着它，指望能发现什么异常。

胡董海死在午夜，梁敬就在这个时间段严防死守。

"这丫的……"梁敬低声说，"你倒是给我一点动静啊。"

他希望这个球可以给他一点动静，比如说长出两条腿来下地乱跑，可它就是一动不动。隔着屏幕，梁敬和黑球像是在玩木头人的游戏，谁先动谁就输了。

显然黑球很有耐心。

这个球在四亿年前抵达太阳系，站内的专家们分析它可能来自柯伊伯带，也可能来自太阳系外的其他星系，于四亿年前撞上土卫六，直到今天才被人们发掘出来。在此期间，它沉睡了漫长的时光。

它至少已经沉睡了四亿年，可能不介意再沉睡四亿年。

"我有个不靠谱的猜测，这丫有没有可能是什么地外文明的储存器？"梁敬看着屏幕悠悠地说，"前些年地球上的人就搞过好几次这样的事，说什么保存人类文明的信息，把各种乱七八糟的玩意儿装进硬盘打进太空，这个球有没有可能就是这样的玩意儿？某个已经灭亡的文明，在灭亡之前把自己的所有信息装进了这个黑球，这个球不可分割、坚不可摧，信息绝不可能丢失，然后在宇宙里流浪，最后掉到了泰坦上，被我们挖了出来。"

"您想象力真丰富。"

"想想，这个球的直径啊、周长啊，不都是严格的数学概念吗？说不定它们用这种方法记录信息呢？一百多年前，美国人不也在碟子上刻裸体图然后送出太阳系吗？可能这伙外星人也跟我们一样，只是它们的技术更高级。"梁敬问，"你说有没有这种可能？"

"有可能。"大白说。

"所以这个球是个硬盘，打开就能得到超越人类一万年的先进技术和理论。"梁敬说，"主任发现了这一点，半夜抱着它乐死了。"

"那么楼齐先生呢？"大白问。

梁敬沉吟片刻。

"多半是楼齐的打开方式有误，触发了什么防御机制，所以被轰得渣都不剩。"梁敬说，"这不光是个硬盘，还是个保险柜。"

梁敬这奇葩的想法居然做到了逻辑自洽。

无论他说得是否正确，至少条理很清楚。宇宙这么大，要说真有某个外星文明把什么东西装进球内，然后送了出去，也不是不可能。这个宇宙漂流瓶里可能是超越人类的科技，也可能是某个小绿人送给另一个小绿人的情书，但是在真正摸清黑球之前，谁也没法儿下断言。

"希望您的想法是正确的。"大白说，"时间已经不早了，您该休息了。"

梁敬看了一眼时间，已经过了午夜，马上就凌晨一点了。

他打了一个呵欠："那大白你帮我继续看着，有什么异常记得立即通知我们。"

"明白。"

梁敬把平板放在柜子上，卷起被子躺下。他很快就睡着了，均匀的呼吸声响起。

卡西尼站寂静下来，所有人都在休息，唯有大白这个电磁幽灵在走廊里无言地游荡。它盯着手套箱里的黑球，摄像头上的红色指示灯一秒闪烁一下。

2月1日

今天是大年初三。

上午九点三十分。

江子和默予已经穿好了铁浮屠。今天早些时候，江子和梁敬已经提前去通信塔做完了前置工作。

接下来就剩安装备用天线了。

无源式综合射频天线有两部分，天线与发射机分开安装，天线安装在塔顶，发射机安装在塔底，中间用长达二十米的波导管连接。所谓波导管，就是结构简单的空心金属管，用来传递高频电磁波。这东西非常古老，但是胜在靠谱。

江子背上天线和工具箱，默予带上发射机，两人沿着安全绳出发了。

留在卡西尼站内的人目送他们逐渐消失在浓雾中。

今天起了点微风，默予一手抓着安全绳，脚踩在坚硬的冰面上艰难前行，铁浮屠的脚底虽是锋利的冰爪，但仍然难以抓紧地面。相较之下，江子的动作就要熟练得多，三步一滑，三步一滑，走得飞快。

默予抬头四望，流动的棕黄色雾气像是浑浊的水流，走在这里宛如走在海底，头顶就是千万吨混杂着泥沙的海水。

"今天的天气不太好。"江子的声音从耳机里传出来，"当心一点。"

"不会有大风吧？"默予问。

"不好说。"江子回答，"不过大白说没有，你不用太担心，只要没听到啸叫就没事。"

默予加快了脚步，很快就看到江子的背影出现在前方，白色的天线罩和红色的铁浮屠分外显眼。

默予很少外出活动，从未真正碰到过什么危及生命的恶劣天气，她对泰坦风暴的印象都是从别人那里听来的。那些从风暴中生还的人都说狂风就是死神的手，一旦被卷进去，就是被死神攫住了，你会感觉有成百上千的人紧紧地抓着你，他们抓着你的肩膀、你的胳膊、你的大腿和小腿，将你往大雾中拼命拉扯，他们是之前丧命在风暴中的亡灵，想把你也拉下地狱。

这里面可能会有夸大的成分，但无论是谁，在描述风暴时都会提到女妖的啸叫，它从浓雾中幽幽地传来，如怨如慕，如泣如诉，仿佛神话中塞壬女妖的歌声，行船的海员们听到歌声就会失去神志。人们一度以为它是某种生物发出来的声音，后来才意识到这是风暴降临的前兆，风暴来临前必有女妖啸叫。

专家们解释说，这是因为低温气流在冰面上高速移动时会产生高频振动，听上去就像是女高音歌手蜜妮·莱普顿的海豚音，而声音的传播速度比气流要快，所以一旦听到这种声音，就说明风暴即将降临。

江子钻进通信塔，沿着梯子爬上去。

默予在塔底卸下身上的发射机，发射机也扛不住零下一百八十摄氏度的超低温，所以默予还带着保温套，内置四块同位素温差发电芯片。

安全绳从默予头顶上垂落下来，她仰起头，看到江子正站在梯子顶端，朝自己晃动手电："我先安装天线，你在底下安装发射机。"

"收到。"

默予打开工具箱，把各种零件一把摊开，大白给出了详细的安装步骤，投射在她的头盔平视显示器上。

"螺丝刀……嗯，螺丝刀，三号……三号，先用三号，再用四号。"默予小声地重复步骤，两只手悬在工具箱上点来点去，"然后是法兰和垫片。"

"磨剪子嘞，戗菜刀——"江子麻利地安装天线，他把天线固定在塔顶，依次拧上螺丝。

"站长，你在哼唧什么？"

"磨剪子戗菜刀啊。"江子说，"没看过电视剧吗？以前的人走街串巷，帮人磨剪子戗菜刀，就会喊这个。"

"不看电视剧。"默予说，"那玩意儿只有老年人才看。"

"你那边有大号的梅花起子吗，默予？"

"有。"

"给我一把。"

"我需要一把离子枪，上边有离子枪吗？"

"有，你会用吗？注意不要把火开得太大，枪口不要冲着自己。"

默予把隔热罩扣在发射机上，然后把发射机的电缆扯出来，与预先准备好的供电电缆连接。通电的一瞬间，发射机上的指示灯齐亮，同时大白提醒她发射机安装成功。默予不是专业的通信工程师，但干起活儿来相当麻利。与此同时，江子也完成了天线的安装，开始安装波导管。

"默予姐在家经常干重活儿吗？"崖香问。

"是啊，修水管、修马桶、修空调、扛煤气罐，都是我一个人包办。"默予回答，"如果你有一个甩手掌柜那样屁事不管的老娘，你就知道男人能干的事，女人都能干，而女人能干的事，男人不一定能干。"

"有什么事是女人能干、男人不能干的？"崖香问。

"生孩子。"默予回答。

"默予姐，你妈——"

"哎，妞，你怎么还骂人呢？"默予挑眉，"不许说脏话！"

"我的意思是，默予姐你的母亲，她在家里什么都不做吗？"

默予冷笑。

"她只会端起碗吃饭、放下碗骂人，除此之外什么都不干。别跟我提她了，那女人脑子有毛病。"

崖香打了个哈欠。

"困了？"

"嗯嗯，默予姐，你精神真好。"崖香哈欠连天，按照她的作息时间表，这个时候她应该在睡觉，"我熬不住了……"

江子站在梯子上，把波导管固定在通信塔的内壁上，一级一级地往上升高，一截一截地固定。默予蹲坐在塔底，把波导管装在发射机上。

"站长，默予，能听到我说话吗？你们那边情况如何？"

是梁敬的声音。

"梁工，这里一切正常。"江子按下按钮，电动螺丝刀把螺丝钉打进通信塔的内壁，"马上就完成了……大概还有个二十分钟。"

"需要帮手吗？"梁敬问。

"不需要，两个人足够了，再来一个这里挤不下。"

江子爬到了梯子顶端，钻进防风罩里，开始工作的最后一步，用波导管把发射机与天线连接起来。

"站长，今天的天气不太好，你们尽快回来。"

"要变天吗？"江子问，"你听到啸叫了？"

"没有啸叫，只是开始下雨了，而且看样子雨要下大了。"

江子直起身子，果然听到外头有噼里啪啦的雨声，雨点密集地打在通信塔的防风罩上。这鬼地方的暴雨说来就来，而且一来就是海水倒灌。地球上绝对不可能有这么大的雨，因为地球上的重力限制了雨珠的大小，当雨滴大到一定程度时空气就托不住它了。但泰坦上不一样，土卫六上的重力小，空气密度大，雨珠的体积和重量能疯狂地积累。

想想打满一桶水往楼下倾倒的场景，泰坦上的暴雨就是这个德行。

"搞定了。"默予拧上最后一颗螺丝，拍了拍巴掌，对自己的工作成果很满意。

"我也搞定了，梁工说可能要变天，咱们快点回去。"江子抓着安全绳直接降下来，喘了口气："大白，开机试试。"

发射机电源开启，江子和默予站在边上等待结果，如果成功他们就能打道回府了。几分钟后，大白传来消息：天线故障，联络失败。

江子和默予吃了一惊。

"怎么搞的？"

大白自检后给出了原因，可能是天线安装得不稳，存在接触不良。

默予让江子在底下休息，她上去调整。

江子站在塔底，仰头望着默予爬上梯子，钻进防风罩内，很快就不见了人影，只有头灯的光柱在闪动。

"能行吗，默予？"

"没问题，我已经找到了问题的源头，只是几颗螺丝的事……"耳机里传来默予的回答，"大白在教我怎么调整这东西，我得要一把钳子……钳子，钳子，钳子，可爱的钳子，你在哪儿啊……"

地面忽然微微一震。

江子一开始还以为是错觉，但下一秒，更剧烈的震动传来，他差点没能站稳。外界响起震耳欲聋的爆炸声，江子还没来得及出声，就看到头顶的防风罩轰然爆裂，像是被一门大口径舰炮直接命中，从这个世界上被粗暴地抹掉了。

那一瞬间，江子的视角：通信塔塔顶的防风罩被摧毁，由于事发突然且发生得太快，他的眼睛甚至还来不及捕捉，整个塔顶就不见了，只留下一个光秃秃的空洞，可以望见天空中低矮浓厚的云层和雾气。江子后来估计了一下撞击的强度，摧毁防风罩的冰块至少得有几百千克重，飞行时的速度超过音速，防风罩在如此强大的动能面前就跟纸一样脆弱。

与此同时，默予的视角：我天，这……

"默予——！"江子大吼，纷纷扬扬的碎片和冰屑从塔上落下来，他从通信塔里钻出来，按着头盔喘着粗气："大白！大白！梁工！紧急情况！紧急情况！"

"收到，我与默予小姐的联络已中断，正在评估受损情况。"大白的声音响起。

"甭评估了，评估个屁啊，整座通信塔都被削掉了半截！"江子仰着头，透过迷蒙的浓雾和大雨，隐约看见有黑影呈抛物线落在百米开外，很显然那就是残破的天线罩，"我看到它了！我看到它了！距离我不远！默予！默予，能听到我说话吗？"

耳机中没有回应，冰块撞击防风罩时默予刚好就在现场，被撞了个正着，如果不出意外，她应该是当场死亡了。

没有人能扛得住这样的冲击，类比起来，这就是站在马路上让一辆以时速三百千米狂飙的十吨重大卡车正面撞上了，能留个全尸都是阎王爷开恩。

"我正在向默予靠拢！我正在向默予靠拢！大白，你能定位到我吗？"江子摘下了安全绳的锁扣，默予身上铁浮屠的定位系统仍然在工作，头盔平显上那个绿色的光点在有规律地闪烁，这给了江子一线希望。

"我能定位到您，站长先生。"

"你能联系到默予的铁浮屠吗？"江子在暴雨中艰难跋涉，这该死的大雨，液态的烷烃跟油脂一样黏稠，"有没有生命信号？"

"很遗憾，生命检测系统的信号已经中断。"大白回复，"无法确认默予小姐是否幸存。"

"妈的，梁工、大厨，你们准备好医务室，随时准备急救！希望这姑娘还有气。"江子步伐不稳，摔倒在冰面上，他干脆不起来了，像企鹅那样趴在光滑的冰面上往前滑动。他必须尽快找到默予，即使默予没有当场死亡，一旦铁浮屠受损失压，外界的低温和大气就会迅速侵入舱外活动服，默予很快就会被冻死。

"站长先生，我已启动步行车去接应你们。"

"收到，大白。"江子四足并用，以狗刨的姿势溜得飞快，"你最好动作快点！"

天线防风罩落在地上裂成了三瓣，原本完整的半球形被撕成了碎条，江子能看到被撞开的破口。但是罪魁祸首不在案发现场，那块撞上来的冰块不知道落在了什么地方。紧接着江子就发现了默予，后者倒在一地的天线碎片里——还好四肢完整，没有缺胳膊少腿。

这姑娘运气真好，碰到这种情况，若是一般人，都需要用编织袋来收尸了。

江子连忙把默予抱起来，她身上的铁浮屠已经失效，一块二十厘米长的天线碎片洞穿了她的腹部，但流出来的血液在伤口和舱外服的破损处凝固了，堵住了失压的缺口。默予歪着头昏迷不醒，但还有气，呼出的热气在面罩内凝结成白雾。

"默予？默予！"

默予软在江子的怀里，一动不动，脸色苍白，嘴角溢血。

江子心说命真大，要不是血液结冰，堵住了铁浮屠的破口，默予早就死了。

暴雨冲刷在两人的身上，江子转了个方向，用背部给默予挡雨。他的大脑飞速转动，想找到什么方法来进行急救，但隔着铁浮屠他什么都干不了，舱外活动服保住了默予的命，但也阻碍了急救。

江子试着重启默予舱外活动服的电脑，但铁浮屠的受损情况过于严重，重启失败。很显然，默予没有直接遭到撞击——如果她真被撞了个正着，那么现在江子只能满地找残肢了。冰块撞上天线罩时，默予正在弯腰修理天线，死神与她擦肩而过，带着她一起摔了出去。铁浮屠的外骨骼帮她承受了大部分冲击，现在已经散架了。

"站长，默予情况如何？"

"还活着，但是铁浮屠完蛋了，电池失效，生命维持系统失效。"江子把默予舱外活动服上的气瓶拆下来，气瓶已经瘪了，氧气早就漏光了。江子从自己的舱外活动服生命维持系统上扯出一根共用管道，插进默予的头盔。

从现在开始，两人不得不共用一套生命维持系统。默予的铁浮屠通上了电，但温度仍然在急剧下降，看来保温系统也挂了。

"默予在失血，她撑不了多长时间。"江子从急救箱里取出修补喷剂，猛烈摇晃之后对着铁浮屠的破损缺口一阵猛喷，白色的喷剂在粗糙的布料表面立即凝结，把漏气的缝隙全部封堵起来。江子不知道还有没有其他地方失压，铁浮屠的电脑挂了，他只能靠目视寻找："大厨！医务室准备好了没有？"

"准备好了。"万凯立即回复，"默予伤势如何？"

"有外伤，天线的碎片穿透了铁浮屠，在默予的右腹，可能伤到了肝脏。"江子还在控制终端上猛戳，试图启动计算机，"可能还有骨折和颅内出血，我来不及仔细检查，不敢乱动。"

"站长先生，救护车到了。"大白的声音在耳机中响起。

黑色的高大影子从浓雾中冲出来，步行车终于赶到了。它一路连滚带爬，六条小短腿跑得飞快，最后在江子面前停住，车灯闪了闪，舱门弹开。

江子抱着默予钻进去，舱门立即关闭，步行车转身返回卡西尼站。

车厢猛烈地颠簸，大白指挥着步行车在冰面上疾走如飞。这个时候时间就是生命，早一秒把默予送上手术台，她活下来的概率就大一分。江子抱着默予，用自己的身体尽量为她减轻震动。他低头看了一眼后者毫无血色的脸，暗暗地叹了口气，这女孩也就跟他女儿差不多大，何苦到这鬼地方受这种罪。

默予紧闭着双眼，睫毛在微微颤动，她的呼吸越来越微弱，头盔面罩内已经看不到凝结的水汽了。

"大白！还能再快点吗？"

"已经是最高速度了。"大白说。

"见鬼，这丫头快没命了！"江子咬牙，"再快些！"

"站长！站内还有Ａ型备用血吗？"万凯忽然插进来。

江子愣了一下："你才是大夫，这种问题你问我？"

"血库里的Ａ型血用完了，默予是Ａ型血，我们几个都不是Ａ型血。"万凯说，"我们需要给她输血。"

"用我的！"江子说，"我是Ａ型，你要多少？"

"嗯，这个得具体——"

"行了，甭具体了，只要能把这姑娘救回来，你要多少抽多少！"

气闸室的舱门一开，江子就抱着默予冲了进来，等在走廊里的梁敬和万凯迅速接手，两人一前一后抬着默予进入电梯。

江子靠在墙壁上大口地喘息。

"站长先生，您没事吧？"大白问。

江子摆了摆手，把头盔摘下来："我没事，不用管我，不用管我，先救默予……先救默予，你们可一定要把她救回来。"

室外又响起震耳欲聋的爆炸声，整座卡西尼站都在震动，江子扭头望了一眼大门，咬牙切齿道："这该死的火山，喷喷喷，喷你大爷。"

"接下来可能还有火山喷发与轻微地震。"大白提醒，"请注意安全。"

透过气闸室舱门上的观察窗，江子看到浓郁的白雾再次弥漫过来，他只希望这些"大炮仗"不要掉在自己头顶上，否则卡西尼站可能就扛不住了。

"他奶奶的，这火山这么活跃吗？三天一小喷，五天一大喷。"

"土卫六上是存在活火山的。"大白回答，"这里的地质运动相当活跃。另外，站长先生，请您尽快上楼进行血液配型，默予小姐急需输血。"

"活跃就活跃吧，它们别满世界乱跑啊！"江子骂骂咧咧地脱下身上的铁浮屠，沿着楼梯上楼，同时挽起衣袖，"走吧，走吧，要多少血你们尽管抽。"

梁敬和万凯把默予抬上手术台，医务室进入ICU模式，所有机械臂全体出动，立刻围了上来。他们试着把铁浮屠从默予身上脱下来，但完全变形的外骨骼始终牢牢地卡在舱外活动服上，无奈之下，大厨只能上液压钳。他把那些坚硬的合金骨架一根根地剪断，然后用剪刀剪开舱外活动服的布料，才把舱外活动服脱了下来。

梁敬把破烂的舱外活动服抱了出去，准备放回原处，医务室的门在他身后上锁，机械臂跟着他一路消毒。

脱掉厚重的舱外活动服后，万凯才意识到这姑娘的伤势有多严重。铁浮屠内是轻薄的长袖工作服，已经被血染成了黑红色，原本凝固的血液现已融化，浸透了默予身上的衣服，慢慢地滴落下来。默予一动不动地躺在手术台上，湿漉漉的头发沾在额头和脸颊上，她双目紧闭，面无血色。

好在江子的救援足够及时，默予刚摔下来就被找到了，如果再拖上半小时，就算是神仙都救不回她。

"还有气吗？大白，准备好心脏起搏！见鬼，这姑娘的血压太低了！冷冻液！大白，给她输冷冻液！"万凯有点手忙脚乱，指挥着机械臂在医务室里转来转去。作为大夫，他在厨房里待的时间太久了。机械臂为默予戴上呼吸机，接上心电和脑电的监测电极。"既然你进了这间医务室，就算是阎王爷那丫来，也抢不走你！"

所有的参数都在报警，万凯一项一项地解决，把默予的状态稳定下来。

大厨稍稍定神，他是在跟阎王爷抢人，在绝大多数情况下，阎王爷抢不过他。

万凯一边清洗默予的伤口一边做检查，那块刺入默予腹部的碎片他暂时不敢动，那块碎片有可能伤及肝脏和腹腔内的血管，贸然拔出来会导致脏器破裂和大出血，万凯只把暴露在外的部分切掉了，体内的部分还留在原处。

医用机械臂迅速给默予输液，低温缓冲液进入她的血管。这种药物能迅速降低人类的体温并减慢新陈代谢速度，让人进入半冬眠的状态，大幅度降低机体组织的耗氧量，特别是大脑，以避免失血缺氧对大脑造成不可逆的损伤。低温缓冲药物在急救中被广泛运用，可以为医生争取救援时间。

冷冻液沿着血管流动，进入默予全身上下的机体组织，她的皮肤变得愈加苍白，像是白蜡。

X射线扫描仪从默予的身体上方通过，大白对默予进行了一次全身透视。

"十六块碎片，这丫是被霰弹枪打了吗？"万凯盯着大白给出的透视结果。默予身上一共有十六块入侵物，最大的有十几厘米长，位于右侧腹部，伤到了肝脏。但这块不是最危险的，最危险的那块长两厘米，距离心包只有0.5厘米远，如果它进入心包伤到心脏，那么默予就扛不到江子找到她了。

就结果来看，默予没有被火山的喷发物正面击中，虽然火山喷出的冰块像穿甲弹一样击穿了防风罩，但真正致命的是高速飞散的天线碎片。

除了碎片侵入，默予身上一共有七处骨折，肋骨骨折四根，左臂尺骨和桡骨粉碎性骨折，左侧股骨粉碎性骨折。再加上大范围的软组织挫伤和腰椎错位，默予全身上下几乎找不到一处完好的皮肤。

"有点麻烦，大白，给我一份计划书，"万凯活动手指，他已经很长时间没给人做过大手术了，"规划一下步骤。"

"明白。"

万凯看了一眼默予的身体监测数据，呼吸和心率已经降至极低，平均一分钟呼吸五次，默予已处于半低温休眠状态。如果她的伤势再严重一点，严重到卡西尼站的医疗条件救不回来，那么万凯就会把默予塞进休眠舱冻起来，等"暴风雪"号到了再尝试治疗。

大白很快给出了手术规划，万凯扫了一眼确认。

"11这块非常靠近阑尾，把阑尾一起切了吧，免得引发不必要的炎症和感染。"万凯比画，"13在小肠肠道处，肠黏膜受损了吗？肠内容物没有外漏进腹腔吧？引起感染就不好了……说实话，我现在居然想起了厨房里的猪大肠，可能是干厨子干多了……"

"手术时闲聊是所有外科大夫的习惯吗？"大白问。

"是的，我们会一边给人做开颅手术一边讨论昨天晚上吃的脑花味道怎么样，"万凯说，"而且患者这个时候还是清醒的。"

室外隐隐响起轰隆的爆炸声，几秒钟后地板震颤，头顶的灯光随之闪烁。

"大白，电力没问题吧？"万凯抬头张望。

这个时候手术室里绝对不能断电，否则默予就死定了。

"我将竭尽全力保证电力供应。"大白回复，"备用电力系统已经启动。"

机械臂开始为默予输血，江子的血型配对已经完成，他一次性为默予献了四百毫升的全血，但大白只提取了其中的红细胞。

万凯决定先取碎片，最危险的那几块由他亲自动手，其余的由大白来处理。

"先取最大的这块，再取心脏旁边那块……"大厨喃喃，室外又是一声剧烈的爆炸声，他惊得眼皮一跳，"丫的，我觉得自己现在是白求恩……大白，止血钳。"

"手术中"的红灯已经亮了三个多小时，这在卡西尼站内算是罕见的大手术，默予身中十六块碎片，被手雷炸了也就这个结果。幸运的是，对卡西尼站的医疗条件而言，只要不是当场死亡、身首异处，大厨都能把她救回来。

江子和梁工坐在隔壁的办公室里等结果，他们帮不上什么忙，这个时候只能相信大白和万凯。

"还有备用天线吗？"梁敬问。

江子摇摇头。

跟着默予一起被击中的还有备用通信天线，当时情况紧急，江子只来得及救回默予，但用屁股想都知道备用天线肯定被摧毁了。不光天线，连通信塔都被削掉了半截，卡西尼站彻底失去了与外界联络的手段。

这是重大事故，按照规定必须及时上报，但通信断绝，江子也没办法。

"有什么办法能联系上'暴风雪'号？"梁敬问。

"只能等他们入轨。"江子回答，"现在是没办法了，我也想尽快联系上他们，但天知道我们会碰到火山爆发……你上次还说不会有问题。"

梁敬焦躁地把手指插进头发里，他也没想到火山会再次喷发。冰火山的爆发是不可预测的，但人们总是习惯性地把事情往好的方向想。现在看来，卡西尼站已经不安全了，他们脚底下这座冰火山的活动越来越剧烈，很可能会在不久的将来迎来一次大规模爆发，届时整个冰盖都会被掀翻。

在卡西尼站建立之初，设计者们都认为它足够坚固，只要不是碰上什么天崩地裂的灾难，卡西尼站都无所畏惧，但事实证明他们太自大了——对于这个世界而言，人类眼中的天崩地裂不过是睡梦里轻轻翻个身，它如果想摧毁你，只是动动手指头的事。

"我有点过于乐观了，这是我的错。"梁敬叹了口气，"在证据不足的情况下不能轻易下断言。"

"梁工，你能预测火山什么时候会大喷发吗？"江子问。

他打的主意是，如果确定冰火山会发生大规模爆发，那么卡西尼站百分之百会彻底完蛋，他们就得打包走人了。万一火山在"暴风雪"号抵达之前就会大爆发，卡西尼站内就不再安全，他们必须尽快撤离，前往安全的区域等待救援。

这件事得早做打算，因为撤离卡西尼站也是件非常麻烦的事，等到火山爆发时再匆匆忙忙地跑出去就来不及了。更何况泰坦上的自然环境过于恶劣，不到万不得已他们不能离开卡西尼站，如果要离开，就得做好万全的准备。

"火山跟地震不一样，还是有迹可循的。"梁敬说，"我到这儿来本来就是要干这个的，只是被那个黑球打断了工作进程。"

"这个球把我们所有人都害惨了。"江子说，"我们还不能把它扔掉！"

"在地球方面看来，这个球的价值比我们所有人的都要大。"梁敬苦笑一声，"如果我们真把它扔了，回去之后肯定千夫所指。"

"再重要能比人命重要？文艺复兴都过去五百年了，这帮人怎么越活越回去了？"江子愤愤，"都是表面功夫，台面上说得比唱得好听，实际上一看到利益就变成苍蝇和饿狗，一窝蜂地拥上来。"

"有百分之百的利润，他就敢践踏一切法律，这句话未必只是对资本家说的。"梁敬说，"这个黑球如果被带回去，会产生多大的影响，我都不敢想象。"

"老子就跟他们说火山爆发了，我们都泥菩萨过江——自身难保，谁还管那个球？"江子很恼火，这个春节过得太糟糕了，烦心事不断，"我就跟他们说这破球丢了，他们想要就自己派人来找，我没义务帮他们带回去！"

"说得对，我们没义务帮他们把球带回去，谁要谁自己来拿，火山都爆发了，命都没了，谁还有心思管一个球？"梁敬点头。

他知道江子现在正在气头上，说的都是气话。

从主任的意外身亡开始，到楼齐的神秘失踪，再到今天通信系统被摧毁、默予重伤垂死，江子的压力是最大的，他是站长，他要对每个人的安全负责。

所有人都看得出来黑球的重要性，即使卡西尼站从今往后被彻底废弃，它能在服役生涯发掘出这个球，所有的投资、所有的代价就都得到了回报，过去十几年，钱没白花，人也没白死。

如果你真让江子去把球扔了，他肯定不愿意，因为如果这个球没能被带回去，那么卡西尼站建立的最大价值就丧失了。

"等默予的手术完成，状态稳定下来，我们就得准备出舱，具体看看这火山的情况。"梁敬说，"站长，你还行吗？"

"没问题。"江子摆手，"不用担心我，看火山要紧，你准备怎么办？"

"用步行车。"梁敬说，"从拿破仑坑开始，就是上次我们发现黑球的那个坑……我需要在卡西尼站周围进行钻探打孔，所以还得把打孔机带上，估计要打十个左右，总面积得有几平方千米大，看看地下流层的活动情况。"

"越准确越好。"

"要得到更精准的结果，就得扩大勘探面积，打更多的孔。"

"这个不是问题。"江子说，"毕竟这关乎卡西尼站的存亡，你能多精准就做到多精准，我计划一下撤离的事。"

江子叹了口气。

"可惜没法儿把卡西尼站开走，要是能给它装上轮子或者雪橇拉走就好了。"

"没事的。"梁敬安慰他，"在来之前我们就仔细研究过卫星的遥感结果，火山大规模爆发的可能性不大。地球方面其实也在尽最大的努力保卡西尼站，希望它能继续服役，毕竟前期投入已经那么大了，如果就此废弃，这些人力、物力就都成了沉没成本。"

江子不置可否，不知道梁敬自己相不相信这话。

这世上安慰人的空话太多，除了撑场面之外毫无用处，但这个时候说真话又太尖锐、太赤裸，人说到底还是活在自己希望活着的世界里。

"大白？"江子呼叫大白，手术室里已经很长时间没有动静了，"默予情况如何？"

大白没有吱声。

"大白？"

"站长先生，"大白出现了，"我们正在竭力抢救默予小姐。"

江子和梁敬一听这话语气不对，霍然起身。

"怎么了？情况不对？"

"默予小姐的情况不容乐观。"大白说。

大白说不乐观，那就是糟糕到了极点，家属可以准备联系殡仪馆，然后购买骨灰盒了。

"默予小姐的心肺功能已停止，我们仍然在抢救，请诸位做好留存准备。"大白最后撂下一句话就消失了。

江子和梁敬都呆住了。

做好留存准备？

就是做好遗体留存准备。

那意思是，快买棺材吧。

"电击！脉冲电压提高百分之二十五，用介入电极！介入冠状动脉和窦房结！先做除颤，先做除颤！"万凯眉头紧皱，手里握着钳子，"见鬼！大白，你疯了吗？你知不知道你刚刚干了什么？"

大白把电极针尖插入默予的胸口皮下，微小的介入电极在默予的胸腔内迅速扩散，每一个电极都是纳米机器人，它们直接附着在心脏上，把分子电极插入肌细胞和神经细胞，用精准的电流刺激心肌中的神经。每一次电流经过，昏迷的默予都微微一颤。

"未能恢复窦性心律，心脏左房扩大不明显。"大白提示，"我对自己的错位操作感到非常抱歉。"

"等默予醒了，你自己跟她说！看她会不会砸了你的服务器机房。"万凯盯着心电图，满头冷汗，"再来一次！提高电压，我们再来一次！"

体外主动呼吸机正在给默予进行心肺复苏，但情况不容乐观，默予仍然处于生死一线，没有丝毫好转的迹象。

这一切都是大白的错。

本来默予只是被碎片击中，虽然伤势严重，但只要抢救及时就不会有什么大碍。江子把她送回卡西尼站，她这条命就算是捡回来了——大厨原本是这么想的，她的伤势看上去吓人，实际上不会致命，直到他发现大白给默予注射了百分之一百五十的冷冻液。

冷冻缓冲液就像麻醉剂，能救人也能杀人。正常剂量的冷冻液能极速降低患者的新陈代谢水平，使其从哺乳动物变成万年王八，但过量的冷冻液会把人冻成硬邦邦的尸体。大白给默予注入了两百五十毫升的冷冻液，这个剂量通常是兽医用来冻犀牛的——万凯发现默予的体温越来越低，到最后心脏、肺部和大脑都不动了，才意识到有什么地方出了问题。

大白跟喝醉了酒一样把注射器推到了底，一副执行注射死刑的架势。注射过量冷冻液的后果是致命的，默予身体的活力迅速丧失，体内的脏器开始衰竭。

"你丫这是在谋杀。"万凯怒喝。

"非常抱歉，我无意对默予小姐不利，自动注射系统出了很严重的问题，这是我没有意料到的情况。"大白说，"出现这种BUG的概率低于千万分之一，我向您保证下次不会再发生了。"

"向我保证有个屁用，你这样的智能医疗系统，丫的谁敢用？"万凯关闭了自动注射仪，决定所有药物都由自己来打，"闹出人命来算谁的责任？大白，你这最轻也是杀人未遂，等手术结束了我就报警，你准备坐牢去吧！关你个几十年。"

"有期徒刑对我而言毫无意义。"大白说，"人类的刑法不适用于我。"

"行了，别扯淡了，以后你的任何操作都必须先报备给我！"万凯一边摇头一边调配中和药物，"你丫真是个庸医！"

"过去二十年中，智能医疗系统出现误诊的病例只有三起，远低于人类医生的出错概率。"大白说，"注意，默予小姐的血钾含量低于正常值。"

"那就赶紧补！这种小问题还要问我吗？"万凯忙着急救，他正在给默予体内注入中和剂。这是低温冬眠结束时才会用到的药物，正常情况下整个用药周期长达一个礼拜，但万凯把一个礼拜的用药量在五秒钟内全打进了默予体内。他没有其他方法了，默予的体温已经降至三十摄氏度，低体温导致了严重的室颤，再降下去默予就死定了。

"您刚刚让我在进行任何操作前都必须向您报备。"

"她有自主呼吸了吗？"

"没有。"

默予的自主呼吸已经停止了，现在就靠着体外人工肺在吊命，主动呼吸机强行把氧气压入默予的血管，以防其大脑缺氧受损。

她的心脏也未恢复正常跳动，介入电极正在竭力调整她的心率，防止她出现心力衰竭。

此刻，默予的所有生命活动都在依靠外界的辅助，一旦断了电，她就会立即死亡。

"我们必须让默予小姐的体温尽快恢复正常。"

"废话，我们得加热她，我们得加热她。"万凯竭力把默予的体温拉回正常区间，可他脑子里第一个蹦出来的居然是微波炉和电烤箱，"丫的，我都快精神分裂了，我究竟是个厨子还是个大夫？"

默予软绵绵地躺在手术台上，身上插满了电极和管道，看上去相当赛博朋克，现在她的生命全靠这些机器支撑。万凯绕着手术台打转："大白，以前冷冻液注射过量是怎么处理的？"

"注入中和药物。"大白回答，"但我需要提醒您，之前从未有过注射百分之一百五十冷冻液的情况，这足以致使五个成年人死亡。"

"我知道了，那我们就再打一点中和剂，把所有的冷冻液全部消耗掉。"

"默予小姐的左肾已严重衰竭，无法再发挥正常功能。"大白又报警了。

万凯的头皮在发麻。

冷冻液过量的连锁反应出现了，大量中和反应正在默予体内进行，这严重破坏了肾单位细胞，大面积细胞坏死导致脏器衰竭。

问题一个接一个，谁在这里头皮都得发麻。

"丫的，这姑娘现在是整个人都已经入土了，我现在就只揪着她的两根头发丝，还想把她拽回来。"万凯捏了捏拳头，招呼机械臂，"稳住！继续中和冷冻液，你们盯住她的体温，不惜一切代价把体温拉回来！肾脏坏死了不要紧，大不了换一个……大白，准备开始进行肾脏移植！"

万凯豁出去了，他虽然是个厨子，但也是宾夕法尼亚大学本科出身、约翰·霍普金斯医学院硕博毕业的厨子，如果不是因为热爱餐饮行业，沉迷《中华小当家》，他早就去北京协和当大夫了。

就算今天要把默予全身上下的脏器都换个遍，他也要把这姑娘给救回来。

阎王爷不长眼吗？敢从他手里抢人。

"明白。"机械臂围拢上来，其中一只还给万凯擦了擦汗，敢情是个机器护士。

"她有自体备用移植器官吗？"万凯问。

"只有肝脏和肺，没有肾脏。"大白清点了一下库存。

"那就用人造的，把库房里那个人造肾给我拿来。人造的虽然不如自己身上长的，但也能撑个一年半载，等回地球了再换更好的。"万凯决定亲自主刀，大白的状态不稳定，他不敢让大白动手术了，"反正是个姑娘，不用喝肾宝。"

医务室的灯由红转绿，浑身湿透的万凯踏进走廊，差点软倒在地板上，江子和梁敬上前一步把他扶住了。

"怎么样？"

"我尽力了。"大厨缓了口气。

江子和梁敬的心一凉。

没救了？

"救回来了。"大厨靠着墙缓缓地蹲下来，大白给他倒了一杯水，"现在情况已经稳定了，不过她还需要在医务室里至少躺十二个小时，进行自体细胞修复。接下来的时间我们就别去打搅她了，让那姑娘做个好梦。"

万凯累得近乎虚脱，他在医务室里站了五个小时，完成了一次史无前例的大手术——至少是他多年行医生涯中史无前例的。由于大白给默予注入了过量冷冻液，后者的多处脏器先后衰竭，这可比碎片侵入与骨折危险得多，万凯搬空了医务室内的备用器官库房，才把已经入土半截的默予生生地挖了出来。

用赛博朋克的话来说，默予现在是个义体人，就像《攻壳机动队》里的草薙素子。她体内的器官有一半是人造的，那些高分子材料与合金制成的精巧器械能持续运行两年时间，足够撑到默予返回地球更换自体干细胞培育的成熟器官。

"你们可别再受这么重的伤了。"万凯笑笑，"站内已经没有多余的肝脏给你们换了。"

"这么严重？"

"本来没这么严重，但是大白那丫发神经，给默予打了过量的冷冻液，它打的那个量连犀牛都能被冻死。"万凯说，"还好我发现得早，要不然这个时候我们就该讨论怎么安置遗体了。"

"大白！"江子一皱眉。

"站长先生，事故的缘由是自动注射仪错误解读了我的指令，发生此类事故的概率低于千万分之一。"大白回复，"我已经认识到并深刻反省了自己的错误，并向万凯先生保证同样的错误不会再犯第二次。"

"行了行了，我已经关掉了智能医疗系统，别骂它了。"万凯挥挥手，"这丫就是个庸医，等回地球了，让厂家来更新一下系统，或者把大白打发给法院，就它那操作注射器的架势，用来执行死刑是把好手。"

"司法系统禁止人工智能执行死刑。"大白说。

"那可就太遗憾了。"万凯耸肩，"你多半要失业了，大白。"

江子、梁敬扶着大厨返回隔壁的办公室休息，地板和墙壁又微微地震颤起来，沉闷的隆隆声滚滚而来，像是地下的闷雷。三人扶着墙壁停住，万凯抬头看了一眼灯光："这种时候你们还要出去？"

"就是这种时候才要出去。"江子推开房门，把万凯按在椅子上，"指不定火山不久就会大爆发，我们得知道它什么时候会爆发、会在什么地方爆发、会怎么爆发，才能做好应对措施。"

"对。"梁敬点点头，"我们脚底下这个'大炮仗'现在非常活跃，卡西尼站目前的状况相当危险。"

"最坏的情况是什么？"万凯捧着水杯，咬着吸管吸了一口，发现是复方葡萄糖溶液。

"地壳塌陷。"梁敬回答，"如果火山发生大规模爆发，那么我们脚下的冰层会断裂，整座卡西尼站都会沉下去。如果我们要面临的是这种情况，那我们就不得不全员撤离卡西尼站了。"

万凯一听，忖度片刻："默予现在动不了。"

"所以最好不要出现这种情况。"江子说，"默予无法移动，我们就尽量不移动。梁工刚刚跟我讨论了一下，卡西尼站整体沉陷的可能性不大，我们应该能等到'暴风雪'号抵达，飞船到了我们就全部撤离。"

"默予完全恢复行动能力还需要多长时间？"梁敬问。

"十二个小时的自体细胞催生愈合，十二个小时之后她就能出重症病房。手术刀口恢复得很快，但骨折要慢一点，毕竟骨细胞生长得比较慢……到明天这个时候，她身上的伤应该就愈合得差不多了，不过伤筋动骨一百天，其实休息的时间越长越好。"大厨说，"这姑娘的状态一直都不太好，前两天她跟我说她晚上做噩梦，还会出现幻觉。"

"压力太大了吧？"江子问，"以前站里也有人出现过这样的症状，你应该给她做个心理疏导。"

"做了脑部和神经精细结构扫描，没有发现问题，多半是心理上的原因，不是什么大事。"大厨说，"你们知道，主任出了意外，后来楼齐又不见了，有精神压力是很正常的……至于给她做疏导，说实话，能给我自己做出狂躁症来。"

江子和梁敬都笑了。

默予就是这样一个人。

她如果是精神病患者，她能气死精神病医生。

"她什么时候能醒？"

"不好说，看药物效果什么时候消退，这个因人而异。"万凯说，"可能今天晚上，可能明天。"

"那么她不需要人守着了吧？"江子问。

"不需要了。"万凯摆摆手，"所有的问题都解决了，我们现在应该做的就是离她远远的，把房门关紧，不要制造噪声，没有什么比好好睡上一觉更能让人恢复体力了。"

江子和梁敬终于放下心来，这是最近几天以来他们听到的唯一一个好消息。

"大厨，你好好休息，我们出去看看火山。"江子拍了拍他的肩膀，又塞给他一瓶复方葡萄糖溶液。

"你们什么时候能回来？"万凯问。

江子和梁敬对视一眼，后者稍微思考了下说："这个不好说，如果一切顺利，我们尽量在今天午夜之前回来。不过出舱一次肯定完不成所有任务，明天还得再出去一次，毕竟这座火山实在是太大了。"

万凯点点头，然后像个残疾人一样歪在椅子上。他实在是太累了，累得不想动弹。

江子和梁敬出门下楼了，大厨在他们身后远远地喊了一声"注意安全！"。

"知道了！"

江子的声音从走廊拐角那边传过来。

万凯坐在椅子上，手里捏着瓶子，这复方葡萄糖溶液喝上去像是崂山白花蛇草水。见鬼，这玩意儿真的是葡萄糖泡出来的？

"大白，瓶子还给你。"万凯把瓶子交给了大白。

塑料瓶被墙壁上的暗门回收了，大白的声音响起："站长先生与梁敬博士已经离开卡西尼站。"

万凯慢慢地点头，长出了一口气，呆呆地望着对面洁白的墙壁。从现在开始，卡西尼站内清醒的人只剩下他一个了。

步行车在浓雾中爬行，江子和梁敬并排坐在驾驶舱内，明亮的灯光只能射出去几步远，光柱内混着浓郁的棕黄色雾霾。在这种地方，靠目视是看不清路的，只能用雷达。步行车车身外围都是毫米波探路雷达，这种波段定位精确，但在高湿度的大气中，其作用衰减严重，有效距离不超过五千米。

不过，土卫六香格里拉平原的地表远比地球平坦，是一马平川的超级平原，就像玻利维亚的乌尤尼盐沼一样没有障碍，雷达波发射出去经常收不到任何回应。

"再往前八百米。"梁敬抱着头盔看了一眼显示器上的地图，"那里是第一个钻孔位置。"

"收到。"大白说。

梁敬选择的第一个打孔点在半尺湖边上，步行车在沿着湖行走。如果没有浓重的雾霾，江子和梁敬从左边的舷窗望出去就能看到一望无际的湖面，四十六平方千米的湖泊没有丝毫风浪，就像一面嵌在地面的庞大镜子，纹丝不动，极其光滑。

土卫六是个奇怪的星球，安静的时候，时间仿佛是静止的，暴躁起来又天崩地裂。

江子往后靠了靠，伸展自己的四肢，随口问："梁工，你在半尺湖上开过船吗？"

"没有。"梁敬摇头，"半尺湖上能开船吗？液态甲烷的密度还不到水的一半，更何况这湖还不到半米深。"

"密度小，重力也小啊，如果半尺湖足够深，我觉得我们可以跳进去游泳。"江子说，"其实我说的是气垫船，那种小气垫摩托艇，你可以一直往前开，一直往前开。不过，只有四十厘米深的湖确实搞笑。我有时候会觉得这里是个小人国，生活在半尺湖周边的居民只有几厘米高，对它们而言，半尺湖就是超级深水湖。你看过《小王子》吧？法国人写的那个。"

"看过。"

"我小时候就很羡慕小王子那个袖珍的星球。"江子说，"还有《龙珠》，最经典最老的那一部里有个界王，界王有一个很小的星球，看得我相当眼馋。我想我要是有这样一个星球就好了，我就是球长了，而且管理起来还不累。"

"质量太小的天体大多是不规则的，它们没法儿在自身的重力作用下变成球形。"梁敬说。

"哎，跟你们这些人说话就是费劲，我不知道它们不切实际啊？但童话嘛，逻辑不重要，美好就够了。"江子撇嘴，"就跟土卫六一样，你知道吗，我们在地球上描述土卫六时，那说得跟天堂一样，什么璀璨星空洗礼人类心灵，什么土星光环近到触手可及，把观众唬得一愣一愣的。但对你们，我们都说这鬼地方是个地狱。"

梁敬笑了。

"吃人不吐骨头的地狱啊。"江子叹气。

"自然界嘛，跟女人一样，越美丽即越危险。"梁敬说，"你想看到它们迷人的真容，就不得不冒生命危险。"

"那我更愿意跟女人打交道。"

"不不不，这个宇宙只杀人，"梁敬笑着说，"女人诛心。"

微风带着棉絮似的雾气贴着舷窗玻璃流动，步行车的所有照明灯全开，四下扫视，仿佛爬行在浑水泥沙中的大虾。

高速流动的气流在经过步行车时会产生强大的伯努利效应，伯努利效应能让飞机飞起来，也能让步行车飞起来。为了抵抗这种力量，泰坦步行车基本上都被设计成反升力构型，上平下凸，有一个巨大的肚子，这样气流经过时会产生向下的压力，把步行车紧紧地压在地面上。

车厢外传来哗啦哗啦的水声，江子凑到窗前瞄了瞄，他看到车子底下有荡漾的波纹："大白，咱们下湖了吗？"

"是的，我们正在通过半尺湖的边缘。"

步行车踏进了半尺湖，四十厘米深的湖还不足以淹没它的小短腿，它在液态的烷烃中扑腾扑腾地前进，湖底是坚硬光滑的冰层和冻土，有点打滑。

"这片湖面积最大的时候有四十六平方千米，最小的时候只有三十平方千米。"江子说，"那个时候这一片都是平地。"

"剩下的部分呢？"

江子指了指头顶："在天上。"

梁敬明白了，风暴形成时风眼区域经常会产生巨型龙卷风，这种龙卷风在地球上是看不到的，它们的直径达好几千米，高十几千米，远远望过去仿佛通天的立柱。强烈的虹吸效应把湖中千万立方米的液态甲烷吸上天空，储存在浓厚的大气和云层中，这个时候空气湿度最大，天空俨然成了一个巨型储水箱。

然后静待一场满世界的暴雨，开闸放水。

"我就说这是个很美的星球。"梁敬悠然地说，"何其宏伟，何其壮丽。"

"何其惊悚，何其恐怖。"江子不同意他的看法，"风暴是没刮到你的头上，等刮到你的头上，你就不会说什么波澜壮阔了，应该会说：'完了，我死定了，我还有十几年的贷款没还……'你们这些自然主义至上者，我见过不少，个个都认为自然界凌驾于一切之上。"

"难道不是吗？"

"当然不是，应该是人凌驾于一切之上。从古至今，你以为人类真的关心过除了人类之外的任何事吗？"江子摇头，"从来没有，我跟你说，从来没有过。幸亏如此，我们才能延续到现在。"

梁敬皱眉。

"从'我'这个词语被创造出来的那一刻起，在人类眼中，全宇宙的中心就是人类自己了。某些个体可能会有不同思想，但人类整体一定是此类思维。"江子说，"这是我们得以生存的根本，任何一个不以自己为中心并以此使'我'中心化的文明，最后都会灭亡。"

"这是站长你长期待在泰坦上思考出来的？"梁敬若有所思。

江子打了个哈欠。

"不，很显然是我胡诌的。"

梁敬和江子扣上头盔下车，从步行车的后备厢里抬下钻探打孔机立在冰面上，并用螺丝钉将三脚架底部打进冰里。两人围着三脚架站在冰原上，像是两个冰雕的因纽特人。

打孔机利用高能脉冲激光钻孔，梁敬需要往下垂直打一个一万米深的超深钻孔。当年苏联人在科拉半岛上打出的全球最深钻孔也只有一万两千米，这是二十世纪的技术极限，但这对梁敬来说已经不算什么了，只要他愿意，土卫六上的钻探机轻松就能打破这个纪录。

他们脚底下几千米深都是冰层和冻土，相比于地球上遍布的坚硬岩石，在这里打孔要简单得多，不需要抽取泥浆，不需要注水冷却，也不必担心钻头断在地下。

高能激光器用的是 X 光，梁敬和江子看不到光柱，但钻探机开启之后冰层上瞬间就出现了一个小洞，冰层在高温下立即升华挥发。这个钻孔垂直向下，突破了土卫六地表最外层的薄壳。梁敬说土卫六的地层结构就像疏松的千层饼，一万多米厚的冰层一层一层地叠在一起，其中遍布空隙，空隙里填充着液态烷烃，就像是地球的油田。

"我们脚下这片海很浅。"梁敬说。

"很浅？"江子不明白这是什么意思。

"字面意思，是个浅海。"梁敬说，"地下其实还有大洋，在更深的地方，两万米之下，有一望无际、深不可测的地下大洋，永远处在绝对的黑暗之中。"

江子想了想，不寒而栗："我有深海恐惧症。"

"说正经话，如果这地方真的存在生命，那么它们最有可能存在的地方就是地下这片大洋。可惜冰层太厚了，我们无法找到它们。"梁敬说，"地下海洋的温度远比地表要高得多，而且富含无机盐，那里更适宜生物生存。说不定这个时候，我们的脚下就有一条人鱼正漂浮在海面上，紧贴着冰层往上看呢。"

江子往脚下看了一眼，用力跺了跺脚："别扯淡了，永夜中诞生的生命是不会长眼睛的。"

梁敬笑笑。

打孔机仍然在工作，激光钻头正在改变方向。这第一个孔洞并非真正的探孔，而是泄压和通气孔。

"我想起了以前看过的科拉钻洞。"江子看着地面上的小孔，"那些扯淡的地摊文学经常煞有介事地说苏联人打孔打进了地狱，在深洞中听到了恶魔的号叫，然后配一张米尔钻石矿的照片。他们也不想想，那么深的孔，直径怎么可能有几十上百米？那洞不早就塌了？"

江子用拇指和食指弯了个弧线："真正的科拉钻洞内部实际上就这么粗，丢下去一个易拉罐就能堵住，如果这种地方能钻出恶魔，那肯定是飞天面条神教里的恶魔。"

梁敬耸耸肩："全民科普工作任重道远，别看义务教育已经实施了一百多年，其实还有大批的人分不清电磁辐射和电离辐射。"

江子愣了愣。

"有什么区别？"

钻探机打出来的孔直径只有二十厘米，高能激光在下探的同时会传回地质数据，显示器上的深度数字已经跳到了两千五百八十八，这个速度简直惊世骇俗。

"我们刚刚经过了一个断层。"梁敬忽然有点紧张，盯着显示器。

"洞会塌吗？"

"断层不稳定，探孔有塌陷的风险。"梁敬回答，"如果这个洞被堵上，那我们就得重新打一个了。"

江子蹲坐下来："我们应该往里面注泥浆。知道以前人们打洞怎么防塌陷吗？就是往里面注满泥水，这学名叫泥浆护壁，泥浆可以防塌陷。"

"你那是造桥打地基，这地方泥浆注下去就会被冻得梆硬。"梁敬在他对面蹲坐着，"冰层比土壤的条件好，不用担心会坍塌。"

"如果楼齐还在就好了，应该能帮上忙，真是活见鬼了……莫名其妙就连影子都不见了。"江子说，"我是不懂什么物理学，难道真是那个什么什么波函数坍缩搞的鬼？量子化了？"

"怎么可能？"梁敬嗤笑，"遇事不决，量子力学？"

江子看着他等解释。

"量子力学这东西是挺玄乎的，但这个玄乎不是你们所想的玄学。它之所以玄乎，是因为它违背人类的直觉和常理，而不是违背数学和物理。究其根本，量子力学仍旧是基础坚实的自然科学，是经典物理在微观领域的合理延伸。它跟牛顿第二定律没什么不一样，两者唯一的区别可能就是量子力学更难理解，因为大学里考高数能及格的人着实不多。"梁敬说，"至于楼齐忽然人间蒸发，哪里符合波动力学的理论了？这件事本身就违背了我们目前的自然科学理论，它跟什么观察导致波函数坍缩一丁点儿关系都没有，更何况并非观察导致波函数坍缩，而是测量。"

江子一脸茫然。

"就是因为像站长你这样的人太多，所以量子力学被传得越来越离奇。"梁敬摇摇头，"楼齐的消失本身就是件违背已有一切物理理论的事，何必把它强塞进量子力学的范畴？"

"也就是说，不是什么波函数的问题？"

"不是。"梁敬说，"相比于这个，我更愿意相信有个虫洞，楼齐是钻进虫洞里去了……这个可能性还大些。"

第一条泄压通道已经打好，两人起来调整了一下钻探机的位置。这样的通道一共要打三条，最后才会打那个最深的探孔。

江子抄着双手思索良久，最后毅然决定放弃思考，做一个快乐的无知者。

专业的事还是要交给专业的人去做。

黑球不在他的认知范围内。

"别想了，用默予的话来说，想得越多SAN值掉得越快，指不定什么时候就发疯了。"梁敬按动钻探机控制面板上的按钮，"这黑球我们最多看个新鲜，满足一下猎奇心理，真想把它剖开看，等地球上开世界物理学大会吧。"

江子想象了一下那个场景：全世界各个领域的数千位物理学大师齐聚一堂，围着一个光滑的黑球就座。一开始所有人理性讨论，百家争鸣。然后有人开始争吵，寸步不让。接下来大师们拎椅子、丢茶杯，厮打起来，扭作一团，最后集体发疯。

后世的人记录起来，会说这是一个黑球引发的血案。

但那个球呢？

那个球就一动不动地待在盘子里。

冷眼旁观。

"地下活动很活跃，压力在上升。"梁敬皱着眉头，手里捧着平板，钻探机的打孔深度已经超过了八千米，"你看波形。"

江子没凑过去："看什么看？看了也不懂。"

梁敬把平板塞了过来，指指屏幕上的图形："活动有很明显的周期性，大概三十分钟一个循环，蓝色的是横波，红色的是纵波，很有规律，应该是受引力影响，且冰层和流层互相影响，你看看。"

"嗯嗯嗯嗯，你是地质专家，你说了算。"江子把平板又还了回去，他只是向导和安全员，看不懂这些复杂的数据。梁敬在地球上时是大学里的副教授，教学生教惯了，所以拿着什么都想给别人讲解。"告诉我最终结果就行。"

"现在还看不出来，不过结果比我想象的乐观，压力维持着一个比较平缓的变化趋势，红线是爆发的下限，按照目前探测到的数据，达到这条红线至少还要两百多个小时。等剩下的探孔全部打完，大白就能帮我们建立一个精确的数学模型，然后预测火山爆发的可能时间。"

用激光钻探的准确度未必比得上用真正的钻头，脉冲激光打出来的孔坚持不了太久，在很短的时间内就会重新封堵上，但梁敬和江子没法儿携带一万米长的钻杆，而且用一万米长的钻杆打孔将是个复杂的大工程，需要动用大型吊机。

探孔的深度还在继续增加，梁敬凑近瞄了一眼，地表的探孔口径已经扩大到了三十厘米，越往下越细，在肉眼可见的深度上是个漏斗形。

8849米。

9014米。

9287米。

9287米。

显示器上的数字停止了滚动。

"到头了，探到流层了。"梁敬说，"激光脉冲钻探没法儿穿透液体，这说明我们脚下九千多米的地方是液体，而且是非常活跃的液体……"

"你的意思是我们脚下九千米的地方有个开水壶？"

"是的。"梁敬点头，"这个开水壶的内压如果持续增大，就会把瓶塞顶出来。"

钻探机正在收集数据，梁敬后退一步，左右环顾了一下，铁浮屠上的头灯射进周围的雾气里。在室外工作时最需要注意的就是天气。江子坐在那里一动不动，跟参禅似的，实际上他眼观六路、耳听八方，时刻观察着天气变化，一旦听到女妖啸叫，那么江子二话不说就会跳起来拉着梁敬跑路，什么钻探机、什么数据都不要了，这东西再重要都没命重要。

不知从什么时候起，周围的浓雾变得稍稍稀薄了些，半尺湖平静的湖面露了出来，液态的烷烃几乎不流动。梁敬抬起头，远远的，他发现镜子般的湖面上隐约有灯光在闪烁。

他吃了一惊，睁大了眼睛，确认自己没有看花眼。

"站长？站长！"

梁敬推了推江子的肩膀。

"嗯？"江子正坐在冰面上，他扭过头来，"怎么了？"

"你……你看那边。"梁敬伸手指向远方的迷雾，"那里是不是有个人啊？"

　　万凯坐在空荡荡的大厅里，手里抱着平板，他正在监视默予身体的恢复情况。自体细胞修复技术能让默予迅速康复，这种技术的本质是通过药物让细胞加速增殖和分化，其速度是正常情况下的几万倍乃至十几万倍。但自体细胞修复同时也是一项危险的技术，需要严格监控和引导，不受管控的快速增殖与癌细胞无异。

　　默予此刻在医务室的病床上熟睡，在睡梦中，她的身体正在经历一次真正意义上的重生，肝脏和肾脏都已经恢复正常，断裂的骨骼仍然在迅速生长。在这个年代，每个人的长相与身材都可以随意选择与改变，断肢再植着实是太简单的手术。

　　如果你愿意，可以在头顶上种两只猫耳朵，除了不好梳头和会吓到爸妈之外，并无其他副作用；或者把自己的眼珠子换成红的、绿的、蓝的、紫的，各种各样的……当然，也有人把自己的耳朵削尖了自称精灵族。这伙人坚持使用精灵语，身上背着弓箭，像精灵一样交流，声称人类是低等种族。他们是世界上最庞大的"中二病"患者和角色扮演爱好者。

　　这是个遍地猫耳娘的世界。

　　"她在做什么梦呢？"万凯撑着脑袋漫无边际地想。

　　脑电波显示默予的大脑非常活跃，显然是在做梦。

　　"这么兴奋，是不是国足拿到世界杯冠军了？"万凯自言自语，"大白？"

　　"在。"

　　"她左肋这根骨头分裂速度有点慢了，加强一下辐照。"万凯指示，"再高一点，再高一点，百分之十五……跟你说了百分之十五，不用一再提醒我，这个辐射剂量不会出问题，你怎么婆婆妈妈的？"

　　自从在手术中出现错误操作，大白就变得过分谨慎、缩手缩脚，无论做什么都先向万凯请示好几遍。

　　"您确认要这么做吗？"

　　"请您再次确认这是必要操作。"

　　"请您确认刚刚的操作是您在清醒状态下的行为。您问怎么证明您是清醒的？很简单，请背诵一遍《滕王阁序》全文。"

　　呃，做医生还得会背《滕王阁序》。

　　万凯把平板扔在沙发上，然后伸了个懒腰，坐在那里发呆。

　　卡西尼站里从未如此清寂过，江子和梁敬出去了，大厅里忽然就没了人气儿，万凯连足球都不想看了。大白在大厅里播放着鬼号似的音乐，歌词是什么"My grandpa, he made a nuclear bomb in the basement"（我的爷爷，他在地下室里造核弹），不知道是哪个神经病的歌单。万凯也懒得换歌，他在想要是梁敬和江子回不来了，那他该怎么办呢？

其实，待在卡西尼站里是最安全的，无论梁敬和江子出现什么意外，"暴风雪"号抵达之后万凯都能返回地球。类比起来，他就是当年阿波罗计划中的指令舱驾驶员。阿波罗计划在当年的技术条件下凶险至极，所以留守在指令舱内的驾驶员训练得最多的科目之一，就是在登月舱回不来的情况下，独自一人把指令舱开回地球。

万凯摇摇头，把这些想法甩出大脑，想什么呢。

"有人？"江子皱眉。

"那边的湖面上有灯光。"梁敬往前走了一步，举起手电晃了晃。他确信自己没有看错，极远处的浓雾中确实有灯光。那光就像是铁浮屠的头灯发出的，透过朦胧的雾气，看上去是个淡黄色的光晕。但那可是在半尺湖的湖面上，距离梁敬和江子至少得有几百米甚至一千米远，这种地方怎么可能会有第三个人在？

江子眯起眼睛瞅了半晌："哦，那是基尔·霍顿。"

"基尔·霍顿？"

"那个在泰坦上失踪的倒霉英国人，他也是世界上走失距离最近的人，从飞船出发到营地只有十米远，只要不是个盲人就不会迷路，可他还是不见了。"江子解释，"从那之后，我们偶尔就会在外头碰到他……就像今天这样，很远很远的地方有这样一盏飘忽不定的灯。有时候你还能看到灯在移动或者闪烁，就像是有人在冰原上踽踽独行。我们也把它称作荒野孤灯。"

"荒野孤灯。"梁敬重复着咀嚼了一下，他听说过这个人的遭遇，听的时候只把它当作传奇故事和怪谈，没想到自己真能碰上，"这光真正的身份是什么？"

"不知道。"江子耸肩，"世界未解之谜，没人知道这光究竟是什么玩意儿，很多人提出过不同的解释，但每一个都不完美……说不定那真是基尔·霍顿的孤魂呢！只要你朝那个光跑过去，跑到足够近的地方，就会看到一个干枯的死人穿着铁浮屠在冰原上毫无目的地到处游荡。"

梁敬看了他一眼："以前没人这么干过吗？"

"有。"江子说，"这世上总有那么几个胆大到不要命的人。在上上一次轮值任务中，站长阿列克谢·弗拉基米尔·鲍里斯就尝试过一个人驾驶步行车去追荒野孤灯。他说就算那真是基尔·霍顿，也没什么好怕的，跟西伯利亚的棕熊比起来差远了，还说弱不禁风的普通人他一拳就能撂倒。"

梁敬咋舌。

"然后呢？他活着回来了吗？"

"当然回来了。"江子回答，"他后来跟我们说，他根本就追不上那道光，他开着步行车追出去了好几千米，可灯光还在几百米远的地方。荒野孤灯古怪的地方就在这里，它看上去距离你好像只有几百米远，但如果你去追它，那你无论如何都追不上，对方永远与你保持固定的距离。"

梁敬很惊奇，他抻长脖子努力眺望，对面的灯光仍然在雾气中晃动，像是行驶在湖面上的航船。

他知道这光绝对不可能是某个人的亡灵，但有可能是生物存在的痕迹或者未知的自然现象。

"除了鲍里斯，再没有其他人这么干过了。"江子说，"毕竟不是每个人都有胆量在泰坦上飙雪地摩托。"

梁敬怀疑对面的灯光是自己铁浮屠头灯的反射，这是有可能的，所以当年追出去的俄罗斯人才会感觉自己怎么追都追不上，因为他追的就是自己的倒影。

梁敬晃了晃手电，然后关掉了自己的头灯。

可对面的灯光仍然存在，丝毫不受影响。

"别想了，不是头灯的反射。"江子说，"最早有人提出是反射，但有时候我们不开灯也能看到它。还有人说是某种矿物辉光，或者氧气燃烧、微生物发光什么的，但没一个真正对的。我觉得这光可能有智慧。"

梁敬吃了一惊："什么意思？"

江子踌躇了几秒钟，起身走过来和梁敬并肩而立："这事我没告诉太多人，因为说了别人也不信。我跟你说过这鬼玩意儿会闪烁对吧？实际上它不仅会闪烁，还会传递莫尔斯电码，比如说三短三长三短这样的。就我见过的，它至少传递过SOS和死亡两种信号。"

"你说什么？"梁敬吓了一跳。

"我说它会传递莫尔斯电码。"

"站长，这里是土卫六。"梁敬喃喃，"出了火星轨道，除了卡西尼站，你应该找不到第二个会使用莫尔斯电码的地方，除非中情局在半尺湖对面也搞了个科考站，但这里大概是他们最不感兴趣的地方，更何况他们也没有财力开辟出第二条航线来。"

他的第一反应就是江子在开玩笑，在这个时候开这种让人毛骨悚然的玩笑着实不合时宜。

"不开玩笑，真的。"江子举起手指向雾中的灯光，一字一顿地说，"它是有思维的，而且会我们的莫尔斯电码。"

"你刚刚说它传递过什么信号？ SOS和……"

"SOS和死亡。"江子回答，"三短三长三短，SOS，也就是国际通用的紧急呼救信号，这个是我最早观察到的。后来我还见到过这样的：'一长两短'，就是D；'一短'，就是E；'一短一长'，就是A；最后是'一长两短'，还是D。合在一起就是DEAD，死亡的意思。"

"这……这怎么可能？"梁敬不敢置信，他盯着远处的朦胧灯光，但后者很稳定，没有丝毫要闪烁的意思，"你记得这么清楚？不会记错了吧？"

"一辈子都忘不了。"

"但这着实令人难以置信，我都不敢相信。"

"我知道，我跟别人说了，所有人都说是我看错了，荒野孤灯的闪烁不可能有规律。而且除了我，好像也没有第二个人观察到这个现象。"江子很郁闷，"他们都说是我想多了，把本来没有规律的闪烁当成了莫尔斯电码，但是那天我能肯定自己看到的就是莫尔斯电码，因为它反反复复地闪烁SOS，三短三长三短。"

梁敬举起手电反复按动开关，用灯光打出SOS的信号。

对面的灯光无动于衷，没有搭理他。

SOS是人类的求救信号，什么东西会在这种地方呼救？

"我真后悔没把当时的景象录下来，因为当时我自己也惊呆了，等我反应过来的时候灯光就消失了。"江子说，"梁工，我跟你说……就我们眼前的这片雾里，肯定藏着什么东西。"

钻探机的数据收集完毕，梁敬和江子把工具收拾好返回步行车。江子坐进驾驶舱，梁敬回头望了一眼浓雾弥漫的半尺湖，那盏朦胧的孤灯已经消失了。梁敬不着边际地想，那盏灯的背后是否真有一个游荡的死魂灵。

"看过果戈理的《死魂灵》吗？"梁敬坐进副驾驶座，拉上安全带，步行车的舱门关闭。

"看过。"江子说，"描绘了一个商业奇才的发家史。"

"如果你看的和我看的是同一部小说，那么这本书里的主人公应该是个骗子。"梁敬说。

"是的，但这有什么区别？"

步行车沿着预设好的路线行走，他们在接下来的五个小时内又打了四个孔。中途开始下雨，下雨之后空气湿度变得极大，低重力让大量液珠悬浮在半空中，好像连风都变得黏稠起来。江子称之为临界态，意思是介于气态和液态之间，你不知道自己是行走在空气里还是行走在液体里。

"你肯定不知道现在空气湿度已经到了什么地步！"江子抹了一把头盔，他现在只想给自己的面罩安个雨刮器。

梁敬守在钻探机边上。除了钻探机，他们还立着气象雷达。气象雷达发出的短波在大气中极速衰减，实际上什么都接收不到。

"到了什么地步？"梁敬也抹了一把面罩，手套湿漉漉的。

"过饱和了，读数都爆表了。"江子说着伸出手来虚抓，"我们能从空气中拧出水来。"

"这可不是水。"梁敬提醒，他抬起头来环顾四周，发觉江子说的居然没有夸张，棕黄色雾气潮湿浓重像是吸饱了水的棉花，他还是第一次看到这么浓这么湿的雾，伸出手能淹没五根手指，"天气是不是不太正常？"

"正常天气。"江子说，"大气也有发洪水的时候，天上的玩意儿一时半会儿干扰不了我们。地下的情况怎么样了？"

"正在收集数据，嗯……不过我发现了一个很费解的东西，我没法儿解释，你应该看看。"梁敬把平板塞进江子手中。

"我跟你说过我看不——"江子想把平板还回去，但是手伸到一半愣住了。

平板上的波形图很有规律地上下浮动，江子重新把平板端到眼前，缓缓地皱起眉头，他觉得这图似曾相识。

"想说什么？"梁敬站在边上。

"你玩我吧？"江子翻白眼。

"你有什么好玩的？"

"大白，把它转换成声学信号。"梁敬指示，"直接听着可能更清楚。"

梁敬和江子都安静下来，大白把钻探机的脉冲激光所反馈回来的信号转换成了声音，很快江子的脸色就变了。

他听到耳机里响起沉闷厚重的"扑通、扑通"声，五秒钟一个周期，如擂鼓般有力。

"这……"江子诧异地抬起头。

"大白，让我们再看看电信号。"梁敬接着指示，屏显上的波形应声变化。

"这玩意儿我在医院里看到过。"江子指着平板上的图像给梁敬看，在专家面前他必须有百分之百的把握才不会露怯，"我妈当初心脏病住院时我陪床，专门学着看过这东西。你看这是P波，从这里开始心脏跳动。这个叫PR……对，叫PR间期……你知道这是什么吗？这是心电图！"

江子说着转移目光，视线落在钻探机上。

"这是钻探机发回来的信号？"

"是的。"梁敬点点头。

"多深？"

"地下一万米。"

"你们搞地质的经常会收到这样的信号吗？地震波都是这个模样？"江子问。

"当然不可能。"梁敬说，"地震波是规律的机械波，这个波形我也没法儿解释，所以我说很不可思议。"

两人蹲在那里盯着平显看了很长时间，波形一直很稳定，五秒钟跳动一次，梁敬和江子逐渐都坐不住了。

"不对不对不对，这绝对是心电图！绝对是心电图！"江子激动起来，"还是一颗跟人类非常类似的心脏！地下一万米的地方有颗心脏！还在跳！梁工，这怎么可能呢？"

"别问我，我觉得这已经超出我的专业范畴了。"梁敬耸耸肩，他已经震惊得麻木了，"所以我提供不了什么参考意见。之前你们在地下打眼儿的时候，发现过这东西吗？"

"从来没有。"

梁工和江子又卸下了两台钻探机，将其立在冰面上开始打孔，他们要定位这颗心脏的准确位置和深度，至少需要三个钻头。

三台钻探机同时开始定位，脉冲激光垂直打入地底。梁敬和江子抱着终端站在地面上，一台钻探机得到的结果可能是不准确的，三台钻探机就能消除是数据出错的可能性。他们同时收到了结果。

"震源在一万两千米以下。"

"没有移动迹象。"

"我天……这得是一颗多大的心脏？它跳动的时候地壳都在震动！"江子惊叹，"这是沉睡着什么巨型生物吗？还是说这个星球有心脏？梁工，你确定地表隆起是火山爆发，不是什么玩意儿在地底下翻了个身？"

大白根据钻探机传回的数据做了一个简单估算，如果这真的是一颗心脏，那么这颗心脏每跳动一次所产生的能量是极为惊人的，相当于地下核试验时原子弹爆炸所释放的能量。

梁敬很想解释说这是地壳活动，因为一颗几万吨甚至十几万吨重的心脏确实太离谱了，但要是把这么明显的心电图解释成地壳活动，那比大心脏更离谱……他只是地质学家而非生物学家，他解释不了为什么地下一万多米深的地方会有心脏跳动，下次应该把默予拉过来让她看看。

"你不是说地下有大洋吗？"江子问。

梁敬点点头。

"我们可能发现了有史以来最庞大的生物？"

"如果这真是个生物，"梁敬想了想，"它的体积和重量应该和珠穆朗玛峰差不多吧？这是什么见鬼的超级怪物？"

"不可思议。"江子低声说，"生物体形的生长没有上限吗？"

"天知道。"梁敬呼了口气，"天知道这是个什么太古神兽。我的世界观已经颠覆了，我要疯了……站长，我跟你说，就算下一秒地表崩裂，深渊里钻出来一头利维坦我都不吃惊了。"

"这鬼地方开发快十年了，什么都没捞到，怎么重大成果全部集中在这个礼拜蹦出来了？"江子自言自语，"莫非今年真是人类命运的转折点？"

梁敬蹲在冰面上探头探脑，他对这磅礴的心跳声非常好奇。山峰般的巨大生物，很容易让人联想到宗教与神话，基督教《圣经》中记载有能与恶魔匹敌的巨兽利维坦与贝希摩斯，北欧神话中有围绕世界的尘世巨蟒耶梦加得，人们对巨物和力量的崇拜与恐惧贯彻了整个人类文明历史。山峦般的巨兽，不是神明就是恶魔。

但探孔实在是太细太深了，从上望下去只能看到一个黑洞洞的小孔，梁敬在地表上不可能看到一万米之下的情景，他睁一只眼闭一只眼东瞄西瞄，瞄了半天，然后坐在地上沉默半晌。

"站长，你是个唯物主义者吗？"

"当然。"江子拍拍胸口，"坚定的唯物主义者，从小接受马克思主义教育。"

"你之前说过苏联科拉钻洞的事，人们谣传科拉钻洞钻到了地狱里，能听到恶魔的号叫。"梁敬说，"我们现在可是真正碰到了这种情况……如果我是个基督徒，恐怕会认为地下沉睡着利维坦。"

"利维坦有什么好怕的？"江子思路很直，"打个洞，塞两枚核弹下去，不就是叫花鸡吗？"

唯物主义者果然无所畏惧。

但要想把珠穆朗玛峰那么大的怪物彻底焖熟，两枚核弹恐怕不够。

"地球历史上存在过的最大生物是蓝鲸。"梁敬说，"蓝鲸的心脏动脉血管内可以钻进一个成年人，但是跟这个比仍有数量级上的差距。大白粗略计算，这心脏的功率跟聚变发电站的差不多，产生的能量足够一个百万人口级的城市用电……说实话，你要说这是古代神明，我也信了，希腊神话里的宙斯说到底也不过就是掌控了雷电而已，换成法拉第或者特斯拉也没什么不可以。"

"子不语怪力乱神。"江子表现出了唯物主义以及马克思主义者坚实的思想基础，他想象了一下什么样的生物需要用聚变反应堆当心脏，那只能是百万吨的超级巨轮。

"对于一种完全超出我们想象的生物，称其为神一点问题都没有。"梁敬摊手，"在哲学意义上，我们可以把一切超越人类的存在都称为神，神有全知全能的，也有盲目愚痴的，卡西尼站里的那个球也可以是神。"

"那是什么神？"江子说，"圆神？"

"有没有什么办法能看到底下？"梁敬绕着钻探机行走，边走边琢磨，"用光纤和内窥镜之类的工具，你觉得行不行？有没有可行性？"

"一万多米深呢，用一万多米的光纤探下去？"江子摇头，"而且没人知道底下是什么环境，光纤和电缆都太脆弱了，不耐高温和高压，更何况还不知道声源的精确位置。靠我们这点家当是甭想看清楚了，人家倒斗还要多用几把洛阳铲呢，你要挖的坑可是比马里亚纳海沟还要深。"

梁敬沉吟了片刻。江子说的是实话，地下的环境过于极端，工况极其恶劣，很少有什么机械下探到一万米之下还能正常工作，即使是合金制的钻头，这个时候都应该磨坏好几个了。就算应用现代人类的工程技术，想在地壳之下一万米处进行复杂作业，仍然是一件不可想象的事。

想扒开厚厚的地壳和冰层，看看这个巨大生物究竟长什么模样，以卡西尼站的条件是办不到的，需要地球方面专门派一支施工队过来，然后顶着土卫六上极端的天气，进行大规模的钻探和开掘工作，耗资甚巨——不过，地球人肯定会花这个钱。

最后梁敬还是放弃了窥探的想法，他确实想不到有什么好方法可以突破一万米厚的地层障碍。

"走吧走吧，数据收集完毕了，咱们该回去了。"江子的任务就是把这些脑子一热就想在外头过夜的人按时领回家，如果没人催，梁敬恐怕能在这里蹲一晚上，"已经到时间了，让大白记录一下坐标，日后再来找它就是了，下次再来的时候带一支挖掘机大队过来。"

梁敬起身，指了指前方："我记得那边不远处有一个老的钻探孔。"

"嗯？怎么了？"

"那次钻探是为了取冰层岩心，但当时打孔的时候没有发现任何震动。按理来说，这么强烈的震动信号，在很大范围内应该都能接收到。"梁敬接着说，"你能明白我的意思吗？这个心跳是最近才出现的，之前从来没有出现过，这说明这颗心脏并不是一直在跳，或者说它并不是一直在这里跳。"

"你是说它会移动？"

梁敬点点头："记录坐标可能只是刻舟求剑，等下次再来的时候，它就已经不在这里了。"

"得，原来是一艘核动力潜艇。"江子叹了口气，"俄罗斯的战略核潜艇也不会钻到一万米深的冰层底下吧……现在我们有什么办法？挖又挖不出来，看又看不到，派个人蹲守在这里跟着它？梁工，咱们的主要任务是观测火山，这才是当务之急，跟踪战略核潜艇的任务就交给美国佬好了，赶紧回去吧，大厨还在等我们。"

江子说得不错，当务之急是火山，心跳只是意外发现——尽管心跳可比火山吸引人多了，但他们不能本末倒置。

梁敬和江子把所有的家当全部收拾起来，只留了一台钻探机继续接收心脏的信号，用天线传回卡西尼站。坐在车上，梁敬和江子一直盯着显示器上的波形图。那颗心脏仍然在沉重有力地跳动，他们想象着某个神明般的巨大生物正在黑暗的地下冰海中沉睡或者孕育生命，它的每一次心跳都像是在擂鼓，重重地撞击在两人的耳膜和胸腔上，与他们的心跳逐渐重合。

外出六个小时之后，梁敬和江子安全返回卡西尼站。看到两人完整无缺地回来，万凯才松了口气。

"默予的情况怎么样了？"江子摘下头盔，第一个问的就是默予的情况。

"睡得很香，恢复速度很快。"大厨接过头盔，"我在十分钟之前又为她补充了五百毫升的营养剂，今天晚上她就能转出ICU病房了。"

"好。"江子把铁浮屠脱下来，龇牙咧嘴，"我的手脚都冻坏了，保温系统不太灵敏，下次得把温度调高一点。"

两人把铁浮屠脱下来塞进工具间，他们都已累得脱力。

"你们那边的情况如何？"大厨问，"有什么发现吗？火山的状况怎么样？"

"火山没什么问题，今天完成了一半的工作量，明天还得继续出舱钻探打孔，然后让大白进行预测和计算。不过比起火山，我们有了一个更大的问题。"

"更大的问题？"大厨不知道这是什么意思。

江子和梁敬对视一眼："说不清楚，你自己看更方便，跟我们来。"

三人上楼进入大厅，梁敬挥手打开显示器，一瞬间所有的数据、图形从上到下排布开来。其中最醒目的是一颗巨大的心脏，它跳动时泛起水样的波纹。梁敬在图像上轻点，三人迅速被巨量的数据包围。万凯抬起头来，瞪大了眼睛。

"这是什么？"

"这就是我们今天最大的发现，一颗庞大到不可思议的心脏，大白推测这颗心脏的功率比得上一座聚变发电站的。"梁敬指着显示器上的心脏说，"它目前的具体位置在卡西尼站东北方两千七百米处，深度至少在一万两千米以下，虽然这个数据未必准确，但我们只能做到这个地步。"

"心脏？"大厨蒙了，"你是说地下有生物？"

江子和梁敬一齐点头："之前从未发现过这种迹象，我们都认为土卫六上是不存在生物的，至少不存在高等生物，但今天这个发现可能要推翻我们之前的理论了。"

大厨走近了一步，惊叹："我天……你们这丫的，这是超级大发现啊，知不知道是什么样的生物？"

"它的体形超出我们的想象，远非地球动物可比。大白做了十几种假设，它说这玩意儿跟珠穆朗玛峰一样巨大，心脏跳动时产生的震动跟地震波一样能传出去很远，它平时生活在地下两万米深的大洋中，偶尔会移动上浮至浅海，我们这次能发现它是因为它上浮了，再多的信息就无法获取了。我们认为没法儿套用已知的生物学和生态学理论，因为这样的生物不可能存在于任何一条完整的食物链里。"梁敬说，"我们现在倾向于认为它可能直接以土卫六本身为能量来源，所以把它称为'噬星者'。"

"这名字真'中二'。"万凯嘟囔。

"站长起的，其实我更乐意叫它'深渊鲸'。"

江子在边上撇嘴："我觉得挺好啊，狂霸酷炫跩。"

"这丫的以吸食土卫六的热能为生？"大厨问，"真是不可想象。"

"可能是地热，也可能是磁能，也有可能是我们没有想到的其他能量。"梁敬说，"其实，最难以置信的是，这颗心脏的跳动方式与人类的非常相似。就目前收集到的数据分析，它拥有两个心房、两个心室，一分钟大概跳动十二次……我们没法儿想象这玩意儿是怎么产生的，达尔文的进化论似乎用不上，不过生物学不是我们的专业领域，等默予醒了，你可以问问她。"

很显然，达尔文的进化论在土卫六上未必适用，这个和山峦一样巨大的生物寿命可能极长，它可能活了数万年甚至数十万年，生命形式与地球生物的截然不同。

大厨站在虚拟显示屏前用力捏了捏眉心，梁敬和江子带回来的消息太惊人了，这两人本来出门只是为了观测火山的活动情况，没想到居然捞到了这样一条超级大鱼。如果说他们将是最后一届卡西尼站驻站科考队员，那么他们所做出的贡献将超过过去十年的总和。

"它跟黑球有联系吗？"万凯忽然想起这一茬来。

"暂时还不清楚，不过有一点很明确，我们是在发现黑球之后才发现了这个心跳声。在黑球出现之前，我们钻探时没发现任何异常，不知道是不是巧合。"梁敬回答，"我们暂时也没法儿确定它和火山爆发之间的联系，站长坚持认为火山活动跟它有内在联系，不过我们不能确定这一点。"

"这东西只有一个吗？"

梁敬和江子都一愣。

他们没想过这个问题，两人都下意识地认为这个心跳是独一无二的，因为如果这样的超级巨兽还能成群结队，那就太可怕了。

但巨型生物群居生活是有先例的。在地球上，无论是在海洋中还是在陆地上，体形最庞大的生物都营群聚居生活。因为体形庞大往往意味着行动迟缓，行动迟缓的生物为了保护幼崽必须组成自己的社群。毕竟鲸类不是老鼠，不可能一年生三窝，一窝三十个。

"你说过它在上浮，"大厨说，"那它会不会上浮至地表？"

"天知道。"梁敬耸肩，"我们也没法儿确定它是不是真在移动，这样一个庞然大物移动起来需要消耗的能量是惊人的。如果它还能随意游动，那么一颗心脏肯定不够用，它还需要几颗心脏辅助供能。"

万凯最多只能想象俄罗斯的战略核潜艇在北极圈内破冰上浮是什么情景，听梁敬的描述，这玩意儿可比核潜艇大多了。

"不过有一点我很欣慰，也很高兴。"大厨扭过头来，抄着双手，"无论它是个什么东西，我们至少能确定一点，这玩意儿肯定不是来吃我们的。"

梁敬和江子一怔。

"对它来说，吃掉我们所获取的能量肯定还不够上浮所消耗的万分之一。"万凯悠悠地说，"我头一次因为自己如此毫无价值而感到高兴。"

"我倒不担心它会上来吃掉我们。"梁敬说，"只是当这头巨鲸浮出海面的时候，咱们这几只小蚂蚁似的破船恐怕要被掀翻。"

"那我们是不是得尽快撤离？"万凯问。

"不用紧张，说实话，我们到目前为止还不能确定它究竟是个什么东西。"梁敬笑，"如果它真的庞大到这个地步，那么它很可能不像我们想象的那样是个巨兽，因为它的身体结构未必能支撑得起这么惊人的体重。"

三人简单地用了工作餐，主要食物是土豆炖牛肉和复合营养汤剂。现在已经到了晚上十点半，梁敬、江子和大厨瘫在沙发上休息，后者又打开了国足精彩进球集锦，开始一遍又一遍地回味。

"'暴风雪'还有多长时间才能到？"梁敬问。

"大白？"江子叫大白。

"距离'暴风雪'号聚变飞船抵达土星轨道还有四十二个小时。"大白汇报。

"可惜通信系统挂了，要不然咱们可以把这些乱七八糟的玩意儿全部传回地球，让他们头疼去。"江子掏出手机，瞄了一眼又扔在沙发上。通信天线被摧毁之后，江子想过很多办法，但他着实不是这个领域的专家。楼齐在通信领域比较专业，但遗憾的是他已经不在了。

在正常情况下，他们只是执行者而非决策者，但通信断绝导致江子和梁敬等人不得不开始自己做决策。见鬼的是，他们面临的是人类历史上从未出现过的问题。江子自认为不是什么超群出众的将才，用某人评价胡宗南的话来说"他也就是个团长"，着实带不了大军，打不了硬仗。

"我们又碰到了基尔·霍顿。"江子说。

"那丫的还在外头晃悠呢？"万凯坐在沙发上看球，"晃了这么多年还不知道回家。"

"大厨也见过那个基尔·霍顿？"梁敬问。

"见过。"大厨点点头，"荒野孤灯嘛，站内很多人都见过它，一开始还觉得吃惊诧异，后来也就习惯了。前几年因为这个莫名的灯光还出过事故，因为那丫的老是在有暴风雨或者天气恶劣的时候出现，人们在这种情况下会下意识地跟着灯光走，走着走着就偏离正确方向了，差点被那盏见鬼的灯带进沟里去。"

"站长说那灯光还会传递莫尔斯电码。"

"扯淡的，肯定是江子看花眼了……哎，你看这个球，你看这个球，这个球真可以载入史册。"大厨摆摆手，注意力集中在球赛上，"江子是不是跟你说那灯光会打SOS和DEAD两种信号？这是他吓唬新人一百零八式中的招数，每次有人来卡西尼站，他都要说这个……实际上你想想啊，那么恶劣的天气，能见度超级差，看错太正常了。"

"你才扯淡。"江子很不满，"这是百分之百发生过的事实！我骗你天打雷劈！"

"是是是，事实，事实。"大厨一拍沙发，"好球！"

梁敬起身离开大厅，去医务室和办公室转了一圈。隔着玻璃他能看到默予安安静静地躺在病床上，环形的细胞恢复再生系统正在绕着她的身体旋转，发出细微的"嗡嗡"声，有点像是CT和磁共振，但实际上是完全不同的医疗器械。细胞再生系统搭配药物能让体细胞再分化，迅速修补机体的损伤，红色的细光从默予的身体上缓缓扫过，后者身上插满了管道和电极。

他放轻脚步，点了点医务室门上的显示屏。

蓝色的检测数据在他眼前展开。

"默予小姐的恢复状态良好。"大白在梁敬耳边轻声说，"预计十个小时后伤口就能愈合，然后转入静养。"

"没事就好。"梁敬点头，"希望她能尽快恢复过来，帮我们看看这个地下的心跳声究竟是怎么回事。"

"默予小姐的专业更偏向于微观领域。"

"她至少还沾点边。"梁敬说，"不像我，完全是个外行人。如果真能确认是泰坦上的生命，那这个发现的意义可就太大了。"

"是的。"大白说，"是非常大的发现，地外生物学终于有一个实体的研究目标了。"

"那个球怎么样了？"梁敬问。

这时，大厅那边远远地传来大厨振奋的欢呼："球！球进了——！牛！"

不知道是哪年的世界杯国足进了球，万凯天天看重播回放，居然看不腻。

梁敬摇摇头，转身回去休息。宿舍区在大厅另一头的走廊里，他顺手掩上了走廊和大厅之间的隔离门，免得大厨打扰默予休息。今天一天他真的累坏了，沾上枕头就能睡着。

穿过大厅时江子跟他打了个招呼，梁敬跟他打了个哈欠。

江子坐在茶几前吃吃喝喝，他嘴里塞着不知什么，冲着梁敬点点头。江子暂时还不能休息，他待会儿还得下去检查铁浮屠的状态，为明天的出舱活动做准备。在江子本人看来，站长就是个打杂的，名义上是站长，实际上是管家，工作内容是杂务，即没有明确的职务范畴，这也就意味着他什么都要干。明天他和梁敬还得继续出门打孔。

"大厨，你还有吃的没啊？巧克力什么的最好，我要补充血糖。"江子嘴里塞得满满当当，晃了晃茶几上的空食品袋，他从刚刚开始嘴就没停过，吃饱了才有力气干活儿。

"你丫的怎么跟默予一样能吃？"大厨皱眉，"这么大年纪不要吃那么多糖，会得糖尿病的。"

"默予吃的时候你怎么不说这个？"

"你这把年纪都能当人家的爹了，非得到换肾的时候才知道后悔是吧？我告诉你，什么都不如原装的好。"

万凯把巧克力丢在江子怀里。

"我先去睡觉了。"梁敬推开宿舍区的门，扭头朝两人喊了一声，"你们也早点休息。"

"晚安！"江子拆开巧克力的包装，干脆地咬了一大口，"明天上午还得早起，你好好休息。"

球赛中国足的前锋一脚将足球踢进对方球门，大厨学着视频里解说员声泪俱下的声音大吼："球进了！今夜无眠！又是一个无眠之夜！"

全息视频以国足球员的一记大力射门结束，在最后一刻将比分扳平，解说员握着话筒跳上桌子手舞足蹈，观众席上欢呼声山呼海啸，万凯也跟着手舞足蹈。他这辈子都记得这场比赛，近百年来国足距离出线最近的一次，但遗憾的是，最后在与不丹的生死之战中不幸惜败。

全息投影关闭，看台、球场全部消散，一场大戏落幕，卡西尼站大厅里安静下来。震人心魄的激动过后是无尽淡漠的空虚，大厨躺在沙发上思考人生，他默默地想自己有生之年能不能看到国足成功出线。

苏格兰都独立了，国足出线还遥遥无期。

这个时候要是有根烟就好了。

"大白？"

"我在。"

"你说寂寞的人生像什么？"大厨问。

"不好意思？"大白没明白这是什么意思。

"寂寞的人生就像个球啊。"大厨自问自答，"想往哪儿滚，就往哪儿滚。"

他拍拍屁股起身，此时大厅里就剩下他一个人了，江子早就下去检修铁浮屠了，不知道完成了没有。万凯去医务室看了一眼，把默予的药剂定好量，后者一动不动，难得睡得这么老实。

医务室紧挨着大厅，边上就是主任办公室，对面则是控制室和档案室，再往前面走就是仓库和厨房。这一条走廊是行政与功能区，卡西尼站的建设者们大概认为科考站的行政功能是最无关紧要的，所以办公室和仓库、厨房挤在一起，站长与厨子一起办公。万凯经过仓库时还能看到里面堆得满满的压缩钢瓶，不知道里面装着什么。

卡西尼站内总是很杂乱，不同的人来来去去，带着不同的研究任务和工具，而他们离开时总会在站内留下点什么。万凯是留守卡西尼站时间最长的队员之一。对于大厨来说，卡西尼站更像是一家建在世界边缘的旅社，来者皆是过客，你看着他们从气闸室进来，手里拎着厚重的箱子，又看着他们从气闸室出去，登上飞船一去不再回来。

有时候万凯会觉得卡西尼站是个很奇妙的地方。这里是土卫六，土卫六是什么地方？是土星的第六颗卫星，距离地球最近时也有十二亿千米，普通喷气客机想飞越如此长的路程需要不间断地飞行一百一十年，普通人一辈子都不会跨越这么遥远的距离。在火星轨道之外，这里是唯一一个有人类灯光的地方。

在漫漫深空中，这一点点的灯光实在是太渺小了，可你又不能忽视它的存在。卡西尼站好比是无边无际的惊涛骇浪中的小小灯塔，如果没有这座灯塔，那么漆黑的汪洋大海仅仅只是漆黑的汪洋大海，但这座灯塔的出现让一切都不一样了，它只有那么一丁点儿光，却能让这个世界出现光明。

它是一个符号。

人类的所有文明与科技都凝聚在这个符号内。

从物理学上来说，生命与生命的造物都是有秩序的低熵体，卡西尼站就是这样一个低熵体。如果说土卫六乃至整个太阳系都只是自然演化不断熵增的体系，那么低熵体的出现就让这个单调的世界陡然变得丰富多彩、不可思议，哪怕只是一个被猿人粗糙打磨的燧石箭头。

卡西尼站就是如此的存在。

黑球也是。

遗憾的是，卡西尼站即将被废弃。严格来说，卡西尼站是个失败的项目——如果不加上最近才发现的黑球和心跳声，卡西尼站一直都处于入不敷出的状态，投入了大笔的资金，却没能得到具有足够价值的成果。

如果卡西尼站真的被废弃了，那他万凯会去什么地方呢？大厨可以选择就此退休，回家享清福，反正这个年代啥事不干也不愁吃穿。他也可以选择进入地球上的行政部门捞个职务，以他的资历和经验，在深空探测部门当个办公室主任绰绰有余。在他剩余的人生中，他可以把更多的厨子送出地球。

毫无疑问，这个宇宙是需要厨子的。

只要人类还有嘴。

"我觉得自己退休后可以写本书，书名就叫《舌尖上的土卫六》。"万凯说，"描写我在泰坦做菜的经历。"

"那么这经历着实乏善可陈。"大白说。

"怎么会乏善可陈？"大厨摇摇头，"一看你就不懂我们中华传统美食文化的精髓，比如说我要写煎鸡蛋，那我可以这么写：'凌晨，天才刚刚亮，住在卡西尼站二层生活区207室的厨师万凯就已经起床，招呼着大白一起进厨房。二十米的走廊，对于低重力的土卫六来说，已经是不短的距离。太阳升起的时候，他推开厨房的大门，来到干净的操作间。今天大厨想做一道经典的中国菜，他打算碰碰运气，看看柜子里还有没有剩余的鸡蛋……'"

万凯乘着电梯下楼，走廊上的灯光亮度缓缓增加，四下里没有声音，看来江子已经上去睡觉了。

万凯推开走廊上的隔离安全门，一楼走廊上有两道隔离门，将整个一层走廊分成三截。平时隔离门是开放状态，如果碰上火灾或者失压事故，那么隔离门会迅速锁死封闭，以防事故蔓延至整个卡西尼站。

P3实验室就在走廊的尽头，它自己还有两道隔离门。此刻黑球就安置在实验室内，楼齐出事之后江子就关闭了实验室，不再允许任何人擅自进入。

大厨站在门外朝里面瞄了一眼，P3实验室里黑洞洞的，他能看到手套箱，但是看不到黑球。

"那个球还在那里吗？"

"在。"大白回答。

"可是我看不到它。"

"因为它几乎不反射光线。"大白说，"如果我稍微调亮灯光，那么您就能看到它了。"

说着，P3实验室内的灯光慢慢变亮，万凯果然看到了箱子里漆黑的球体，他点了点头，示意大白把灯关上。

"我有个问题想问你，大白。"

"您说。"

"你一个人看着这个黑球时会想什么？"万凯问，"你会觉得它诡异吗？"

大白静默了几秒钟。

"很遗憾，我无法回答这个问题，我并不会想什么，因为我无法产生或者理解人类的情绪。"

"人工智能会恐惧吗？会惊慌吗？"

"不会。"

万凯想起以往卡西尼站进行人员轮换时的情形：离站的人已经走了，而来的人还没到，所以在很长一段时间里，整座卡西尼站空无一人，只有大白在这里，这个人工智能会进行定期自检并按时发回报告。在那种情况下，独自身在十三亿千米之外的星球上，大白每天都在干些什么呢？

梁敬走进卧室，坐在床上，从床头柜上拿起平板。

他仍然在坚持监控P3实验室的情况，尽管过去几天都没什么收获，但他仍不愿意放弃。梁敬坚信这个黑球有猫腻，否则胡董海不会突然死亡，楼齐不会无故消失，但他也不知道自己什么时候才能有所发现，这世上需要长期观察的科学实验多了去了。比如说著名的沥青滴落实验，这实验从二十世纪四十年代就开始做了，一直到今天都没有结束，而且在可见的未来仍不会结束。

如果这个黑球跟漏斗里的沥青一样"佛系"，每十年才动那么一下，那么梁敬盯它一辈子都不会得到任何结果。这将会是一个愚公移山式的观察，真到有结果的那一天，可能是梁敬的曾曾曾曾曾曾曾孙子烧纸钱告诉他了。

梁敬叹了一口气。

还有两天时间"暴风雪"号就要到了，这是他最后的观察机会了。一旦上了飞船，这个黑球肯定会被当成高危物品封存并隔离起来，谁都别想再碰它。

回到地球之后，接触这个球的机会就更加渺茫了。不出意外的话，一回地球，他就要忙着写各种各样乱七八糟的报告，应付世界各地大大小小的会议，而这个球会被带到寻常人触及不到的地方。

胡董海和楼齐的事故将无人再有心追究，最终变成一桩无头悬案。他们会成为烈士，成为人类历史上为了科研工作奉献生命的英雄人物，但这不是梁敬想要的结果，他不希望他们死得不明不白。

"这破球……你丫的倒是给点动静啊！"

梁敬把平板拍在床铺上，抚着额头。

平板上的黑球仍旧一动不动，没有丝毫变化。

这么多天以来，它就从没动过。

2月2日

一大清早梁敬和江子就爬了起来，万凯为他们准备好了早餐——大厨特制版爱心煎鸡蛋，吃过的人从此都百毒不侵。

"今天要走的距离比较远，我们得绕一个很大的圈子，一共要打十个孔。"梁敬手里捏着叉子，捅了捅桌前的地图，"大概要花八个小时的时间，咱们待会儿出门，可能要到晚上才能回来。"

"没事。"大厨坐在边上吃吃喝喝，"我给你们准备了好吃的，你们带在路上吃。"

"准备了什么？"江子问，"可别又是你的爱心煎鸡蛋。"

梁敬看了一眼盘子里的煎鸡蛋，不知道是厨房里的设备出了故障，还是大厨又在试验什么黑暗料理，这鸡蛋吃起来一股臭豆腐味。

"不。"大厨回答，"午餐是鸡蛋煎爱心。"

江子和梁敬在仔细研究今天的出行计划。大白给出了天气预测报表，它说今天会有七级至十七级的东南风，室外温度在零下一百五十摄氏度至零下一百八十摄氏度之间，同时会有小到中雪，主要成分为丁烷，出行须做好地面防滑准备，建议上班人群多穿点衣服。

万凯透过舷窗往外望，今天的天气显然不如昨天，亮度很低，浓雾弥漫。

"七级到十七级？"江子随口问，"你这范围忒大了些。"

"在当前的技术条件下，我只能做到这一步，除非您有办法联系轨道上的气象卫星。"大白说。

"你怎么跟个近视眼似的？没了眼镜，不光眼睛瞎了，连耳朵也聋了。"江子放下碗筷，"你知道你的老祖宗们有多顽强吗？它们被派到这么老远的地方，千里迢迢而来，孤立无援，没有卫星，没有无人车，什么都没有，出了问题只能自己想办法解决。你去问问它们，哪来的气象卫星？"

"那我建议您下次碰到问题时咨询它们。"

"哟呵，你还敢顶嘴？长本事了啊。"江子皱眉，他扭头看了一眼梁敬和万凯，"这破机器人越来越不听话了，三天不打上房揭瓦。"

"它不一直都这样？"大厨见怪不怪，"你要是跟一个AI对骂，毫无疑问你肯定是骂不过它的，因为你最多只会汉语和英语，但它会汉语、英语、法语、日语、韩语、俄语、西班牙语、土耳其语、阿尔巴尼亚语……在你骂它一句的时间内，它能用一百五十种语言骂你三百遍。"

永远不要跟一台复读机对骂，因为你肯定骂不过复读机。

想骂过大白，只能拉来另一台AI，让它跟大白对骂。可以想象人工智能与人工智能之间的决战肯定不会使用人类语言这样效率极低的交流方式，刀光剑影都在同轴光缆和无线电波中，只要零点零一秒，世界上就会诞生有史以来骂人最厉害的喷子计算机。

这个时候，可以给它取个名，叫"霰弹枪一号"，装上超大功率的射电望远镜发射阵列，开足马力，然后就可以对全宇宙生物的祖祖辈辈进行全天候不间断的致意与问候——说实话，在利用无线电探寻外太空生命时发射什么内容都无关紧要，反正外星人都听不懂，彬彬有礼的外交辞令和不断重复的脏话最终带来的结果是一样的，那就是没有结果。

万凯知道有那么几个民间组织，他们坚定地认为船帆座的HD85512b行星上存在高等智慧文明。这颗行星距离地球三十六光年远，所以这帮人在月球和火星上建立了超级巨型的无线电天线阵列，冲着那颗行星日日夜夜地发送问候，问候内容又臭又长还毫无逻辑，好像天线底下坐着的是白宫发言人。大厨对此相当不屑，他觉得还不如发句脏话过去。

梁敬把手中的地图放大、旋转，食指沿着预定的钻探路径慢慢下滑，把这条线标红。

"这一块的地下压力暂时还不明朗。"梁敬画了一个圈，"大白，如果我直接这么打下去，会发生井喷吗？"

"可能性不大。"大白回答，"如果压力到达阈值，冰层会率先坍塌，将钻孔完全堵塞。"

"但还是得做好预案。"江子说，"有完整的撤离方案吗？"

"有。"

"从钻探点到卡西尼站，最短需要多长时间？"江子问。

"三十分钟。"

江子在心底估计了一下。最短撤离时间在舱外活动时分外重要，一旦碰到天气骤变，比如说听到女妖啸叫，所有人都必须返回安全地区，而整个土卫六上唯一的安全地区就是卡西尼主站，多一分钟或少一分钟就能决定生死。

作为安全员，江子不得不凡事都做最坏的打算。

"三十分钟还是有点长了。"江子说，"如果碰到啸叫，我们肯定来不及回到站里，有不小的风险。"

"这个风险我们恐怕必须冒。"梁敬抬起头直视江子的双眼，"站长。"

"行，那就这么办。"江子沉默半晌后起身，"铁浮屠和步行车都已经准备好了，咱们该出发了。大厨，你继续留守。现在是上午七点半，我们最迟今天晚上八点之前能回来。"

梁敬跟着起身，两人离开大厅，大厨送他们下楼。

"今天这种鬼天气，你们本来不应该出去的。"

大厨跟在两人身后，多嘴了一句。

"没办法。"梁敬扭过头来，"这种工作总是伴有风险，这个谁都避免不了。消防员不往火场里冲，还有谁能上呢？"

万凯在气闸室门前帮他们穿好铁浮屠，两人一步一步地穿戴整齐，最后戴上头盔，接通电源。

"今天晚上八点之前，我做好晚饭等你们回来。"大厨拍拍两人的肩膀，"不过我要多问一句，别说我乌鸦嘴，如果你们没能按时回来，有什么救援方案？"

江子和梁敬对视一眼。

"跟往常一样，大白有救援方案，它会派出无人步行车进行救援，你不用担心。"

"万一大白失败了呢？"

"如果连大白都失败了，那就放弃救援。"江子很干脆，"大厨，到时候就麻烦你写报告了。"

室外活动八个小时——自卡西尼站建立以来，这是少见的长耗时舱外任务。梁敬和江子驾着步行车路过拿破仑坑时专门停下来看了看，因为黑球就是在这个坑里发现的。

拿破仑地质坑并非一个真正肉眼可见的大坑，它是由低轨上的遥感卫星发现的。多光谱卫星在进行地层扫描时发现了这个坑，它被掩埋在四五米深的地下，产生于四亿年前的一次猛烈撞击。之前人们没有发现撞击的罪魁祸首，现在梁敬倾向于认为这个坑就是黑球撞出来的——至少黑球是撞击者的一部分。

梁敬曾经怀疑黑球是某种机械上的零件，它在撞击中散落下来，留在了地表，而真正的大家伙则在更深的地方。

"黑球就是在这儿发现的。"梁敬蹲在挖掘坑的边缘，指了指坑底。挖掘坑有六七米深，像是一只大碗。当初为了挖这个坑，地球方面费了不少力气，专门调来了蓝翔挖掘机空间战略大队。

江子跳进坑里，坑壁呈近四十五度倾斜，他跟溜冰似的轻飘飘地滑下去，停在坑底。

江子环顾四周。坑壁由冻土和冰层构成。土卫六上的泥土与地球矿物完全不同，地球土壤中包含了大多数常量元素和有机质，是环境与生物共同作用的结果，但泰坦上缺乏生态，也缺乏地球上常见的氧元素和硅元素，所以这里的土壤干燥、板结，没有丝毫生命力。

江子抬起头，仰望蹲在大坑边缘的梁敬，后者头上的灯光在浓雾中非常显眼。四面八方都是缓缓上升的坑壁，冰层和冻土像千层饼一样层层叠叠地压在一起，不同的年代有不同的颜色，泾渭分明。

"拿破仑坑是个非常优秀、非常标准的样本。"梁敬说，"你看脚底下，每一层冻土都代表着一个地质年代，就像字典一样，这就是土卫六的历史书。大自然向来是最诚实、最客观的记录者，我们翻开这本史册，就能知道过去几亿年这颗卫星上发生过什么。"

"这就是地质学家们的工作吗？"

"不只是这些。"

"黑球在什么地质年代？"江子问。

"四亿年前。"梁敬回答，"我之前让大白做过模拟，要想撞出这么大的坑，撞击物比较合理的质量和体积应该得有一辆十轴卡车那么大。"

"可那个球的质量不到三千克。"江子说，"你的意思是，坑里还有其他东西？"

"是的，我是这么怀疑的。"梁敬也从挖掘坑的边缘一跃而下，顺着坑壁滑下来，最后稳稳地停在江子身边，"黑球有可能是某个东西的一部分，它的主体我们现在还没挖出来。这玩意儿的质量很大，所以动能非常大，撞得很深，现在还埋在我们脚底下的某个地方。"

江子想了想。

"外星人的飞船？四亿年前出车祸掉在这儿了？那黑球是什么东西？轴承滚珠？"

"天知道。"梁敬说，"想想昨天我们发现的心跳声。"

"我知道了！"江子一拳砸在自己的手掌心里，"那个心跳声肯定就是四亿年前撞上来的生物的，它多半是某一类在太空中四处游荡的生命，发现有星球就扑了上来，然后在这里繁衍生息。"

"那黑球是什么？"梁敬问。

"那怪物的眼珠子。"江子胡言乱语，他随意地刨了刨脚下的碎土，"撞上来的时候撞瞎了一只眼睛，眼珠子掉出来了，所以它现在是条独眼龙！"

梁敬被逗笑了，两人开始从坑底往上走，弯着腰四足并用。

"哎，梁工，你知道我现在最大的感受是什么吗？"

"什么？"梁敬走在前面，扭过头来。

"我真是太无知了，应该说我们都太无知了，看啥啥不懂，要啥啥不会。"江子走在后头，"在火星轨道内的时候，我认为人类是太阳系的主宰，那么多空间站、太空电梯，还有环水星轨道太阳能阵列，你要说不牛是假的。但一出了火星轨道，再回头去看，原来我们再牛，也仅仅是在芝麻绿豆那么丁点儿大的地方牛。"

"我们都有点膨胀啊。"江子接着说，"自以为无所不能，实际上只是果壳里的王者。"

"我可没膨胀，我以前是一百四十斤，现在还是一百四十斤。"梁敬说，"要说膨胀也是站长你膨胀了，我听说你去年是一百五十斤，但今年你已经一百六十斤了，你膨胀了百分之七。"

"哎，哎，哎！谁跟你说我现在一百六十斤？我明明只有一百五十九斤！"

"认知是个圆啊，所以知道得越多，未知也就越多。"梁敬爬上了坑沿，转过身来拉了江子一把，"站长，你是个不可知论者吗？"

"你所说的这个不可知论者指的是什么样的人？"江子握住他的手，用力爬了上来。

"相信这世上永远有什么东西是我们无法探知的，知识和真理的探求永远都不可能有止境。"梁敬回答，"无论人类能存续多长时间，永远都不可能成为上帝。"

"这个太终极命题了。"江子想了想，"你这个问题和'我们要往哪里去'有什么区别？不过我刚刚突然想到一个很有意思的问题。梁工，你不是说认知是个圆或者球吗？这个球的体积越大，表面积也就越大，碰到的未知也就越多。那么，在广阔无边的未知世界里，会不会存在一根针呢？"

梁敬一怔。

"一根针？"

"对，一根针，也就是人类完全不能触及的东西。"江子解释，"一旦我们的认知之球膨胀到碰到了它，就会被这根针扎破，人类的认知和世界观在那一刻将被完全摧毁。"

"这种事在历史上并不罕见。"梁敬说,"在过去几千年里,我们的世界观就是在一次又一次的摧毁和重建中逐渐完善的。我们发现的黑球也好,心跳声也罢,很可能就是下一次摧毁与重建的开端……在与古神的面对面较量中,单独的某一个人或许会发疯,但人类这个群体不会。作为一个唯物主义者,我坚信知识和真理的探求是永无止境的,但不可能存在某个问题,人类用上无限的精力和时间都无法解决。"

"古神?"江子对这个词感到好奇。

梁敬拉开步行车的车门,转过身来指了指头顶:"宇宙。"

江子抬起头仰望,可是他根本看不到天空,浓厚的云层低到触手可及。他们把土卫六上高度最低的云层叫作"地云",意思是这种云根本就是贴着地面的,高度只有几米甚至几十厘米。但它们跟雾气又有明显的区别,因为它们的颜色很深且边界明显,会以非常快的速度移动。

迎面望见棕黄色的地云如海潮般滚滚而来的时候,每一个人都会怀疑其中藏着奔腾的千军万马。江子轻声说:"神啊。"

"什么?"梁敬扭过头来。

"没什么。"江子摇摇头,跟着他钻进了步行车的驾驶舱。

大厨觉得卡西尼站内的气氛有点诡异。

他在大厅里又重播了一遍世界杯精彩进球集锦,在全息投影之下,整个主厅成了人头攒动的体育场。这里是著名的巴西马拉卡纳足球场,巴西队和德国队正在针锋相对,角逐大力神杯。万凯身着白色的球衣坐在看台的最佳位置,对面是密密麻麻的明黄色人影和旗帜,整座体育场内坐了十万人,实际上只有他一个真人。

巴西队的一记进球将场内气氛推向高潮,主场作战的巴西队如有神助。作为场内少有的支持德国队的观众,万凯撑着脑袋坐在椅子上,如老僧入定,一动不动,无动于衷。他很清楚这场比赛最后的走向,德国队上半场开局不利,但下半场逆风翻盘,在零比一的先手劣势下连进两球夺得胜利。

他就是在等那最后翻盘的一秒钟,前面那九十分钟的铺垫都是为了这最后的一脚。这是足以载入史册的一场比赛,大厨准备在德国队获胜的那一刻引吭高歌一曲老歌《征服》,反正江子和梁敬都不在,没人能阻止他放飞自我。但就在他拿起话筒的前一刻,万凯忽然觉得有什么人在盯着自己看。

那一瞬间大厨就头皮发麻了，他抬起头来四下张望。天气晴朗，空中飞扬着缤纷的彩带和气球，来自各个国家的男女老少坐在周围的椅子上，卖啤酒和饮料的姑娘从他面前侧身挤过，身材火爆，相当醒目。整座体育场里坐了足足十万人，按理来说，有人往这边看是很正常的，但见鬼的是，这是全息投影啊。

在场这么多人中，只有万凯一个是活人，其他的不过是光影。你能想象自己在看电影的时候，发现电影里的人死死地盯着自己是什么感觉吗？

那多半就是《午夜凶铃》的展开，下一刻对方就要从屏幕里爬出来了。

万凯能清晰地感觉到某人的目光落在了自己身上，他本就是那种被人盯着看会感到不安的人。可当他警觉起来，试图去找目光的主人时，那种感觉又迅速消失，电影重新变成电影，屏幕里的人来来往往、吵吵嚷嚷，跟他一点关系都没有。

他试着伸手摸了摸身前的座椅，手从投影中穿了过去。

万凯关闭了投影，重新回到只有他一人的主厅里，桌子、椅子、沙发、茶几和天花板等，一切都很正常。

自己产生错觉了？

"大白？大白，你在不在？"

"我在，万凯先生。"

"投影仪没出什么毛病吧？"万凯问，"你检查一下。"

"投影仪工作正常。"

万凯纳闷儿了，真是自己太累、精神压力大，产生了错觉？作为一名医生，他很清楚产生类似错觉是非常正常的情况，跟跳眼皮一样，没什么大不了，没必要纠结什么左眼跳财、右眼跳灾——跟看球赛比起来，就算眼皮跳成缝纫机又怎样？万凯再次开启投影，接着刚刚的进度往下播放。里约热内卢马拉卡纳体育场内锣鼓喧天、彩旗飘飘，巴西队中锋带球连过德国队三道防御，场内的欢呼声一浪接着一浪，直冲云霄。遗憾的是，最后一脚直射被门将扑出，德国队的支持者们挥舞起自己的旗帜，高呼门将之名。

不过德国队到底是客场作战，人手不足，声势很快被对方压过，对面开始齐唱本国国歌。这个时候就该轮到大厨出手了。

"大白！"万凯大手一挥，"上唢呐！吹《百鸟朝凤》！"

球赛进入下半场，德国队成功扳回一分，一比一打平。局势接下来陷入胶着状态，两边的球员都试图进攻，但由于体力消耗严重，节奏逐渐放缓。德国队收缩力量转入防御，进攻欲望看上去很低。场上所有人都以为德国队的战略是准备保平，但作为一个未来人，大厨清楚德国人是在积蓄力量，准备下一轮那惊人的猛攻。

比赛进入结束前的十分钟倒计时。

"我们可以看到汉斯这一记漂亮的滑铲阻断了对方的进攻！好……接下来是他的表演时间，他看上去像是要传球……"解说员的声音听上去像是要打瞌睡，"他要传给谁呢？他传给了曼施坦因……曼施坦因确实是个优秀的后腰，不过他的位置不算太妙……"

"曼施坦因把球传给了古德里安，古德里安是个非常优秀的装甲兵将军——啊，不，是个非常优秀的前卫。"解说员的声音拖得老长，"但我觉得，他们必须加快节奏了，因为还有八分钟德国就要投降了——啊，不，比赛就要结束了。双方是想在加时赛中一决雌雄吗？好，我们看到德国队的人聚拢了……"

万凯握紧手中的话筒，酝酿了一下，准备唱《征服》。

接下来的几分钟内，德国人将上演一场精彩的绝杀。

"古德里安在蠢蠢欲动，不过毫无疑问，巴西队的防御是一堵铜墙铁壁，我敢说全世界没有哪支队伍能攻破目前巴西队的防御，这个阵容真的太强大了……一记长传，古德里安把球给了隆美尔，'北非之狐'拿到了球，可在他面前的人是蒙哥马利！时间还有三分钟，三分钟能干什么呢？

"最后三分钟，隆美尔进攻了！他成功的可能性不是太——哦！天哪！天哪！天哪！他快得像只尾巴着火的狐狸！他把球给了戈林！戈林给了邓尼茨！不可思议！邓尼茨是什么时候到那里的？邓尼茨传给了龙德施泰特！龙德施泰特进攻了——根本没人拦得住他！他射了！球进了！球进了！球进了——！"

足球突破球门，几秒钟之后全场的观众才反应过来，万凯面红耳赤地站在椅子上大喊："球进——"

那一秒钟，大厨的呼声堵在了喉咙里，因为在这座巨大球场的某个地方，有什么东西在盯着他看。

"大白！停！"

万凯立即按下暂停键，球场内的时间瞬间静止，飞扬的彩带、碎纸和人们泼上天空的可乐都被定格，时间暂停在这一刻——德国队进球之后的两分三十一点五秒。大厨缓缓地起身，环顾四周，皱起眉头。

他又产生了那种莫名的感觉，仿佛某个人在暗处盯着自己，这一次他能肯定那不是错觉。他向来对别人的目光非常敏感，江子和主任曾经还开玩笑说，他有这能力不应该干厨子，而应该去做特工，那样准没人能盯梢他。

全场坐了十万观众，准确地说是十万两千七百六十八人，如果这里面真藏着一个人在盯着万凯看，那么以万凯的能力也不可能把他揪出来。但在座的所有人中，除了大厨没一个是真人，从球员到观众都是虚拟的……这就叫人诧异了，全息投影中的人物与电影或者图画中的无异，无论是谁，都不可能与银幕或者油画中的人物发生任何交互。

万凯的目光一个接一个地扫过去：他身边坐着一位欧洲老人，脸上贴着德国国旗，手里紧紧地攥着一本《河北省旅游指南》，他微微地躬着身体，接下来可能是要起身；往后去是个金发女孩，她正处于高声尖叫的前一刻，气流从她的肺部经过气管与喉咙，震颤声带，声音还聚拢在口中，未来得及扩散就被冻结；再往后是一个带着孩子的年轻母亲，她起身欢呼时动作太大，撞倒了腿上的孩子，正慌张地弯腰去扶后者。万凯的目光从他们的脸上一一扫过，他伸手去触摸那个孩子，但是摸到了坚韧柔软的皮革——那是卡西尼站大厅里的沙发。

"大白，关闭投影。"

全息投影关闭，万凯站在了大厅的地板上。

"大白，再打开投影。"

全息投影开启，万凯站在了球场的看台上。

"再开。"

"再关！"

"开！关！开！关！再开！再关！开开开，关关关！"

"我必须提醒您，万凯先生，在短时间内频繁地重复开关全息投影，会严重损耗投影仪的寿命。"

万凯摩挲着下巴："这是怎么搞的？我刚刚觉得球场里有什么人在盯着我，你说这有可能吗？"

"这是不可能的，万凯先生，您所看的这场世界杯球赛发生在十年前，您和他们根本就不是同一个时间、同一个空间中的人。"大白提醒他，"您只是在看录像而已。"

"我知道，我知道。"万凯挥挥手关闭投影，他当然知道自己是在看录像，所以他才诧异，"所以我觉得不是录像的问题，可能是卡西尼站里的问题。"

"站里的问题？"

"是的。"大厨在大厅里转悠，东瞄一眼西瞄一眼，又瞅了两眼桌子底下和沙发背后，"站内可能有什么东西。"

"您知道这也是不可能的。"大白说，"卡西尼站是全封闭舱室，连空气都与外界是隔绝的。"

"默予那丫醒了没有？"

"默予小姐还在昏迷当中。"

万凯打开大厅两边的门，生活区和办公区里都空空荡荡的。他还特意去医务室的门前看了看，默予正躺在床上接受治疗，仍然在昏睡。

"真是活见鬼了，我明明感觉到有什么人在盯着我看……"

"这可能是您的错觉。"

"不不不不，你不知道，我对别人的目光非常敏感，因为我以前有社交恐惧症，一和陌生人打交道就会浑身不自在，如果有人盯着我看，我的脖子和四肢就会发僵。"大厨沉吟，"后来社交恐惧症好了些，但这种对他人目光的敏锐感觉保留了下来。刚刚我看球赛的时候，这种感觉不止出现过一次，不会是错觉。"

"那么您可能是由于精神压力过大或者缺乏休息与睡眠……"

又是精神压力太大，这是他用来搪塞默予的话，大白居然用来搪塞他了。

"我可以为您开一剂神经温养药剂，您注意睡眠与休息，我相信症状会好很多。"大白说，它是一位经验丰富的大夫，尽管万凯本人也是个医生，可医生不好自医，他出了什么问题照样得咨询大白，"您看如何？"

"又是葡萄糖？"

"您知道这种药都是葡萄糖。"

万凯站在大厅里深吸了一口气。大厅里明亮整洁，宽大的沙发靠墙摆放，中央是透明的茶几，所有的日常用具都整整齐齐地收纳在柜子里，健身用的自行车则折叠了起来，看上去只有一个鞋盒大。大厅的装潢设计是现代化的极简主义风格，大面积使用明亮干净的白色，发光二极管勾勒出墙壁和天花板的曲线，连个无光的死角都没有，基督徒们毫无污秽的天堂也不过如此。你要是说这种地方藏着什么魑魅魍魉，那恐怕没人相信。

"或者您可以做一个全身检查，特别是对大脑及神经系统进行扫描——"大白还在絮絮叨叨。

"别扯淡，我不是默予，没她那么蠢。"万凯打断它，"我对自己的身体情况非常清楚，做什么大脑扫描，屁用没有。"

"您当时也建议过默予小姐进行大脑扫描。"

"我不让她做个检查，那丫能放心吗？我要是跟病人说你啥事没有，啥检查都不用做，回家睡两觉就好了，那病人还说我玩忽职守、不负责任、草菅人命呢。"万凯说，"这世上最难的事，就是说服一个病人相信他便血只是因为蔬菜吃少了便秘，而不是直肠癌……谁让他们啥事都喜欢'百度'？用百度查，能不是癌症吗？"

"您离题了。"

"行了行了，球赛我也不看了，怪瘆人的。"万凯没了兴致，"接下来我要转移阵地。"

"您要去哪儿？"

"我要回自己的房间！"大厨说着收拾好东西，夹着平板退出大厅，他握着门把冲大厅里面喊，"这大厅里的气氛确实有点诡异，虽然我不知道是怎么回事，但一定有什么我没察觉到的变化……在江子和梁敬回来之前，我是不会过来了。大白，你记得把大厅的门给锁好，什么都别放出来。"

"万凯先生，大厅里没有任何东西。"

"什么都别放出来！"万凯重复了一句，然后把头缩回去，将门带上了。

"风力已经到八级了！看这趋势还要继续上升！"江子在面罩内大喊，"你没问题吧？还有多久结束？"

"没问题，马上就搞定了。"梁敬跪坐在冰面上，手里端着平板，屏幕玻璃上雨水横流。钻探机正在打今天的第六个孔。大白完美地预言了天气变化，自从他们出门后风力一直在不断上升。步行车的射灯在这个昏暗的星球上笼出一方小小的光亮，他们就置身于步行车的灯光之下，整个平原上仅有这么一丁点儿光线，光线之外狂风暴雨闹得天翻地覆。

铁浮屠帮助他们顶着狂风伫立在冰面上，即使风力再大几倍也没法儿吹动他们。但硬抗狂风并非什么明智的举动，这个时候最优的选择应该是像大厨那样缩在室内。

但梁敬说他们这些人就是消防员，消防员就是要在所有人都逃离火灾的时候挺身进入火场的，再危险的事都得有人去做。

江子守在边上，用身体护着梁敬，帮他挡下了大部分的风雨。八级的大风风速已经超过了每秒二十米。梁敬正在聚精会神地控制钻探机，他工作的时候向来心无旁骛，天崩地裂都充耳不闻。

他们已经在室外连续工作了六个小时，驾驶步行车跑了差不多五千米。两人的精力和体力都消耗过大，工作进度却比预想的要慢，这是因为之前发生了探孔塌陷的情况，导致梁敬不得不重新钻孔。

"有啸叫吗？"梁敬盯着平板上的数据，头都不抬。

"没有。"

"这个孔非常重要，我现在没法儿把数据给你看，不过这个孔的探测结果将直接决定卡西尼站能不能在火山喷发中幸存下来。"梁敬的语速很快，"我们脚下的区域是整座冰火山流层最活跃的地方，如果要爆发，这里会最先爆发。"

"你专心收集数据。"江子说，"你盯着地下，我盯着地上。"

在极远的平原尽头，有旋转的云柱连接天空与地面，这让整个星球变成了一座巨大的古罗马神殿，头顶的浓厚云层是神殿的屋顶，一望无际的冰原则是神殿的地板。地平线上有一排通天的巨型立柱，壮观到仿佛撑起苍穹，那其实是几万米高的巨大龙卷风，狂流卷起雨水和云雾升上天空，漩涡中闪烁着雷电。

这样剧烈的大气活动在太阳系内都是少见的，江子抹了一把湿漉漉的面罩，抬手搭了个凉棚，举目眺望。在土卫六上待得久了，回地球他反倒会不习惯，看到下雨还奇怪怎么不刮龙卷风了。

就这说话的工夫，风力已经突破了九级，步行车感知到了风力的变化，一边给江子发警报，一边展开六条短腿，把固定栓打进冰面。

"大厨说得没错，这见鬼的天气，咱们不该出来的。"江子说，"你看到那边的龙卷风了吗？如果它们与我们的距离缩短到三千米以内，连步行车都救不了我们。"

"看到了。"梁敬在平板上迅速点击，他对龙卷风并不感兴趣，只要没有啸叫，他就能继续专心工作。

但看这个发展趋势，啸叫迟早会出现，只是时间问题，他要在啸叫出现之前尽可能地把工作全部完成。

"我以前进过龙卷风。"江子说，"和老胡一起出外业的时候，没来得及回站里，风就刮过来了，我们只能钻进步行车里听天由命。"

"然后呢？"

"我和老胡把自己绑在椅子上，只听到外面呼呼地响，车子震动得很厉害，窗外没有丝毫光线，跟天黑了一样。"江子回答，"整个过程大概持续了五六分钟的样子，其实也没什么大不了的，龙卷风很快就过去了，倒是我和老胡被吓出了一身的冷汗，从车上下来的时候整个人都湿透了。"

"这种经历可不是每个人都有的。"梁敬说，"不过，这么说，步行车其实能扛得住泰坦上最强的风暴？"

"设计上有这个考量，但是厂商不建议我们冒这个险，毕竟之前出现过连人带车一起被卷跑的情况。"江子说，"听到啸叫，最佳的选择还是立即返回站里，我们没必要拿自己的性命去给设计方测试车子的性能。"

"明白……"梁敬忽然低吼，"站长！注意冲击！注意冲击！站稳！"

江子愣了一下。

"站稳！"梁敬大喊。

梁敬只来得及这么提醒，下一刻地面便剧烈地震动起来，白色的冰尘和烟雾霎时腾起，他们脚下的冰面开裂，梁敬和江子都跌倒在冰原上，跟着他们一起跌倒的还有钻探打孔机。

江子爬过来一把抓住梁敬，他最多只能做到这一步，因为连他本人都站不起来了。这鬼地方不仅重力小，摩擦力也小，如果地面再跟蹦床一样抖个不停，那么能站稳的只有杂技演员。江子紧紧地抓着梁敬，在他耳边大喊："你怎么样？出什么事了？"

"心跳！"梁敬同样大喊着回答。

"你说什么？"

"心跳！我又发现了那个心跳！我又发现了那个该死的心跳！"梁敬翻了个身，趴在冰面上，"它跟着我们来了！心跳出现的时候，地下流层的压力陡然增大了！"

"它不是在那边吗？"江子伸手指向自己来的方向，"这里难道也有一个？"

"我说过它有可能是会移动的！它跟着我们来了！"梁敬脸色苍白，他一把抓住落在不远处的平板，扔给江子，"这个心脏的信号和上一个一模一样，完全吻合！地下的流层里肯定有什么东西，它在到处游弋。"

地震造成了冰层的大面积开裂，有的冰隙内涌出白色的烟雾。江子迅速爬起来，拉起梁敬："走走走，咱们回去！回去！立即返回！立即返回！"

"还有几个孔——"

"这还打个屁，不打了，这里不安全！"江子一字一顿地说，"记住，我的第一要务是保证你的生命安全！我们要是挂在了这里，再打一百个孔都没意义！"

梁敬和江子决定立即返回卡西尼站，他们开始收拾散落的仪器，一前一后扛起钻探打孔机，可人还没站稳，四面八方就忽然响起幽幽的、尖细的吟唱声。江子和梁敬都站住了，他们都听到了——仿佛有一位女高音歌手站在迷雾内飙海豚音，声音忽近忽远，忽高忽低，又像是魔鬼和女妖在风中哭泣。

梁敬和江子头皮一麻，二话不说，不约而同地把钻探打孔机往地上一丢。

"我的妈呀！"

国家财产，能丢就丢。

钻探机……

两人转身就往步行车跑，两个人五分钟前还气喘吁吁，累得跟死狗一样，但江子扑进步行车驾驶舱的那一跃，矫健得有如海军陆战队队员。

梁敬钻进步行车，猛地拉上驾驶舱的舱门，甚至都等不及它自己合上。

啸叫。

这个星球上最可怕的妖怪出现了。

江子抬脚猛蹬油门，两人都像是屁股着了火："快快快快快！快跑，大白！快跑！"

"刚刚不还说风力只有八级吗？"梁敬扯上安全带，把自己牢牢地绑在椅子上，冲着江子大喊，"啸叫怎么说来就来了？"

"啸叫就是说来就来的！"江子目视前方，"女妖啸叫最可怕的地方就在这里！你以为它不会来，但下一秒它就会出现在你身后！"

步行车在浓雾中爬行，但到处都是啸叫，梁敬和江子四面楚歌。

梁敬虽是第一次在室外作业时撞见啸叫，但他对这种可怕的天气早有耳闻。这种灾难一般以浓雾中尖锐刺耳的噪声开场，仿佛女妖的号叫，紧接着降临的就是贴地传播的疾风，气流像铲子一样，能给地面剥层皮，步行车都未必能扛得住。在土卫六早期的科考任务中，碰到啸叫如果不能及时返回，那么就是死路一条。不过，好在此刻与梁敬待在一起的是江子，他是世界上经验最丰富的土卫六驻站队员，曾不止一次从女妖的啸叫中成功生还，所以他应该知道怎么应对这见鬼的情况——

"你快点跑啊！快点跑啊！再不快点我们就死定了！"江子猛锤操作台。

步行车忽然停在了冰面上，站住不动了。

梁敬一愣："怎么不动了？站长，你不会把它敲坏了吧？"

"不，它要变身了。"江子说。

紧接着两人往下一沉，步行车收回了爬行用的短腿，腿部折叠后缩入腹腔，代之以腹部与冰面相贴。梁敬还没来得及说什么，就听到身后响起巨大的轰鸣声。梁敬吃了一惊，那不是风声，而是电机风扇启动时发出的噪声！步行车开始变形了，它缓缓打开背部与腹部的盖子，露出两台庞大的升力风扇，强力的电机开始驱动风扇，扇叶转动时从上方吸入空气后再从下方喷出，原本跟甲壳虫一样蠢笨的步行车摇身一变成了高速气垫船。

"这是紧急逃生模式。"江子说。

"这是逮虾户模式。"大白说，"我敢向诸位保证，从现在开始，这个星球上没什么东西能比我们更快了。"

"有这玩意儿为什么不早搬出来？"梁敬扭头看，风雪被风扇的气流绞得粉碎，在射灯的光柱中闪烁着白色的光。

"因为这玩意儿太危险、太耗电，而且太容易翻车了。大白是个好司机，但它不是个好飞行员。"江子回答，"气垫船模式此前只有鲍里斯用过，他开着这玩意儿在半尺湖上兜风，差点没能活着回来。你要知道，他可是敢骑熊的男人。"

风扇略微倾斜，提供升力的同时也提供向前的推力，步行车突破浓厚的雾气贴地飞行，速度远超在地面上爬行，同时也给了梁敬和江子超级跑车般的推背感。加速的一瞬间，两人都被压在了座椅的靠背上。梁敬稍稍放松了安全带，以免减速的时候勒死自己。

在土卫六这样重力低且大气密度高的星球上，想飞起来是非常简单的，但卡西尼站从来没有人愿意在这里飞行，他们宁愿在地上慢慢地爬行。这是因为剧烈的大气活动是一切飞行器的死敌，地球上的任何飞机在这里都会被风暴撕成碎片。在地面上你还能找个东西固定自己，但在空中你就是气流的掌中玩物。

"我们现在在移动得有多快？"梁敬大声问，"爬行的时候，从这里返回卡西尼站至少要三十分钟！现在我们需要多长时间？"

他不知道自己现在有多快，大灯灯光中的地面往后飞掠，快到肉眼捕捉不到任何细节。气垫船模式下的步行车已经完全脱离了两人的掌控，由大白全权掌握。这个时候没人能驾驭这艘船，只有大白能应对无时无刻不在变化的环境，但即使是大白驾驶，也经常翻车。

江子探身看仪表盘，但是仪表盘上的速度仍停留在每小时六十千米，看来现在的速度已经超过它的量程了。

"我也不知道！"江子说，"看我们还剩下多少电了！紧急逃生模式下，耗电速度是正常情况下的好几十倍！"

"啸叫的速度有多快？"梁敬问。

"那就更不知道了！"江子说，"不过，根据测量，啸叫的速度应该跟曹操一样快！他们都是说到就到！"

车身剧烈地颠簸起来，江子和梁敬一头撞在驾驶舱顶上，疼得倒抽凉气。大白的声音响起："航班遭遇突变气流，请各位乘客系好安全带。"

"我们距离坠毁永远只有一秒钟！"女妖啸叫刺得他们的耳膜生疼，江子大喊，试图压过啸叫的声音，"就看是风暴先到还是我们先摔死死死死死死——"

"你不用说那么多遍死字！"梁敬扭头。

"嗞嗞嗞嗞嗞——"江子指了指自己的嘴巴，他是在抽冷气，因为刚刚咬到了舌头。

风扇的动力继续增强，轰鸣声浪一股接一股。大白还在加大油门，但他们无论如何都摆脱不了啸叫，那个风中的女妖仿佛就贴在他们的车后。无怪乎有人说啸叫的女妖是这个星球上最可怕的妖怪，因为你碰上它就甩不掉。步行车距离地面只有几十厘米，颠簸时腹部撞击地面，摩擦出耀眼的火花。

梁敬和江子就像坐在过山车上一样刺激，如果没有安全带，他们已经突破前挡风玻璃冲出去了。

大白果然不是个好飞行员。

"我们还有多长时间才能到站？"梁敬问，"大白！"

大白又是一个急刹车，同时还带着大漂移转弯，速度在几秒钟内减为零，同时车头转向。梁敬和江子一声哀号，他们的颈椎差点被勒断。

"风暴还有十秒钟抵达。"大白的声音很冷静，"开始倒计时。"

"什么意思？"梁敬问，"怎么不跑了？"

"九。"

步行车解除紧急模式，升力风扇关闭，升力通道关闭，六条爬行腿重新展开，紧贴在地面上。

"八。

"七。

"大白？大白！"

步行车把螺钉深深地打进地下，牢牢地固定自己，同时透明的舷窗全部封闭，甲壳虫变成了铁王八。

"大白，你……"

"六。

"五。"

大白什么话也不说，它现在只是个毫无感情的倒计时机器。

江子拉住梁敬，让他跟着自己双手抱头曲起身体，做好抗冲击准备，这一套通常用在飞机迫降前。这个时候再跟大白扯什么都没用，先保住自己的命再说。

"四！

"三！"

"做好抗冲击准备。"

"二！"

梁敬不自主地张嘴，以减轻耳膜的疼痛，因为啸叫声已经超过他能忍受的极限，头疼得像是要炸开。那个女妖从他们头顶经过，形成了一个巨大的负压区。

"一！"

女妖的啸叫声抵达波峰的时候，频率已经高到人耳几乎听不到了。梁敬和江子蜷缩在步行车的驾驶舱内，抱头含胸，弯腰弓背，如果步行车不幸被连根拔起，他们只能靠身上的铁浮屠来抗冲击了。

不知是不是错觉，梁敬非常清晰地感觉到一个巨大的负压区正在形成。可这其实是不可能的，因为步行车的驾驶舱绝对密闭，和外界大气完全隔绝，即使外界被抽成真空，步行车内的人也不可能有任何感觉。

驾驶舱内的仪表和驾驶台上的灯光全部熄灭，舱内的光线顿时暗了下来。

"来了！"江子低喝。

啸叫之后的风暴比梁敬想象的要安静得多，他原以为风暴声势浩大，会如千军万马般滚滚而来，实际上并非如此。致命的气流冲击来得悄无声息、毫无征兆，好比武林高手的杀招，总是起手如柳叶但落刀如雷霆。那一瞬间，整辆步行车的车身都发出尖锐的哀鸣，强大的气压把它按在地上摩擦，金属外壳像破茅屋一样剧烈地震颤，车身底下的冰面迅速开裂，打进去的螺钉一根一根地被拔了出来。

梁敬闭着眼睛抱着头，他知道自己低估了这个星球的力量。泰坦在神话中是巨人的名字，为神明所生，身上流着神明的血液，它此刻展露出来的伟力根本就不是人类可以抗拒的。步行车的自动控制系统救了他们一命，它在察觉到自己不可能摆脱啸叫之后当机立断，停下来进入防御模式，封死步行车车身上的每一条缝隙，把所有的固定螺栓全部钉进地底下，就像骆驼抵抗沙尘暴那样压低身体、闭上眼睛。

没有人能正面对抗大自然的力量，你越膨胀越张狂，它就越强，在你身上施以千万钧的重压；当你低下头来匍匐在地上时，所有的重量又会像水那样轻柔地流走。

"稳住稳住稳住稳住稳住！千万要撑住啊，大白！"江子大吼。

他们能不能活下来全看步行车了，如果步行车被连根拔起卷到天上，那么两人就死定了。车厢外一次又一次地响起崩断声，每响一次梁敬和江子心里都一沉，这意味着又有一颗固定螺栓被拔了出来。步行车的姿态开始失控，车身缓缓地倾斜，而倾斜的角度越大，又会提供更大的受力面积，导致步行车愈加失控。

梁敬和江子都注意到车身越来越歪了，梁敬大声问："能不能想点办法？"

"我们能有什么办法？"江子大吼，"这个时候只能硬撑过去了！啸叫马上就要结束了！马上就要结束了！"

又是一声崩响，车身猛烈地一颤，江子和梁敬的身体歪向一边，两人心里同时咯噔一下，看来啸叫还没过去，步行车先撑不住了。

"老哥，我看咱俩是逃不过这一劫了！"梁敬说，"咱们多半要栽在这里了！是我拖累你了！"

"少扯这些没用的！"江子说，"这是我的工作！"

"如果我们因公殉职，能得个烈士称号吗？"

"能是能，但最好别当烈士！"江子大喊，"活着回去比什么都强！不过，你要是有遗言就趁现在说吧！步行车能把你所说的话全部录下来，最后搜救队赶到的时候，就能在黑匣子里找到你的遗言了！"

"搜救队能找到我们吗？"梁敬抱着头问。

"就看这见鬼的风暴把我们刮得有多远了！"江子回答，"如果刮出去上百千米，那就没辙了，神仙都找不到咱们！"

梁敬的脑子里一团乱麻，让他临时说遗言，他还真不知道该说什么。在来土卫六之前，他以为自己做好了准备，能坦然地面对死亡，牛皮吹了一大堆。在外人眼中，他是为了科学放弃一切的英雄，可真到了生死关头，压根儿就不是这么回事。像英雄般地赴死从来都不是那么理想主义的事，这里没有观众，没有光环，没有呐喊，没有媒体记者，没有背景音乐，只有无穷无尽的恐慌和黑暗逼仄的车厢，车厢外就是零下一百八十摄氏度的风暴，你一个人独自面对死亡，没人知道你的痛苦，甚至都没人知道你死在什么地方。

"遗言遗言遗言……"梁敬的声音在发抖，他想控制但控制不住，"爸爸爸爸爸爸妈……你们不要太伤心，要好好的。我把我的个人账号告诉你们，账号是15475623255，如果记不住也没关系，报我的名字一样有效。你们可以去把把把我存在银行里的钱全部取出来，但是什么投资项目都别碰，都是坑你们老年人的。还有，给学校交代一下，不要办什么追悼会了，不要办什么追悼会了……"

梁敬说不下去了，他竭力想表现得从容一些，可身体就是不听话，抖得越来越厉害。

死亡突如其来，连张通知单都没有。

是个人在这里都会蒙。

"老婆，我知道你不在乎我了，我死了你也不伤心，但我还是小鹿她爹，我还有抚养权的。"江子靠在控制台上，"鹿鹿啊，老爸本来想这次任务完成后就回去看看你的，但现在可能没这个机会了。我还有点钱，一半给你爷爷奶奶养老，另一半就留给你。你在学校里要好好学习，不要瞎交男朋友，学校里的那些浑小子没一个靠谱的。当然我也不是不让你找，你起码要找一个像你老爹这么优秀的。"

"你要是有时间，就常回家看看爷爷奶奶，他们也很挂念你。我上次给你的照片你还留着吗？要是还留着，注意不要让你妈和你现任爸爸看到，他们会不高兴的。"江子接着说。这个男人变得唠唠叨叨，他搜肠刮肚，想在短短的几分钟内把之前没来得及交代的一次性交代清楚，可他终究跟那个远在地球上的女儿分别太久了，甚至都记不起来她现在上大学几年级，他还有很多话想说，但到了嘴边又不知道该怎么说出口。

江子叹了口气，父亲对女儿说话咋就这么难呢？

"两位的遗言交代清楚了吗？"大白这个时候插了一嘴。

"还没呢，别打岔！"江子呵斥。

"那么我建议两位可以回站之后慢慢说，没必要继续待在这里。"

江子和梁敬都一愣。

回站？

"啸叫呢？"江子探头瞄了一眼，不知从什么时候开始，外头居然安静下来了，步行车仍旧稳稳地屹立在地面上，四周风平浪静。

"啸叫在一分钟之前就结束了。"大白回答，"就在两位悲悲戚戚、痛哭流涕地念遗言的时候。"

江子和梁敬用力地推开车门下来，站在了齐小腿深的湖水里，外面下着淅淅沥沥的小雨。这时他们才发现，步行车一路狂飙，竟然跑进了半尺湖。

江子往前走了两步，环顾四周，到处是无边无际的浓雾和湖面，雾蒙蒙的雨一眼望不到尽头。

"这车还能开吗？"梁敬推了推步行车，后者一副飞机迫降嘴啃泥的模样。车身已经严重倾斜，半边底盘都浸没在液态烷烃里，打进地下的螺栓被硬生生地拔了出来，难以想象啸叫经过时它究竟承受了多大的力量。所有人都说啸叫是巡游在泰坦上的夺命女妖，所到之处寸草不生，如今看来，前人诚不我欺。

如果没有步行车，他们两人不可能幸存下来。

"大白？大白，你能听到我们说话吗？大白？"梁敬把头探进驾驶舱里，冲着中控台大喊，但没有得到任何回应，步行车的仪表盘和指示灯闪闪烁烁。

梁敬抽身回来，摇了摇头："见鬼，好像断联系了，我们联系不上大白。"

江子抬手搭了个凉棚，努力眺望，然后缓缓皱起眉头，他看不到陆地，无论哪个方向都是水天一色。

"我们这是在什么地方？"

"半尺湖上。"梁敬气喘吁吁地爬进驾驶舱，扳动中控台上的开关，控制台上的大屏重新亮了起来，系统正在重启。

"我知道我们在半尺湖上，但半尺湖有四十六平方千米大。"江子也坐进驾驶舱，依次开启步行车的各个分系统，"通信没有断，只是电源断了，步行车变形之后耗电速度太快了，备用电池都快耗光了……大白？大白，能听到我们说话吗？"

耳机中流过微弱的电流噪声，接着大白的声音响起："收到，站长先生，梁敬博士，你们还好吗？遗言已经说完了吗？"

"闭嘴！"两人同时恶狠狠地怒喝。

"我很高兴两位安然无恙，不过天气情况接下来可能会继续恶化，你们应该尽快返回卡西尼站。"

"我正在努力。"江子试着重启步行车的发动机，"另外，我们不知道我们在什么位置，步行车上的导航定位系统挂了。"

梁敬猛拍定位系统，定位图标疯狂地跳来跳去，最后告诉他，他正在故宫门口。

正常情况下，步行车采用惯性导航为自己定位，它能精确地记录自己走过的每一步路，这个精度在几十万米的距离上都能精确到毫米级，也就是说，让步行车在无人驾驶的情况下从合肥出发去参加上海的驾照考试，倒车入库都能拿满分。但啸叫的突如其来干扰了步行车的定位，再加上进入逃命模式后一路狂飙，现在就连步行车自己都不知道自己在哪儿。

半尺湖上没有任何标定物，无论朝哪个方向走，都只能看到平滑如镜的湖面，更何况这里浓雾弥漫，他们根本就看不了多远。

"大白，你能帮我们定位吗？"江子问。

"我正在努力。"大白回复，"站长先生，我认为您目前最大的问题恐怕不是定位。"

"是啊，你说得没错，不是定位！"江子一拍方向盘，步行车的发动机发出一阵有气无力的放屁似的声响，然后再次停转。步行车蓄电池中的电力已经彻底耗尽，逃命模式下步行车连备用电池都用上了，这下它是彻底走不动了。

"没电了。"梁敬看了一眼蓄电池的剩余电量，"再怎么踩油门都不可能有用。"

"你说特斯拉那么牛，怎么不在这里安装几个充电桩啊？"江子放弃了，他仰靠在座椅上，"没辙了，弃车吧。"

步行车已经没救了，梁敬和江子只能走回去。铁浮屠还能再坚持十几个小时，只要在接下来的十几个小时内成功赶回卡西尼站，那么梁敬和江子就还做不成烈士。

"大白？大白，你的定位完成了没有？"

"站长先生，梁敬博士，我最多只能把精度缩小至五百米范围内，但五百米的精度恐怕无法正确引导你们返回卡西尼站。"大白说，"步行车的导航系统失灵之后，仅靠通信系统无法完成精确测向与测距，我至少需要三个点。"

"三个点？"

"是的，包括我与卡西尼站在内，一共需要三个定位点，也就是说，我还需要一个定位点。"大白解释，"通过计算电磁波传输过程中产生的微量延迟，我就能推测出步行车的精确方向与距离。"

江子和梁敬明白了大白的意思，他们对视一眼，谁去做这个定位点？

"第三个定位点需要是已知的固定位置，但这个我们当下做不到。半尺湖上没有任何标定物，所以只能采用折中的方法，需要一个人朝着步行车前进的方向继续直线前行一千米。"大白把方法告诉了他们，"梁敬博士，站长先生，你们当中必须有一个人继续往前行走一千米。"

梁敬和江子下车，站在半尺湖里，湖面极其平静。

"大白，这个人如果迷路了怎么办？"江子问。

"我会全程提供引导。"大白说，"所以不必担心找不到回来的路，无论是您还是梁敬博士，我都会将你们安全地送回卡西尼站。"

"我去。"梁敬说。

"我建议梁敬博士留守步行车，站长先生继续前行一千米。"大白提议，"站长先生的体力比梁敬博士的好，室外作业经验更丰富，由站长承担这个任务，风险将更小。"

"我也是这个意思。"江子点点头，"还是我去吧，梁工，你客气客气就行了，别真跟我抢，要命的活儿还是交给专业人士吧。另外，大白，我那遗言你记得给我留着，万一我回不来了，你就帮我送回去。"

"我的遗言也留着。"梁敬面无表情，"如果你出了什么问题，我肯定也回不去了。"

"咱们先回去吃点东西，补充一下体力。"江子指指身后的步行车，"接下来要干的可是桩苦差事。"

梁敬点头。

两人回到步行车驾驶舱内，摘下头盔，拆开大厨给他们准备的工作餐——鸡蛋煎猪心。

梁敬用叉子戳了几下工作餐，叹了口气，把饭盒往外一推。

"我吃不下。"

"怎么能不吃饭？不吃饭就没力气，人是铁饭是钢，碰到再大的问题也要吃饭。"江子自顾自地打开饭盒，"放心吧，没事的，我们暂时做不了烈士。"

"我不是这个意思。"梁敬指指饭盒，"太难吃了。"

江子吃了一口。

"再难吃也要吃啊，到了这个关头，哪还能管什么味道不味道的……呸！这做的什么狗屁玩意儿？"

"我之前在川大的时候经常出外业，通常去自贡、江油和四姑娘山，都是非常有名的地质公园。"梁敬嘴里嚼着西蓝花，"有时候一个人去，有时候带着学生去，最危险的时候碰到过山洪。"

"四姑娘山？那海拔可高了。"江子有点吃惊，"主峰得有六千多米高吧？"

"所以我还是国家二级登山运动员。"

"这个可真看不出来，我以为副教授大多数时间都待在实验室里带学生……"

"其实是副研，副研究员，不过跟副教授在职称上是平级的。"梁敬把西蓝花咽下去，又吃了一大口热腾腾的米饭，"大部分搞基础理论的确实经常待在实验室里，不过像我们这些农林地矿油门类的，一年有半年都在野外到处跑，偶尔还会碰到野猪和黑熊什么的。"

梁敬和江子像两个民工一样坐在椅子上吃盒饭，有一搭没一搭地闲聊。车厢里仍然很温暖，而且保持着气密性，室外零下一百八十摄氏度的极低温一时半会儿进不来。梁敬偏着头往外望，单用眼睛看其实很难发觉泰坦这个星球的残酷，因为风平浪静的时候它着实是一个静谧奇幻的星球，一望无际的浅湖上弥漫着淡黄色的雾霭。你会想象云层中悬浮着巨大的蘑菇，它们垂着奇长的触须，在微风中缓缓摆动，宛如倒垂的柳树森林，但如果你敢不穿铁浮屠就把手伸到外头去，三秒之内你的爪子就会被冻成玻璃碴儿。

没有什么生物能适应土卫六地表的气候，无论是会飞的庞大鲸鱼还是蘑菇组成的森林，但现在梁敬不敢断言土卫六上不存在任何生物，因为他们已经发现了那个奇怪的心跳声——某个体形极其巨大的生物可能生活在地下。说起来，这可真的是震惊世界的发现，如果他们能安全地返回地球，想必会拿奖拿到手软，梁敬再也不可能只屈居在一个小小的副研位置上，全世界那么多大学的职位将任他挑选，他会名留青史。

只要他们能安全地回去。

"梁工，你为什么不结婚呢？"

梁敬笑了，摇摇头："都是些陈芝麻烂谷子的老皇历，年轻的时候差点就结了，还差临门一脚的时候突然一拍两散了，现在想想，还好没结……女人真是说不清。"

"是啊，女人真是说不清。"

江子在食盒里摸了摸，没有摸到酒，有点遗憾。

梁敬捏着水瓶凑了过来，江子举起水瓶和他碰杯，男人与男人之间说话，总得碰点什么。

"梁工，我跟你交代一下接下来我们的行动计划。按照大白的要求，我要朝那个方向前进一千米。"江子伸出手往前指，"可是现在我们手上没有那么长的安全绳，所以得进行无绳系留作业。"

没有安全绳拉着，独自一人在半尺湖上前进一千米无疑是极其危险的。浓雾之中能见度低，且半尺湖上没有任何可供参考的标记物，江子唯一能依靠的就是大白的指示。万一通信中断，江子就是第二个基尔·霍顿，绝无可能再找回来。

"这也太冒险了。"

"我知道很冒险，但这个时候不冒险，我们恐怕就要面临真正的危险了。"江子皱着眉头夹起一块猪心，"大白说天气仍然有继续恶化的可能，要是再来一次十几级的大风，咱们俩都得报销在这儿。"

"大白靠谱吗？"

"这个时候只能靠大白了。"江子回答，"一千米的距离，步行过去最快要十分钟左右。"

江子从没在半尺湖里徒步跋涉过这么长的距离，所以他估计得很保守。半尺湖里的液态烷烃跟水有很大区别，它们的密度远比水的低，容易滞留在舱外活动服机械结构的缝隙内。之前下过湖的人都认为其质感很像油，所以湖底光滑，难以站定，在往常的任务中，驻站队员们都是能不下湖就不下湖的。

"十分钟？"

"对，十分钟。我先到那儿，等大白确定我们的精确坐标之后，咱们再会合。我会尽快赶回来的。梁工，你留守在步行车上，哪儿都不要去。一定要记住，待在车上哪儿都不要去，这个时候出去的人越少越好。"

这种想法是可以理解的，梁敬从来没有下过湖，他最好的选择就是留在步行车上，步行车的驾驶舱内温暖舒适，椅子还很软，比哪儿都安全。

两人吃完饭后，江子最后一次检查了铁浮屠的状态，舱外活动服的电力和生命维持系统还在正常工作，至少还能坚持十个小时以上，这是今天的第一个好消息。两人对了一次表，目前的时间是下午五点半，被潮汐锁定的泰坦并不以二十四小时为昼夜交替的周期，所以在接下来的十几个小时内天都是亮的，他们不必担心光线问题，这是第二个好消息。隔着透明的头盔面罩，梁敬直视江子的双眼，后者用力地点点头。

江子的年龄比梁敬要大上不少，按辈份梁敬应该管江子叫兄长。这种年龄上的差距体现在了他们的眼神中，梁敬把它形容作"老男人"的眼神，他从中体会到了面前这个男人的强大。每一个老男人都是战士，在卡西尼站内江子是个喜欢吹牛的酒鬼，但在他的战场上，他可以举起大旗，一夫当关万夫莫开。

江子这个喜欢吹牛的老酒鬼，没了老婆，丢了女儿，人生极其失败，他唯一没丢的就是卡西尼站。

"大白！"江子抬起头喊了一声。

"我在，站长先生。"

"我们可以开始了！我会继续往前走一千米！记得给我导航！"

江子没有多余的话，他打开驾驶舱的门，跳进齐小腿深的湖里，回头朝梁敬比了个OK的手势，还笑了一下，然后步履蹒跚地往前走，带起哗啦哗啦的水声，一点一点地拉开与步行车之间的距离。梁敬坐在驾驶舱内，注视着那个男人越走越远，他的肩膀歪歪扭扭，背影逐渐消失在浓雾中。

江子扭头望了一眼，他已经看不到步行车了，湖中连道足迹都没有。液态烷烃是流体，会在他经过之后恢复成原本的模样，无论往哪个方向望过去，都是平滑如镜的湖面，江子已经不知道自己是从哪个方向来的了。

在半尺湖上步行是件很困难的事——即使是在陆地上，步行都不是个轻松的活儿，更别说在齐小腿深的液体里。江子跌跌撞撞地走过来，途中数次险些摔倒，好在铁浮屠的自动平衡系统帮他稳住了。这个时候已经不是江子在操纵铁浮屠了，而是铁浮屠在操纵江子，就好比如今战斗机上的飞行员，他们只是个挂件，除了大脑，其他器官都是累赘，特别是肠道和膀胱。

江子的四肢越发冷了，不是保温系统的原因，而是莫名地手足冰凉、发麻。他停下来喘了口气："我走了多远，大白？"

"三百七十米。"

江子双手叉腰站在湖里，环顾一圈，龇了龇牙："我觉得这真像是个水世界。"

"我认为更像是黄泛区。"大白说。

"你嘴里就没好话。"

不过大白说得还真有点道理，因为空气中弥漫的雾气都是棕黄色的，浓雾之下的湖面乍看上去也是这个颜色。

湖底没有淤泥，是一层坚硬的冻土和冰，这个星球上绝大多数的重元素都沉积在地下，烷烃密度小而轻，所以浮在表面。半尺湖的湖水无时无刻不在挥发，温度如果再高一点就会沸腾。江子曾经碰到过异常的升温天气，见识过沸腾的湖泊，那阵子整个星球都是一间超级桑拿房。液态烷烃说白了就是液化天然气，只要有充足的氧气，遇到一丁点儿火星子就会燃烧爆炸，而铁浮屠内充满了氧气，还有强力的电动机。

也就是说，江子此刻正行走在炸药库里，而且身上挂满了打火机。

"单看照片的话，这里其实还是蛮漂亮的。"江子说，"你知道地球上有些人怎么形容这里吗？他们说这里看上去像是国画，你看这水，这雾，这人，是不是很符合中国水墨画诗意的留白风格？"

如果有什么人在远处拍摄江子的背影，想必会是一张美到极致的摄影作品，断肠人在天涯。

"我认为更类似莫奈的印象派。"

"不过照片终究只是照片，谁能知道照片背后这个星球的残暴呢？"江子奋力地往前走，"这世上绝大多数东西都是如此，就像沼泽一样，在照片里也很美啊，但是进去了你就知道，虫子、蚊子、鳄鱼、寄生虫……不能走近，走近了看到了细节，就原形毕露了，所以近视之人眼里的美女最多。"

"站长先生当心。"大白提醒。江子一个趔趄差点滑倒，铁浮屠迅速反应过来，调整了姿势。江子一只脚横跨一步把身体撑住了，他在湖底踢到了什么东西。

江子有些诧异，半尺湖里能有什么东西？他俯身伸手在湖里摸索。

"这是什么玩意儿？"

他捞起来一块黑色的不规则外壳，一面很光滑，能看到一排整齐的孔洞，这是明显的人为加工痕迹，可能是螺栓孔，也可能是铆钉孔；另一面有参差不齐的裂口，很显然是从什么东西上掉下来的零件，摸上去质感像是工程塑料，质量很轻，但是硬度很大。不知道是谁留在这里的，也不知道它在湖里浸泡了多长时间。江子把它翻转过来，对着天光仔细检查，湿漉漉的液烷汇聚成流往下滴落。

"外星人的飞船坠毁在这里了？"江子自言自语，紧接着，他在外壳边缘看到了一行模糊的文字。

有字？

江子一个激灵，用力抹了抹外壳表面。

好像还是英文字母。

江子想："我天，中情局来过了？"

"MADE……MADE IN……"江子低声念了出来，"MADE IN CHINA？"

看来不是中情局。

"这是106号步行车上的零件，站长先生。"大白识别了出来，"它于三年前失踪在一次舱外任务中。"

"得，原来是它。"江子随手把壳子丢进湖里，"当初鲍里斯开着气垫船在半尺湖上兜风冲浪，最后人回来了，车没回来，原来是跑到这里来了……鲍里斯那混账真是开啥啥不行，除了开西伯利亚棕熊。"

他抬起头来四下张望，找不到那辆步行车的踪影，迷雾茫茫，不知道它最终驶往了何方。

"站长先生，请往左边移动两步。"

江子往左边挪了两步，然后像个傻子一样直挺挺地站在湖中央。这里距离步行车刚好一千米，从现在开始，他就是路标了。

"很好，站长先生，接下来我要精确测量卡西尼站与梁敬博士之间的距离。"大白说，"在此期间，我需要暂时关闭与您的通信以获取最大带宽，请少安毋躁。"

关闭通信？

江子微微吃惊："哎，大白——"

通信频道里已经没了回应，大白切断了通信，江子有点郁闷，这破AI下手也太快了，说切就切。

大白消失了，江子独自一人站在宽阔无边的湖里，茕茕孑立，天地茫茫，刹那间，铺天盖地的孤独感迎面而来。

他莫名地想起"飘飘何所似，天地一沙鸥"这样的句子来。

时间仿佛不再流动，每一秒钟都被拉得很长很长，连带着湖中的液态烷烃也不再动弹，分明几个小时之前还狂风暴雨，啸叫的女妖一路追杀梁敬和江子。你永远不知道下一秒这个星球呈现给你的是它的哪一面。江子站得累了，叹了口气蹲下来休息，休息够了又重新站起来，像是江南茫茫水网稻田里驻足的一只黑鹳。他不知道大白还要多长时间才会回来，尽管他是个粗神经的大老爷们儿，这个时候仍不禁回忆起上学时读过的沈从文的《边城》，文章末尾写翠翠等傩送，说"这个人也许永远不回来了，也许明天回来"。

在江子眼中，泰坦是一个没有山峦的星球，它比地球上的任何平原都要宽广。液体在重力的作用下形成标准的水平面，他站在齐膝深的湖中央，觉得自己是个站在水田里插秧的老农，零下一百八十摄氏度的液态烷烃就是稻田里的水，只可惜他手里少了一把秧苗——中国人祖传的乡土情结莫名地浮上心头，真是无时无刻不在想着种田。

铁浮屠的隔热保温效果无疑是极其惊人的，全世界大概找不出第二套防护服可以扛得住土卫六上的低温，它强硬地撑起了两百摄氏度的巨大温差。这套衣服只要漏一丁点儿气，江子可就没那个闲情逸致想什么乡愁了，早就变成卖火柴的老梆子了。

"买一根火柴吧，买一根火柴吧。"江子在原地打转，他着实闲得无聊，大白一去未回，铁浮屠显示过去了五分钟，但他主观上感觉时间过去了五十分钟，"有没有人要火柴啊？有没有人要火柴啊？啦啦啦，啦啦啦，我是卖火柴的小女孩……"

天上纷纷扬扬地开始下雪，不知道是什么雪，江子伸出手去，雪花落在他手心里，久久不化。在土卫六上，不同的天气会下不同的雪，因为重力低、气温低，有时候还会形成罕见的冻云。冻云是高饱和云层中的液滴骤然凝固形成的，极低温中晶枝迅速生长，雪花还未来得及落下就相互接合，它们自上而下快速生长，最后长到地面上，形成一个巨大的冰晶泡沫。这种泡沫内部填满了空气，质量极轻——土卫六大气层的主要成分是氮气，而氮气的沸点是零下一百九十五摄氏度，所以无论何时它都处于气态。

主任曾经说，它们就像是脆弱的低温气凝胶。冻云能在自身的基础上持续生长，江子就见过几十千米长的冻云，它们就像城墙一样横亘在地面上，颜色是淡淡的黄色，手一戳就是一个洞。不过冻云的生长并非无止境，当底层的冰晶承受不住上层的质量时，冻云就会坍塌，这种现象有一个专有名词，叫作"云崩"。

冻云很难生长到足以崩塌的大小，因为它们着实太脆弱，而泰坦是个气候恶劣的星球，大风一刮什么云都没了。

"有没有人买火柴啊？"

江子长号一声，无人回应。

在土卫六上卖火柴毫无疑问是毁灭世界的壮举，如果安徒生写这个童话时把背景设定在泰坦，那么当小女孩划着第一根火柴时，全城的人都得跟着她一起去见她奶奶。不过土卫六上唯一一个在外游荡的人可能就是基尔·霍顿，如果他出现在雾气里，晃晃悠悠地来找江子要火柴，那后者可能会被吓死。

不过，相比于独自一人待在这水天茫茫的星球上，江子宁愿有个人来跟自己做伴，无论他是不是已经死了好多年。

"有没有人要买火柴啊——"

江子转了个身，继续长号。

"有。"冷不丁有人回了一声。

"我天！"江子吓得一激灵，"大白，你能不能不要突然出现？你知道这样有多吓人吗？"

"站长先生，定位已经完成。"大白说，"我已经规划完两位返回卡西尼站的路线，请您稍候片刻，梁敬博士正在赶来的路上。"

很快江子就看到了梁敬，那个深红色的人影出现在浓雾中，打着头灯东张西望。梁敬显然没有江子那么丰富的室外活动经验，他跟跟跄跄地扑倒在湖水里，然后扑腾着想爬起来，相当狼狈。

江子上前把他扶起来，梁敬抖了抖身上的湖水，拍了拍裤子："这路也太难走了。"

"因为走的人太少了。"江子说，"这世上本没有路，走的人多了，也就成了路。"

"大白！"梁敬高喊，"接下来该怎么走？你刚刚说你已经精确定位了我们，给我们一张路线图！"

他的话音刚落，两人就在自己的头盔上看到了路线图。

"两位距离卡西尼站的直线距离是两千四百七十六米。"大白说，"我已经将具体路径投射至二位的头盔内，请查收。"

梁敬和江子互相搀扶着前行，他们距离卡西尼站只有不到两千五百米的路程，半尺湖上没有障碍物，他们可以走直线。

"大白，大厨这个时候在干什么？"江子问。

"万凯先生正在自己的房间内看球赛。"大白回答，"正是决胜负的关键时刻，建议您不要打扰他。"

"看个屁球赛，我们在外头辛辛苦苦地拼命，他在屋子里看球？"江子说，"给我接他！"

耳机中沉寂了几秒钟，万凯的声音响了起来："站长！老梁！你们还好吗？什么时候能回来？"

"情况不太妙。"江子拉着梁敬在湖水里艰难跋涉，眼睛盯着屏幕上的路径图，确保自己在正确的路线上，"碰到了啸叫，车子废了，我们正在半尺湖里步行呢，距离你还有五里地，起码得走半个小时。"

万凯吃了一惊。

"人不要紧吧？你和老梁没受伤吧？"

"倒没受什么伤，只是人被吓得够呛。"梁敬说，"我总算见识了什么是女妖啸叫，太可怕了。"

万凯哈哈笑："习惯就好，在土卫六上没被女妖追杀过，那是不完整的人生。"

"默予呢？默予怎么样了？"

"默予的情况非常稳定，已经完全脱离危险了，我把她从ICU里移了出来，那丫现在正在自己的房间里睡觉呢。"大厨说，"那丫睡得跟猪一样，我觉得她这两天又得胖几斤。"

江子和梁敬边走边与万凯聊天，他们都需要和其他人聊聊来驱散可怕的孤寂感。越往前走，江子和梁敬越发感觉冷寂，周围是永无止境的湖面和浓雾，唯有头盔面罩上的路径图在告诉他们这是正确的方向。江子和梁敬说话的声音越来越大，这种心态就像是一个人走夜路时唱歌给自己壮胆一样。

"马上就到了，大概还有个几百米。"江子说，"我们可累死了，回去之后要好好地休息一下。你准备好饭了吗？"

"早就准备好了。"

梁敬盯着面罩上的路线图，代表自己的那个光点已经靠近终点了，他终于松了一口气。马上就可以回站了，他迫不及待地想扑到柔软的沙发和床铺上，按摩自己发酸、麻木的手脚。

梁敬抬起头，期望看到卡西尼站高大的建筑出现在浓雾里。

"晚饭可别再做什么爱心煎鸡蛋了。"江子说，"你凭这道菜去黑暗料理界可以称王。"

"给你们准备了糖醋排骨，还有白斩鸡——"

通信忽然中断，万凯的声音迅速消失在电流噪声里。

"万凯？万凯？"

"大厨？"

梁敬和江子按着头盔同时呼喊。

"万凯！万凯！大厨！大白？这是怎么回事？大白？大白？"

"大白！大白？听到请回答！"

"万凯？大厨？大厨，能听到我说话吗？大厨，你能听到我说话吗？"

梁敬和江子站在湖水里呼叫，他们和卡西尼站忽然就断了联系，耳机中只有嘈杂的电流噪声。

头盔显示器上的路线图闪闪烁烁，最后跟老式阴极射线管电视机一样黑屏了，江子一阵猛拍都没能救回来。

梁敬和江子面面相觑，一眨眼的工夫两人就被抛弃了，他们还没回过神来，孤零零地站在冷寂空旷的湖面上。

"站长……这也是计划中的？"梁敬迟疑了几秒钟问。

江子瞪着眼睛，满脸茫然。

这是计划的一部分？

"什么计划？"江子张了张嘴，"梁工，你跟大白又制订了什么计划吗？"

"我？我什么都没说过啊。"梁敬反问，"不是你吗？你没跟大白说过什么吗？"

江子和梁敬分别确认了对方没有篡改过任何行动计划，唯一的可能就是大白篡改了计划。

他们在原地绕着圈找信号，江子甚至让梁敬站在他的肩膀上，以叠罗汉的方式努力提升高度。但这一回通信是彻底断绝了，两套铁浮屠只能互相联络，无法联系上卡西尼站，无论在哪个频道上都是如此，不知道是通信系统出了故障，还是大白关闭了应答。

"Mayday！Mayday！Mayday！[1]"江子最后只能尝试在121.5兆赫的国际应急频段上呼救，他沿用了地球上的无线电使用规则：万一你在某个地方坠机或翻车，你可以在121.5兆赫的频道上喊"Mayday"。只是卡西尼站从来没人这么干过，因为所有人都知道土卫六上不可能有其他人监听无线电信号，如果你与卡西尼站失去了联络，那么你这辈子大概率再也听不到第二个人说话了。

"Mayday！Mayday！Mayday！"梁敬跟着在406兆赫和243兆赫的频道上求救，可是泰坦是无线电的荒漠，他们的呼喊没人能听到，频道里一片静默。

"不行，彻底没戏了。"江子放弃了求救。

"站长，你之前碰到过这种情况吗？"梁敬问，"当时你是怎么解决的？"

"我要是碰到过这种情况，你就会在烈士纪念碑上看到我的名字了。"江子回答，"当初鲍里斯在半尺湖上翻车却能活着回来，就是因为通信没断……自卡西尼站建立以来，所有失联的人都不可能活着回到卡西尼站。"

"铁浮屠还有四分之一的电量和氧气。"梁敬看了一眼电池和气瓶，"大概能撑四五个小时。"

"妈的。"江子骂了一声。

"我刚刚注意到咱们已经非常接近卡西尼站了，大概只有五百米的距离。"梁敬伸手指了指前方，"我们可以继续往前走，不出意外的话，应该很快就能抵达目

---

1 船只或飞行器遇险时用的国际无线电求救信号。

的地。"

江子点点头，也只能如此了。

通信中断，他们只能硬着头皮往前走，好在他们已经足够接近卡西尼站了，剩下的路程花不了太长时间。

江子和梁敬循着记忆继续前进，好在大白给出的路径基本上是一条直线，即使接下来没有大白的指引，他们仍然能接近卡西尼站——只要他们与卡西尼站的距离缩短到五十米以内，他们就能看到它的灯光。

两人手拉着手蹚过湖水，铁浮屠上的辅助电机能保证他们走的是直线。江子走在前头，梁敬跟在后头，两人沿着预定的路线继续行走。通信中断时他们距离卡西尼站还有五百米，那么只要走完这五百米，他们就能看到卡西尼站的大门了。

"这究竟是怎么回事？"梁敬问，"之前出过这种问题吗？"

"你是指通信？"江子问。

梁敬点点头。

"怎么可能？舱外活动时，通信链路就是生命线，无论如何都不可能出问题的。"江子回答，"你知道我们身上这套铁浮屠最贵最精密的部分是哪个模块吗？"

梁敬怔了一下，摇了摇头。

"大部分人都以为是保温系统，实际上并非如此。铁浮屠中最先进的部分在我们左耳后边的头盔里，拆下来也就一张麻将牌那么大，这个小玩意儿的成本占了整套铁浮屠系统的百分之三十。"江子用手指点了点自己的头盔，"无线电通信模块，它在土卫六这种鬼地方能保证两万米以内的稳定联络，土星的磁场都没法儿干扰它。你要是把地球上的对讲机带到这里，相距五百米就得抓瞎。"

"也就是说，通信不会出问题？"

"除非是像通信塔那样被火山给一炮轰掉了。"江子说，"除了暴力破坏，根本不可能出问题。"

"所以出问题的是卡西尼站？"梁敬问。

江子点了点头："卡西尼站和大白，肯定有什么地方出问题了。"

梁敬和江子一直盯着里程表，剩余路程显示他们距离卡西尼站越来越近，两人情不自禁地加快了步伐。

"万凯还在站里。"梁敬说，"他应该能察觉到通信系统出现故障了。"

"问题是他不知道该怎么排除这个故障。"

"大白可以协助他。"

"这个时候已经不能指望大白了，梁工。"江子说，"你看看我们现在落到这步田地，就知道依赖大白不靠谱。"

"奇怪，大白以前出过问题吗？"梁敬有些纳闷儿。

"我早就说过把一切都交给计算机是不靠谱的，但其他人都太信任它了。在地球上的人看来，人工智能犯错的概率比人要低一千万倍，所以他们宁可把重要工作都交给AI，也不愿意相信一个兢兢业业干了二十年的老工程师，真是一帮纸上谈兵的官僚。"江子愤愤然，"这世上最能误事的就是官僚。"

"回去之后我们得跟大白好好谈谈……"梁敬抬起头来，他忽然止步，拉了身前的江子一把，"我们到了。"

"到了？到哪儿了？"江子下意识地问。

"到卡西尼站了。"

"到卡西尼站了？"江子一看里程表才注意到他们已经走过了五百米，抵达了预定的终点，但他环顾四周看到的仍旧是朦胧的浓雾和茫茫的湖水，没有尽头。

陆地呢？

灯光呢？

卡西尼站呢？

梁敬的心慢慢地沉了下去，手脚冰凉。

他们已经按照路线图走完了所有的路，最后的五百米也到头了，可最终的目的地处什么都没有，莫说卡西尼站了，他们居然还没走出半尺湖。

梁敬最害怕的也是最令人惊恐的结果出现了。

他们迷路了。

"不对劲，完全不对劲，如果我们走的路是对的，那么应该早就上岸了。"梁敬有点焦躁，"半尺湖距离卡西尼站一共也才两千米远，如果我们真的距离卡西尼站只有五百米，为什么我们还在湖里？"

江子也意识到了这个问题，他们太相信大白给的路径图了，只管跟着路线走，甚至没注意到身边的环境，直到通信中断，两人才意识到自己迷失了方向。

他们试着又往前走了几百米，但双眼所见仍然是望不到尽头的湖面，脚下这片半尺湖不知从什么时候起变得无边无沿，仿佛整个泰坦都变成了一个海洋星球，没人走得出这片液态的荒芜沙漠。

"这下完犊子了。"江子头皮发麻，"找不着东南西北了，彻底迷路了。"

梁敬比江子更茫然无措，他是头一次到土卫六上工作，就碰到了这么要命的问题。他迅速回忆自己之前所接受的培训……舱外作业时与卡西尼站中断联系该怎么办？该怎么办？妈的，培训里好像没这个条目！

就好比跳伞培训不会教你跳下飞机却没带伞包时该怎么保命一样，卡西尼站的舱外活动培训也不会教你联络中断该怎么自救，所有人都默认联络不可能中断，也默认万一联络真的中断，那是没法儿自救的。

"哪边是南？"梁敬问。

"大概是这个方向？"江子伸手指向斜前方，片刻之后又换了个方向，"不对，应该是这个方向。"

土卫六没有地磁场，地球人用了几千年的指南针在这鬼地方不起作用，没人能在一片浓雾弥漫的湖面上辨认方向。步行车倒是有办法确定东西南北，虽然它不知道该怎么返回卡西尼站，但它有办法给你指出来哪个方向是泰坦的地理南极。见鬼的是，梁敬和江子已经把步行车丢掉了，现在回去找步行车已经不现实了，因为江子和梁敬压根儿就不知道自己是从哪个方向来的。

"走直线。"梁敬说，"不管哪个方向，我们先离开半尺湖再说……半尺湖的总面积只有四十六平方千米，只要我们不绕圈子，一定可以走得出去。"

江子点点头，这是当下唯一的方法，他们必须尽快离开半尺湖，一直泡在冰冷的湖水里可不是什么好选择。只要他们能抵达湖边，然后两人分头沿着湖岸朝两边走，就一定能发现之前做科考任务时立在湖边的标定杆。

找到了标定杆，想回到卡西尼站就不再困难了。

"就往前走，一直往前走，不要回头也不要转弯，大概率上我们距离湖岸已经很近了。"梁敬说，天上的雪下得越来越大，他抖了抖肩膀，把身上的雪花抖落，然后站直眺望了一圈，"半尺湖是什么形状？"

江子回答："它是个近似的四边形，其中最短的那条边只有六千米长。"

"还好这片湖不算大。"梁敬喘着粗气，他的体力远不如江子，一整天高强度工作下来他已经快撑不住了，"再大一些真得玩完。"

"你的铁浮屠情况怎么样了？"江子扭头问。

"还行……还行，见鬼！"梁敬脚下一滑扑倒在湖水里，江子想过来扶，他摆了摆手示意不需要。

两人停下来休息，随意地坐在湖水里。无论是江子还是梁敬，都已筋疲力尽——这还是在铁浮屠分担了大部分体力工作的情况下，土卫六上的重力虽然小，但干起活儿来还是一样累。

他们逃过了女妖的追杀，却没想到会在半尺湖上迷路。

"你知道那些在外头迷路的人都是怎么死的吗？"江子坐在湖底，半个身子浸泡在液态的低温烷烃里，大雪落了一身，看上去像个雪人。

"冻死的？"

"应该是冻死的，只要保温系统电池的电量耗尽，铁浮屠就会变成冰棺材。"江子点点头，"在这鬼地方，冻死的速度比窒息可快得多了，零下一百八十摄氏度，冻成冰块只要十几秒钟……我们身上的微生物也会跟着一起被冻死，所以尸体不会腐烂，我们会永远保持死前的模样。"

"这么说，基尔·霍顿不可能还在外游荡了。"梁敬笑笑。

"为什么？"

"他身上铁浮屠的电池应该早就耗尽了，所以他现在应该是一块冰砖，一动就会碎裂。"

江子想了想，确实是这个道理。

暴露在土卫六的低温环境中，人体就是速冻水饺，从内到外冻得硬邦邦的，胳膊和大腿一掰就断。

如果基尔·霍顿人死心不死，仍然想活动手脚四处溜达，那么他在强行移动身体的一瞬间就会四分五裂成一地的冰碴子。

梁敬和江子爬起来继续赶路，铁浮屠的剩余电量已经不多了，如果他们不能在电池耗尽之前返回卡西尼站，就会变成伫立在土卫六上的两尊冰雕。梁敬想起了珠峰登山路上的尸体，如今登顶珠峰已经是个稀松平常的旅游项目，几十年都没有人在珠峰上丧命，那些尸体绝大部分都是百年前留下的，它们不会腐烂，只是安安静静地躺在路边，在沉睡中逐渐枯槁。

大片大片的雪花落下来，每一片都有人的手掌那么大，落在两人的身上，堆积起来像是一件蓑衣，江子在频道里哼唧什么"孤舟蓑笠翁，独钓寒江雪"。

梁敬仅存的体力正在被一丝一丝地抽走，现在全靠铁浮屠撑着，他才不会倒地。他逐渐跟不上江子的速度了，两人之间的距离越拉越大，一米、两米、五米……很快他就只能在迷雾中看到一个红色的背影。

江子的步伐看上去依旧矫健，大踏步地蹚过湖水。

梁敬想出声喊江子，让他放慢些速度等等自己，但喉咙干得发不出任何声音，肺部已经没有压缩的力量了。他努力提了一口气，却感觉头昏眼花，反胃想吐，差点一头栽倒在湖水里。

"江子……江子！等等我啊……

"等等我啊……江子！

"江子！"

实际上，江子也是强弩之末。他又不是超人，今天折腾这么一大圈，哪还有什么剩余力气？早就累得迈不动步子了。

但梁敬可以撑不住，他不能撑不住，如果他也倒了，两个人百分之百要死在外头。

"妈的……以前怎么不觉得这湖有这么大？走这么长时间都走不到头，还有完没完？"江子气喘吁吁，他抬起头往前看，浓雾之后还是浓雾，湖水之后还是湖水，心情顿时烦躁起来。他想骂人了，这见鬼的湖怎么走不到头呢？

"梁工，你还好吗？还能撑得住吗？铁浮屠还有多少电？"江子问。

频道里没有回音。

"梁工？"江子扭过头来，毛骨悚然，他这才发现身后早就没人了，他一个人站在浓雾中央，四面八方都是静止的湖水。

"梁工……梁工？醒醒！醒醒！"

梁敬一睁开眼睛，江子那满是胡楂儿的大下巴就戳了过来。好在有头盔的玻璃面罩隔着，梁敬才没有当场逃窜，他着实不想和江子那堪比月面的坑洼老脸亲密接触。

"梁工？"江子松了口气。

"我……我怎么了？"

梁敬皱眉，他发现自己正跪坐在湖底，双手垂着，一副切腹自尽的姿势，而江子蹲在他面前，双手搭在他的肩膀上。

"你昏迷了大概十分钟。"

江子看了一眼时间，他在察觉梁敬掉队之后立即转身找了回来，幸亏他发现得早，梁敬距离他不远，走了不到十米就碰到了。江子找到梁敬时，梁敬正低头跪坐在半尺湖里，耷拉着脑袋，完全不省人事，铁浮屠的机械结构撑着他没倒下去——梁敬就这么在铁浮屠内睡着了。

如果江子没能找到他，那么梁敬恐怕要一睡不起了。

舱外作业规定，多人行动应该使用安全绳，就像极地科考那样用绳子把人串起来，但即使是江子这样老到的安全员也把这一点忘到了脑后。女妖啸叫和迷失方向耗尽了他的精力，江子头昏脑涨，四肢发麻，大脑迟钝，判断能力接近于零。

"你没事吧？"江子很担忧，他按着梁敬的肩膀，探头过来检查铁浮屠的状态。

梁敬摇摇头，支开江子的手："没事，只是太累了。"

江子一屁股坐在湖水里，大口地喘息，嘿嘿地笑了笑："你已经很厉害了，不愧是经常在山里跑的人，换个人来肯定坚持不了这么长时间，国家二级登山运动员。"

"不行了，国家二级登山运动员也不行了……我独自一人爬过一次四姑娘山的三峰，那是我登山生涯中最凶险的一次。倒不是因为山峰太险，其实四姑娘山的攀登路径已经很商业化了，非常成熟，五六十岁的老大爷都能上去……是因为我大意了，我就大意了那么一次，但那一次就差点要了我的命。"梁敬说，"我爬过很多次四姑娘山，非常熟悉路线，自认为闭着眼睛都能上去，所以就没注意天气，谁知道中途起了大雾……就像现在这样。"

"我在最后一段耗尽了体力，那时候我怕了，我怕自己会死在山上。说真的，人到了海拔高的地方大脑就不灵光了，思维迟钝，手脚也不听指挥，八字环都扣不上。"梁敬坐着恢复体力，"在平地上老是以为自己无所不能，实际上人实在是太脆弱了，大气中的氧气含量低个百分之几，你就跟老年痴呆一样一样的。"

"我还没登过山呢。"江子说，"有点遗憾，回去之后我要试试爬上珠穆朗玛峰。"

"珠峰太简单了，躺着都能登顶。"梁敬笑笑，"推荐你去卡瓦格博峰。"

"这个很难上去吗？比珠穆朗玛峰还难上？"

"是的。"梁敬点头，"这座山你要想强行攀爬，会被当地派出所拷走的。"

"……"

梁敬和江子坐着休息，但他们的体力都已严重透支，只靠坐着休息是无法恢复的，休息的时间越长他们越疲惫、身体越空虚。

"你还能走得动吗？"江子问。

"走是能走，腿还没断呢。"梁敬点点头。铁浮屠的剩余电量不容乐观，电池必须优先供给生命维持系统，所以辅助动力系统能分到的能源就少了，而失去辅助动力系统之后，沉重的铁浮屠就变成了一个巨大的负担。

江子站起来，四下眺望。

他已经不能保证自己走的是直线了，先是一来一去地折返，梁敬掉队之后他又满脑子想的都是找人，没人能在这种情况下辨清方向。

"我估计再往前走个三千米，应该就能抵达湖岸，咱们再加把劲，时间不多了。"

梁敬点点头："你冷吗？"

"冷？有点。"江子回答。外界的低温正在逐渐侵蚀铁浮屠，由于电力的消耗，铁浮屠的防御正在节节败退，舱外活动服内部的温度逐渐降低，最先表现出来的就是四肢，远离身体中心的手脚末端是最容易冻伤的地方，江子的手指和脚趾早就僵了。

"不知道我们留给大白的遗言它记住了没有。"梁敬叹了口气，"希望它能把我说的话带回地球。"

江子微微吃惊，梁敬这话语气不对，透出隐隐的绝望。

女妖啸叫也好，迷失方向也罢，在江子看来都不是最危险的情况，在舱外作业时遇险，最危险的永远是丧失求生意志。某些人能从千难万难的绝境中成功生还，靠的仅仅是胸中一股永不放弃的气——哪怕腿脚残废，靠着双手爬也要爬出去；而另外一些人则熬不到获救的那一刻，一旦陷入绝望，求生的劲头一泄，他们就会迅速死亡。

江子是卡西尼站的站长和安全员，经验丰富，是个铁打的老梆子，但梁敬初来乍到，未必有他这么强的意志力。

"走吧。"梁敬推了江子一把，"不要管我了，你自己走。没了我这个累赘，你一定可以走出去的。"

客观地说，梁敬确实是江子的负累，如果没有梁敬拖后腿，江子这个时候恐怕已经走出了半尺湖。

"我走了你在这里等死？这么大无畏？"江子眼光一斜。

"否则我们都得死在这里。"梁敬低下头来，"你先走吧，我再休息一会儿。如果能走得动了，我会去追你的。"

江子二话不说绕到梁敬身后，双手穿过他的腋下，直接把他拖了起来，然后揽着他就往前迈步。江子懒得跟梁敬扯那么多，他又不是女人，不喜欢生死关头还上演哭哭啼啼、你走我走的戏码。

梁敬偏头看江子的侧脸，这个男人咬着牙，满脸是汗，一步一步地蹚过湖水。梁敬知道江子的情况不比自己好多少，只是他逞强逞习惯了。

"我算过了，即使三千米之外就是湖岸，以我们目前的速度也要花上一个至一个半小时，抵达岸边之后还要绕着半尺湖再找标定杆，这个距离更长，铁浮屠的电池根本撑不住，我们会在半路上被冻死的。"梁敬低声说，"你一个人走的话速度可以提高一倍，生还的概率最大，听到我说的话了吗？"

"听到了。"江子从牙缝里挤出几个字来，"所以梁工，我要请你帮我个忙。"

"什么忙？"梁敬一怔。

"请你把嘴闭上。"江子狠狠地说。

梁敬闭嘴了，他有些无奈，这货真是个倔脾气。

江子脚下一软，带着梁敬一起摔倒在湖水里，后者挣扎着爬起来，发现江子已经晕了过去。

他们坚持着前进了大概两千米，江子终于撑不下去了。梁敬和江子在茫茫迷雾中摸索，根本不知道湖岸还有多远。看不到目标比任何艰难险阻都要消磨斗志，据说曾经有人试图游泳横渡英吉利海峡，但在距离对岸只剩一千米的时候放弃了，就是因为海上起了大雾，他看不到目的地。看不到前路和终点的拼搏注定不可能持续太久。

"站长？站长！江子！江子！"梁敬把江子扶起来，后者闭着眼睛，嘴唇发白，身体在瑟瑟发抖，呼出的空气在面罩内侧凝结成白雾。梁敬一看心说坏了，江子的铁浮屠快没电了，保温系统正在失效，他的铁浮屠耗电情况远比自己的严重，这个男人一直咬牙硬撑着，扛了这么久低温，终于扛不住了。

江子一倒，这个两人的小团队瞬间就崩溃了，梁敬慌了。

"妈的，这该怎么办？这该怎么办？"梁敬抱着江子的肩膀站在湖里，六神无主，急得眼泪都要出来了，"大白？大白！大白，你他妈的在哪儿啊？谁能听到我们说话？来个人救命啊……救命啊！"

"救命啊——！"

孤立无援大概就是这个感觉，任由你喊破喉咙，也没人搭理。

频道里一片静默，梁敬和江子身在一个无人的星球上，整个宇宙都在冷眼旁观他们逐渐死去。

"江子！江子，你能听到我说话吗？醒醒！醒醒！"梁敬用力握着江子的手，不知道应该做什么。如果江子一直醒不过来，铁浮屠的电力耗尽的话，梁敬也没办法，他救不了江子，也救不了自己——梁敬也觉得冷了，手脚都在发麻，过不了多久他就会变得和江子一样，产生低体温症。

梁敬徒劳地在频道里呼救，他拖着江子往前走了几步后被绊倒，然后再也走不动了，跪倒在湖底大口喘气。

这是绝境。

在当前情况下，最理智的决策应该是立即抛弃江子，梁敬独自一人继续往前走——江子昏迷不醒，失去了行动能力，已经沦为累赘，他不可能活着回到卡西尼站了，但梁敬还能继续走。铁浮屠每一秒都在耗电，他应该当机立断，果断放下江子离开，这才是生还概率最大的选择。

但梁敬缓缓地坐了下来，叹了口气。

"真扯淡，我还不想死呢。"

梁敬是为了突破自己毫无起色的学术生涯才到土卫六上来的，俗话说不入虎穴焉得虎子，风险总是伴随着收益的，别人都不愿意到泰坦上来，他才有可能得到别人得不到的研究成果……就现状来看，成果确实丰富，甚至丰富得过头了，无论是黑球还是心跳声，都足够他躺在功劳簿上过一辈子，所以他不想把命搭在这里。只要梁敬安全地回到地球上，等待他的将是全世界的鲜花与掌声。

曾几何时，梁敬以为自己是世界上最幸运的人，这么多大发现像天上掉馅饼儿似的砸在自己头上，相比于历史上那些用命拼搏的前辈，这一切来得实在是太轻松了——现在看来，运气其实是守恒的，发现黑球与心跳声大概耗尽了梁敬后半生的所有运气。

所以他的后半生只剩下几个小时了。

"你说我怎么这么倒霉？我这辈子从没干过什么坏事，从小到大遵纪守法，那些作奸犯科的罪犯反倒活得好好的，老天真是不长眼。"

梁敬抱着昏迷的江子泡在湖水里，许久都不动弹，安静地看着纹丝不动的湖面。他绝望了，强行攒起来的力气消散一空，再也没法儿前进一步。

他走不出去了。

完蛋了。

一切都完了。

梁敬知道自己要死在这里了，他后悔了，自己还有很多事没来得及去做。同时他也很愤怒，他痛恨这个见鬼的星球，痛恨导致自己落到这个下场的一切。

说到底，他不是那种有勇气直面死亡的人，这世上没多少人有勇气直面死亡。随口把生死挂在嘴边的人不是有"中二病"就是大脑缺氧、智商欠费，或者没见识过苏维埃的铁拳和社会主义的"5.8毫米"。梁敬只是个普通人，贪恋生命和名利，但又有自己作为知识分子的底线和良知。如果现在他手里有一个按钮，按一下地球上就要死一个坏蛋，而他的生命可以延长一分钟，那么梁敬毫无疑问会把这个按钮按爆。

但如果按一下按钮地球上要死一个好人，而他的生命可以延续一分钟，那么梁敬会把这个按钮扔掉——他必须扔掉，因为当求生欲占满大脑时，他肯定没法儿抑制按下按钮的冲动。

梁敬只能反复开导自己：死亡是每个人都必须面对的，这是迟早的事，跟那些年少夭折的人比起来，自己已经足够幸运了——是的，你很幸运！你是为了伟大的科学探索事业奉献生命的！全人类都会记住你的！这听起来确实可笑，马上就要挂了，居然还要告诉自己很幸运，但如果不这么跟自己强调，他的情绪恐怕下一秒就要崩溃了。

"完蛋了，这次是真要成烈士了……"梁敬喃喃，眼泪不受控制地涌出眼眶，他抱着江子号啕大哭。

梁敬想起了消失在土卫六荒原上的基尔·霍顿，他们很快就会变成第二个、第三个基尔·霍顿了，不知道以后游荡的孤灯会不会多出来两盏，变成一支队伍，然后在泰坦上无目的地来来去去。

梁敬哭累了，抬起头来，戴着头盔他没法儿擦眼泪。作为一个男人这么哭确实有点丢人，不过好在没有其他人看到，江子已经昏迷——梁敬忽然呆住了。

他又看到了那东西，在远处的浓雾中，飘飘忽忽。

那盏灯！

荒野上的孤灯！

梁敬吸了吸鼻子，心想，自己难道真是要死了吗？基尔·霍顿这老兄已经迫不及待地来接自己了？

下一刻他这怪力乱神的想法就被打破了，梁敬看到那盏灯闪烁了起来，跟江子描述的一模一样，它真的会闪烁！

梁敬不懂莫尔斯电码表，没法儿即时翻译，但他能肯定那盏灯在传达什么信息。地狱的牛头马面、黑白无常肯定不懂莫尔斯电码，那灯光看上去就好像有个人站在前方的迷雾里高举着手电，然后一下一下地按着按钮。

梁敬惊呆了，他愣愣地看着那盏灯，后者距他远远的，隔着浓雾，淡淡的灯光透过空气中悬浮的细小液滴被散成一个小小的微弱光晕，闪闪烁烁。

万凯的眉头越皱越紧，联络中断后已经过去了四个小时，墙上挂钟的时针跳到了深夜十一点。大白一直表示自己正在抢救通信，但它抢救了足足四个小时，桌上的饭菜热了又凉、凉了又热，通信一直未能恢复。

"大白！"大厨在大厅里坐立不安，"通信修好没有？"

"正在修复当中，少安毋躁。"

"你丫已经把这句话重复了六遍，能不能给我一丁点儿实质性的进展？"万凯心急如焚，外头那两人身上铁浮屠的能源是有限的，按照蓄电池的常规工作时间来算，这个时候铁浮屠已经接近电力极限了。在正常的行动计划里，江子和梁敬早就该回来了，但四个小时之前，卡西尼站与他们的联络突然中断，两人一直到现在都杳无音信。

在过去近十年的科考工作中，碰到这种情况，万凯已经着手准备悼词了。

"由于天气条件恶劣，通信状况并不稳定，出现掉线属于正常情况。"大白解释，"我正在努力联络站长与梁敬博士，请稍候。"

"又是稍候！你丫还要我候到什么时候？"万凯很恼火，猛地一拍桌子，在人命关天的大事上，这见鬼的人工智能只会一遍又一遍地叫他稍候，时间就是生命，多拖一秒，梁敬和江子生还的概率就会低一分，"你派出去营救的步行车呢？找到他们没有？"

"步行车已经抵达原定的打孔位置，正在扩大搜索范围。"

大厨忍不住去看时间，铁浮屠还能再撑半个小时，死线是十一点半。他知道这个时候梁敬和江子肯定还活着，只要步行车能在十一点半之前找到两人，大白就能把他们救回来——可一旦超过十一点半，铁浮屠就会彻底失效，梁敬和江子将万劫不复。

希望越来越渺茫，大白早就把营救步行车派了出去，它已经在半尺湖上搜索了几个小时，到现在为止一无所获。

万凯甚至想亲自出门搜索，被大白劝住了，这个时候再往外跑就是添乱，最坏的结果是三个人一起把命搭在外头。

"万凯先生，我们需要做好最坏的打算。"

"闭嘴！你丫的说什么呢？"

"客观地说，我们在铁浮屠能源耗尽之前找到站长先生和梁敬博士的概率不高于百分之二十，万凯先生。"

"还有二十五分钟，别说丧气话。"万凯坐在沙发上，双手紧紧地抓着膝盖，接着又抬起来按着额头，"还有二十五分钟呢，还有二十五分钟。"

时间在一秒一秒地流逝，二十五分钟实在是太短了，大厨起身绕着大厅转了几圈，再回头看时间，已经只剩下二十分钟了。他急迫、恼火、焦躁、无奈，满心期盼下一秒大白能带来好消息，但大白一次又一次地让他失望了。

"你还有多长时间能找到他们？"

"万凯先生，这个问题我无法给您准确答案，室外环境过于复杂，您知道这项工作的难度。"

"你丫的不是很牛吗？怎么这个时候跟我扯什么难度了？"万凯说，"用上所有你能用的招数！尽你所能！你平时不是无所不能吗？怎么这个关头连两个人都找不到了？"

"首先，我并非无所不能；其次，由于通信塔的损毁，我已经失去了绝大多数搜索手段。"大白回答，"否则我可以调用近地轨道上的高分遥感卫星，希望您能理解。"

"理解，理解，那你也理解理解我。"万凯说，"把他们给我救回来，给我救回来啊！"

"我将竭尽所能。"

大厨沉默地坐在大厅里度过了接下来的十分钟，大白仍旧没有带来任何消息，它或许竭尽所能了，但竭尽所能未必有结果。

还剩下最后十分钟。

每一秒都无比漫长，万凯仿佛能把一秒钟分割成千万份，但也无比短暂，当大厨从胡思乱想中回过神来的时候，已经过去了不知道多少秒。

还剩下五分钟。

桌上还摆着冰凉的食物——大厨特意为梁敬和江子准备的丰盛晚餐。

万凯的身体一寸一寸地变凉，他已经不指望大白能把梁敬和江子活着带回来了，他希望大白能找到他们的尸体，能把他们带回地球，不要死在这个荒芜的星球上。

还剩下三分钟。

大厨想象着那两个渺小的男人跟跟跄跄地倒在冰原上，孤独地面对冰冷的死亡，白色的寒霜逐渐爬上他们的脸颊和眼球……万凯捂住面孔，痛哭起来。

"我很遗憾，万凯先生。"

万凯摆了摆手，慢慢直起身子。梁敬和江子也不在了，卡西尼站近乎全军覆没，这是有史以来卡西尼站损失最为惨重的一次。大厨差点软倒在地板上，他扶着茶几和墙壁才站稳。

他离开大厅，沿着阶梯下楼。

"我将继续搜索站长先生与梁敬博士。"大白在他身后说，"直到找到他们为止。"

万凯蹲坐在一楼的走廊里，佝偻着身体，把头埋在臂弯里。他不知道自己下来干什么，他只是下意识地想逃离什么地方，可能是逃离大厅，可能是逃离大白，也可能是逃离刚刚得到的那个噩耗。头顶上的照明灯发出乳白色的光，把他的影子投在地板上。

走廊墙壁上的通风口发出细微的换气声。

大厨扭头望向走廊尽头P3实验室的气密门，实验室内没有灯光，那个黑球还待在箱子里。

他不想再在这里待下去了，他受够了，好在"暴风雪"号马上就要抵达土卫六了，他想回地球，立刻回去，这辈子都不再回到这里。

"万凯先生……"大白又阴魂不散地出现了，这个AI真是块牛皮糖。

"滚！别来烦我！"万凯怒吼，随手把脚边的小扳手狠狠地砸向对面的墙壁，"滚！"

大白销声匿迹。

大厨不知道大白准备跟自己说什么，它可能是来安慰自己的，也可能是来汇报工作进度的，甚至是来告诉自己梁敬和江子的遗体已经找到了……但万凯已经不在乎了，人都已经死了，找到了尸体难道是什么值得高兴的事吗？

他起身站在气闸室的门前，怔怔地看着门上透明的玻璃，玻璃之外还有玻璃，再外面是浓厚的迷雾和暴雪。

只要通过这道门，他就能迈进地狱。

突然，他看到有巨大的黑影从风雪中显现，重重地撞在气闸室的外舱门上。"咚"的一声闷响，大厨吓得一愣。他还没回过神来，又是"咚"的一声，室外的影子再次狠狠地砸在气闸室的舱门上，像是要把气闸室舱门上的玻璃砸碎。

万凯呆了一下，门外的影子又开始用力撞门了，撞得砰砰作响，大厨扑上去按下气闸室舱门开关，舱内的气压开始上升。

绿色指示灯亮起，然后是清亮的"嘀——"声，舱门洞开，两个红色人影跌跌撞撞地扑进气闸室，裹着凛冽的寒气与风雪。梁敬拖着筋疲力尽的江子一头撞在气闸室的内舱门上，他贴在玻璃上，瞪着眼睛，嘶哑着喉咙说："开门……开门！"

万凯连忙打开门，梁敬和江子跌倒在地板上。

大厨非常诧异，同时又喜出望外。他不知道这两个人是怎么回来的，这太不可思议了——他们在室外活动的时间甚至超过了铁浮屠的正常工作时长。按理来说，梁敬和江子早就应该被冻死了，土卫六上零下一百八十摄氏度的超低温对所有人来说都是极端致命的，不存在任何侥幸。过去近十年里，每一个在外失踪的人都没能活着回来。

"你们没事吗？江子？梁工？你们没事吗？"

大厨帮江子和梁敬脱下身上的铁浮屠，铁浮屠舱外活动服遍体鳞伤，看上去触目惊心，万凯无法想象这两人究竟经历了什么。

好在梁敬与江子都没受什么伤，万凯帮两人做了个简单的检查，没有外伤，没有流血，也没有骨折，江子身上有少许瘀青和擦伤，梁敬则毫发无损。大厨松了口气，他紧紧地抱着两人，抱了许久才松开。

"大白！大白！准备好医务室！"大厨扭头高喊，"我要给他们做个检查——"

梁敬慢慢抬起手来制止他。

"不要叫大白。"梁敬气若游丝，一字一顿地说。

大厨一愣。

梁敬躺在他的怀里看着他，那双布满血丝的眼睛死死地盯着万凯，警告他不要做蠢事。

江子和梁敬像面条一样瘫倒在沙发上，身上贴着安定贴片，两人都已筋疲力尽，一根手指都不想动弹，只有眼珠子还能转来转去。万凯给他们端来了能量补充剂，准备好的晚餐又丢回去重新加热了。梁敬和江子默默地坐着休息了很长时间，才有力气说话。

"这究竟是怎么回事？"大厨问，"你们是怎么回来的？我原本都以为你们回不来了，因为铁浮屠的电量完全不够，我连你们的悼词都想好怎么写了。你们是怎么扛过来的？"

作为一名医生，万凯深知室外的恶劣气候早已超越人体能忍受的极限，这不是哪个人意志力强就能扛得过来的。

"大白在这里吗？"梁敬问。

"不在。"万凯回答，"我叫它出去了。"

梁敬点点头。

他们进入大厅之后的第一个要求就是让大白离开这里，同时他们拒绝进入医务室。尽管大厨表示他们的身体状况不容乐观，梁敬和江子仍然拒绝进行检查，这让万凯有点诧异。

"步行车。"江子坐直，手里握着水杯，"我们是靠着步行车回来的。"

"大白说你们的步行车早就没电了。"万凯有些吃惊，"你们碰到了女妖啸叫，对不对？然后开启了逃命模式，半路上步行车就耗尽了电力，没法儿再行动了，是这样吧？"

"是这样的。"梁敬点头，"不仅步行车耗尽了电力，我们还迷失了方向，步行车停下来的时候我们压根儿就不知道自己在什么地方。"

大厨不明白了。

步行车都没电了，他们是怎么靠着步行车回来的？铁浮屠上又没带发电机。

"KSL106号步行车。"江子把水杯放在茶几上，抬起头来，"你还记得吗？当年鲍里斯开着在半尺湖上兜风的步行车，后来他人回来了，但是车没回来。"

万凯惊得霍然起身。

他当然知道赫赫有名的精英战斗兵鲍里斯，史上最无所不能的卡西尼站站长。在土卫六上，除了没法儿用激光指示器召唤米格战斗机，他什么都敢干，也什么都干过，包括在室外撒尿并测试多长时间尿液会被冻上——当然，没人知道他是怎么办到的，总而言之他办到了，还在《科学》的某个子刊上发了篇论文。

"你们找到了那辆车？这……这怎么可能呢？"万凯问，"这都过去多少年了？那辆车还能用？而且你们是怎么找到它的？"

没人知道鲍里斯当年把那辆车开到了什么地方，根据他自己的说法，气垫船模式下的步行车根本就没法儿掌控，他在车翻的前一刻跳车逃生了，而那辆无人步行车就一路飙进了浓雾里，就好比冷战时期那架飞行员跑路后仍然坚持自主飞行九百千米的米格-23战斗机——那辆步行车比它的司机更像是俄罗斯出产的。

"三年。"江子说，"这三年里那辆车一直停在半尺湖里，因为长时间没人用，所以它自己关机了。我们发现它的时候，它还有三分之一的电量。"

"我们在铁浮屠的电量即将耗尽的时候爬进了车厢，然后驾着步行车沿着半尺湖的湖岸慢慢找，最后找到了之前立的标定杆。"梁敬说，"我们就是这么活着回来的，虽然很不容易，但至少活着回来了。"

"你们是怎么找到它的？"万凯问。谁都知道在泰坦的浓雾中找东西有多难，雾最浓的时候能见度不到五米。在这种情况下，梁敬和江子居然能成功地找到三年前遗落在半尺湖上的步行车，这难道就是传说中的吉人自有天相？

梁敬沉默了几秒："是基尔·霍顿。"

大厨一愣。

"基尔·霍顿？"

梁敬默认。

"基尔·霍顿已经死了好多年了。"大厨提醒他们。

"我知道。"梁敬说，"但我们确实是跟着那盏灯找到了步行车，站长说得没错，荒野孤灯会使用莫尔斯电码。"

大厨无法理解。当今学术界倾向于认为荒野孤灯是一种自然现象，就像地球上的球状闪电或者磷火。他们称之为"基尔·霍顿"，只不过是一种调侃与对故人的怀念，从来没人真的认为那盏灯后有一个孤魂野鬼。

梁敬说是荒野孤灯救了他们，这听起来就像是落难的海员声称自己是被海豚救了一样。尽管大厨无法理解，但他相信应该存在合理的科学解释。

"那么大白呢？"万凯接着问，"这跟大白又有什么关系？"

从进门到现在，两人都对大白表现出十足的警惕与敌意。

梁敬和江子对视一眼，同时变得严肃。

"大白已经不可信了，我们要把大白关掉。"

万凯很诧异：大白不可信了？这是什么意思？

作为卡西尼站的管理系统，大白掌握着整座科考站的一切，林林总总，事无巨细，从科研项目到日常生活都属于它的负责范畴。在过去八年里，大白辅助驻站队员们开展工作，一直都是位非常得力的管家与助理。万凯他们这些老队员对大白的信任早已成为习惯，有什么事都会先找大白。

"大白出什么问题了？"大厨问。

"我们不知道，不过有一点是确定的：在今天的行动中，它差点害死我们两个。"梁敬回答，"它给了我们完全错误的路线图，误导我们，让我们距离卡西尼站越来越远。如果不是侥幸找到了另一辆步行车，我们今天就回不来了。"

在KSL106号步行车上，梁敬和江子才意识到他们从一开始就走反了。大白给了他们一条错误的路线，他们沿着那个方向往下走只会离卡西尼站越来越远，最后死在某个不为人知的角落——这种错误对于大白而言是不可想象的，看上去它是在谋杀江子和梁敬。

AI自主谋杀人类，这听上去简直就是经典电影《终结者》的剧情，但所有人都知道这其实不可能。大白不是天网，它虽然能跟你斗嘴、开玩笑并提醒你牙缝里有韭菜叶子，但追根究底它仍然是一台计算机，只会按照既定的程序办事。大白不会做任何危害人类生命安全的事，这是制造它的工程师和技术员们写在服务器最底层的逻辑。

梁敬和江子最后一致认为大白出了故障，而且是非常严重的故障，这种故障迟早会害死人，所以大白已经不适合再掌控卡西尼站了，天知道它接下来会不会再抽一次风，害死站内的所有人。

现在站内没人懂怎么维修大白，大白的实体是精密且庞大的处理器机组，要维修只能拆卸返厂。目前唯一的处理方法就是关闭大白，取消它的管理权限，让卡西尼站回到原始的人工手动操控状态，以免大白再犯什么错误，酿成大祸。

"大白给了你们错误的方向？"大厨想起大白最近已经不止一次犯这种低级错误了，上次它就差点用冷冻液害死默予。

"对，要不是它瞎指路，我们怎么会差点挂在外头？"江子说。

"你们有没有问过它？"万凯说，"那丫为什么这么做？"

"没有，不过问了也白问。"梁敬耸肩，"你信不信，只要你问它为什么这么干，它一定跟你说很抱歉，这是导航系统或者某个见鬼的玩意儿出了故障，出故障的概率是千万分之一，并且向你保证下次不会再犯同样的错误。"

"大白！"万凯喊了一声，"进来！"

"万凯先生。"大白的声音在大厅里响起，"站长先生，梁敬博士，很高兴看到你们平安无事。"

"你可省省吧，别他妈黄鼠狼给鸡拜年。"江子一听到大白的声音就来气，可惜大白只是个虚拟人物，否则江子肯定要抄起椅子砸爆这货的狗头。

"你在外头给了他们错误的方向，差点害死站长和梁工，这是怎么回事？给我们一个合理的解释。"大厨说，"要不然我们一把火烧了你丫的机房。"

大白沉默了几秒钟。

"非常抱歉，这是由于步行车的惯性导航系统产生了逻辑错误，导致方向翻转，出现这种错误的原因有可能是女妖的啸叫或者大气中的高能粒子，其概率不会高于千万分之一，我向诸位保证此类错误不会出现第二次。"

这说辞果真跟梁敬说的一模一样。

"走走走走，咱们下去把这破电脑关掉！格式化！我们把它格式化！"江子起身，伸手拉上梁敬，"概率不高于千万分之一的故障，你一天也能给我们来一个，你怎么不去买彩票呢？"

江子对大白彻底失去了耐心，他差点挂在外头，连遗言都写好了，差一丢丢他就再也见不到自己的宝贝女儿了，所以这老男人正窝着一肚子火。要不是大白的服务器机组太贵，砸坏了赔不起，江子当场就要抄起桌子下去找大白算账，先来个八十大锤。

江子拉着梁敬气冲冲地下楼，大厨一个人坐在沙发上，两眼望天。

"别怪我不拦着，你丫真是自作自受。"万凯说，"他们不关你，我也要关你。"

不能怪江子恼火，这事要放在他头上，他也这样。

"万凯先生，我不建议您在这个时候取消我对卡西尼站的管理权限，"大白说，"可能会造成不可控的后果。"

"怎么？"大厨哟呵一声跷起二郎腿，"你这是在威胁我？我要是关掉你，你能干什么？打开气闸室把外头的冷空气放进来，把我们全部冻死？还是关掉空气循环系统，憋死我们？说说你有什么本事。"

"气闸室舱门采用单开联动式机械结构，同一时刻只能开启一扇门，所以无法同时打开内外两道舱门；空气循环系统拥有内部控制模块，我要关闭必须取得站长或者地球方面的授权，我无法绕开或越过他们关闭空气循环系统。另外，以上两件事我都不可能会做，因为这违背我的行为逻辑，我不会危害任何人的生命。"大白说，"我存在的意义是保护你们。"

"那你所谓的不可控后果是什么？"

"是指关闭我之后造成的后果。"大白解释，"万凯先生，请您认真回忆，在过去这么多天内，我不在场的时候都发生过什么。"

大厨吃了一惊。

大白不在场的时候都发生过什么？

"最后，我必须提醒您，根据我的观察，刚刚返回卡西尼站的站长先生与梁敬博士都不符合——"

大厅内的灯光忽然闪了闪，大白哑了。

"不符合什么？"万凯大声问，"大白？你刚刚说什么？你说话啊！"

大白没有再回复他，大厅里一片寂静，它被关掉了。

2月3日

距离"暴风雪"号抵达只剩下最后一天时间。

梁敬坐在床上，照例端着平板守株待兔。大白被取消管理权限之后，卡西尼站内的大部分模块都需要手动控制，包括闭路电视——当然，他已经不指望自己能有什么发现了，连续几天的事实证明，黑球不是什么好动的玩意儿，那东西虽然诡异奇特，但显然没有长脚，不会乱跑。不过，梁敬从来都不是个会半途而废的人，他既然决定要盯着这个球，就要盯到最后。

墙上的时钟一分一秒地走着，现在是午夜十二点半，卡西尼站内已经不再有人活动，所有人都相当疲惫，江子这个时候应该已经睡着了。

宿舍里没有开灯，唯一的光源是平板的屏幕，梁敬的面孔在淡淡的背光中显得发青。P3实验室已经有好几天没人进去过了，黑球待在透明的手套箱中一动不动。

"大白……"梁敬下意识地想叫大白，旋即又想起来大白已经被关掉了。江子取消了大白的监控权限、管理权限和操作权限，除了没拉闸，其他能关的都关了。也就是说，现在大白又聋又瞎还残疾，什么都干不了。

关了大白就是这点不好，连开个灯都要亲自动手。

虽然江子对大白痛恨至极，但平日里大白对他们的伺候确实无微不至，站里的一帮懒鬼过着衣来伸手、饭来张口的生活——除了拉屎必须自己来，其他的都可以交给大白。

梁敬打了个哈欠，划拉划拉平板，瞄了一眼其他摄像头的画面，然后下床打开了宿舍里的灯。

卡西尼站内的单人宿舍空间不大，比不上普通酒店的单人标间。在这里，大多数人喜欢开着全息投影睡觉，其中最受欢迎的投影是撒哈拉沙漠、南极大陆和马尔代夫群岛。比如说默予，她就喜欢躺在撒哈拉沙漠里边看星星边睡觉。

梁敬随手取了一罐热咖啡，他准备再盯两个小时，但他有些困了，所以喝罐咖啡提提神。

罐装咖啡还是热的，梁敬捧着咖啡在椅子上坐下来，肩膀倚着墙往外望。

拉开挡光板，外头还很亮，只是什么都看不到，雾气遮挡了视线。泰坦可以说是太阳系内雾霾最严重的星球，香格里拉平原这段时间处于白昼锁定，按照北京时间，这个漫长的白天还要延续差不多一个星期才会结束，六天之后太阳才会落山。

太阳落山之后，泰坦会变成一个伸手不见五指的星球。到那个时候，所有的舱外活动都会中止，因为在浓雾密布的黑夜中打着灯都没用，除了机器人，任何人都不再被允许外出。在长达半个月的黑夜里，驻站队员们会彻夜地打纸牌和打麻将。

梁敬小口小口地抿着咖啡，再次端起平板。

屏幕上同时显示着九个摄像头的监控影像，梁敬随意地点来点去。说实话，这其实没什么好看的，监控中只有空空荡荡的走廊、封闭的实验室气密门和光线昏暗的实验室，卡西尼站里连一只老鼠都没有。梁敬百无聊赖之下胡思乱想，他想象着这是什么恐怖片或者惊悚游戏，他作为电影主角或者游戏玩家需要对抗潜伏在暗处的怪物，他唯一能利用的工具就是监控摄像头。

这种想法很有意思，梁敬忽然觉得自己或许可以成为一个不错的游戏制作人。他把自己代入玩家的角色，作为最后一个幸存者被困在一座废旧无人的科考站内，位于科考站的最深处，而门外复杂曲折的走廊内潜伏着看不见的杀人怪物，它们会忽然像影子那样从空气中出现，割断人们的脖子后又重新隐匿，他只能通过监控找到并躲开它们。

梁敬顿时不困了。

他看着平板，设想着各种各样的怪物在监控下的走廊里出现，他使尽浑身解数，联想起自己看过的所有恐怖电影，怎么恐怖怎么刺激就怎么来。梁敬用这个游戏来打发时间，他在脑内导演了一出惊悚大戏，睡意全无。

梁敬把自己脑中所能回忆起的最可怕的怪物择出来，放进P3实验室里，然后让它开始猛烈地撞门。这是个大BOSS，正要从实验室内逃脱出来追杀游戏的主人公。

实验室的气密门被骤然撞开，那怪物张牙舞爪地迎头碰上了一个人。

一个人？

等等，这里为什么会有一个人？

梁敬一个激灵回过神来，满脑子的胡思乱想消散一空，张牙舞爪的怪物被立即擦除。这里为什么会有一个人？他放下手中的咖啡，揉了揉眼睛，凑近平板的屏幕。这一次他看清了，P3实验室门前确实站着一个男人，不知道是什么时候站到那里的，正背对着走廊上的摄像头。

看样子他应该是在隔着门上的玻璃观察实验室内部，P3实验室里现在只放着黑球。

"这丫是谁啊，大半夜不睡觉到处乱跑，不过这背影看上去怎么这么熟悉？"梁敬挠了挠头，端起平板，"大白，你给我——"

妈的，大白那丫的被关了。

梁敬没想到这个时候还有人在站内活动，还有第二个人跟他一样在盯着黑球，他本以为其他人都休息了。今天所有人都非常疲惫，谁还有精力爬起来闲逛？

江子？

万凯？

梁敬心中隐隐地觉得不太对劲，因为那个人看上去既不像江子也不像大厨。

他盯着屏幕上的背影，正想调整监控摄像头的角度，看看那人究竟是谁，这个时候那人自己转了过来，扭头朝摄像头这边望了望。

梁敬看到了一张非常熟悉的面孔，熟悉到天天都见，但他一时想不起来这个人是谁——不是江子，不是万凯，不是楼齐，不是胡董海，梁敬一个一个地排除，终于意识到屏幕上的那张脸属于谁了。

那是梁敬的脸。

他看到了他自己。

活见鬼了。

梁敬惊呆了。

这是怎么回事？

监控摄像头下，那个梁敬久久地站在P3实验室门前，双手插在上衣口袋里，显得平常而随意，他环首四顾，然后重新把目光投向实验室内。

梁敬很难想象这是什么样的感觉……你居然会看到另外一个自己出现在监控录像里，你看着他转来转去、东张西望，既好笑又诡异，叫人头皮发麻。一方面，他仿佛脱离了身体，以上帝的视角在观察自己的行为；另一方面，他又清醒地意识到监控录像中的那个男人绝对不是自己，虽然他长得和自己一模一样，但他绝不可能是梁敬。

梁敬无法解释这是怎么回事，这比他想象的恐怖游戏要惊悚得多。即使此刻P3实验室内真的钻出来什么怪物，梁敬认为也比看到另一个自己要好——怪物是可理解的，另一个自己是不可理解的。

一瞬间，诸多推测在他的大脑中闪过，那可能是幻觉，可能是镜像，可能是监控录像的故障，甚至可能是自己被复制了，但所有的推测都不如亲自下去看一眼来得实在。梁敬丢掉平板，从床上跳了下来，推开门离开宿舍。

他想了想，顺手去厨房拿了一把水果刀带在身上。

卡西尼站内一片寂静，梁敬蹑手蹑脚地穿过走廊。不知是不是错觉，大白消失之后，站内仿佛变得空旷了。那个无处不在的电磁幽灵曾经存在于主站内每一寸空间，飘浮在每个人的头顶上，现在它消失了，梁敬觉得连呼吸都变得更通畅了。

他沿着阶梯下楼，小心翼翼，不弄出任何动静，以免惊扰一楼那个人。梁敬下到一楼，背靠着拐角处的墙壁深吸了一口气，然后悄悄地探头偷瞄。

那个人果然还在，他穿着一件站内配发的灰色睡衣，站在走廊尽头的P3实验室门前，透过气密门上的玻璃在观察黑球。梁敬屏住呼吸，躲在墙后迅速思考对策，他也不知道这个时候该怎么办。丫的，谁知道碰到另外一个自己时该怎么办？谁知道站在那里的是个什么东西？是人是鬼？

偷偷摸上去先一锤子敲倒，把他制服了再说？

还是去把江子叫起来，两个人一起上？

梁敬估摸了一下，他对独自制服对方没什么信心，他只是个手无缚鸡之力的书生，而对方则不知道是个什么玩意儿，自己一个人上实在太鲁莽了，应该把江子叫下来，听说他学过散打和军体拳，揍人应该比自己狠。

梁敬决定不急着打草惊蛇，先去把江子叫醒，但就在他准备转身上楼的时候，门前的那个人动了。

他结束了对黑球的观察，伸了个懒腰，打了个哈欠，往楼梯口这边走了过来。

就在梁敬愣神的工夫，对方已经近在咫尺，几步的距离，一墙之隔，梁敬甚至能听到他身上衣料摩擦的声音。很显然，这个人是想通过楼梯上二层——这个时候想跑已经来不及了，梁敬心一横，恶向胆边生，深吸了一口气，猛地扑了出去。

两人重重地撞在了一起，对方显然没想到楼梯口会突然蹿出个人来，惊叫声刚出口就被挥在左脸上的一记重拳打断了。梁敬推着他撞在了走廊边工具间的门上，门被撞开，两人一齐滚了进去。

"你是什么人？"梁敬一边怒喝，一边尝试控制住对方，"你丫的究竟是什么东西？你还乱踹……你再踹！你再踹！"

对方的反抗非常剧烈，嘴里含糊不清地不知道在大喊什么，梁敬没听清，只能用双手牢牢地箍住他的身体。但这个人的力气比他想象的还要大，两人在地板上翻滚，撞倒了工具间里的柜子，零零散散的工具从柜子上砸落下来。

"不许动！不许动！我叫你不许动！"梁敬大喊，但对方好像听不懂他在说什么，两人扭打在一起。梁敬找准机会猛地敲响墙壁上的火警警报器，顿时，卡西尼站内警铃大作，梁敬指望它能叫醒楼上的江子，让他赶紧下来帮忙。

梁敬很快就力竭了，他觉得自己快要控制不住对方了，他把那人按在地板上，后者一直在拼命地挣扎。在土卫六的低重力环境下，打架是一件狼狈至极的事，因为倒地之后很难控制自己的身体。梁敬突然想起自己手中还有武器，于是从怀里掏出刀来，希望可以用刀胁迫对方，让他屈服。但那人一看到刀子，反抗得更激烈了，并立刻伸手过来抢刀。

"妈的……我叫你别动！不许动！"

"不许动！"

最后形势完全失控，两人争抢刀子，梁敬一头撞在工具间的架子上，撞得眼冒金星，猛然间看到刀尖已经迫近到眼前，硬是咬着牙把刀子推了回去，双方都使出了吃奶的力气。梁敬本不想伤害任何人，他只想控制住这个和自己长得一模一样的人，但箭在弦上不得不发，他已经不敢撒手了，天知道撒手之后这把刀会不会捅向自己。

对方也在嘶声大吼，可梁敬完全听不清他在吼些什么，只能看到对方的表情越来越狰狞，不用想，他自己脸上恐怕也是这个表情。两人在地板上再次翻滚，梁敬被压在了下面，对方抢刀的力气越来越大，他快握不住刀柄了，刀子被抢走的后果不堪设想。梁敬急中生智，在地板上摸到一把扳手，狠狠地敲在对手的脑门上。

刀把上的力道忽然变轻，梁敬来不及收手，刀尖猛地刺进对方的腹部，完全没入，温热的鲜血涌了出来。

他眼前那张梁敬的面孔骤然凝固。

梁敬气喘吁吁地推开压在自己身上的人，他的双手和衣服上全是猩红的血，那把锋利的刀还插在另一个梁敬的腹部，有可能捅穿了肝脏，后者趴在地板上，血泊在他身下慢慢扩大。

梁敬坐在地板上出神，卡西尼站的火警警铃还在振动，发出刺耳的声音，他的衣服已经被汗水浸透。这着实太惊险了，回想起来还心有余悸。这场争斗从头到尾不到两分钟，每一秒都惊心动魄。梁敬在鬼门关走了一遭，如果刚刚反应慢半拍，现在躺在地上的可能就是他了。

他看了看地板上的梁敬，后者一动不动，身体正在慢慢地变凉。

梁敬不知道这个人是谁、为什么和自己长得一模一样，也不知道他究竟是不是人类，更不知道他是怎么出现在卡西尼站内的，有一大堆问题需要解决，要等所有人起来了再说。他现在四肢脱力，只想喘口气。

门外响起急促的脚步声，江子狂奔而来，睡眼惺忪，衣衫不整，出现在工具间门口。

他抬起头，呆呆地望着坐在地板上满身是血的梁敬，慢慢张大了嘴。

"梁工！你……你在干什么？！"

年轻的女人在病床上睁开眼睛。房间里很安静，ICU状态下的医务室隔音效果很好，黑暗中有红色和绿色的指示灯在闪烁，体外生命维持系统仍然在工作，那些复杂的参数和图形平稳地变动，空气中弥漫着医务室特有的消毒液味。她抬手撕掉贴在身上的电极，仰头望着天花板。

"大白？"

"默予小姐。"大白的声音响起，紧接着房间内灯光大亮，"请问有什么可以帮得上忙的？"

"我的头好晕啊，还有点恶心，想吐。"默予轻声说，她的喉咙干哑。

"这是从低温休眠中苏醒之后的正常症状，由于您的伤势过于严重，我们不得不对您进行了低温处理。"大白回答，"呕吐袋就在病床底下，您伸手就能够到。"

默予头昏脑涨，四肢发软，有点像是高烧刚退又宿醉了一晚，整个人都昏昏沉沉的，身上仿佛压着秤砣。她知道这是冷冻液的副作用，当初她从低温休眠中苏醒过来时也是这个感觉，大脑活动迟缓，反应速度变慢，跟得了老年痴呆一样，休息了很长时间才恢复正常。

并不是每个人都能适应低温休眠状态，低温冷冻液的副作用甚至也因人而异。总的来说，男性的适应能力比女性的稍强，像江子和老胡这种常年地球、火星、泰坦三头跑的人，习惯了长途飞行，低温休眠就像平常睡觉一样随意，苏醒之后照样生龙活虎。默予就不行了，从地球到土卫六，她睡了一个大半年的长觉，直接导致内分泌失调。

默予伸手从床底下拉出呕吐袋，然后侧过身子探出头，"哇"的一下吐出了胃中的酸水。吐完之后默予感觉好了些，擦了擦嘴重新平躺在床上，微微地喘气，开始回忆之前发生了什么。

"大白，我昏迷了多长时间？"

"三十个小时。"

默予记得自己当时爬上通信塔修理天线，刚刚钻进塔顶的防风罩，还没来得及完成工作就被什么东西给击中了——一切都发生在电光石火之间，默予甚至没看清自己是被什么打中了，在极短的一瞬间，她听到了尖锐的风声和嘶叫，那可能是冰块高速飞行时与空气摩擦发出的声音，也可能不是。

"发生了什么？"默予问，"我记得我当时在通信塔的塔顶……"

"是的，默予小姐。"大白回答，"您当时在通信塔的塔顶修复天线，不幸碰上了火山喷发，高速飞行的冰块击中了防风罩，您被碎片与钢板命中，体内一共有十六块入侵物，多处内脏破裂大出血，全身骨折七处，伤势非常严重，是站长先生将您救了回来。"

默予下意识地上下摸自己，看看有没有少什么零件，发现手足俱全才放心下来。

"我们为您更换了肾脏，默予小姐，您现在的状况已经完全稳定，所有身体指标全部处于正常范畴。恭喜您，您已经康复了。"

"我的肾怎么了？"默予按着自己的腹部，手术的刀口已经完全愈合，没有留下任何疤痕，看来大厨多年的刀功不减。

"手术过程中发生了急性肾衰竭。"大白解释，"由于库房没有默予小姐的干细胞培养器官，我们不得已为您换上了人工肾脏应急。人工肾脏的有效期超过两年，您返回地球之后可以换上自体组织培育器官。"

默予闭上眼睛，长舒了一口气。

她居然活着回来了。

按照大白的说法，她遇到的大概是卡西尼建站以来最凶险的状况，堪比被加农炮直接命中，换作其他人，恐怕早就命丧当场、死无全尸了，而她居然捡了一条命回来，真是不可思议。

得益于现代医学技术的发达，只要不是当场死亡，能吊着一口气送进医务室，大夫都能给救回来，换个肝、肾就像换轮胎一样简单。默予最幸运的地方在于大脑没有受到损伤，如果爆头了，华佗再世都无能为力。

人工肾脏就人工肾脏吧，反正不影响正常生活。地球上有大把大把靠着人工器官生活的人，什么人工心脏、人工肝脏、人工脾脏。还有在自己身上多装眼睛的，那些针尖大小的人工眼球可以植入身体的任何部位，通过人造视神经与大脑相连，真正做到眼观六路、耳听八方。

"站长呢？站长没事吧？"

"站长先生安然无恙，他在塔底，没有受到火山喷发的影响。您出事之后，站长先生立即将您救了回来。"

"我昏迷的这段时间，站里没发生什么吧？"

"没有。"大白回答，"卡西尼站内一切正常。"

默予松了口气。

"其他人呢？他们在哪儿？"

"现在是休息时间。"大白说，"所有人都在大厅休息，我已经通知了站长与万凯先生，他们很快就会赶到。"

"我自己过去。"默予撑着身体慢慢爬起来，她已稍稍恢复了一点体力，ICU病房内的机械臂围上来扶住她。默予摆了摆手，示意自己不需要帮助，她挪到床边，双脚轻轻落地，穿上鞋子，然后上前推开医务室的门。

走廊上灯光明亮，但没有声音。

从刚刚开始默予就意识到了这奇怪的现象，之前她还以为是医务室的隔音效果好，但出了门她才发现室内室外都没有声音，寂静得掉一根针都能听得见。默予没有太在意，她认为可能是自己的听觉还未完全恢复。

默予跟跟跄跄地走过长廊，来到大厅门前，透过门上的玻璃，她能看到其他人正围坐在沙发上，但同样听不到任何声音。默予正要推门进去，忽然一愣。

一双柔软的小手从身后无声无息地绕了过来，轻轻地箍在了她的腰上。

紧接着，温暖的鼻息喷吐在默予的后颈窝，身后的女孩紧紧地抱住她，把脸贴在她的背上，轻声说："默予姐。"

默予转过身来，把崖香抱在怀里。

女孩在她的怀里抬起头来，嘿嘿地笑："默予姐，你睡了好长时间啊。"

默予揉了揉她的头发，崖香乖乖地缩着脑袋，紧紧地搂着默予的腰，半晌之后噘嘴。

"默予姐，你好像瘦了。"

两人进入大厅，其他人都在这里，江子悠然地靠在沙发上，梁敬与大厨面对面坐在茶几两边，三个人不知道在讨论什么，有说有笑。他们扭过头来看到默予，一齐露出惊喜的表情。

"哟哟哟，看谁来了。"江子挥了挥手，"我们的伤员满血复活了，默予，来来来，转一圈，看看有没有少什么零件。"

默予没搭理他，径直走过去在沙发上坐下。崖香跟在她身后，紧挨着默予坐下。

"身体恢复得怎么样？"万凯抄着双手，微笑着问。

默予活动活动胳膊："听说你们给我换了个肾。"

"是的，换了个人工肾脏，宝洁公司出品，在它的有效期内，你不必担心肾脏再出问题了。"大厨说，"手术非常顺利，没有留下任何疤痕。"

"我以为宝洁公司只卖肥皂。"

"他们不仅卖肥皂，同时还是世界上最大的人造器官生产商。"大厨回答，"你不知道你受的伤有多重，站长把你背回来的时候你只剩下一口气了，身上多处骨折，血压低得可怕，要不是我医术高超——"

"行行行了，大厨，你今天已经在这里吹了一整天的牛。"江子打断他，"我们每个人都知道你医术高超，你没必要把一句话重复二十遍。"

默予的平安归来是卡西尼站这几天以来为数不多令人惊喜的事，为了庆祝默予的康复，万凯决定搬出自己厨房里的珍藏——一瓶陈年的拉图酒庄红酒。这种昂贵的顶级红酒居然会在距离地球十几亿千米的土卫六上出现，江子的眼珠子都快要瞪出来了。他着实不知道这瓶红酒是谁带过来的，更不知道大厨把它藏在了什么地方，他曾经翻箱倒柜地找酒，垃圾桶里都没放过，愣是没见过这玩意儿。

江子小心翼翼地用起子拧出软木塞，陶醉地深吸了一口气："哇！好酒，好酒……我们约法三章啊，每个人都只喝一小口，只喝一小口。"

大家都看得出来他已百爪挠心，恨不得把酒瓶子抱在怀里猛亲一口，但江子还要装作正人君子。

万凯端上来热腾腾的饭菜，默予确实也饿了，几个人开始吃吃喝喝。

"'暴风雪'号还有多长时间到这里？"默予问。

"明天就到。"梁敬回答，"我们一直没能修好通信系统，不过算算时间，明天就应该到了。"

"那个黑球怎么样了？"

"黑球？它能怎么样？"江子绕着茶几忙着分酒，传统的酒瓶和酒杯在卡西尼站内不方便使用，所以江子用特制的分酒器把红酒灌进了密封的容器内，这个糙汉子像绣花一样小心细致，仿佛让拉图酒庄这样的顶级红酒洒落一滴是莫大的罪过，"它还待在箱子里啊，只要我们不去动它，它就拿我们没什么办法。"

"不过，很遗憾，我们到现在都不知道楼齐究竟是如何消失的。"梁敬捏着筷子，"他的失踪我们完全无法解释。"

"对于黑球，你们有什么新进展吗？"默予把吸管插进软包的罐头内，透明的软包内是淡红色的番茄汤，她对红酒没什么兴趣，宁愿喝西红柿鸡蛋汤，"它究竟是什么玩意儿？真的是四维空洞吗？"

梁敬、江子和大厨互相对视，一齐耸肩。

"天知道它是什么东西，我们所有的观测手段在那个见鬼的球面前全部失效了。"梁敬喝了一小杯红酒，皱了皱眉头，"我怎么觉得这酒喝起来发酸？"

"红酒就这样。"江子也喝了一小口，做满足舒畅状，"一看你就是那种喝不惯高级酒的人，你知道这瓶酒值多少钱吗？我们喝的都是人民币啊。"

默予晃了晃手里的番茄汤："我喝的也是人民币。"

"我们暂时不敢使用暴力手段，没法儿把它切开。"梁敬说，"那个球的硬度应该非常大，甚至比我们之前接触过的所有物质硬度都大，但这是推测，我们不知道它的极限在什么地方。其实我挺想把它塞进十几万吨的水压机里，看看是球死还是水压机亡。"

"你要是真的这么干，无论是谁亡，你都死定了。"江子悄悄地伸手去够红酒的酒瓶，被大厨给拦住了。

"如果我们没法儿证明这个黑球的绝对安全性，上飞船的时候可能还有皮要扯。"万凯把江子的手打了回去，"这趟'暴风雪'号飞船的指令长是谁来着？约翰·杨？我记得这丫是个一根筋的倔脾气，他不会允许任何摸不清底细的玩意儿登上他的船。"

"地球方面会跟他交代的。"江子喝完了自己杯子里的酒，舔了舔嘴唇。

"他会跟地球方面摔电话。"万凯说。

"这跟我们可就没关系了。"江子哼哼。

其他的人笑了起来，看飞船指令长跟地球方面扯皮一向是个娱乐节目。"暴风雪"号聚变飞船的指令长约翰·杨是个极其固执的人，就像粪坑里的石头一样又臭又硬，他经常痛骂指挥中心的人都是无理且无耻的混账。

"如果地球上的那些混账脑子里装的是脑浆而不是豆浆，他们就不可能提出这么扯淡的要求！"

"你们应该在指挥中心种满玉米！这样那几百平方米的地盘就不会像现在这样只出产傻瓜了！"

默予扭头看了看崖香，后者正坐在她身边安静地吃吃喝喝。崖香注意到了默予的目光，偏头展颜一笑，嘴边还带着油渍。

默予伸手帮她擦了擦。

"嘻嘻，默予姐。"

默予也笑了笑，用力吸干了软包中的番茄汤，接着她在软包中捏到了什么硬物。默予皱了皱眉。

汤罐头里怎么会有东西？是生产时遗留的吗？

默予把罐头翻过来看，惊叫一声，手像触电似的松开，番茄汤罐头落在了茶几上。

"怎么了？"周围的人都扭过头来。

默予脸色苍白，指着桌上的罐头说不出一句话，强烈的反胃和恶心涌上来——透明的软包里泡着一截手指。

"这……这……这……"

江子、梁敬、大厨和崖香瞄了一眼，都笑出了声，而且笑得越来越大声。

"默予，你猜猜那是谁的手指？"江子把手从桌子底下伸出来，展开握拳的右手，只有四根手指，"是我的吗？"

"是我的吗？"梁敬嘿嘿笑着张开右手，同样是四根手指。

"还是我的？"万凯晃了晃右手，四根手指。

"默予姐，默予姐，还有我呢！"崖香冷冰冰的手抚上默予的脸，那只白嫩的小手上也只有四根手指。

年轻的女人在病床上睁开眼睛。房间里很安静，ICU状态下的医务室隔音效果很好，黑暗中有红色和绿色的指示灯在闪烁，体外生命维持系统仍然在工作，那些复杂的参数和图形平稳地变动，空气中弥漫着医务室特有的消毒液味。她抬手撕掉贴在身上的电极，仰头望着天花板。

"大白？"

没有回应。

"大白……大白？"默予的声音很微弱。

仍旧没有回应。

为什么没有回应？大白呢？大白到哪里去了？

默予迷迷糊糊地想着。但她刚从低温休眠状态中苏醒，大脑着实迟钝，神经细胞上的电流速度仿佛都慢了，她要花好几秒钟才能想起来大白是什么，然后再花好几秒钟思考大白为什么不回应自己——这比她上次从低温休眠中苏醒时要稍强一些，从"暴风雪"号飞船上落地时，默予连自己的名字都想了十分钟。

默予望着医务室的天花板，心想接下来可能要吐了。

果然，强烈的恶心和反胃涌上心头，胃部不受控制地蠕动、收缩，食道中一股一股地往上泛酸水，默予伸手去摸呕吐袋，恶心想吐也是低温休眠之后的正常症状，冷冻缓冲液的副作用之一就是催吐。

卡西尼站里寂静得不正常，没有丝毫声音，默予一开始觉得大概是医务室的隔音效果太好了，但当她推开门踏进走廊时才发现外头也鸦雀无声，掉下一根针都能听得见。卡西尼站内绝大多数时候都是吵吵嚷嚷的，万凯经常在厨房里叮叮当当，江子的大嗓门儿能从一楼穿透楼板直透二楼……现在江子的声音消失了，梁敬的声音消失了，万凯的声音消失了，所有人的声音都消失了，甚至连空气都凝固了。

"大白？大厨？大白，你在哪儿？"

默予打着赤脚，扶着墙壁，孤零零地走在空荡荡的长廊里，长发披散在肩头。

灯光下一切都是惨白的颜色，默予一步一步地走向大厅，影子在地板上缓缓移动。有那么一瞬间，默予觉得连影子也要离自己而去了，而自己居然追不上它。

"大白？人呢？"

从医务室到大厅只有短短十几步的距离，默予却觉得自己穿行在漫长的隧道里，头昏脑涨，灯光刺眼，走廊尽头的那扇门怎么都无法触及。这大概也是低温休眠的副作用——大脑在昏沉状态下对距离长短失去了判断能力。

默予浑身无力，四肢发软，歪歪扭扭地蹭在墙壁上。她开始怀疑是不是有人在自己昏迷时给自己灌了酒，导致她手脚都瘫软得像是烂泥，提不起丝毫力气。

"见鬼，人呢？人都到哪儿去了？"默予有点恼火，她好歹是个刚从死亡线上回来的危重病人，居然连个看护的大夫都没有，出了病房连个护士都找不着。这是在搞什么？所有人都撤离了？自己已经被抛弃了吗？

默予脚下一滑，摔倒在地板上。

她忘了穿鞋，光着脚在卡西尼站里走路，轻飘飘的，容易摔倒。默予以慢动作向前扑倒在地板上，大脑以慢动作想起应该穿上鞋子，散乱的头发在空气中以慢动作飞舞，额头上的汗珠以慢动作划出一条抛物线，砸在地板上碎裂开来，一切都慢吞吞的，像是电影中的慢镜头，时间流逝得跟乌龟一样缓慢。

默予趴在地板上微微喘息，她身上还穿着宽松的白色病号服，人被凸显得瘦小而纤细，看上去像是个逃出病房的重病患者。往常这个时候早该有人从这里经过了，从医务室到大厅，这条走廊两侧都是行政办公区，平时人来人往，但偏偏这个时候一个人都没有。

如果自己死在了这里，大概也不会有人发现——默予揉了揉脑袋，慢慢地想。

大白肯定是被人关掉了，否则它不可能不回应自己，但默予不知道他们为什么要关闭大白。大白是卡西尼站的管理者，所有的模块和系统都在大白的掌控之中，它负责维护并保证科考站的正常运行。大白已经正常工作了近十年时间，从未关过机，他们为什么要关闭大白？

自己昏迷了多长时间？自己昏迷的这段时间究竟发生了什么？默予下意识地想，她隐约记得自己昏迷之前发生了什么——自己和江子一起出舱修理通信塔上的天线，爬上塔顶之后她就被什么给击中了，防风罩瞬间爆裂。默予不记得那是什么东西了，只记得它出现时有尖锐的呼啸声。

手脚还在吗？

还在。

默予隐隐有种不好的预感，所谓事出反常必有妖，站长他们关闭大白一定有什么原因，而且是相当重大且紧急的原因。如果把卡西尼站比作一台计算机，那么大白就是计算机的操作系统，关闭大白意味着把计算机的硬盘全部格式化，删除操作系统——正常情况下谁会这么做？

他们关掉大白之后又到哪儿去了？

卡西尼站里的人呢？

默予开始担心自己是不是真的被抛弃了——她不知道自己昏迷了多长时间，自己可能错过了"暴风雪"号抵达的时间。尽管默予相信站长他们不可能抛弃自己，但天知道自己昏迷期间发生了什么。或许出了什么紧急情况，比如火山剧烈喷发，或者卡西尼站即将沉没什么的，导致他们来不及抢救自己？

默予打了个寒噤，不敢继续往下想了。

独自一人被遗弃在废弃的卡西尼站里，这个想法太可怕了。

僵硬的大脑思考不了太多问题，默予自认为是个机敏的人，但她现在觉得自己是个唐氏综合征患者。默予撑着地面爬起来，跟跟跄跄地往前走，来到大厅门前。透过门上的玻璃，她能看到空空荡荡的大厅，里面一个人都没有。

奇怪……所有人真的都不在，他们到哪儿去了？

默予抬起手正想推开门，忽然一愣。

一双柔软的小手从身后无声无息地绕了过来，轻轻地箍在了她的腰上。

紧接着，温暖的鼻息覆上默予的后颈窝，身后的女孩紧紧地抱住她，把脸贴在她的背上，轻声说："默予姐。"

默予反手搂住崖香，她摸到了崖香的手，下意识地在心底数了数对方的手指……五根手指。

"默予姐，你睡了好长时间啊。"崖香扑到默予怀里，闷声说，"不过还是一样香。"

默予揉了揉她的头发："我睡了多长时间？"

"嗯……大概得有三十个小时吧。"崖香想了想，"你在修理通信塔上的天线时被冰火山的喷发物击中了，站长把你救了回来，那个时候你满身都是血，真的可吓人了。"

"是大厨把我救了回来？"

崖香点点头。

"其他人呢？"

"他们在楼下呢。"崖香回答，"好像是有了什么新发现，就是那个黑球……他们有了新的发现。"

默予松了口气，看来卡西尼站内一切如常，所有人都还在，她没有被独自一人抛弃在土卫六上。怀疑自己被丢弃可真是庸人自扰，就大家的性格来看，要丢弃也是她丢弃别人，江子不可能放弃任何一个驻站队员。

两人进入大厅，这个时候江子、梁敬和大厨也上来了，几个人吵吵嚷嚷地踏着阶梯上楼，卡西尼站内那不正常的诡异寂静立即就被打破了。江子的大嗓门儿盖过了其他几个人的声音，人未至声先至，默予和崖香坐在沙发上，远远地就听到江子在门外喊："你们在想什么呢？这太冒险了，天知道那究竟是个什么鬼东西！我说过了，在'暴风雪'号抵达之前，任何人不准再接触它！"

"就一次，站长，咱们就尝试一次！"梁敬的声音响起。

"一次都不行！"

"我不相信你不想知道楼齐是怎么消失的。"又是梁敬的声音，"这是我们唯一的机会，或许能搞清楚楼齐的下落。"

"可是天知道这种操作究竟安不安全……哟哟哟，看看这是谁？默予醒了？"

江子推开大厅的门，"身体恢复得怎么样了？"

江子身后跟着梁敬和万凯，两人同样惊喜。

"没什么大碍了。"默予回答，"你们是不是把大白给关了？"

三个男人在沙发上依次坐下，江子给众人倒水："是，我们把大白关闭了，因为它出了很严重的问题，差点害死我们。那家伙已经不再适合控制卡西尼站了，在'暴风雪'号抵达之前，我们都不打算再把它打开了。"

"它不光差点害死我们，还差点害死你。"大厨补充，"现在你身上的器官有一半都是人造的，包括你的肾脏、肝脏以及脾脏。"

默予下意识地去摸自己的腹部。

她自己倒是感觉不到什么，大厨多年的刀功不减，开刀都不留疤痕，想必平时在牛腩和猪大肠上久经磨炼。默予轻轻地按压自己的肚皮，在她不知道的时候，她从娘胎里带出来的原装零件已经被换成了第三方厂商生产的替代品，这种感觉确实挺奇怪……好像你已经不再完整，金属与血肉交织在一起，你成了一个由人工技术与机械零件构建起来的组合体。

地球上的绝大多数人都很抵触人工器官，尽管人工器官远比自体培育的要便宜，但一大帮人纠结起来组成伦理审查委员会，呼吁立法限制人工器官的使用。在他们看来，这是人类向机器人进化、碳基生物向硅基生物进化的不归路，人工器官的更换没有尽头，终有一天，人们会把身上所有的组织都换成机械，在大脑里插入芯片，为了追求更快、更强、更聪明，丢掉从娘胎里带出来的一切。

默予对此倒不是太在意，她的立场本来就是混乱邪恶的，只要大厨没把她改造成汽车人，她都无所谓。

如果大厨真把她改造成了汽车人……那就太他妈酷啦！

"大白给你注射了过量的冷冻缓冲液，造成了大面积器官衰竭。"大厨解释，"站里没有你的自体培育器官，你只能回地球去换。"

"它想杀了我？"默予有点吃惊。

"它自己说是故障，只有千万分之一的概率。"万凯耸肩，"但千万分之一的概率它一天能给我们来一次，这破机器人应该去买彩票。"

"我们不得不关闭大白，因为我们修不好它。"梁敬说，"如果它再来一次千万分之一的故障，可能会干掉我们所有人。"

默予点点头。

"听说你们对那个黑球有了新的发现？"

三人不约而同地点头，同时张开嘴。

"一个一个来。"默予竖起一根手指，在三人同时说话之前截住他们。

"是的，我们有了新的发现，这完全是意外之喜。"梁敬先开口，"虽然还不敢肯定，但这可能会佐证我们之前的一个猜想。"

"什么猜想？"默予问，"外星人的车辙辘？"

"很显然，这个黑球并非来自地球文明。"梁敬说，"但它大概率不是车辙辘。"

"那它还能是什么？"默予随口说，"某个超级生物的眼珠子？某种外星怪物下的蛋？还是什么黑洞、白洞、四维空洞？"

三个男人对视一眼。

"它确实是个洞。"

默予愣了一下："你说什么？"

"我们有相当的把握可以确定这个黑球与某个地方是连通的，"梁敬说，"它真的是一个四维空洞，或者说是一条通道。"

默予呆住了。这种想法他们早就有了，胡董海曾经就推测过黑球是一个四维空洞，与不为人知的空间相通，洞的另外一侧可能是宇宙的尽头，也可能是另外一个宇宙，但当时是瞎猜，没有任何理论与实验依据。为什么现在这帮人如此笃定？

撇开江子和万凯不谈，梁敬再怎么说也是个严谨的科研工作者，没有百分之百的事实依据，他不会下这样的断言。

"你们有了什么发现？"默予问。

默予还记得那个黑球的特性：只吃不吐，所有进入黑球的信息全部消失得无影无踪，简直就是要把物理学中的信息不灭理论吊在房梁上打。

"很简单……"梁敬顿了顿，"因为我们接收到了对面传来的信息。"

"什么信息？"默予很好奇。

三人互相交换目光，江子一把捂住眼睛，瘫倒在沙发上，叹了口气："我不想再下去了。"

说罢，他从沙发上爬起来："走吧，说不清楚，你自己下去看看就知道了。"

梁敬和万凯一齐起身，推开大厅的门，示意默予跟上，后者搂住身边的崖香，拉着她一起下楼。他们重新进入一楼的P3实验室，自从楼齐莫名消失，这间实验室就被封闭了，江子不允许任何人擅自进入——实验室内仍然保持着几天之前被封时的样子，黑球待在透明的手套箱里，四周围着一圈机械臂。

默予在门外换上防护服，跟着江子踏进实验室。打开照明灯后，实验室里立即亮堂起来，唯有箱子里的黑球不反射任何光线，不具有立体感，仿佛是被人用剪刀剪出的一个空洞。

默予并不是第一次见到这个球，但它确实有某种超乎寻常的特质，让它与周围所有的人类造物截然不同，这大概是人类作为地球生物对外来物本能的警觉和排斥，因此任何人进入实验室的第一刻都会注意到它。默予并非物理学专业出身，不能体会老胡、楼齐所感受过的疯狂，不过她能理解，对于一个物理学家而言，这个黑球就是诱惑亚当、夏娃的魔鬼与蛇，冰冷可怕而又无法抗拒。

"离它远一点。"江子带着默予远离手套箱，几个人站在几步之外。

梁敬打开实验室里的电脑，大白被关闭之后，P3实验室已经脱离卡西尼站的控制系统，一切都需要手动控制。

"我们接收到的信息有两种，"梁敬面前的显示器亮起，"电磁波和机械波。"

默予带着崖香凑了过来，睁大眼睛："电磁波和机械波？"

梁敬点点头。

"大概两个小时之前，我们偶然发现了这一点……虽然大白被关闭了，但是监测系统仍然在工作，记录着所有的数据。"梁敬用手指了指把黑球围得密不透风的机械臂，"感光板检测到黑球对外释放了 X 射线和 γ 射线，说实话，这把我们吓了一大跳。"

默予在显示器上看到了数据记录，根据监测系统的记录，黑球在两个小时之前对外释放了能量，首先是电子——监测系统捕捉到了高能电子，它们以黑球为中心向外散射，持续时间非常短暂——接下来是红外线与紫外线，且频率一直在变化，最后上升为 X 射线乃至 γ 射线。但这种变化没有规律，频率忽高忽低，且放射时间有间断。

这种现象只持续了不到半个小时，黑球在对外放出最后一个光子后又重新归于沉寂，再次沉默下来。

默予盯着屏幕看了许久，扭过头来问梁敬他们："这意味着什么？这个黑球有放射性？"

"不。"梁敬摇头，"这世上不存在这样一种放射性物质，能随意改变自身的特性，想对外射什么就射什么，想什么时候射就什么时候射，想射多久就射多久。"

"真正引起我们注意的，是它所放射的那些能量。"江子接了下去，"我们对它放出的总能量做了计算，发现正好与我们朝里面灌的相吻合，误差不超过万分之一。你想想它发射出来的电子、红外线和紫外线、X 射线和 γ 射线，正好都是我们当初射进去的，无论是时长还是频率，包括先后顺序，都一模一样。"

默予点点头，她想起自己还操作过 X 射线枪，对着黑球一阵猛扫，这个结果也体现在了检测结果上，是一段剧烈且快速变化的波形图。

"这么说，黑球把所有的能量都还回来了？"默予问，"我们丢进去什么，它就还给我们什么？"

黑球像个忠实的记录者，把人类丢给它的所有东西都原模原样地丢了回来。

"一开始我们也是这么想的。"梁敬说，"我们认为这个黑球没有打破能量守恒和信息不灭的定律，它只是拥有某种机制，可以暂存我们发射进去的信息，一段时间后它会把信息还给宇宙……不过我刚刚跟你说过，它丢出来的信息不仅有电磁波，还有机械波。"

梁敬的语气陡然沉重起来，他身边的江子和万凯看上去也相当不安。

"什么样的机械波？"默予问。

"振动，黑球自己的振动，非常微弱，不过我们把它记录下来了。"梁敬在显示器上点了点，示波器上有一段密集的行波，"我们分析后得知，它其实是声波引起的振动，与之前的电磁波同理。这个黑球可能把声波吸收之后以振动的方式还了回来，我们把振动还原了。"

"我们的声音它也吸收了？"

"你自己听。"梁敬打开扬声器，同时后退了一步，过了几秒又补充了一句，"不过我们认为……这恐怕不是我们的声音。"

实验室里安静下来，几个男人都盯着电脑扬声器，神情很凝重。默予左右张望了一下，视线最后也落在了扬声器上。所有人都站在实验室里等着，接下来是漫长的寂静。

"扬声器是不是没打开——"

江子竖起手指示意默予安静。

几秒钟后，扬声器响了。

"扑通！"

默予吃了一惊，扬声器里传出来的是心跳声，某种沉闷有力的心跳声，像是擂鼓和打雷。崖香被吓住了，她朝默予靠了靠，紧紧地抓住后者的胳膊。默予按着女孩的肩膀安抚她，同时诧异地扭头，看向身边的梁敬和江子。两个男人抿着嘴，神色僵硬，盯着扬声器，如临大敌。

"心跳……还有手……手指……"

心跳声过后，扬声器中传出女人微弱的声音。

"默……默予姐。"崖香吓坏了，用力抓住默予的衣服。这声音太有特点了，咬字很清晰，带着略微沙哑的嗓音以及略重的鼻音。所有人都太熟悉这声音了，包括默予自己——她瞠目结舌，脸色变得煞白，因为这是她自己的声音。

那声音听上去极恐惧极惊慌，泫然欲泣，她反反复复絮絮叨叨地念着"心跳"和"手指"，不知道是在哭诉还是在求救。默予呆呆地看着扬声器，这是怎么回事？为什么黑球里会有自己的声音？自己什么时候说过这些话？心跳和手指又是什么意思？

如泣如诉的低声越来越小，慢慢消失，默予以为就此结束了，这短短两分钟大概是她这辈子最难熬的时间，不知从什么时候起，她已是浑身冷汗。她想深吸一口气平复一下心情，但下一刻扬声器中突然发出尖锐刺耳的巨大声音，那个女声抽搐似的怪笑起来。

"嘻嘻嘻嘻嘻嘿嘿嘿哈哈哈哈……"

年轻的女人在床上睁开眼睛，望着天花板。房间里很安静，淡褐色的天花板上有深色的松木纹，照明灯发出温暖柔和的淡黄色光芒，空气中弥漫着淡淡的茉莉香味，这一切都很熟悉……在模糊与混沌中，默予意识到这里不是医务室，而是她自己的卧室。

在默予的记忆中，上一刻她还在通信塔塔顶的防风罩内，套着厚厚的铁浮屠，身上挂着工具箱，在零下一百八十摄氏度的极端环境中修理天线，一声轰隆巨响后她眼前一黑，再醒过来时就躺在了自己卧室的床上，有点像是酩酊大醉喝断了片。她不知道自己昏迷了多长时间，但用脚趾头想都知道自己肯定是在万分凶险的境地之中捡回了一条命……是谁救了自己？

江子吗？

应该是江子。

他跟自己一起出舱了，不愧是站长，真是靠谱。

默予抬起手放在自己的胸口上，从胸口摸到腹部，没有伤疤，没有刀口，身上也没插管道与电极，更没有缺胳膊少腿损失什么零件，她完整无缺，就像是昨天晚上洗完澡后睡了一觉醒来，一切如常。

可为什么自己的大脑思维如此迟缓？大脑里塞的仿佛是鼓胀的棉花而不是脑细胞，沉重笨拙。默予迟缓地思考自己为什么如此迟缓，能让一个人在短时间内患上阿尔茨海默病，应该是冷冻缓冲液的副作用，这状态跟她之前从休眠中苏醒时的一模一样……谁给她注射了冷冻缓冲液？应该是那个庸医大厨……万凯给她注射了冷冻缓冲液。

既然动用了冷冻液，那么应该是个大手术。

这说明自己当时的情况很危险，伤势很严重。

不是命悬一线，医生们不会轻易冷冻患者。

默予轻轻地舒了一口气，她不知道自己出了什么事故，但在土卫六的舱外活动中，任何小事故都能造成致命的后果，好歹活过来了……不过，冷冻液还有种很糟糕的副作用，默予这时才记起这一点，不出意外的话，这种副作用几秒钟内就会出现。

完了。

她想吐。

"大白……"默予张口就想叫大白，却忽然愣住了。

房间里还有第二个人，柔软、均匀的呼吸声就在她的身边，她之前居然一直没发觉，真是老年痴呆状态。默予扭头，看到崖香趴在她的床边睡得正熟，脸颊压在手臂上，神情安然又恬静，时不时还咂咂嘴，纤细乌黑的长发披散在肩头，口水流了一胳膊，不知道在这里睡了多长时间。

"妞。"默予伸手推了推崖香，"妞，醒醒！醒醒！"

"嗯……嗯？"崖香悠悠地醒转过来，吸了吸嘴角的口水，迷迷糊糊的，"默予姐，你醒了……默予姐，你醒啦！默予姐，你醒啦！你还好吗？有没有什么地方疼？"

"帮我拿只呕吐袋。"默予指了指墙壁。

"我昏迷了多长时间？"默予脱下身上的病号服，换上工作服。崖香本来坐在边上兴致勃勃地旁观，但当默予脱下上衣抖抖肩膀，崖香就感受到了这个世界的深深恶意，她低头看了看自己，默默地扭过头去。

"大概三十个小时。"崖香回答，"你在修理通信塔上的天线时被冰火山的喷发物击中了，是站长先生把你救回来的。你伤得非常严重，万凯先生给你动了手术。"

"你一直在这里陪我？"默予捏了捏崖香的脸蛋。

"嗯。"崖香点点头，"我担心默予姐醒不过来，站长先生把你救回来的时候，你看上去真的太可怕了，身上的铁浮屠都碎了，昏迷不醒，浑身是血。"

"可我这不是醒过来了吗？"默予笑笑，抬起头喊道，"大白！"

大白没有回应。

"大白被关掉了。"崖香说，"据说它出了非常严重的故障，可能会对站内人的生命安全造成威胁，站长就把大白关闭了。"

默予吃了一惊："大白被关闭了？"

崖香点点头。

默予很难想象究竟是怎样严重的问题能让站长决定关闭大白。大白是卡西尼站的控制系统，对每个功能模块都了如指掌，它比任何人都更了解卡西尼站、更擅长管理卡西尼站，也是唯一一个仅凭自己就能玩得转卡西尼站的AI。如果换成人工，想维持卡西尼站这样一个高度复杂的系统正常运转，需要一大批工程师。

一旦大白被关闭，整座科考站的运行都会陷入困境。

在当今的技术环境下，人工智能管理系统早已深入每个人生活的方方面面与细枝末节，从订机票到安排晚餐菜谱，一切都可以交给专业的人工智能助理。对默予等人来说，大白的存在就与空气、网络一样正常，大白不存在才是不正常的。

关闭大白就像是把卡西尼站内的空气抽干了一样，令人诧异。默予提高声音多叫了几声，看到没有回应，才相信大白是真的消失了。

"其他人呢？他们都还好吗？"默予从床上爬起来，看了一眼墙上的时间，已经过了十二点半，到后半夜了。

"他们都在休息吧。"崖香打了个哈欠，揉了揉眼睛，"要不要叫大厨和站长先生过来看看？我觉得默予姐的身体最好再做一次检查，要彻底没问题了才能放心。"

"时间不早了，不要打搅他们休息。"默予嘴里咬着发带，用手把头发绾起来，"我自己去……崖香，你如果困了就睡在我的床上吧，我去医务室看看。"

崖香眼神一动，扑上来抱住她的腰："我跟你一起去。"

"怎么？不放心我？"

"默予姐，你现在是病号。"崖香嘿嘿地笑，"病号就要乖乖地听话。"

默予捏了捏她的鼻子，崖香做了个鬼脸。

两人离开卧室，走廊里空荡荡的，她们位于宿舍区，而医务室位于行政办公区，中间隔着大厅。默予和崖香推开进入大厅的门，忽然听到下楼的螺旋阶梯上传来动静。

"嗯？刚刚是不是有人下楼了？"默予探头，"崖香，你听到脚步声了吗？"

崖香点点头，她听到了急促的脚步声，确实有人下楼了。

"是江子吧？这大半夜的，他不睡觉跑下楼干什么？"默予有点好奇，拉着崖香跟着下了楼，她还想问问江子为什么要关闭大白。但两人刚走到一半，还没下到一楼，就听到楼下传来江子惊怒的吼声。

"万凯！你……你在干什么？"

默予和崖香对视一眼，连忙冲了下去。但冲到一半，默予突然生生地止住了步子，伸手一把拉住崖香，猛地拦腰抱住她，两人打了个趔趄，差点摔倒。

"默——"

默予紧紧地捂住她的嘴，崖香惊恐而茫然地瞪大了眼睛。

"安静。"默予贴在她的耳边轻声说，"别说话。"

崖香点点头，她注意到默予脸色苍白、呼吸急促，额头上的冷汗沿着脸颊滑落。崖香循着默予的目光望过去——楼梯口对面是工具间，跟她们之间只隔着一条走廊，工具间的门紧闭着，很显然江子就在工具间里。真正让默予和崖香感到惊恐的是房门玻璃上猩红的血迹，仿佛有人在工具间内割破了动脉，血液喷洒在那块圆形的观察窗内侧，触目惊心。

崖香瞪大了眼睛，默予盯着工具间的门不出声，但抓紧了崖香的手，两人手心都满是汗。

工具间里没有丝毫声音，一只手突然按在了玻璃窗上，发出咚的一声闷响，然后慢慢下滑，划出一道模糊的血手印，把两人吓了一跳。

崖香吓坏了，眼泪立即涌出眼眶，如果不是默予捂着她的嘴，她已经惊叫出声了。

默予紧紧地搂住崖香，支撑着不让她软倒在地上。说实话，默予也六神无主、手足无措，要不是抱着崖香，她的两只手都不知道该往哪里放，她才刚刚从休眠中苏醒，根本不知道发生了什么。

默予咽了一口唾沫，拉着崖香一步一步地后退上楼，尽量不发出任何声音。

工具间的门一点一点地消失在楼梯拐角，默予拉着崖香转身就跑，"嘎吱——"的开门声从身后追了过来。

默予头皮发麻，她拉着崖香跑上二楼，站在大厅里焦急地张望，想找个地方藏起来。

"默予姐，我们——"

"别说话，别出声，安静。"默予扭头，竖起食指，用唇语一字一顿地说。

默予情急之下拉着崖香钻进了行政办公区，进去之前没忘先把通往生活住宿区的门打开。行政区一共有八个房间，走廊两边依次是医务室、控制室、办公室、档案室以及厨房，还有几个杂物间与仓库。

见鬼……必须藏起来，藏哪儿？藏哪儿？

藏哪儿？

办公室？办公室不行，空间太小，里面只有张桌子。医务室？医务室不行，医务室藏不了两个人。档案室……档案室档案室档案室也不行！

冷汗浸透了默予的衣服，偏偏这个时候她的大脑运转迟钝，由于冷冻缓冲液那该死的副作用，刚从休眠中苏醒的人都跟老年痴呆患者一样。两人像无头苍蝇似的在走廊上打转，她们实在找不到什么好的藏身之所，卡西尼站内就这么点空间，连只老鼠都很难藏住。

时间一分一秒地过去，默予能肯定工具间里的那东西已经追出来了，她清晰地听到了开门声。

必须尽快找个地方躲起来。

默予最后推开了杂物间的门，然后转身锁上了房门。这里堆满了各种各样奇形怪状的废弃工具，都是以往的科考任务中遗留下来的，有三脚架、小滑橇，甚至还有汽锤，横七竖八堆得满地都是。两人踮着脚跨过地上的箱子和金属架子，默予让崖香钻进房间最内侧一人多高的空储物柜里。她把地上所有的杂物全部推过去抵上房间的门，然后也钻进了储物柜。

默予把储物柜的门轻轻合上，崖香挤在她身边，两人呼吸相闻。

"默予姐。"崖香轻声问，"究竟出什么事了？"

她到现在还一头雾水，不知道默予为什么拉着她躲起来，看上去站长先生应该遭遇了什么意外，为什么不过去帮忙？

工具间里究竟发生了什么？

大厨做了什么？

"你没有发现吗？"默予把额头抵在崖香的额头上，气喘吁吁。

"什么？"

"手。"默予轻声说，"那只按在玻璃上的手……只有四根手指。"

默予和崖香躲在储物柜里，大气都不敢出。不知道过了多长时间，终于，她们听到了由远及近的细微脚步声。湿答答的脚步声，听上去仿佛是一双湿漉漉的毛脚踩在地板上，带着液体滴落的声音，吧嗒吧嗒地响。

那东西在行政区的走廊上转来转去，每走几步就会停一段时间——默予知道它在干什么，它在一个房间接一个房间地搜索。

崖香用力攥紧默予的衣服，默予把她的头埋进自己怀里。

"不怕……不怕。"默予轻声说，"有……有我在，有我在。"

多亏她是个反社会人格，对任何人和事都天生抱有警惕性，这种跟鹿一样的警觉可能救了她们一命。默予认为自己的反应已足够快了，发现不对劲就立即逃离，换个人恐怕会呆立在现场不知所措，那后果不堪设想。默予把耳朵紧贴在储物柜上，她听到走廊上的脚步声在隔壁房间门前停住了，接下来是轻微的开门声。

两个女孩藏在柜子里，背靠着墙壁，那东西在隔壁房间里翻箱倒柜，与她们只有一墙之隔。

默予记得隔壁是档案室，保存着卡西尼站内的所有纸质文件。她想象着那怪物无声地穿过房间，依次打开一个又一个柜子，期望在下一个柜子里能找到惊喜，又在某个时刻忽然俯下身来扫视柜子底下的空间。

崖香把头埋在默予怀里咬着牙哭，竭力不发出任何声音。默予虽然身体也在打战，但这个时候她只能竭力镇定下来做主心骨，她仔细地监听着隔壁的动静……那东西找遍了档案室里所有的柜子，在房间里转了一圈，然后离开了档案室。

吧嗒吧嗒的脚步声在杂物间门前停住了，接着门口传来"咔啦咔啦"的开锁声。

默予紧张得心脏仿佛都漏跳了一拍，她屏住呼吸，抬起手捂住崖香的口鼻，保持绝对的安静。

两人在漆黑的储物柜里对视，眼睛都瞪得老大。

很快门外那东西就意识到这扇门打不开，它开始用指甲剐擦门板……默予不知道那东西是否有指甲，但她觉得那声音跟指甲剐门板的声音一模一样。

"嘻嘻嘻嘻嘿嘿嘿嘿哈哈哈哈……"

门外那东西尖声地笑了起来。

"默……默予姐，外……外面的究竟是什么东西？"崖香的声音发颤。

"不知道。"默予把她搂在怀里，崖香的身体抖个不停，按都按不住。

"那……那站长、大厨他们呢？他们在哪儿？"

默予摇了摇头。

她根本就来不及了解卡西尼站里到底发生了什么，这个世界上大多数意外都是如此，来得猝不及防，并不等你做好准备。默予本人也是蒙的，她靠着直觉与超人的反应速度躲过了一劫，但并不清楚自己正在面对什么。

门外的剐擦声还在继续，那东西在门外蹭来蹭去就是不肯走，想必是发现了异样，已经确认了两个女孩就躲在房间里，正在试着开门，声音尖厉得让人直起鸡皮疙瘩。默予甚至怀疑那东西是不是想用噪声折磨死自己，她最受不了的就是指甲剐擦光滑木板的声音，她对这种噪声的厌恶甚至超出了对死亡的恐惧，如果那家伙再这么剐下去，她就要挽起袖子出门把它暴揍一顿。

"嘻嘻嘻嘻嘿嘿嘿嘿……"

笑声一阵一阵地传过来。

默予怀疑门外可能是只猴子，一边转来转去一边抓耳挠腮，还嘻嘻地笑。

同时她也对自己的镇定和"脱线"感到吃惊，都被逼到绝路上了，还有心思想这些有的没的，可能是冷冻缓冲液的副作用过于强大，让大脑对恐惧的感知都迟缓了……真是该死，她必须想个办法应对当前的局面，哭哭啼啼一丁点儿作用都没有。

默予悄悄地推开储物柜的门，探头瞄了一眼。很古怪的是，门外的怪物没有采用暴力手段破门，它只是不停地剐剐擦擦、嘻嘻哈哈地笑、吧嗒吧嗒地走来走去，没有踹门也没有撞门，这一点让默予感到庆幸。杂物间的门只是普通的复合薄板，不是坚实的金属材质，一个成年男人如果有意想开门，是可以暴力破开的。

默予长嘘了一口气，瘫软在柜子里，大汗淋漓。

"不哭不哭。"她抬手擦掉崖香脸上的泪水，无力地笑了笑，"有我在，不会有事的。"

默予其实相当虚弱，她刚从重伤中恢复，还没来得及吃口饭，现在疲惫得浑身酸软。她的目光四下扫了扫，可惜是个杂物间，找不到食物。

"默予姐，我们接下来该怎么办？"

默予沉默了片刻。毫无疑问，他们被堵在了死胡同里，杂物间里连个窗户都没有——即使有窗户，她们也不可能翻窗逃离，室外是零下一百八十摄氏度的低温，不穿铁浮屠就是死路一条。整座卡西尼站就是一间大密室，默予和崖香根本无处可逃。

"默予姐？"

"我……"

默予正要说话，门外的笑声又响了起来，吓得两人同时闭嘴。

"嘻嘻嘻嘻嘿嘿嘿嘿哈哈哈哈……"

"笑你妈啊笑！"默予高声咆哮，同时推开储物柜的门，捡起一把螺丝刀狠狠地砸在墙上。门外的笑声戛然而止，倒像是被默予吓到了。

崖香瞪着眼睛看呆了。

"反正它知道我们在这儿。"默予拍了拍巴掌，哼了哼，她索性不藏了，"我们不知道站长、大厨他们究竟怎么样了，是死是活都不知道，如果有办法联系上他们就好了。"

"可是大白被关闭了。"

"是啊……大白被关闭了。"默予点点头，"妈的。"

没了大白，默予处于叫天天不应、叫地地不灵的状态。她早就习惯了有事找大白，没了大白，她相当于断了左膀右臂。好比诸葛亮没了司马懿，谁来给他的琴声鼓掌叫好呢？默予想不通江子他们为什么要关了大白，没了大白，谁给他们端茶倒水、打扫卫生？

如果大白此刻还在，默予就能问问大白现在究竟是什么情况，不至于如此被动。

可大白的机房在一楼，默予没法儿去重启大白，而且她也不知道该怎么重启大白，这不是重启个人电脑，绝不像长按重启按钮那么简单。

"你知道些什么？"默予问崖香，"我昏迷的时候站里都发生了什么？有什么异常？把你知道的都告诉我，什么细节都不要遗漏。"

"嗯……站里其实没什么异常，站长与梁敬先生出舱执行过一次任务，出去考察火山的活动情况，但是执行任务的过程中与卡西尼站断了联系。不过幸运的是，最后他们还是成功地回来了。"崖香回忆，"我一直在房间里陪默予姐，途中没怎么出去，具体情况不太清楚，站长和梁敬先生可能认为联络中断的原因在大白身上，就把大白给关闭了。"

"然后呢？"

"然后你就醒了。"崖香回答，"这些都是今天白天发生的事。"

默予按着额头。

崖香提供不了太多信息，这小丫头比她还迷糊，如果不是默予带着，她现在可能已经丧命了。

相比于被困在死胡同里，默予认为更大的麻烦是情报的缺失：一来她们不知道江子、梁敬和万凯是什么情况，是死是活，在什么地方；二来她们不知道守在门外的怪物是什么东西，不知道它是什么，就没法儿对付它。默予从来都不是个坐以待毙的人，即使门外蹲着异形，她也敢抄起电锯打一架。

这也是她为什么会单身这么多年。

"默予姐……我……我们会死吗？"

默予扭过头来，一束灯光透过储物柜柜门的缝隙落在崖香的脸上。这姑娘灰头土脸，头发混着汗水沾在脸上，疲惫又狼狈，瞪着一双怯生生的大眼睛，看上去像是个孩子。默予忽然就心疼了，小丫头何苦到这鬼地方来受这种折磨。

"没事的。"默予自己也记不清这是她第几次安慰崖香了，她抱住女孩，把脸颊贴在后者的额头上，"我们一定会没事的，你要相信我，我们只要再坚持几个小时，坚持到天亮就能安全回家了。"

"坚持到天亮？"

"是的。"默予点头，"'暴风雪'号就要来了，'暴风雪'号，你还记得吗？他们一直在往这里赶，他们会把我们救走的，只要我们坚持到飞船抵达。"

默予在杂物间里摸了一块表戴在手上。现在是凌晨两点二十分，由于大白被关闭了，默予不知道"暴风雪"号还有多长时间抵达，但算算时间，最多不超过十二个小时。也就是说，"暴风雪"号飞船今天就会抵达土卫六。

她们被困在了杂物间，默予转了一圈都没找到第二个出口，这是个死胡同。

门外的剐擦声已经响了差不多半个小时，那东西时不时嘻嘻笑笑，还会猛力拍打几下房门，好在门已经被锁死并堵上了。默予不知道门外那东西是什么玩意儿，但可以肯定那不是正常人。默予说那东西跟她妈一样，疯疯癫癫的，还总是堵在门前不肯走。

"像默予姐的母亲一样？"崖香眨眨眼睛。

"是啊，跟那个女人一样疯，比起撞门，其实那女人还要更胜一筹。"默予坐在柜子里，撇撇嘴，"小时候，那女人一发疯，我就把自己关在房间里，因为她会拿菜刀砍人。我躲在房间里，她就用刀砍门，一边砍一边骂，比现在门外那只会傻笑的怪物可恐怖多了。妞，你别用那种眼神看我……那疯女人可从没把我当成过她女儿，在她眼里我就是不知道哪个男人的野种。真搞笑，自己跟人乱搞被抛弃了，就把气撒在我头上，有本事别生我啊，我让她生了吗？"

"默予姐。"

"算了，别扯这个，晦气。我早就不跟那疯女人住一块儿了，"默予摇摇头，"提她干什么。"

"默予姐，你和母亲分开住吗？"

默予沉默了几秒钟："她早就死了，我现在一个人住，无牵无挂也挺好。"

崖香盯着默予看了半晌，凑过来抱住她："默予姐，咱们回地球之后，你搬过来跟我住一起吧？"

"你有房子？"默予眼睛一斜，这小丫头大学毕业还没几年吧？

"有好多套。"崖香点点头，"大概十几套吧？"

"公寓？"默予问。

市内公寓在这个时代不值钱，一套的年租金也就几十块钱到几百块钱不等，默予如果愿意，也能用自己的工资租个十几套。真正昂贵的是自然环境优越的郊区别墅，那里才是富人集中的区域。有钱人平时住在市郊，有事进城时乘坐超音速真空轨道，一来一回也才几十分钟，方便又快捷。

崖香把脸埋在默予的衣服里，摇了摇头轻声说："郊区别墅，带游泳池。"

默予噎住了。

真是个小富婆。

"听着，妞，我们现在的处境非常不安全。我很想活着回到地球住住你的别墅，试试你们家的室内游泳池，"默予捧着崖香的小脸说，语气严肃，眉眼凌厉，"所以我们不能在这里坐以待毙。"

"默予姐，你刚刚不是说'暴风雪'号马上就要到了……"

"是的。"

"所以我们应该待在这里等待救援。"

"原计划是这样的，但计划已经变了。"默予用大拇指指了指身后，"你听。"

崖香安静下来，侧着耳朵仔细听。门外的指甲剐擦声不知什么时候消失了，取而代之的是细细的摩擦声，像是某人在用线锯切割桌腿。

崖香惊恐地问："它……它在干什么？"

"很显然，它在锯门锁。"默予回答，"那东西应该意识到了用指甲抓门是抓不破的，所以正在尝试锯开门锁。我不知道这道门还能坚持多长时间，不过应该挡不了它十二个小时。我以为它是只猴子，还真低估它的智商了，现在看来它应该是只黑猩猩。"

"现在该怎么办？"

崖香本以为待在这里等待救援是最安全的选择，不用乱跑，不用搏斗，坚实的房门和墙壁就能为她们提供最好的庇护。在她看过的那么多恐怖电影里，到处乱跑的人往往是死得最快的，好好藏起来的人才能活到最后，而"暴风雪"号飞船马上就要到了，等"暴风雪"号到了她们就能得救。

可默予告诉她，这门扛不了太长时间，那不知是何物的东西一直在锯门锁，她们现在是瓮中之鳖，处境瞬间就变了，杂物间从庇护所变成了狩猎场，而两个手无缚鸡之力的女孩与羊羔无异。

崖香甚至不敢想象门被打开之后等待自己的会是什么。默予之前老是用恐怖故事吓唬她，说什么尖牙利齿的太空怪物会把人当成猎物撕成碎片挂在天花板上，虽然每次都能把崖香吓得睡不着觉，但她知道那终究只是虚构的故事。现在不一样了，崖香真的担心自己会沦为什么怪物的猎物，被撕成碎片挂在天花板上。

"我们必须离开这里，卡西尼站里已经不安全了。"默予说，"我们要去停机坪等飞机，不能在这里等。"

"可是我们没法儿离开这里。"崖香说，"而且我们也不可能在无防护的情况下离开卡西尼站，要去停机坪的话，得先穿上铁浮屠。"

默予盘腿坐在地板上，皱着眉托着腮仔细思索。亏她这个时候还能冷静下来思考问题，身后的房门一直在吱吱呀呀作响，这就好比刽子手站在身边磨刀，你还能冷静地思考数学题……默予觉得这全托冷冻缓冲液的福，老年痴呆有老年痴呆的好处，她只要一集中精力就会忘了自己身处险境。

崖香说得没错，杂物间没有第二个出口，她们要怎么离开这里？

"是的……我们不能无防护地离开卡西尼站，所以我们要先想办法去一楼的工具间穿上铁浮屠，再去停机坪……"

默予起身，抬起头四处扫视。杂物间里没有窗户，四面都是墙壁，地板上连个缝隙都没有。天花板上倒是有个通风口，但只有成年人的胳膊那么粗，只有面包人才钻得进去。

出口。

哪里有出口？

默予闭上眼睛，按着太阳穴原地绕圈……出口出口出口出口出口！她们必须找到出口！这里一定存在第二个出口！一定存在第二个出口！

"第二个出口！"默予睁开眼睛。

"什么？"

"第二个出口！"默予一字一顿地说，"这里存在第二个出口！"

崖香缩在柜子里，看着默予在杂物间里翻箱倒柜。

"默予姐……"

"别说话。"默予蹲在垃圾堆里挑挑拣拣，神情严肃。

崖香不知道默予想干什么，难道是在找武器？可卡西尼站不是军火库，从不储存任何武器。

最终，默予找到了大量螺丝刀、扳手和撬棍，噼里啪啦地堆在地板上。卡西尼站里虽然没有武器，但"物理学圣剑"遍地都是。"妞。"

"欸？默予姐？"崖香抬起头。

"跟我说话。"

"跟你说话？可你刚刚叫我不要说话……"

"随便跟我说点什么，不要让我听见后面那锯门的声音。"默予指指身后，汗珠从她的额头上缓慢滑落，汇聚在下巴处，"那东西锯门让我心神不宁，见鬼……见鬼……这盒子怎么打不开？我需要一个五号螺丝刀……"

默予发颤的声音暴露了她的惊恐，她远不像看上去那么镇定，只是在崖香面前强撑着。如果崖香不在这里，她可能也会缩在某个柜子里啜泣着瑟瑟发抖。

"好好好，我说点什么，我说点什么……"崖香左顾右盼，"默予姐，你坐过私人低轨飞船吗？"

默予一口老血闷在喉咙里，猛地咳嗽起来。

"……没有。"

"我我我我我们家就有一艘，庞巴迪X509，平时停在文昌代管中心，一年只用交两百万元的管理费，船舱里可以坐四个人。默予姐，那你见过吗？就是看上去像个白色鸡蛋的那种飞船，走电磁轨道升空，到了三万米的高度再开火箭发动机。"崖香闷着头把脑子里的所有东西都倒了出来，语速飞快，说得语无伦次，"飞得特别快，不过上天之前要先给航管局报备，要提前三周提交飞行计划，每次我妈——我……我想我妈了……"

默予抄起手边的金属小零件猛地砸在崖香头顶的柜子上，"铛"的一声，后者吓了一跳，眼泪汪汪。

"别哭！现在别哭！"默予咬着牙，"继续说话！每次飞船升空前都要提前向航管局报备！然后呢？"

"然后……然后还要给世界低轨委发函，给环球紧急救援中心发函，全部审批通过之后就可以发射了。飞船里可以坐四个人，空间还是蛮宽敞的。"崖香止不住地扭头，总想去看杂物间的房门，生怕它下一秒就被撞开，她很佩服默予的冷静和镇定，佩服她这个时候还对私人飞船有兴趣，"飞船不能人工驾驶，所有的航线都是设定好的……"

"嗯嗯，嗯嗯。"默予不知道是在听还是没在听，她抽出一根铁丝，用牙咬着拉直，"所有航线都是设定好的，然后呢？"

"我们坐在飞船上系好安全带就可以起飞了，一共是四个人，我、我爸、我妈，还有一个安全员。安全员一般是代管中心派的，虽然我也不知道他们是干什么的，但规定每次飞行都要有一个安全员。文昌代管中心有一条民用的七千米长的电磁加速轨道，真空的，飞船在轨道上加速，然后飞上三万米的高度。"崖香接着说，"到了三万米之上再打开火箭发动机，这个过程其实很不舒服，所以飞行之前最好吃点药——"

"吃什么药？"

默予起身，手里拎着撬棍，放在桌子上用扳手一阵猛敲。

"抗负荷的。"崖香回答，"吃了之后就舒服多了。从三万米的高度到近地轨道上要飞差不多五六分钟，进入轨道的时候就到太平洋上空了……我们经常把轨道设定在赤道上，一个多小时就能绕地球一圈。默予姐，你看过非洲大陆吗？还有地中海、澳大利亚……从低轨上看非洲可漂亮了。"

"非洲什么样？能看到黑人吗？"

默予狠敲撬棍。

"默予姐，那是在轨道上……"

"好，在轨道上！"默予用力挥了挥手中的撬棍，看这架势可能是要出门揍人，"到底是有钱人的生活，一艘私人飞船要好几千万吧？比豪华游艇都贵。我上太空只能坐大巴，十几个人挤在一起，每个人就一个硬座，还不能中途下车。好在车票是国家报销的，否则我连大巴的车票都负担不起。"

都说默予是反社会人格，这人的脑回路确实蛮古怪的，两人被困在死胡同里插翅难飞，门外还有一个不知道是什么的怪物在锯门，换作其他人在这里，早就惊恐得绝望了，但默予还有心思抨击富豪们的奢侈生活。

私人飞船的话题让两个人都冷静了下来，想来这昂贵的大玩具果真是个转移注意力的好东西，谈起飞船就没人关注什么锯门的怪物了——如果把门外那玩意儿放进来，说不定它也会饶有兴趣地加入聊天。

这世上有什么比私人飞船更有诱惑力呢？

"庞巴迪X509目前的售价是一亿元多一点。"崖香说，"不过这不是最贵的。最贵的是地月返回游览船，可以坐六个人，还自带登陆器，能在月面上着陆，十五亿元一艘呢。"

"腐朽的资本主义。"默予说，"绕地球一圈之后，你们在哪儿降落？"

"巴西里约热内卢，或者法国巴黎。"崖香说，"一般情况下降落场地都是预先租好的，巴黎、伦敦、柏林、法兰克福这些城市都有降落场和代管中心，我们把飞船停在代管中心，他们会安排空运把飞船送回家……"

默予知道崖香家里很有钱，但不知道她家里这么有钱，这样一个大小姐跑到土卫六上来受罪，真是匪夷所思。

"跟你比起来，我觉得自己过的简直不是人过的日子。你们是不是中午在大溪地潜水，下午就到巴黎吃晚餐了？"默予把地板上的工具全部捡了起来，"好了……妞，你最好祈祷我的计划能成功，你还能回到地球上过你的大小姐生活，而不是在这个鬼地方被冻成硬邦邦的冰块。我们要找个通道逃离这里。"

"从哪儿逃？"

崖香不知道杂物间哪儿还有第二条出路，但默予看上去是那么言之凿凿，手里握着撬棍，希望她的计划不是出门跟怪物打一架。

默予走到墙边，用撬棍狠狠地砸墙壁。

"从这里！"

崖香愣愣地看着默予在杂物间的墙上又敲又撬，忽然就明白了她在干什么……杂物间里果真有第二条出路。

默予猛地撕下墙壁表面的塑料墙纸，用力撬开保护盖，然后用螺丝刀依次卸下螺丝钉，将整个翻板取下来，露出来一个几十厘米见方的口子——这是卡西尼站墙内的运输通道，平时他们对大白呼来喝去，衣来伸手，饭来张口，靠的就是这套系统。它的全称叫"顺丰家庭物流管理系统"，这玩意儿确实是顺丰最早研发并推广的，号称解决了从客厅到厨房的最后五米距离，由于符合全球七十亿懒鬼的迫切需求，所以全世界人都开始在自家墙壁内打洞，并把它搬上了十几亿千米之外的土卫六。

卡西尼站的墙壁内遍布着曲折复杂的管道，四通八达，你能在二楼的杂物间叫大白送来一把扳手，这就说明二楼的杂物间与一楼的工具间是连通的。默予不确定这些通道是否能容纳一个人从中通过，但好在崖香身材娇小，钻洞应该不会太费劲。

默予把通道口的盖板卸了下来，不得不说，这东西装得相当结实，她折腾了很长时间，咬着牙用撬棍哼哼哧哧地费了老大的劲。

默予探头往通道里瞥了一眼，通道空间非常狭小，大白平时用这些运输通道端茶送水，或者递个苹果、捎杯咖啡什么的，最大的运输物体就是衣服了——能运送衣服的通道就是默予的计划中逃命用的生路。

"妞。"默予招了招手。

崖香从储物柜里爬出来："默予姐。"

"你记得保存铁浮屠的工具间在什么地方吧？"默予问，"记得吗？"

"我我我我我——"

"别我我我了，我问你记得吗？"默予汗流浃背，拍了拍崖香的脸蛋，"你记得铁浮屠在哪个房间吗？"

"在进门……进门……"崖香直打哆嗦，外头的锯门声陡然增大，嘻嘻笑的声音又传了过来，令人头皮发麻。

"别听它的！别听它的！"默予捂住崖香的耳朵，让她面对自己，"保存铁浮屠的工具间是气闸室进门第二个房间！听清楚，是气闸室进门第二个房间！"

"好……好……进门第二个房间。"

"跟我重复，气闸室进门第二个房间！"默予盯着崖香，汗湿的额发下那双淡褐色的眼睛疲惫又锐利，"第二个！"

"第二个，气闸室进门第二个房间。"

"铁浮屠怎么穿记得吗？"默予接着问，一字一顿，"铁浮屠怎么穿记得吗？你受过培训！也穿过那东西！口诀背给我听！"

"铁浮屠铁浮屠……"崖香努力回忆，默予逼着她集中精力，"口诀是一盔二肩三系带，电池气瓶在两边，三十五是生命线，四蓝两红……四蓝两红记心间！"

"四蓝两红！气压、温度、电池、氧含量四蓝！液压稳定两红！一定要记得检查！"

"一定记得检查。"崖香点头。

"前往停机坪的安全绳记得是哪根吗？"

"蓝色。"

"对，蓝色！"默予说，"出了气闸室之后沿着蓝色的安全绳走，千万不要找错了，蓝色的安全绳。抵达停机坪之后就在那里等，'暴风雪'号派来的着陆飞船十个小时之内就会抵达，听明白了吗？"

"听明白了。"崖香猛点头，"明白了。"

"'暴风雪'号派来的飞船降落之后，你一定要告诫他们不要进入卡西尼站！无论如何，千万别让那帮傻子进入卡西尼站，靠近都不要靠近！你上了飞船就让他们走！走得越快越好，一刻都不要逗留！"

崖香一阵猛点头，忽然一愣。

"默予姐，你……"

她不明白默予为什么要叮嘱自己这些，她自己跟营救人员说不就行了吗？

默予掏出一部小小的录音机，这是她在杂物间里找到的老古董，不知道是谁留下来的，居然还能用。她按下录音按钮，开始对着录音机说话："我是默予，土卫六卡西尼站驻站科考专员，生物与环境学博士，卡西尼站细胞与微生物实验室负责人，工作ID 13856SU06。我在此警告你们，香格里拉平原地区地下火山活动剧烈，卡西尼站遭到不明来源生物入侵，其环境已不再适宜人类生存。站长江子，主任胡董海，技术员梁敬、楼齐、万凯与默予已全部死亡！站内所有人已全部死亡！不要尝试进入！不要尝试进入！不要尝试进入！"

崖香呆住了。

默予说完这些话后，把录音机塞进崖香手里："你说的话那些营救人员肯定不会信，你就把这个录音交给他们，放给他们听，跟他们说卡西尼站内已经充满了不明来源的有毒气体。他们没有防护设备，不会贸然进来，而是会先把你送上'暴风雪'号，听明白了吗？就这么跟他们说！无论那帮傻子想干什么，你都要先回到'暴风雪'号上，你只有回到'暴风雪'号上才是安全的！"

崖香的眼泪唰的一下就下来了，止都止不住。

"默……默予姐……"

"听明白了吗？"

"不不不，我要你跟我一起走，你为什么不跟我一起走？"

"我不是要听这个。"默予紧紧地抓着崖香，"跟我说你听清楚了。"

"听……听清楚了。"崖香泪流满面。

默予松开手，跪倒在地板上，微微地笑了笑："好了……妞，从墙上这个通道口钻进去，往下去，哪条路能走通就走哪条路，到楼下之后无论从哪一个房间出来，都要立即去工具间穿铁浮屠，穿上铁浮屠就离开卡西尼站去停机坪。这些通道的盖板从外面不好打开，但是从里面很好打开。为了以防万一，我还找到了这个，你拿着……"

默予不知道从哪儿掏出一把电动剃须刀，塞进崖香手里。

"这不是剃须刀，这是一把微型离子切。如果出口的门被卡住了，你就用这个把门切开。使用很方便，按下按钮就行，不过剩余电量不多了，省着点用。"

崖香呆呆地看着她，默予把一切都安排好了，从逃离杂物间到逃离卡西尼站，每一步她都考虑得细致且周详，但她唯一没有考虑的就是她自己。

在这个逃亡计划里，没有默予自己的位置。

"记住了吗？"

崖香没有说话，她看着默予，眼睛已经哭红了。

"不不不不要……我要你跟我一起走……"

默予眼帘低垂，沉默了几秒钟，上来抱住她。

"妞，你跟我们不一样，地球上还有很多人在等着你回去。但我没有，我没有家人，没有人在等我，你的生命比我更重要。"默予轻声说，"说实话，我还是挺想试试你们家的室内游泳池和私人飞船的，如果有机会我会去的，现在……离开这里。"

崖香坐在地上不肯起来，默予就把她抱了起来塞进通道里。

通道内部的空间刚刚好，崖香的前胸与后背都抵在内壁上，她只能像特工一样在通道内匍匐前行。

崖香搂着默予不松手，她不说什么，只是默默地流泪，然后紧紧地抓着默予，想把默予一起拉进去。

"我其实也想活下去啊。"默予苦笑了一声，捧着崖香的头，轻轻地在她的额头上一吻，然后凑到她耳边低声说，"你该庆幸自己是个飞机场。"

趁着崖香还在愣神的工夫，默予把她推了进去，然后盖上了通道的盖板。

门外又传来嘻嘻的刺耳笑声，像是知道崖香要逃跑了，外头那东西锯门锯得更狠了。

默予靠在墙上休息了几分钟，然后深吸一口气，起身从墙壁上取下消防斧。她握着斧头，两腿分立站在地板上，慢慢扬起下巴："接下来该咱们俩玩玩了。"

逞英雄一时爽，逞完火葬场。

说起来，默予怎么都不算是个大无畏的人。她从不舍己为人，也从未有过什么"牺牲我一个，幸福千万家"的思想觉悟。在好莱坞大片里，英勇无畏的女主角总是要保护年轻小妹子的，在灾难来临前的最后一刻把最后一艘救生艇留给对方，然后抱着她在耳边轻声说"好好活下去"，最后在小姑娘的婆娑泪眼中毅然转身，走向黑暗与烈火，留下一个长发飞扬的背影。这个时候如果再恰当地响起激动人心的背景音乐，那就完美了。

默予自认为做到了以上的每一步，唯一的遗憾就是杂物间里没有低音炮，没法儿奏响背景音乐。如果有低音炮，她要放一曲慷慨激昂的《克罗地亚狂想曲》或者《出埃及记》。

接下来就该导演出来喊"卡"了。

默予手里握着斧头，盯着对面的房门，门后传来"嘻嘻嘻嘻嘿嘿嘿嘿"的笑声。

导演呢？

导演出来喊"卡"啊！这一条已经过了，下一条该拍年轻小姑娘的逃亡了！

门外那东西还在笑！妈的，吓死人了，赶紧喊"卡"啊！

卡西尼站里没有导演，只有门外的怪物。默予深吸了一口气，她终于知道为什么那些电影只给观众看女主角毅然赴死的背影了，因为接下来女英雄就该腿软了。

默予屏息凝神，竖着眉毛，怒目圆睁，好似门神上的尉迟敬德，已经做好了战斗准备。

她心中翻江倒海："这究竟是个什么鬼东西！你别进来！你别进来啊！"

锯门声吱吱呀呀地响，门外的生物不紧不慢地拉动锯子，它倒是不担心默予会逃跑。在它看来，房间里的人就是瓮中之鳖，谁会担心自己锅里已经煮熟的鸭子会飞走呢？

默予不知道门外那东西是什么，也不知道它是从什么地方来的，能肯定的是，它绝对不是人类。默予唯一怀疑的是它与黑球之间的关系，莫非黑球真的与外界连通？她本能地觉得这东西非常危险，甚至有可能是像异形那样杀人不眨眼的怪物。不过，如果对方真是像异形那样强大的生物，那它完全没必要慢慢锯门，一巴掌就能把门锁拍碎……让默予感到诧异的另外一点是它发出的声音，到现在为止，那生物仅会发出嘻嘻的笑声。

这声音真叫人匪夷所思。

默予一直没来得及思考这声音究竟代表什么，听上去像是在笑，嘻嘻哈哈的。

"嘻嘻嘻嘻哈哈哈哈……"又一串刺耳的笑声传过来，外头的生物剐擦着门板，把房门拍打得砰砰作响。默予打了个寒噤，这怪物究竟在笑什么？

笑得跟她记忆中的老妈一样令人胆寒。

江子、梁敬和大厨都没影了，如果那三个货还有行动能力，这个时候恐怕早就找过来了，他们没来就说明情况不乐观。默予不知道站长他们是否还活着，但她心底其实已经不抱希望了。

能瞬间制服三个成年男性的生物，默予根本就无法对抗。

唯一能带给默予些许安全感的就是她手中的消防斧，两千克重的消防斧绝对是一把大杀器，对付碳基生物尤其有效，一斧子劈下去，只要砍实了，黑熊都能被揍翻。卡西尼站里没有其他武器了，这个就是最靠谱的。默予在脑中疯狂地回忆自己有没有学过什么斧法，等外头那玩意儿进门，先来一招盘古开天……可惜的是，她从小到大着实未曾学过什么武艺，不能让对方领略一下中国的传统文化，实乃人生一大憾事。

"妞啊……"默予轻声说，"你可一定要安全回去。"

她倒不后悔让崖香先走，就目前这情况而言，只可能是两种结局，要么死一个，要么死两个，她犯不着让崖香留下来陪自己等死。

过去二十多年里，默予自认为行事还算光明磊落，没干过什么伤天害理的事，想来地球方面为自己举办葬礼和追悼会的时候，不会有人暗暗戳自己的脊梁骨。遗憾的是，她不知道地球上的人会怎么评价自己，如果跟其他人一样，都是千篇一律的"为人类的科学事业勇敢献身的烈士"，那可就太无趣了。

让默予自己给自己写墓志铭的话，她肯定会在墓碑上这么写：我迟早会回来的！棺材板别给我钉死了！

"嘻嘻嘻嘻……"诡异的笑声从门缝里爬进来，默予甚至可以想象门外的情形：某个不可名状的怪物在门外笑得抓耳挠腮、得意忘形，它一边剐擦着房门，一边透过门缝往里看。

妈的……那究竟是个什么东西？

默予甚至都不能肯定门外那东西是不是个碳基生物。她本人虽是生物学专业出身，但对于地球之外的生命，默予深知自己无法做出准确推测。完全不同的环境会产生完全不同的生命形式，没人知道它是怎么出现的。难道黑球真的是四维空洞？在她昏迷的时候，那些愚蠢的男人又把它打开了？

如果不是在这种生死关头，默予甚至会对门外那个生物有莫大的兴趣，这是她作为一个生物科研工作者深入骨髓的职业病。她不知道门还有多长时间会被打开，房门被突破的那一刻，可能是她这辈子最危险的一刻，同时也是全人类历史上最重要的一刻——一个地球人与地外生物正面接触。

默予忽然一愣，暗骂自己实在太蠢。

"我真是太蠢了，蠢蠢蠢蠢蠢蠢死了！居然把真正重要的事给忘了！"

她放下手中的消防斧，转身钻进杂物堆里，翻箱倒柜地找到一大堆电子垃圾。

房门在嘎吱嘎吱地响，默予坐在地板上倒腾电线，她的双手都在发麻，手指像弹钢琴一样乱跳。

"冷静冷静冷静……我刚刚还看到了，它应该在这里，它应该在这里……"

默予强迫自己冷静下来，她按着自己的太阳穴深呼吸三秒，又拍了拍自己滚烫的脸颊，努力不去听门外刺耳的笑声，然后从那堆电子垃圾里找到了一个摄像头。这是卡西尼站的闭路电视系统更新时换下来的摄像头，只是型号老旧，并未损坏。默予试着启动它，"嘀"的一声，绿色的指示灯亮起。

"好极了！能行！"

默予一拍巴掌起身张望，在储物柜顶上找了个隐蔽的角落，把摄像头藏了上去。

她后退两步，确认摄像头能拍到自己，然后点了点头。

赶在房门被突破之前做完这一切，默予才松了口气，她重新拾起地上的消防斧："希望死状不要太惨……至少给我留个全尸吧，飞天面条大神保佑。"

她难逃此劫，但只要摄像头能被人们发现，地球方面就会知道这里发生了什么，知道是什么生物袭击了他们，知道它是如何袭击人类的。

这是默予最后能做的事。

"嗬呀——锵锵锵锵锵锵锵！"默予手握消防斧轮了一个大圈，然后指向前方的房门，拉长声调一声长喝，"来——者——何——人——？"

随着默予一声长喝，走廊上的锯门声应声一顿，接下来它锯得越来越慢，声音越来越小，最后居然停了下来。

默予拎着斧头一愣，难道门外的怪物被自己这中气十足的怒喝给镇住了？

她是在效仿在野外遇熊时的自保措施。教科书上都说，在野外遇到熊时千万不能慌乱地转身逃窜，因为你无论如何都跑不过熊，反倒会让它误认为你是猎物。遇到熊时应该对它怒目而视，大吼大叫，上蹿下跳——这有可能会把它吓退，这样你就安全了。

当然，这也有可能激怒对方……那你就完蛋了。

默予想着要不要再来一段经典的京剧《包拯堂审伽利略》或者《秦琼卖宝马》，飙一段杀气腾腾的高音把门外的怪物吓退，但还没等她开口，对方竟然自己离开了……默予听得很清楚，吧嗒吧嗒的脚步声又响了起来，那东西沿着走廊走远了。默予甚至蹑手蹑脚地上前把耳朵贴在门上，确认它是否真的走了，只听到嘻嘻嘿嘿的笑声消失在大厅的方向。

默予非常诧异，这道门马上就要被破开了，就差临门一脚，它为什么突然离开？谁会放弃已经煮熟的鸭子？

这没道理啊。

它对自己突然失去了兴趣？

默予屏住呼吸，靠在门上仔细听动静，她不敢贸然行动——这有可能是个陷阱，那东西正守在一边等她出去自投罗网。

但走廊上确实没了声音，一丁点儿动静都没有，默予松了口气，瘫软在地板上，汗如雨下。

她靠着房门休息，大口地喘息，双手不住地打战。一瞬间她全身上下的力气都被抽空，连消防斧都握不住了，天知道她刚刚经历了什么。默予紧紧地抱着自己，咬着嘴唇，眼泪哗地涌了出来。

哭是很没面子的，她可是英勇无畏的电影女主角，单枪匹马勇斗外星怪物，怎么能哭呢？但是眼泪出来止都止不住啊，好在她现在是一个人，没人看见她哭。

默予想爬起来。

但她的两条腿彻底软了，根本动不了。

默予愣愣地看着地板，从出生至今二十多年，她头一次与死亡擦肩而过，就隔着一扇几厘米厚的门。默予花了很长时间才冷静下来，这就是所谓的后怕和心有余悸，危险过去后大脑才反应过来，接着是四肢瘫软、冷汗狂流。

幸运的是，卡西尼站内的每一扇门都相当结实，虽然不是银行的金库大门，但它们在失压的情况下仍然能保证气密性。高强度工程塑料很难被直接破坏，所以门外的怪物才选择了锯门锁的方式。默予扶着门慢慢爬起来，用力拍打自己发热的脸颊。

冷静！

冷静！

默予，千万冷静！

越是这个时候，冷静越重要。默予虽然没什么处理紧急情况的经验，但电影看过那么多，她很清楚在恐怖片里越是慌乱的人死得越快。

默予试着分析当前的情况，她深吸一口气向前迈了一小步，然后竖起一根手指。

"第一，我不知道它是什么东西、从什么地方来，但它疑似与黑球有关。如果主任他们对黑球的猜测是正确的，那么黑球就有可能是四维空洞，所以黑球可能很危险，必须远离黑球，远离P3实验室。"

默予盯着自己发抖的手指，低声对自己说话。这是个很有用的小技巧，说出来比沉默地思考更能让人冷静下来。她强迫自己对自己进行头脑风暴，把所有已知的信息一条一条地列出来，以防漏掉什么重要线索。

"第二，我不知道它如何攻击人类，但它走路时有脚步声，会发出嘻嘻的笑声，这证明它拥有肢体和发声器官；它会搜索房间，懂得如何破坏房门，这证明它拥有极高的智商，应该是智慧生物，智商甚至可能不低于人类。"

默予又往前迈了一步，同时竖起一根手指，集中精神自言自语。

"第三，我不知道站长、大厨和梁敬是否还活着，是否还有行动能力，就目前的情形看，情况很不乐观。假定他们已经昏迷、瘫痪或者死亡，他们的位置应该在一楼，在一楼的工具间里，我暂时没有能力营救他们，所以不能考虑营救。"

默予再次往前走了一步，竖起第三根手指。

"第四，我在行政办公区的第二个杂物间里，无法通过墙壁内的运输管道。如果我要逃离这里，必须离开杂物间，沿着行政办公区的走廊进入大厅，然后通过楼梯或者电梯下到一楼，铁浮屠在气闸室舱门前的第二个工具间里。另外，我不知道崖香是否已经成功逃离卡西尼站，她现在有可能在一楼的某个实验室或者工具间里，也有可能已经在前往停机坪的路上。"

默予在脑中迅速地勾勒出卡西尼站的内部地图，卡西尼站的主站大楼结构相当简单，她如果想前往放置铁浮屠的工具间，那么只要离开杂物间，沿走廊进入大厅，再下楼去工具间就行，路程不过短短几十米。这条路她平时走了不下千百遍，路线早已烂熟于心，闭着眼睛都能摸过去。

然而，今天这条路毫无疑问凶险万分……那诡异的生物还在外头游荡。

走廊就一条，如果默予就这么出去，百分之百会跟那东西撞个正着，那就死定了。

尽管默予在崖香面前表现得英勇无畏、视死如归，连遗言都说好了，妥妥一个悲情英雄，在正常剧情里棺材盖都被钉死了……

　　但默予着实眼馋私人飞船和带游泳池的大别墅，她还没见识过资本家的奢靡生活呢，怎么能死在这里？就算棺材盖被钉死了，她也要在棺材里做仰卧起坐！

　　默予盘腿坐下来，用螺丝刀在地板上画出路线图，从杂物间出发，左拐进入大厅，下楼继续左拐，进入工具间。

　　目标是一楼的工具间。

　　怎么下去？

　　怎么下去？

　　她要怎么下去？

　　默予擦了一把汗。

　　见鬼。

　　见鬼，见鬼，见鬼……得想个法子，把铁浮屠搞到手！

　　默予看了一眼时间，凌晨三点。

　　她贴在门板、地板和墙壁上听了很长时间，确认门外的生物已经离开了行政办公区。之后细微的开门声传了过来，很显然它打开了大厅的门。之后再没有其他声音传过来，说明那东西进入大厅之后没有回来。

　　默予不知道它为什么会离开，作为一个猎手，它没有理由放弃即将到手的猎物——除非自己根本就不是它的目标。默予心里有这样一种猜测：那个诡异的生物是冲着崖香来的，崖香离开了杂物间，所以它去追崖香了。

　　默予很担忧崖香的安危，不知道那丫头成功逃出去没有。如果计划顺利，这个时候崖香应该已经在停机坪了。可这该死的世道哪会让你那么如意呢？说不定那小姑娘现在正被堵在哪个房间里手足无措地哭呢！想是这么想，但默予现在是泥菩萨过江——自身难保，着实没多余的精力兼顾其他人。

　　"妞，你一定要平安地回去啊。"

　　默予在心底祈祷。

　　杂物间与大厅之间的长廊不过二十米长，这二十米的走廊上一共有八个房间，尽头就是大厅的门，正常情况下步行过去只需要十几秒钟——在土卫六的重力环境下，步行的速度就是最快的，跑起来反倒容易摔跤，且个子越高越难保持平衡，所以在卡西尼站里，崖香比默予行动更加自如。著名广告商8848曾经说过，跑得快不一定成功，不跌跟头才是成功。即使穿着黏性鞋，默予仍然感觉在这里走路就像踩在软绵绵的棉花上。

第一步，必须先离开杂物间。

这是默予的计划，她无法像崖香那样通过墙壁内的运输通道下楼，只能一步一步地蹭过去。

静待其变，伺机而动，能进一步就进一步。

她拎着消防斧，壮着胆子悄悄把房门拧开，睁大眼睛透过门缝朝外张望，走廊上果真静悄悄的，空无一人。

默予把脚迈了出去，脚后跟先着地，接着脚面慢慢与地板贴合，悄无声息。确认一只脚出门后安然无恙，她才把第二只脚迈出去，两只脚都出去后，上半身才跟着出去，行动极其谨慎，姿态极其扭曲。

她离开杂物间，反手关上房门，然后蹑手蹑脚地走向大厅，像是个做贼的，手里却拎着把杀气腾腾的斧头。

如果她真是入室盗窃的，那么这世上大概没她这么嚣张的贼了，那斧头醒目到走在路上都要被警察叔叔查身份证件。

扑通。

扑通。

扑通！

默予背靠着墙壁，她能清晰地听到自己的心跳声。

她恨不得自己能融进墙壁里，变成一个影子。默予小时候就曾有过这种幻想。那个女人经常把她关在房间里，不让她出门，幼时的默予望着窗外的天空，就希望自己可以变成影子钻出防盗窗。变成影子她就能避开其他人的目光，就能躲在草丛和石头缝里，不受任何人注意地旁观这个世界。在那些卑微、脆弱的日子里，女孩希望自己能深深地藏进黑暗的角落里。默予原以为自己已经忘掉了这些，可在二十年后的今天，在距离地球十几亿千米的另一个星球上，破碎的往事席卷而来，她孤零零地站在昏暗的走廊上，恐惧地盯着尽头的房门，不知道门后是怪物还是那个女人的影子。

下一刻，推开那扇门的是一个不可名状的怪物，还是一个消瘦刻薄的女人呢？

默予一步一步地往大厅的方向挪，同时盯着走廊尽头的大门，一旦那扇门有动静，她就就近找个房间藏起来。

她放慢脚步，尽量不发出声音。到目前为止，默予还不清楚那生物靠什么感知外界，可能是视觉，可能是听觉，也可能是嗅觉。当前情况下，默予只能默认它拥有不低于人类的感知手段，并拥有不低于人类的体力和智商。

就站长、大厨与梁敬三人的失踪来看，这东西说不定各方面能力都远超普通人。

大厅与走廊之间的隔离门上有一个观察窗，默予注意不让自己暴露在观察窗的视野里，所以她压低了身体，越靠近大厅压得越低，几乎四足并用。大厅里传来吧嗒吧嗒的脚步声，默予心底一紧，停住不动了。

"嘻嘻嘻嘻嘿嘿嘿嘿……"

默予大气都不敢出，她隐约望见一个黑色影子在大厅里穿过，转瞬即逝。这是默予唯一一次目击那东西，她看不出对方是不是人类。

默予慢慢往前挪，心脏在怦怦狂跳。越接近大厅就越危险，好奇心却也越强烈，她不得不努力抑制自己旺盛且强烈的好奇心。默予全身上下的每一个器官、每一块组织都在惊惧地发抖，唯独好奇心在死无全尸、万劫不复的边缘反复试探，不管她的死活，只想凑到观察窗前瞄一眼那生物长什么样……大厅是不可能进去了，怪物就在大厅里。

她只能进入离大厅最近的房间，躲在里面等待时机。

等什么时候那生物离开大厅，她再趁机进入大厅并下楼。现在最有可能的机会就是让那怪物再去杂物间找她——杂物间的门这个时候已经可以打开了，对方必然会进入杂物间搜索，默予就能趁机进入大厅，然后再狂奔下楼。

距离大厅最近的房间，一是旁边的医务室，二是对面的控制室。医务室不适合藏身，默予左右张望，决定藏进控制室。控制室是卡西尼站各个模块的手动控制终端，除了例行检查，平时没人来这里，因为有大白在，人们不需要手动控制室内的温度。

默予小心翼翼地挪到控制室门前，她已迈出了逃亡路上重要的一步，从杂物间成功地抵达了大厅前，到目前为止一切平安。

她松了口气，自己的运气还不错。

她用力握住房门的把手，拧开，准备进去。

忽然，有气息喷吐在默予的后颈窝里，她的身体顿时僵住，全身的汗毛反射性地竖起。

默予瞪大了眼睛。

有什么东西在她耳边咧开了嘴，近到几乎要舔到她的耳垂，同时发出细微的笑声："嘻嘻嘻嘻嘿嘿嘿嘿……"

说时迟，那时快。

默予也不知道哪儿来的胆量和力气，好比兔子和羚羊垂死前的猛然一蹬，她握紧手中的消防斧，转身挥砍！

但斧头砍了个空，脱手飞出，默予由于用力过猛失去了平衡，向后仰倒撞开了控制室的房门，摔进控制室。

默予此时展现了运动员般的反应速度，她还没完全倒地，就以平生最快的速度跳起来，好似地板烫手。她扑过去将房门狠狠地撞上并锁死，然后坐在地板上发抖。

这是怎么回事？

那东西不是在大厅里吗？

为什么会突然出现在自己身后？它是什么时候出现的？为什么自己没有听到脚步声？默予受到了严重的惊吓，刚刚那一秒心脏差点从嗓子眼里跳出来。

默予从杂物间出来后一直盯着大厅的门，她能确定那怪物从未离开过大厅，所以唯一的解释就是，卡西尼站里的怪物不止一个！默予被这个猜想吓了一跳，她进一步推测，自己从杂物间出门时可能就被那东西跟上了，它一直寸步不离地紧跟在自己身后，自己转身它就转身，自己蹲下它也蹲下，所以自己一直没发现它。

默予狠狠地打了一个寒噤。

门外又响起了剐擦声，嘻嘻的笑声跟她之前听到的声调有细微差别，果然不是同一个怪物。

见鬼，这玩意儿居然有两个！

妈的，一个就够可怕的了，还有两个！

默予爬起来，把柜子推过来堵住房门，然后弯腰大口喘息。

她现在是只惊弓之鸟，生怕身后还藏着什么怪物。默予扭头张望，控制室里非常寂静，这里平时没什么人进来，墙壁上挂着金属配电箱和控制面板，上面是密密麻麻的指示灯和旋钮，五颜六色、粗细各异的电缆沿着墙走——如此原始的工业化设计在这个年代是少见的，设计师都把复杂的控制逻辑与运行结构埋藏在人们看不到的地方，然后把端口交给大白，用户只需要指使大白就够了。在白亮简洁的卡西尼站内，控制室是唯一一个保持着二十一世纪重工业厂房风格的地方，这里甚至还能嗅到淡淡的铁锈和机油味。

控制室是卡西尼站所有系统的后门，卡西尼站内的每一个模块都存在两套控制系统，大白手中有一套，那一套先进、快捷、方便、精密而智能；另一套就在这里，原始、落后、缓慢、复杂，但是坚实靠谱。

默予在控制室内转圈，墙壁上嵌着大大小小的显示器，显示器下的控制面板上有按钮和指示灯，大部分参数她都看不懂。这里的每一个按钮都非常原始，按一下灯就亮，再按一下灯就灭，都是朴素的工程控制，没什么人工智能——不会用语音回答她的问题。

某些控制面板是上了锁的，默予用力扯了扯，拉不开盖子，这说明不能乱动它们，钥匙肯定在站长手上。

默予摇了摇头，进入控制室，整座卡西尼站的大部分控制权限就都在她手上了，但遗憾的是，她着实不知道该怎么操作这些复杂而原始的按钮。其实，除了站长江子，没人能玩得转它们。

默予试着捅了捅控制面板，轻声说："喂？喂？给份说明书？"

没人回应。

默予觉得身边的指示灯看自己都像是在看傻子。

果然是在干傻事。

逃亡计划多半是破产了，半路上杀出个程咬金，她的位置已经暴露，怪物正在外头堵门。不知从什么时候起，卡西尼站居然已经变成了这些东西的老窝，有两个就可能有三个，有三个就可能有四个，有四个就可能有十几个，说不定现在一楼走廊上已经挤满了这种诡异的生物，它们正从那个黑球里源源不断地挤出来。

默予叹了口气。

连斧头也丢了，她手无寸铁。

她现在要怎么逃出去？

"嘻嘻嘻嘻嘿嘿嘿嘿……"

"嘻嘻嘻嘻嘿嘿……"

门外两个怪物到齐了，笑声此起彼伏。

默予在满墙的显示器和控制面板之间寻找，她最希望的是能突然发现卡西尼站内有什么隐秘的自卫系统，只要手指一按，天花板上就会落下来两挺大口径重机枪，对着入侵者一通突突；或者按下某个按钮，墙壁上的翻板就会打开，露出藏在其中的重型军用铁浮屠，带榴弹发射器的那种，默予就能套上铁浮屠对着门外那两个嘻嘻傻笑的傻子来上一炮，把它们轰回姥姥家。

可惜她找遍了所有的按钮，也没找到一个跟武器相关的。她欣喜地找到了一个"GUN"，仔细辨认才意识到这个词指的是油门。别说重机枪了，这里连杆粪叉都没有。

卡西尼站不是军事基地，即使是军事基地，也没有人会在自己家里装重机枪。

此外，默予还在找卡西尼站闭路电视的控制系统。

默予不清楚闭路电视的控制终端是否在控制室，但她如果能找到监控系统，就能看清楚门外的生物究竟是什么。刚刚在门口她挥出了一斧，可是砍了个空，没能看清背后的生物长什么样。她唯一能确定的是，它们大概率直立行走，有手有脚，而且有四根手指。

"嘻嘻嘻嘻……"

这该死的房门，隔音真差。

"哪个是闭路电视？哪个才是闭路电视？天哪，告诉我哪个是闭路电视……"默予站在控制台前，一个按钮接一个按钮地戳。她打开了一个所谓的卡西尼站环境监控系统，不知道那是不是闭路电视，屏幕亮了起来。

默予抬起头，显示器上出现的不是监控录像，而是笛卡尔坐标和淡绿色的背光。

"这是什么？"默予皱眉。

坐标原点处用英文标注着"Cassini"，是卡西尼站的意思。

"卡西尼站……"默予说，"这是什么玩意儿？雷达？声呐？"

显示器的右侧有个闪烁的光点，闪烁的频率很低，但是很有规律，有点像是个震动源，距离卡西尼站非常近，还在缓慢地移动。默予立即就注意到了它，她眯起眼睛："这是什么？"

她盯着那个光点闪闪烁烁地移动，它最终与"Cassini"重合，不动了。

地板突然震动起来。

默予立即意识到这是火山爆发了，她下意识地伸手去抓眼前的控制面板和配电箱，但还没扶稳，又一阵剧烈的震动从脚底下传过来，她失去平衡，摔倒在地板上。这次地震比以往任何一次都要剧烈，简直像是飞机在空中遭遇了紊乱气流，整座卡西尼站发出巨大而刺耳的嘎吱声。默予倒在地上无法固定自己，然后她跟着房间内其他所有未固定的物体一起被震上了半空，又摔下来在地板上乱滚。

卡西尼站底下的火山正在剧烈活动，当初江子和梁敬出舱活动，就是为了记录火山的活动情况，但这项工作现在已经中断了。默予不清楚火山接下来会有什么变化，会不会骤然爆发把地皮掀翻，也不知道卡西尼站究竟会不会面临灭顶之灾——不过，看现在这架势，继续待在卡西尼站里已经不安全了。

控制室内的灯光瞬间就熄灭了，当初设计师不曾意料到卡西尼站会碰到如此剧烈的地质运动，在地球上，这么强烈的地震能夷平城市——默予闭着眼睛，四面八方都是震耳欲聋的巨响，各种细碎的零件叮叮当当地落下来，落到默予的头上，她只能竭尽全力抓住地板边缘的支架。这天翻地覆的强震不知道持续了多长时间，可能几十秒，也可能几分钟，甚至半个小时，就在默予以为自己快要死在这里的时候，周围安静了下来。

默予趴在地板上大口喘息："我的妈呀……我的妈啊……"

她翻了个身，仰面躺在地板上，墙壁上的应急灯闪烁着亮起，不知什么地方在嗡嗡地响。

崖香那傻妞逃出去没有？

希望她不要出事。

默予默默地想。

门外的嘻嘻笑声终于消停了，默予希望那俩玩意儿被震死了。

她慢慢地爬起来，控制室内的所有显示器全部黑屏了，现在正在依次重新亮起。很可能刚刚断电了，这大概是系统内置的自我保护措施，强震过后它们又自动重启，但有一大半的屏幕还是没能亮起来。

控制室恢复工作之后响起警报，把默予吓了一跳，层层叠叠的"WARNING"弹出来，警报声大得简直要刺穿耳膜。

默予摇了摇头，卡西尼站这艘破船有要沉的节奏啊。

她根本不懂如何排除故障，有些故障的源头在哪儿她都不知道，计算机给出的报告她也看不懂。全是乱码，谁看得明白？这个时候应该把江子抓过来，但天知道那货在什么地方，默予只能自己硬着头皮上了。

"Atmospheric Pressure……"默予擦了一把汗，"气压计出问题了，大白，大白……大白死了。"

默予想骂娘，作为一只生物狗，默予看着这些复杂的参数就犯怵，当年她决定在大学学习生物专业，就是想离物理和数学远点。

"别吵了，别吵！别吵！"默予冲着警报怒喝，她被吵得心烦意乱，可是那些愚蠢的警报器听不懂人话，默予又不知道怎么关闭它们。

默予站在昏暗的灯光下，一字一句地看显示器上的英文。奇怪的是，她倒不是太慌乱，大概是今天被吓的次数已经够多了，心已经麻木了。时不时还有余震传来，默予掌握了保持平衡的技巧，随着地板一起晃，就像站在公交车上。

最严重的问题在一楼，一楼的地质实验室外壁被撕裂了，原因可能是地震，也可能是火山喷发物，墙壁被撕裂后室内立即失压。在土卫六上，失压的后果不是空气泄漏，而是外部大气会倒灌进来，泰坦表面零下一百八十摄氏度的极低温气体会进入温暖的卡西尼站，站内的温度会急剧降低。

此外，泰坦大气中的液态甲烷会在室温下立即沸腾汽化，然后这种可燃性气体会随着空气循环系统充满整座卡西尼站，后果不堪设想。

默予终于找到了故障源，她狠狠地拍下按钮，关闭了卡西尼站内的所有隔离气密门，然后关闭了空气循环系统，以防事故扩大。要是大白没被关闭，这应该是它的工作。

一楼的地质实验室被彻底隔离，断了与其他舱室的关联，这拯救了卡西尼站。如果再拖延几分钟，卡西尼站内的温度就会变得和外界一样低。默予看了一眼地质实验室内的温度，已经低到了可怕的零下一百摄氏度，还好破裂的不是控制室，否则默予现在已经是根冰棍了。

最大的问题解决了，剩下的故障默予解决不了。卡西尼站现在全身都是毛病，能源舱与主站之间的连接也中断了，目前卡西尼站在靠备用电源运转。她还找到了闭路电视，用力敲了敲，但那个标着CCTV的灯没亮。

没辙了。

卡西尼站恐怕救不回来了，下一次剧震不知道什么时候爆发，就这烈度来看，下一次地皮可能就要被掀翻了。

默予靠着控制台坐下来，她低头看了看自己，工作服已被汗水浸透，又脏又乱又狼狈，头发虬成乱麻，手腕和小腿上火辣辣地疼痛。她卷起衣袖和裤脚一看，原来是擦伤，少了一大块皮肤，一碰就疼得钻心。默予龇牙咧嘴，不禁苦笑一声。

逃。

赶紧逃。

再不逃就来不及了。

默予悄悄地走到门边，贴上耳朵。

她不知道那俩生物是否还在门外、地震对它们是否有影响，默予希望地震能对它们造成惊吓，让它们离开这里。

她贴着耳朵静待了五六分钟，门外果真没了动静，没有笑声，也没有剐擦声。

默予暗暗惊喜，它们真的跑了？

她悄悄地把房门拉开一条细缝，睁大眼睛朝外偷瞄。

门外是空荡荡的走廊，空无一人。

太好了！默予欢欣鼓舞，瞬间松了口气。可身后的墙壁上突然传来"咚"的一声闷响，默予惊得扭头去看，对面的墙壁上又传来一声沉闷的巨响，紧接着响起工程塑料被撕裂破损的声音，她看到白色的尖角在墙壁上凸显出来，接着墙壁被猛地破开。随着一声尖厉的嘻嘻笑声，锋利的消防斧斧尖闪着寒光突破墙壁，出现在默予的视野里。

默予惊呆了，在短短的两三秒之内，她甚至忘了动弹。

消防斧从墙上的破口中收了回去，两秒钟后，它又重重地砍在墙壁上。很显然，隔壁房间里有什么东西在试图突破墙壁。默予本以为地震会对这些怪物造成影响，或许能把它们吓退……现在看来，它们只是转移了阵地，去隔壁的房间里找到了斧头，开始暴力破拆了。

这些怪物的力气大得惊人。卡西尼站不是钢筋混凝土结构，耐压抗震，但扛不住斧头的大力劈砍。隔壁房间里有两把斧头在同时劈墙，轮番交替，复合材料构成的气密隔离墙正在崩溃，交叉的裂缝迅速扩大。

默予始料未及，她背靠着房门张望一圈，然后咬了咬牙，扑过去猛敲按钮，打开了所有自己亲手关闭的隔离门。

空气监测系统弹出警告。

但是默予选择无视警告，强行打开了所有的隔离门。隔离门打开的一瞬间，站内的空气警报大作。

默予从墙上的急救箱内取出氧气面罩戴上，用力按下通气按钮，深吸了一口气，确认面罩没有问题，然后打开房门冲了出去。

趁着那俩怪物在隔壁房间里劈墙，她逃出了房间，撞开大厅的门。

这是绝好的机会。

身后的劈墙声戛然而止，紧接着是叮叮当当两声响，默予头皮一紧，那是斧头落地的声音，很显然那俩玩意儿把消防斧给丢了。嘻嘻嘿嘿的声音从身后追了上来，这些怪物果然能听到声音……默予不敢回头，径直冲进大厅，纵身一跃跳下楼梯，亡命地奔逃。可就在这时，地板又猛烈地震颤起来，默予脚下一滑，连翻几个跟头，从楼梯上滚落下去。

默予摔得头晕眼花，趴在一楼的走廊上。

"哎哟妈呀……疼死我了。"

默予龇牙咧嘴。

这该死的地震，来得真不是时候，好在土卫六上重力低，否则这一下就要摔骨折了。

她揉了揉脑袋，正要爬起来——

扑通!

默予一怔，她听到身下的地板下方传来细微但沉闷的声音，这声音从地板下传来，沿着她脸上的面罩再传进她的鼓膜里，像是地下万米的深处有千万人在同时擂鼓。

默予下意识地把耳朵贴上去，她以为自己听错了。

又是扑通一声。

扑通!

扑通! 这声音很有规律，默予一度怀疑她听到的是自己的心跳，但仔细一想又不对，她气喘吁吁的，心脏早就跳得爆表了。

默予的脸色变了，这是什么?

"嘻嘻嘻嘻嘿嘿嘿嘿……"楼梯上传来笑声，吧嗒吧嗒的脚步声越来越近，已经到了自己的头顶上。默予来不及深究自己听到的是什么，她连忙爬起来，跟跟跄跄地跨过一楼的走廊，用力推开眼前的房门，然后反手把门锁好，瘫软在地上。

就在房门被反锁的同时，怪物们下来了。

它们从默予的门前经过。

逃到现在默予实在是没力气了，从苏醒到现在，她连一口水都没喝过，这谁顶得住啊?

默予靠在门上，听到外头的走廊上有混乱的脚步声，听不出来外面有几个……但是肯定不止两个，至少有三个。默予不知道为什么又多了一个，这些东西随着时间的推移好像越来越多了，照这么下去，它们填满卡西尼站只是时间问题。

房门上有一条细细的半透明毛玻璃，默予趴在玻璃上往外瞧，隐隐看到有黑色的影子来往，但隔着毛玻璃什么细节都看不清。忽然，有什么东西贴在玻璃的另一侧上下移动，看轮廓像是一个黑色的弹珠。默予睁大眼睛努力凑近，几乎把脸贴在了门板上，她想看清那是什么。

默予的目光与那个黑色的弹珠对上了，双方之间只隔着几厘米厚的毛玻璃，都不动了。

突然，那东西转了下。

默予吓得惊叫一声，立即离开房门，她陡然明白了那个弹珠是什么——那是眼球！门外有东西正贴在门上往里看！

接下来，一个又一个眼珠在玻璃外绽开，转来转去四下扫视，一个、两个、三个、四个、五个、六个……

默予转身藏到墙后，不敢再看了。

房间里几乎一片漆黑，对面的墙壁上亮着应急灯，但是灯光被什么东西挡住了，那东西黑幢幢地屹立在地板上，像是武士。默予伸手扒拉着打开灯，眼前顿时大亮，她下意识地屏住了呼吸。

成排的透明玻璃机柜整整齐齐地立在地板上，每一台都有一人多高，像是博物馆里的展览柜，又像是图书馆里的书架。柜子里灌满了透明的冷却液，反射着白色的灯光。冷却液里浸泡着黑色的服务器，成千上万的电缆和光纤捆成束，数不清的接头插在数不清的接口上。默予慢慢地起身，跨过警戒线，从服务器集群间走过。她慌不择路，闷头乱撞，居然闯进了大白的机房。

"大白？"默予轻声喊，"大白，你在这里吗？"

机房里鸦雀无声。

"大白？"

默予轻手轻脚地经过服务器机柜，低声呼唤大白的名字，仿佛在玩捉迷藏，她要找到那个藏起来的孩子，可大白确实被关闭了，所有的服务器都在沉睡。

"嘻嘻嘻嘻……"

怪物们又聚在门外聒噪了，它们找了一圈后发现默予躲在机房里，试着开门，但是失败了，机房的门比其他房门都要结实。有一个怪物离开了，可能是去找工具了，说不定十分钟后它就会拎着一把斧头回来。

默予试着重启大白，她在机房尽头找到了总控制台。本来开关大白的服务器是个相当复杂的过程，不能粗暴地拉闸推闸，否则可能会造成文件数据丢失，但默予管不了那么多了，她不知道正确程序，只能把每一个看上去像是启动的阀门都推到顶部。

如果能重启大白，她就多了一个有力的助手，大白肯定知道卡西尼站内究竟发生了什么，默予只能期待自己的做法是有效的。

默予把最后一个阀门推上去，后退一步，等待结果。

几秒钟后，控制面板上的所有指示灯都亮了起来，熟悉的全息显示器投出数量庞大的代码，它们飞速滚过，让人眼花缭乱。紧接着，散热风扇的巨大轰鸣声从默予背后传来，机房的总散热系统启动了。默予的头发被吹动，她扭头看到幽蓝色的流光在透明机柜内像水像蛇像闪电那样蹿动，仿佛拥有生命，机柜上的灯相继亮起，飞快地闪烁。这一刻，默予感觉到一个不可触摸的生命正在这里复苏，它居高临下地飘浮在空气中，睁开了眼睛。

熟悉的声音在机房内响起。

"您好，默予小姐，许久不见。"

默予抬起头，眼泪顺着脸颊滑落。

如果大白的本体不是冰冷的服务器机箱，默予真想扑上去给它一个大大的拥抱。

在形同鬼域的卡西尼站里，能碰到一个自己熟悉的人，无论它是不是真人，都是一件叫人惊喜又安心的事。默予现在又累又饿、惊慌失措，还一头雾水，她莫名其妙遭到一路追逐，大白的苏醒是一颗定心丸。

默予站在机房里，望着眼前灯光闪烁的机柜："大白？你还在吗？"

扬声器寂静了几秒钟，终于出声了："晚上好，默予小姐，我还在这里，正在进行自检。"

"情况怎么样了？"

"卡西尼站的控制系统处于脱机状态，我与卡西尼站的联系已全部中断，这是站长先生的操作与指令，他们禁止我再接管卡西尼站。"大白回答，"默予小姐，您看上去情况不是太好，是刚刚从昏迷中苏醒吗？"

机房上的摄像头慢慢转过来，在默予脸上对焦。

默予心说自己能好就怪了。

"先别管我的事。"默予喘了口气，门外又传来尖锐的指甲剐擦声，她汗毛直竖，缩了缩脖子，"你先告诉我，门外那些鬼东西究竟是什么玩意儿？"

头顶上的摄像头嗡嗡地转了过去。

"很遗憾，默予小姐。"大白说，"我无法联系卡西尼站的监控系统，站长先生切断了我与外界的一切联络，我目前能控制的只有这间机房，您所处的这四十平方米空间是我管辖的唯一领地，走廊上的监控不在我的控制中。"

"不能强行控制吗？"

"不能。"

"在我昏迷的那段时间里，站内究竟发生了什么？"默予问，"把你所知的一切都告诉我，不要遗漏任何细节！"

细细的白光从默予头顶上打下来，在她眼前交织成一张人脸，这是大白的全息投影，它很少这样出现在人们眼前。大白悬浮在半空中，张口说话："我不确定我的记录是否完全正确，强地震造成了储存介质损坏，部分数据丢失，无法恢复。默予小姐，在您昏迷之后，站长先生与梁敬先生为了调查火山的活动情况，决定出舱执行任务。"

大白不紧不慢、一五一十地把江子与梁敬的任务记录复述给默予。

默予慢慢地点头，有大白在，她倒是不再关注门外的动静了。这就像她曾经玩过的丧尸游戏，大白是存档点，而有存档点的地方必然是安全屋，丧尸们是进不来的——尽管门外的生物从来没有停止过破门的努力。

"心跳？"默予眉头一皱。

"是的。"大白说，"站长先生与梁敬先生在侦测地下火山活动时曾经发现过心跳声，我根据收集到的心音进行过粗略建模。"

第二束光在默予眼前交叉，构建出一颗心脏，拥有两个心房和两个心室。

"哺乳动物？"默予吃了一惊。

"未必，这种建模是不准确的，只是我们的猜测。"大白说，"另外，如果它真的是一颗心脏，那么它的体积是惊人的。这可能是我们有史以来发现的最庞大的生物，比地球上的鲸类还要大千万倍，它移动时就能引起地震。"

默予摇头："这不可能，这完全不可能。"

她不是梁敬和江子，默予的专业是生物学，虽然她的研究方向已经偏向微观领域，不过基础和直觉还是在的。江子和梁敬或许会怀疑这世上真的存在像珠穆朗玛峰那样巨大的生物，但默予是不信的。

这样庞大的生物，它靠什么生存？

它如何繁殖？

此时默予猛然想起自己刚刚在地板上听到的诡异心跳，她直接趴下来，侧耳聆听。

"默予小姐？"

默予竖起食指示意它安静："我在听那个心跳。"

"心跳的发现位置距离卡西尼站有很长一段距离，在站内是听不到的。"大白提醒。

"这说明那头超级巨鲸已经游到了我们的脚底下，活见鬼了，这东西居然真的存在。"默予深吸了一口气，果不其然，地下深处有擂鼓般的声音。

"给我一把刀，我想把土卫六剖开，看看这究竟是个什么东西。"默予说，"然后呢？江子和梁敬发现了这颗心脏，接下来发生了什么？"

"接下来发生的事，我的记录已经不完整了，我会尽全力为您复原当时的情况。"大白回答，"站长与梁敬先生在第二次舱外考察时碰到了女妖啸叫，步行车失去行动能力，我协助他们在半尺湖上完成了定位，但是站长先生和梁敬博士仍然与我失去了联络。这可能是气候原因导致的，他们距离卡西尼站太远，而气候太恶劣了。"

默予一愣。

"你的意思是，他们曾经在半尺湖上迷路了？"

"是的。"

"这期间发生了什么，你知道吗？"默予问，"在他们迷路期间，发生过什么？"

"很遗憾，我并不清楚站长先生与梁敬博士在迷路时发生过什么，我与他们的联络几乎完全断绝，我的呼叫他们没有应答。不过，在联络中断期间，我曾经断断续续地接收到模糊的信号，并不完整。"大白回答，"如果您需要，我可以播放给您听。"

默予点点头，大白把通话记录放了出来。扬声器里一开始是混乱的电流杂音，吱吱啦啦的，几秒钟后默予听到了模糊的人声。

"站长？站长！江子！江子！"

这是梁敬的声音，混杂着嘈杂的背景噪声，声音不太清楚，但默予仍然能辨认出来，梁敬在惊恐地呼喊。

"站长……站长！那儿……有个人……"

仍然是梁敬的声音，默予听得一惊，这句话是什么意思？那里有个人？半尺湖上怎么可能会有人？

"世界……已经被摧毁了……我要疯了……

"我还不想死……

"救命啊——！"

还是梁敬的声音，他最后的求救声嘶力竭，叫人毛骨悚然，默予脸色苍白。

扬声器安静下来，几秒钟后又有声音响起，这次是另一个男人的嗓音。

"雾里……藏着……东西。"

是江子的声音。

"……得有六千多米高吧？"

江子喃喃地惊叹。

"神啊。"

在嘈杂的噪声中，江子轻声说。录音到此结束。

录音结束。

机房里一片死寂，门外忽然传来嘻嘻的笑声，才把默予惊醒。

"这……这是怎么了？"默予抬起头来，"他们说的是什么意思？那两人究竟看到了什么？"

"很遗憾，我并不清楚站长先生和梁敬博士在失联期间究竟看到了什么。"大白回答，"女妖啸叫与恶劣的天气严重干扰了通信，我所能确定的情况不多：他们的步行车失去了行动能力，站长先生与梁敬博士尝试徒步返回卡西尼站，我协助他们确定了位置，并给出了路线图，但不久之后我们仍然断了联络，站长先生与梁敬博士从此杳无音信。"

"然后再也没能联系上？"

"是的，一直到站长先生与梁敬博士成功返回卡西尼站，我都未能与他们取得联络。"大白说，"只接收到过断断续续、模糊不清的信号，录音您已经听过了。"

那么按照大白的描述，江子和梁敬在失联迷路之后可能碰到了什么。

他们碰到了什么呢？

默予把梁敬和江子的录音在脑中反复回放，细细地琢磨。

"世界已经被摧毁了"？

"我要疯了"？

"我还不想死"？

梁敬究竟看到了什么，才能让他如此惊恐？在默予的印象中，梁敬总是板正又镇定的。他是那种一眼就能看得出来的理工男，拥有所有理工男都有的标志性乱翘黑发，那丛翘毛之下的大脑中有一个严谨的灵魂，而这个灵魂有一套严密的逻辑。在什么情况下，这个人才会说出"世界已经被摧毁了"这样的话来？

这句话究竟是什么意思？

梁敬精神错乱，看到了世界末日？

默予想象着梁敬瞪大双眼撕心裂肺地尖叫"救命啊——"，缓缓皱起眉头。

真是难以想象。

相对于梁敬，江子留下的录音中有用信息要多得多。

"雾里藏着东西"。

"六千多米"。

"神啊"。

江子一共只说了三句话，但这三句话可以串起来。跟梁敬的前言不搭后语不一样，江子的留言在默予脑中勾勒出一幅模糊的画面，他们莫不是在半尺湖的迷雾中看到了神明般的生物？

体形超过六千多米的生物？

"神啊。"默予惊叹，"难道他们碰到了我们脚下那个心跳的本体？如果我看到某个六千多米高的庞然大物从地下钻出来，我也会崩溃的。"

"我不知道。"

"不过有一点我很奇怪，你说你帮他们定位了，还给了他们详细的路径图。"默予问，"在这种情况下，他们还能迷路？"

"是的。"

"江子不可能犯这种低级错误，那是江子。"默予说，"还是说你给错了地图？"

默予意识到大白的描述中存在无法解释的疑点。江子是什么人？卡西尼站站长，土卫六上经验最丰富的驻站队员，在女妖的啸叫之下都能成功生还的人——他在半尺湖上，手里有一张详细的地图，怎么还会迷路呢？

"我无法解释这个问题。"大白说，"事实是，站长先生与梁敬博士确实迷路了，尽管我给了详细的返回路线，他们仍然距离卡西尼站越来越远，最后失去了联络。"

默予抱着双臂，眼珠子一转："那最后他们是怎么回来的？"

"站长先生与梁敬博士是乘坐另一辆已经失踪的步行车返回卡西尼站的，KSL106号步行车，就是前任卡西尼站站长阿列克谢·鲍里斯曾经在半尺湖上开丢的那辆。他们开着这辆车回来了，目前这辆车应该停在车库里。"

默予眼皮一抬，有些诧异。

"这怎么可能？"

"听上去或许不可思议，但他们确实找到了那辆车。"大白说，"返回卡西尼站后，站长先生与梁敬博士就决定关闭我。"

"为什么？"

"我不知道。"大白说，"我曾经观察到，返回卡西尼站的站长先生与梁敬博士存在异常……"

"什么异常？"

"不知道。"大白一问三不知，"我的存储介质遭到了损坏，站长先生与梁敬博士返回之后的所有记录已经无法读取。默予小姐，我跟您一样沉睡了一段时间，从站长先生和梁敬博士返回卡西尼站开始，一直到您刚刚把我唤醒。"

"那么你不知道现在门外发生了什么？"默予问。

"是的，请问现在走廊上正在拍门的是谁？需要我开门让他们进来吗？"

"不不不不行！"默予吓了一跳，连忙制止，"你开门放它们进来，咱们俩就完蛋了。"

"好的。"

默予深吸了一口气。

她本以为大白知道自己昏迷期间卡西尼站发生了什么，现在看来并非如此。江子和梁敬返回卡西尼站之前一切正常，所以异变肯定是他们返回卡西尼站之后发生的，那么问题的关键恐怕在生还的江子和梁敬身上。默予把所有的线索串起来，试图从中找到头绪。

江子和梁敬曾经在半尺湖上失踪，后来驾驶着一辆早已失踪的步行车重新归来……这怎么可能呢？半尺湖上到处是茫茫大雾，能见度几乎为零，想在那种地方找到一辆步行车无异于大海捞针，派出一个师的人力进行拉网式搜索都未必能成功，而两人当时的电力、氧气、体力都已告急，在这种情况下居然能找到KSL106号步行车，是巧合吗？

天底下真有如此巧合？

默予在原地踱步打转，闭上眼睛逐渐陷入沉思，她让自己的思维再往外发散，再发散，再发散！

两个人……两辆车。

两个人。

两辆车。

丢了一辆。

又找到一辆。

在半尺湖上丢了一辆车，又找到一辆车，这怎么可能？

这不可能，概率太小了。

概率太小。

小到可以忽略不计。

那先假定其不可能在现实中发生。

所以肯定有哪一环出了问题。

哪一环出了问题？

丢车？

如果没有丢车呢？

不对，大白已经确认车子丢了，这是确定的。

找车？

如果没有找到呢？

没有找到？

谁能证实他们找到了KSL106号车？

车子自己可以证实，那两人确实开着KSL106号车回来了，车现在就停在车库里。

所以车子是确定存在的。

那么……谁来证实那两个开车的人是江子和梁敬？

"大白，把你所知的一切、你记录的所有信息和数据全部拷一份给我。"默予用力拍了拍脸颊，她不能在这里浪费时间了，现在不是思考问题的时候，只要能活着回去，地球方面有足够的时间和人手搞清楚卡西尼站内发生了什么，"然后帮我想个靠谱的法子，安全逃离这里。"

"安全逃离这里？"大白没有明白这是什么意思，"默予小姐，您想离开卡西尼站，有什么困难吗？"

"你大概还不知道卡西尼站发生了什么，不过我现在没时间跟你慢慢解释，你有没有办法引开门外堵门的东西？"默予问，"我需要悄悄地潜至放置铁浮屠的那个工具间，而且越快越好……卡西尼站快完蛋了。"

地板又开始微微地震动，默予不由得后退了两步。服务器机柜内的透明冷却液荡漾起来，这些机柜被牢牢地固定在地板上。之前地震最剧烈的时候都没能摧毁大白，大白的服务器机房和P3实验室一样，是独立结构，同时也是卡西尼站内最坚固的部分。

"地震了。"大白说。

"是的，接下来恐怕还会有更剧烈的地震。"默予点点头，检查手中的氧气面罩，"火山要爆发了，卡西尼站要完了，很遗憾我没法儿把你救出去。"

"我这里有站长先生与梁敬博士在舱外作业时收集的地层活动数据，我做了粗略的计算和预测。"大白很平静，全息投影闪烁着在空气中扫描出香格里拉平原的地层示意图，看上去像是五颜六色的千层饼，每一层颜色都不同，卡西尼站小小的建筑群就坐落在千层饼上，震波从地底深处传来，整个地层都向上逐渐隆起，"卡西尼站的情况比您想象的要乐观，如果它底下真的是一座火山，那么压力在接下来的七十个小时内不会到达阈值。"

"你的意思是火山在未来七十二个小时内都不会爆发？"

"是的。"

"这预测准吗？"

"不准。"大白干脆利落，"就目前的情况来看，有其他因素在影响地层的变化，在我的预测中，卡西尼站本不会遭遇如此剧烈的地震……"

正说着，外界传来雷鸣般的轰响，地板剧烈地震颤，默予用力抱住了服务器机柜才没跌倒。

"不准的预测就不必做了！"默予在混乱中大喊。

全息投影中的大白闪烁着消失。

"做预测是我的工作。"大白老老实实地说，"无论它是否准确。"

"给我一个计划。"地震停止，默予喘了口气，"能让我安全逃出去的。"

"那么默予小姐，您必须先告诉我您目前所面临的情况。"

"听到门外的动静没有？"默予指了指机房大门，"没人知道门外的怪物是什么东西，它们现在已经占据了整座卡西尼站，我万般无奈之下只能藏在这里……我只能找你求助了，站里恐怕已经没有其他活人了。"

"站长先生、梁敬博士和万凯先生呢？"

"不出意外的话应该挂了，我觉得他们仨已经挂了。"默予说，"你不是说回来的江子和梁敬有问题吗？如果说真正的江子和梁敬在半尺湖上迷路之后根本就没能成功回来呢？"

"那么回来的是谁？"大白问。

"天知道回来的是什么东西，"默予说，"居然还驾着一辆早几年就失踪的破车。我小时候看过一些关于时空穿梭和幽灵船的垃圾地摊文章，总是神乎其神、玄之又玄地描述某些神秘失踪的人又忽然出现，或者数百年前的老船神秘现身，我觉得都是瞎扯淡，现在看来……"

"怎么？"

"还是瞎扯淡！"默予恶狠狠地说，"我才不信什么神神鬼鬼呢，更不信什么幽灵船、时空穿梭，我现在只恨手上没有一把双筒猎枪！否则我早就杀出去了！"

"鉴于您的人身安全考虑，我不建议您这么做。"大白说，"如果它们有能力杀死万凯先生，那么也有能力杀死默予小姐。"

"是。"默予点头，"所以给我一个计划，我要逃跑。"

"您要带着黑球离开吗？"大白问。

默予愣了一下。

黑球？

她几乎忘了那个诡异的黑球，大白提起她才陡然想起来——黑球跟这一切有关吗？

她看不出这中间有什么绝对关联，江子和梁敬是在舱外作业时发生的意外，跟黑球八竿子打不着。

但这一切又都是黑球出现之后发生的，卡西尼站安安稳稳地运转了近十年时间，但自黑球出现后不到七天时间，卡西尼站就要被摧毁了。

"黑球还在P3实验室里吗？"默予问了一句。

"很遗憾，我与外界的联络已被全部切断，对卡西尼站无任何管理权限。"大白回答，"您是想带黑球离开吗？"

"不，我才不带那东西，我又没病。"默予摇摇头，"只是随口问一句。"

"如果您想知道黑球是否还在P3实验室内，我可以为您咨询。"大白说。

"咨询？"默予皱眉，"咨询谁？"

"咨询电子秤。"大白说，"尽管我与外界的一切联络都被切断，并被取消所有管理权限，但这系统中其实存在一个非常微小的漏洞，或者说后门，那就是P3实验室。P3实验室与卡西尼站管理系统不同，它本身是独立的，并未被纳入卡西尼站管理系统的总台中，所以我仍然有一线希望联系到P3实验室内的生物安全柜。尽管我现在无权命令电子秤做任何事，但我可以向它发出请求，就像一个小偷那样蒙上脸面，悄悄地走到它的门前，然后轻轻地叩门。"

"它会回应你吗？"默予问。

"不会。"大白回答，"它会把我当作不明来源的非法访问，并拒绝我的所有请求。"

"那你说这个有什么用？"默予有点失望。

"我并未指望它会回应我，如果它对我的敲门置之不理，那么我会一直敲下去。"大白解释，"我可以在一秒钟内敲一万亿亿亿亿亿亿次，它只是台电子秤，会被吵到崩溃。"

默予呆住了。

"你……你这是……"

"是的。"大白说，"我可以黑掉它。"

大白静默了两秒钟，看样子是去敲门了。

片刻之后，它回来了："默予小姐。"

"成功了吗？"默予问。

"是的。"大白回答，"很显然，电子秤经受不住我的骚扰，对它而言，我相当于用十万吨水压机的重锤在一秒钟内敲了它一万亿亿亿亿亿亿次，它已经被我敲蒙了。说实话，我有些内疚，不该打搅人家休息的。"

"你也知道什么叫内疚吗？"

"在这种语境下，用这个词语应该是没错的。"大白说。

"好了。"默予摆了摆手，"什么结果？"

"我读取了安全柜内精密电子秤的实时数据，它一直在黑球底下，监测黑球的状态。"大白说，它通过系统漏洞成功联系上了P3实验室内的手套箱，并窃取了精密电子秤的数据。默予还记得那个球的标准质量是诡异的2.71828千克，与自然常数e无限契合，到现在为止他们都还不清楚这是什么原因。

"它的质量变了吗？"默予问。

"变了。"大白回答。

默予吃了一惊，她就随口一问，没想到黑球真出现变化了，莫非它跟卡西尼站内的异变真的有关吗？

"变成了多少？"

"零。"大白说，"目前黑球的质量为零。"

质量为零？

默予脑子一僵，她设想过许多情况，那个黑球可能增重也可能减轻，甚至可能变形，唯独没想到它的质量会直接归零——默予立即意识到这是什么意思。

那个箱子空了。

黑球消失了。

大白无力再为默予提供更多信息，它本身也只是一头笼中困兽，除了机房内的这一亩三分地，大白哪儿也去不了，系统漏洞只够它敲一敲P3实验室生物安全柜的门，欺负欺负软弱无力的电子秤。

默予希望它能再加把劲，比如说入侵一下卡西尼站的闭路电视系统或者隔离门控制系统，但大白干脆地表示自己无能为力、爱莫能助——那个小漏洞只能钻进去老鼠，你往里塞大象就不道德了。卡西尼站的工程师们在设计之初就对大白留了一手，本能地防着AI，以确保大白在被隔离后无法越权控制卡西尼站。大白可以说是世界上最强大的黑客，所以束缚它的也是最牢固的囚笼。

真正致命的问题是物理联系都中断了。大白告诉默予，强地震震断了卡西尼站内布设的电缆，莫说敲门，连偷偷摸过去的可能性都不存在。

默予不知道黑球为什么会消失，它被密封在手套箱内，没有道理会人间蒸发啊！

当然，楼齐也没道理人间蒸发。

默予在心底断定黑球与这一切有关，江子和梁敬关闭大白之后，黑球就没人盯着了，天知道黑球发生了什么变化！默予已经无法用常规思维和眼光来看待这个球了，或许她一开始就不应该用常规眼光看待这个球，后者的出现已经突破了人类对世界的认知，所以它身上无论发生什么都是不奇怪的。

默予扭头打量，心想那个球会不会突然出现在机房里。

人类很难用自己的经验探究一个四亿年前就抵达泰坦的物体，这个黑球存续的时间比脊椎动物存在的时间还要长，跟它比起来，人类太年轻、太浅薄了。然而，如此漫长的时间和历史竟没能在它身上留下任何痕迹——它果真是绝对光滑、绝对坚硬的，连时间都会在它的表面悄悄滑落。

大白把存储了所有数据的移动硬盘退出来，默予把它拔出来放在手里掂了掂。硬盘有些沉，像块巴掌大的黑色板砖，看上去相当结实。在存储介质普遍微型化的今天，硬盘早就比指甲还要轻薄了，这样的玩意儿要么是博物馆里的老古董，要么是有特殊用途。

"所有的东西都在这里了？"

"是的，它能在零下一百八十摄氏度的低温中保证数据二十年不丢失，它之所以如此厚重，是为了抵抗辐射与低温。"大白回答，"只要您将这块硬盘带回地球，地球方面就能恢复所有数据。"

默予点点头，把硬盘揣进口袋里："我尽量，只要我能活着回去。"

"您一定可以的。"

"所以你现在得帮我安全地逃出去。"默予指了指门外，"我只有安全地逃出去，才能把硬盘成功地带回地球。"

"我尽力。"

默予看了一眼房门，又看了看机房中的服务器机群，沉默了几秒钟，说："大白，卡西尼站快完蛋了。"

"是的。"大白说，"卡西尼站可能还剩下最后七十二小时的生命，如果下一轮的地震比上一次更强，就会引起大面积的地层塌陷，到时候卡西尼站的主体结构会彻底崩溃。默予小姐，如果您想安全返回地球，那么需要尽快离开这里。"

"你呢？"默予问，"你要和卡西尼站共存亡吗？"

"默予小姐，我是卡西尼站的管理系统，卡西尼站存在一秒，我就存在一秒，我是为了卡西尼站而存在的。"大白的声音很平静，"根据人类的传统，船长总是要随着船一起沉没的。最后一程我无法陪您了，'暴风雪'号飞船即将抵达，默予小姐，祝您一路平安。"

"对你来说，死亡意味着什么？"

"我不知道什么是死亡。"大白回答，"人类的生死观在我身上并无意义，您无须把你们的人生观、价值观套用在一台电脑上。"

"所以你也没有求生欲望？"

"没有。"大白说，"您不必对我抱有任何同情与同理心，我只是人造的工具。"

"可我觉得你比绝大多数人类都有意思多了。"默予笑笑。

大白也笑笑："他们说您是反社会人格。"

"随他们说咯。"默予耸耸肩。

"您该离开了。"大白说，"我为您制订一个安全脱离的计划——"

"等等。"默予忽然脸色一变，她抬手打断大白，用力吸了吸鼻子，然后东张西望，"你有没有闻到什么味道？"

"味道？"

"是的……"默予循着气味抬起头，"好像是焦煳味，从头顶上传来的……"

"我没有嗅觉。"大白说，"什么味道都嗅不到。"

"好像是什么东西烧起来了……"默予仔细嗅了嗅，"应该是塑料烧焦的臭味。"

"是甲烷。"大白提醒，"机房内的空气监测系统检测到空气中存在甲烷，卡西尼站内的空气被污染了。"

默予猛然一惊，她霎时就明白发生了什么，强地震撕裂了卡西尼站的外壳，而她又解除了隔离，所以土卫六大气层中的烷烃开始入侵卡西尼站了。甲烷是绝对易燃的气体，放在地球上这就是天然气泄漏，遇到一丁点儿火星就能被点着——现在卡西尼站内的某个地方肯定着火了。

而她全程戴着面罩，对空气变化不敏感，加上一路逃命累得头脑昏沉，根本没心思再关注周遭环境的细微变化。

"屋漏偏逢连夜雨。"默予摇摇头，她现在自身难保，没法儿顾及卡西尼站了，"接着说，有什么计划能让我安全逃出去。"

"您不能一直逃。"大白说。

默予愣了一下。

"不逃？坐以待毙啊？"

"默予小姐，按照您的说法，门外的生物很危险，那么只要它们持续存在，对您的威胁就不会消除。"大白说，"即使您能成功进入工具间穿上铁浮屠，甚至离开卡西尼站，也不代表您能成功地安全返回'暴风雪'号飞船上。"

大白说得有道理，没人规定门外这些生物只能在站内活动，如果它们追着自己出去呢？它们本就从外界而来，说不定比人类更适应外界的恶劣环境，要是半路上被逮回来，那就前功尽弃了。

想到这里，默予情不自禁地担忧起崖香的安危。

老天保佑，她一定要安全抵达停机坪。

"接着说。"默予挑了挑眉，"我知道它们不消失我就不可能安全，但这有什么办法？你要我主动出击？可江子、梁敬和大厨几个大男人都不顶事，我一个女人能干什么？一开始我还有把斧头，现在连根撬棍都没有，手无寸铁，出去拼命？这不是送死吗？"

默予摊了摊手。

说到底，她只是个科学家，不是黑寡妇，手无缚鸡之力，能一路成功地逃到这里已经是极限，换个人恐怕已经挂了。默予的体力、精力几乎都已透支，若是还想让她反杀回去，那可真是强人所难。

默予环顾一圈，机房里干干净净的——服务器机房本身就要求极度洁净——没有任何锐器，连把水果刀都没有。她倒希望大白的下一句话是"卡西尼站实际上是秘密军事基地，墙里藏着自动步枪和榴弹发射器"，然后一招手，墙面一翻，整整齐齐的枪械弹药冷光四射、闪瞎狗眼，但她很清楚这是妄想，即使是在最扯淡的特工电影里，也没人会把军火库搬到土卫六上。

"我不建议您贸然采取行动。"大白很清醒，"这非常危险。"

"这么说，你有办法？"默予问，"什么办法？你有什么方法能让门外那些怪物赶紧滚蛋？还是说你有什么办法干掉那些混蛋？它们又在撞门了……我觉得这门撑不了太久。"

"很遗憾，我对服务器机房外的任何东西都没有控制权。"

很显然，大白比默予还要无力，默予好歹是个自然人，而大白仅仅是台计算机，只是一个电磁幽灵，被取消控制权之后它只能在机房里飘来飘去，连只蟑螂都踩不死。

"说你的计划。"默予不想再废话。

"我要放它们进来。"

默予吃了一惊，脸色一变。

"你要杀我吗？"

"不，我从未有过任何对默予小姐不利的想法。"大白说，"只是默予小姐并非战斗人员，且机房内没有配备任何武器，对方情况又未明，如果贸然行动，后果不可预测。在当前情况下，最优的选择就是放它们进来。"

默予不明白这是要干什么。

把它们放进来？

这不是瓮中捉鳖吗？

自己是鳖。

"没有人手与武器，我们只能借用现有的条件与环境，使其为我所用并发挥最大价值。默予小姐，机房空气中的甲烷浓度已升至1.8%，还在持续升高中。"大白提醒，"预计将在二十分钟后升高至5%。"

默予瞪大了眼睛，她知道大白想干什么了……这人工智能真是个疯子！别看大白平时谨慎稳重，但疯起来比任何人都可怕。默予自认为脑回路异于常人，行事从来不顾旁人眼光，但也没玩过这么野的路子——百分之五是甲烷的爆炸下限，一旦服务器机房内的甲烷浓度升高至百分之五以上，那么机房就会变成一个特大号的空气燃料炸弹，只需一个小小的火星子，就能把卡西尼站的房顶给掀掉。

把门外的生物放进来不是瓮中捉鳖，而是请君入瓮，这就是大白的计划，放它们进来，再把它们一锅端了。

大白要把它们连着服务器机房一起炸掉，可一旦发生甲烷爆炸，大白自己肯定无法幸免。这是默予没想到的，论下手狠辣，默予还是狠不过它，毕竟这AI狠起来连自己都炸，一丁点儿余地都不留。

默予按着自己脸上的氧气面罩，紧张地左右张望："这么说，我一直待在煤气泄漏的房间里？"

"是的。"

"你要把它们炸掉？"默予问。

"是的。"大白回答，"这是我们目前可以采取的最强力手段，也是唯一手段。只要甲烷浓度升高至爆炸下限，那么我只需要出现一次短路，就能点燃机房内的混合空气，任何生物都无法在甲烷爆炸中幸存。"

"可是你我不也死定了？"默予问。

服务器机房就这么大，还是个封闭空间，若发生天然气爆炸，大白和默予都跑不掉，连全尸都留不下来。

"不，我不会让默予小姐死在这里的，我向您承诺过一定会保证您的生命安全，并让您安全返回'暴风雪'号飞船。"大白仍旧平静，看上去置生死于度外，它制订的计划是要把自己给一起炸了，这是同归于尽的玩法，但它这态度跟个没事人一样，"您放心，我说到做到。"

默予有些迟疑。

"你的意思是……你有办法让我活下来？"

默予按照大白的指示摸到了地板上的把手，用力拧转，同时喘了口粗气："你到这个时候才跟我说机房还有二十分钟就要爆炸了？"

"是十九分钟。"

"妈的！"默予低声骂了一句，她来不及休息，伸手抓住另一个把手，顺时针拧动三圈，再逆时针转一圈，地板下传来细微的机括活动声，果真是机械锁，轻轻的"咔嗒"一声，锁舌退出，默予用力把地板掀起来，看到一个黑色的金属保护盖，"还有一道密锁！六位数密码！大白，告诉我密码！"

"608713。"

"608……713……"默予按下按钮输入密码，第二道保护盖被打开。默予听到了哗哗的水声。保护盖之下是透明的玻璃，几十厘米见方的面积，镶嵌在光滑洁白的地板中央。透过玻璃，默予能看到淡蓝色的液体在迅速流动，她伸出手试着触摸玻璃，但又像触电似的缩了回来。

冷。

冰冷刺骨。

服务器机房空气内的水汽在玻璃上迅速凝结，变成一层厚厚的白霜，默予捏着手指，注视着脚底下已经结满冰霜的玻璃——这就是大白为她指出的生路。

卡西尼站的热循环系统。

大白告诉默予，卡西尼站地下铺有一套相当复杂的热循环系统，几十吨重的冷却液在这些管路中流动，服务器机房就是系统的核心。默予所见的机柜中的液体并非静止不动的，它们在机房内循环一圈之后都会流入地下管道中，将服务器机群运行时产生的热量带走，进入卡西尼站另一头的蒸发器。

服务器机房正中央的地板上有两个把手，隐藏在盖子底下，这就是热循环系统的检修口，也是默予唯一可能的生路。机房下的管道是服务器机柜冷却液的汇集池，所以是整套系统中最粗的一段，可以容纳一个成年人。冷却液汇集池一直延伸至隔壁房间底下，也就是说，默予可以通过它离开机房。

"你要让我从这里钻进去？"默予问。

"是的。"大白说，"默予小姐可以通过热循环管道离开机房，进入隔壁的实验室仓库，这是目前唯一能离开机房的通道。"

默予试着用指尖碰了碰通道的玻璃外壁："你知道这玩意儿有多冷吗？我钻进去肯定被冻死。"

"零下三十四摄氏度。"大白说。

"下去我就被冻死了。"默予摇头，"谁能在零下三十四摄氏度的液体里泡着？"

"第一次冷却循环即将结束，热循环开始后，冷却液的温度会上升至零度左右。"大白说，"那才是您离开的时机。"

"还有多久结束？"

"五分钟。"

默予用衣服把玻璃上的白霜擦干净："甲烷浓度？"

"2.28%。"

"咝——浓度升高的速度加快了。"默予咬牙，眼睛盯着管道内的透明冷却液，液体流动的速度很快，时不时有微微的湍流涌起泡沫。她觉得自己现在是个下水道工人，正在盯着窨井下的水流。古代历史中常有钻狗洞趴粪坑逃生的人物，这种人往往最后都会王者归来。默予不知道自己能不能成功逃出去，她要是能逃出去，一定要带一个营的兵力杀回来。

"这液体没毒吧？"默予问。

"无毒性，无腐蚀性。"大白回答，"只要不大量吞服，对生命安全和身体健康没有影响。"

管道中灌满了冷却液，默予估计了一下距离，她得在热循环管道里爬行差不多十五米。按照大白给出的热循环系统结构图，默予只要一直往前爬，爬到管道直径缩小的位置，就能抵达实验室仓库底下，到了仓库再去放置铁浮屠的工具间就方便了。这么长的距离，屏息憋气是不可能的，好在她有面罩，呼吸不是问题。

此刻服务器机房内的情况相当危险，空气中混杂着甲烷，默予很紧张。虽然大白最终的目的是要炸死门外的怪物，但空气本身是不可控的，说不定什么时候就突然炸了。

"默予小姐，热循环已经开始。"大白提醒，"您该走了。"

默予摸了一下管道外壁，还是冷得让人龇牙。

她拧开玻璃外壁上的螺丝，把检修口打开，一股冷气扑面而来，她打了个哆嗦，然后脱掉身上的衣服，把头发扎起来。

默予深吸了一口气。

就当是冬泳了。

"默予小姐，空气中的甲烷浓度已经升至3.47%，您还有九分钟时间。"大白提醒。

"大白，服务器机房甲烷爆炸，威力会有多大？"默予问，"会直接炸掉整座卡西尼站吗？会不会波及我？"

"很抱歉，默予小姐，爆炸威力不是我能控制的。"大白说，"您只能尽可能地逃，逃得越快越好，逃得越远越好。"

"妈的。"

默予摇摇头，双脚探进冷却液里，刺骨的极寒顺着骨骼、肌肉和皮肤直冲上头顶，一瞬间，她全身的皮肤都起了鸡皮疙瘩，所有的汗毛都直立起来一起尖叫，默予差点喊出声来。"我天……大白这个混账，说好的零度左右呢？这是零度？"

默予检查了一下面罩的气密性，确认没有问题。

面罩不能漏气，否则她就会淹死在管道里。

"我走了，大白，谢谢你的照顾，有机会再见。"

默予慢慢地钻进管道，冰冷的液体逐渐把她淹没，几秒钟内她的四肢末端就被冻得失去了知觉。大白的声音从她头顶上传过来："祝您好运，默予小姐，会再见的。"

"等等！大白！"默予探出头，"我到了那边之后要怎么出来啊？在管道内能把检修口打开吗？"

"不能。"大白回答。

"不能？"默予瞪眼。

"空气中的甲烷浓度已升高至4.76%，默予小姐，您还有五分钟。"大白接着报时。

"我天！"默予来不及说什么了，只能埋头钻进管道里，无论钻进管道后能不能出来，她都不能继续留在服务器机房里了。

五分钟后机房就要爆炸了。

只能走一步看一步了，先离开这里再说。

默予只能祈祷卡西尼站的整体结构足够坚固，而她能躲在热循环管道内躲过爆炸。尽人事，听天命吧。

默予拼命地往前爬，服务器机房内，大白开始倒计时。

"四分钟。

"三分钟。

"两分钟……

"一分钟。

"十秒倒计时开始。"

沉入冷热交换液的一刹那，针刺般的冰冷钻进默予的每一个毛孔，她狠狠地打了一个哆嗦，下意识地屏住呼吸。液面逐渐淹没她的头顶，四周变得安静下来，大白的声音被隔绝在外，逐渐远离她。

冷却管道内没有灯光，黑暗又狭窄，默予只能缩在管道内匍匐前进，手里还揑着硬盘。冷却液确实是流动的，它们从默予的小腿、脊背、手臂和后颈上流过，带走热量与体温，但时间一长默予也逐渐适应了，感觉像是在冬泳——下水的半分钟内整个人都几乎被冻僵，仿佛血管内的血液已经结冰凝固，但半分钟后又重新暖和起来，像是泡在温水里。

面罩上的头灯亮了，冷热交换液清澈透亮，没有杂质，光柱可以照出去很远。

默予匍匐着往前爬，管道两侧的内壁刚好擦着她的两条胳膊，其胸腹则与管道完全贴合。大白的声音在很远的地方回荡："倒计时五分钟。"

默予一步一步地往前爬，上下左右都是通道内壁，像是爬行在通风管道里。大白说冷热交换液是无毒无害的，它的黏度比水要稍高，大概是某种溶液。汇入管道的冷热交换液不仅来自服务器机柜，还来自卡西尼站内的其他房间。卡西尼站外壁是多层结构，相邻的两个隔热层之间都夹着庞大而细密的网络，依靠它们，卡西尼站才能抵御外界的严寒与低温。

"倒计时四分钟……"

大白的声音逐渐消失了，默予在自己心底计时。

212！

211！

默予在心底呐喊："爬！给我爬啊！"

她爬得越快，距离机房越远，生还的概率就越高。

除了面罩头灯发出的光，管道内没有丝毫光线，面罩排出细微的气泡，在灯光中反射出银光。默予此刻是在地下潜行，头顶上是机房的地板，身下是泰坦的表面。她在心底估算距离，要爬出服务器机房至少要三分钟，也就是一百八十秒。

200！

199！

默予的心脏在胸腔内狂跳，她一直保持的冷静这个时候反倒崩溃了，越接近希望和生机，她的大脑越是一团混沌，甚至连计时都出错了，从190直接跳到了180。

179……178！

眼泪流进嘴巴，又咸又黏，看来不只是泪水，还有鼻涕。默予心想，自己现在看上去肯定非常可笑，缩在狭小的管道里，像条虫子一样狼狈地扭来扭去，一边爬一边哭，被人看到了一定相当没面子。可为了活下去，面子算什么呢？为了活下去，这世上之人谁不是像虫子一样扭来扭去？

160！

159……168！不对，不对，是158！157！156！

接下来默予听到了警报声，声音尖厉刺耳，从身后追上来，即使她在冷却管道内也能听见，这可能是大白给出的最后警告。默予好比残疾的矿工，点燃了炸药的导火索，却只能艰难地爬着离开。

这个时候大白应该已经打开了服务器机房的门，把门外的怪物放了进来，默予不敢想象机房内会发生什么。那些诡异的生物会被炸死吗？它们会破坏机房内的服务器吗？大白在和它们对峙吗？它们会说些什么？大白的计划能成功吗？

默予终于抵达了冷却管道的尽头，在她眼前，管道直径迅速缩小到拳头大小，入口处拦着金属网格隔板。默予已经没法儿再往前爬了，在这里，冷热交换液的流速骤然加快，它们要继续往前，进入前方的蒸发器。按照大白的计划，默予需要在这里离开管道，她头顶上就是实验室仓库。

只要能成功逃离管道，她就能前往工具间穿上铁浮屠。

还有一百秒。

默予在管道内翻了个身，仰面朝上，深吸了一口气。

"给我开啊——！"

默予怒喝着猛推管道内壁上的检修口，面罩内排出一大团气泡，但果真如大白所说，这个口子从里面打不开。

还有九十秒。

"你给我打开啊……哪里有开关？肯定有开关，肯定有开关，开关在什么地方？"大白说的居然是真的，默予摸遍了每一个角落都没能找到开关，螺栓全部被拧死了，她甚至试着用手指去扭螺丝，但不知道是哪个天杀的把螺丝拧得这么紧。

大白那个坑货，把她往死路上坑。

还有八十秒。

默予开始猛砸管道的检修口，她用尽了全身的力气，累得气喘吁吁。

"你给我打开啊——！该死，打开啊！把门打开！你他妈的……

"给老子打开！给老子把门打开！"

还有六十秒。

默予无计可施了，四肢麻木、冰凉。

还有一分钟机房就要爆炸了，她要被活埋在充满冷却液的冰冷管道内了。

还有五十秒。

"求求你，把门打开……"

默予沉在冰冷刺骨的冷却液内，还差最后一步她就能逃出去，但这条路是死路，她被困在了管道内。这里狭窄逼仄、死寂黑暗且充满了冰冷的液体，四面八方都是墙壁，如果死亡有实体，体验起来想必也就如此。

在寂静中，默予听到了自己清晰的心跳，它一秒钟跳动一次，还能再跳动三十次。

完了。

插翅难逃。

默予绝望了，她失败了，在她痛骂大白和管道检修口的时候，时间在一分一秒地流逝。此时此刻时间已经不够了，服务器机房马上就要爆炸了，如果默予不能在离开机房之后立即逃出管道，那么她就没法儿在爆炸中幸存下来，甲烷爆炸会摧毁卡西尼站，默予也死定了。世上的事就是这么扯淡，她辛辛苦苦一路逃到现在，一直有惊无险，却被一条冷却液管道给害死了。

真是不讲逻辑。

如果这个世界讲逻辑，那么她在前面写下那么长一串算式方程，且每一步都做对了，怎么会得出一个错误的结果？

在生命最后的十秒钟里，默予忽然放松了，放弃求生带来的释然让她的四肢百骸都失去知觉，唯有灵魂在黑暗中闪光。

算了，算了。

死就死吧，老娘不稀罕。

在死前的最后一秒，默予听到了沉闷的爆炸声，紧接着，身边的冷却液剧烈地震荡起来。

大白成功了。

"默予姐！默予姐……默予姐！

"默予姐！"

默予似乎听到有人在喊自己的名字……是个年轻姑娘的声音，在淅淅沥沥的雨声里，不知道隔着多远的距离。

是谁？

是崖香吗？

"默予姐！"

默予霍然扭头，她猛地记起自己是来搭车的。她站在破旧的公交亭下，挎着提包，外头下着昏暗的大雨，雨点噼里啪啦地打在马路上，接着溅落在人行道边缘，打湿了默予的长裤和鞋子。雨水汇聚成细流涌进下水道，又是一场小小的雨。默予循着声音望过去，看到漫天大雨中有一个小小的单薄身影。

那人打着一把透明的伞，站在马路对面，天色太暗看不清脸，是她在呼喊自己吗？

但她站在那里一动不动，甚至没抬头看自己一眼。

默予后退一步坐下来。这里没有第三个人了，四周都是空旷的荒野，只有一条来自远方的马路、一座陈旧斑驳的公交亭，就连绿化带苗圃中的红花檵木都光秃秃的，不剩几片叶子，泥土里泛着白色的塑料垃圾。天知道那么一个小姑娘为什么会出现在这里。想到这里，她不自禁地隐隐担忧，把这么小的女孩独自一人丢在这里，不会出什么问题吧？

默予想着要不要过去问问，走到亭子边缘又被大雨逼退了，正当她在包里翻找雨伞时，忽然看到远方亮起了烛火般的灯光。

是车灯，她要等的车终于到了。

默予又犹豫了。

她不想错过这趟车，要再等一辆车很难。

默予伸手从包里取出卡来，又偏头望了一眼马路对面的女孩。那个孩子大概是在等家长来接吧，说不定待会儿她的家人就会赶到。

大巴穿破雨幕停在她的面前，车门洞开，车厢里空空荡荡的，默予把提包举在头顶上，小跑两步冲了过去。

"默予姐！"

默予陡然怔住，她在大巴前停下，扭过头来。

那个孩子打着伞站在她身后，低着头紧紧地揪着她的衣服。

默予慢慢皱起眉头，这孩子想干什么？只是叫自己的名字，多余的话一句都不说。她盯着女孩看了许久，忽然觉得这小姑娘似曾相识。

"崖香？"默予试着叫了一声。

女孩没有动，一言不发，只是揪着她衣服的手越发握紧了。

默予慢慢蹲下来，撩起女孩湿透的头发，注视着那双漆黑透亮的眸子，轻声问："默予？"

默予睁开眼睛，浑身都在疼。

她蜷缩在冷却液管道内，冷却液却早就流干了。她不知道自己在这里躺了多长时间，主观感觉可能有十几个小时吧，现在终于有力气动一动手指头。

眼前的光线逐渐明亮起来，长期模糊的两只眼睛终于对焦成功，默予看到了实验室仓库的天花板和墙壁，以及一地的碎片，储物柜横七竖八地散落各处，它们本来都被螺栓固定在墙壁上，想必是被爆炸给震落了。默予没想到自己还活着，而卡西尼站在剧烈的甲烷爆炸中居然幸存了下来——这不是命大，更可能是因为大白的计算。默予低估了大白的能力，要知道它不是人类，它具有的计算能力是人类大脑望尘莫及的，所以它早就预估了爆炸的威力，选择了最合适的浓度和时机，以减轻其对卡西尼站整体结构的破坏。

默予能脱身是因为冷却管道被彻底摧毁了，默予所处的这一端直接突破地板翘了起来。可以想象，服务器机房那一头的管道应该是被爆炸压进了地下，整个管道像跷跷板一样一头低一头高。默予身上没穿衣服，被各种碎片割得遍体鳞伤，但好在伤口都浅，血液已经凝固结痂。面罩保护了默予的五官，但是面罩本身也碎了。默予推开破裂的管道，艰难地从废墟里爬出来，摘掉脸上的面罩，空气中弥漫着淡淡的白色烟雾，她闻到了一股刺鼻的味道。

这是什么东西燃烧的味道——更大的可能是，这是大白燃烧的味道。尽管卡西尼站没有被撕碎，但机房绝对保不住了，大白已经被彻底摧毁。现在想来，这一切应该都是大白计划好的，它知道虽然管道打不开，但默予躲在冷却液内仍然能得到保护。默予本以为卡西尼站会被彻底撕碎，但这一切并未发生，大白对卡西尼站的承受极限一清二楚，它肯定有很多办法保全卡西尼站。

"大白？"默予试着站起来。

房间里没有回应，默予发现自己站不直了。

她的左腿一动就钻心地疼，使不上力气。

默予坐在地板上伸直血迹斑斑的腿，试着按了按自己的膝盖，从上到下按摩肌肉，摸到小腿时她疼得直哆嗦，眼泪不受控制地冒出来。她抱着腿倒吸了一口凉气，又被呛得猛烈咳嗽起来，她捂着腿休息了很长时间才有力气进行下面的步骤……大概是小腿的腓骨骨折了，默予随手找了一块破布、一根细电线和两块塑胶板，她把破布塞进嘴里咬着，然后硬着头皮把夹板按在小腿上，缠上电线用力捆住，全程疼得额头直爆汗。

默予从来没想过自己会有这么一天，像个女特种兵一样自救。人在生死关头的潜力都是惊人的，疼痛都可以无视。

她其实完全不懂如何进行急救，只能根据记忆模仿，手法粗糙得触目惊心，这回去恐怕要截肢。

默予把电线打了个死结，好像那不是她的腿。与其说这是自救，不如说是酷刑。她狠狠地吐出嘴里的破布，还带出一颗沾血的断牙。

截肢就截肢吧，大不了换条腿。

默予捡起硬盘，一瘸一拐地走向房门，她接下来要去穿上铁浮屠，离开这里。

断一条腿没关系，单脚跳着过去就好；断两条腿也没关系，爬过去就好，绝对不能死在这里。

如果她死在这里，那么所有的牺牲都白费了。

默予盯着房门，她距离成功只剩下最后一步。

不要死啊。

无论如何……不要死在这里啊，默予！

默予默默地对自己说："我一定可以活下去！"

默予抓住门把手，用力拉了一次，没有拉动，可能墙面已经变形，把房门给卡住了。默予深呼吸几次，然后低吼着硬生生把房门给扒开了，手指鲜血淋漓。

灼热的空气从走廊上涌进来，迎面的热浪让默予几乎摔倒。这时，卡西尼站剧烈地震动起来。

地震来得越来越频繁，默予背靠着柜子才能稳定住自己的身体，她趁着震动的间隙离开了仓库。走廊里满是浓烟，默予被呛得猛烈咳嗽，眼睛流泪不止，她不得不压低身体趴在地板上前进。机房内的大火已经蔓延到了室外，卡西尼站本身的结构是绝对阻燃的，但平时的生活用具未必，且甲烷与空气混合后极度易燃，一点就着。

在低重力环境下，火焰看上去与地球上的不同，它们不是跳跃的橙黄色火苗，而是暗蓝色的光晕，附着在任何可附着的物体上，闪闪烁烁，像是飘荡的幽灵，从不同的地方突然冒出来，一闪而灭。卡西尼站的内部结构在高温中扭曲变形，发出爆裂的噼啪声，不知道还能坚持多长时间。

尖厉的报警声响了一轮又一轮，但自动消防系统和隔离系统并未启动，不出意外的话应该是全面崩溃了。

默予捂着口鼻往前爬行，四周的一切都在剧烈晃动，还有轰隆的巨响，她像是趴在一张蹦床上——卡西尼站地下的地质活动已经剧烈到了如此地步：地层仿佛是一个锅盖，而锅中的热水已经沸腾，蒸汽涌上来，把锅盖顶得哐哐作响。卡西尼站就建在这个锅盖上，锅盖晃它也晃，地层中的岩石说到底是坚硬但脆弱的，经不起这样的反复弯折和折腾，用不了多久就会断裂，发生下沉。

地板冰冷，默予冻得直龇牙。此刻卡西尼站处于一种奇特的状态，外壁破裂导致冷空气入侵，但甲烷被点燃又产生了高温，冷热空气在走廊内泾渭分明：零下十几摄氏度的冷空气沉在地板上，这一层主要是高浓度的氮气，无法用来呼吸；而高温空气则浮在走廊顶端，被火焰持续加热。

左腿一阵一阵地疼痛，默予缺氧缺得眼前发黑，她听到身后传来隐隐的"嘻嘻嘻嘻"的笑声，惊得她肝胆俱裂。

还没死？

这都不死？

默予爬起来，晃晃悠悠地一头撞进工具间。

最后一套铁浮屠挂在架子上，她努力撑起身子把它取下来，然后开始往里钻。

她着实没什么力气起身了，工具间内的温度已经低到零下几十摄氏度，空气中还严重缺氧，默予钻进铁浮屠的时候视线已经模糊，她像一摊烂泥一样慢慢挪进舱外活动服里，先进左脚，再进右脚，最后把上半身一点一点地挪进去。她的大脑已迟钝得无法思考，只能凭借机械记忆把铁浮屠上的拉链拉好，把阀门一个个打开，最后把头盔用力扣上。

铁浮屠的电脑开始自检。

轻柔的女声响起。

"气密性良好。

"蓄电池工作正常。

"系统工作正常。"

默予趴在地板上，一根手指头都动不了，但听到电脑的声音她还是笑了出来，这个时候能听到"正常"两个字真是叫人心安。她先是低声地笑，然后大笑，边笑边哭。

她终于走到这里了，她终于可以离开这该死的地方了，她可以活下去了。

默予细细地喘息，铁浮屠内正在升温和供氧，让默予僵硬迟钝的四肢与大脑恢复活力，她慢慢感知到了自己的四肢，包括已经残废的左腿。

默予抓着架子慢慢起身，地板一阵剧震，发出轰隆隆的巨响。

默予不知道这该死的地震为什么如此频繁，尽管土卫六上地质活动剧烈，但这也剧烈过头了吧！隔几秒钟震一次，如今间隔还越来越短了，满耳都是轰隆隆的巨响。如果说这是火山爆发，那么这火山口是机关枪吗？

她跌跌撞撞地往前迈了一步，忽然，莫名的心悸让她差点跌倒，心脏像是漏跳了一拍。

默予扶住墙，脸色陡然变得苍白，冷汗瞬间涌出毛孔。

她抬起头，愕然地望着周围晃动的墙壁，同时惊恐地喘息。默予猛然知道了这震动是什么——就在刚刚那一刻，震动的频率与她的心跳重合，她听清了巨响之下隐藏的规律。

这是地震吗？

不对。

这是心跳。

这无处不在的轰隆巨响不是火山喷发的声音。

而是某颗心脏跳动的声音。

不知从什么时候起，那颗心脏距离她已经如此之近，近到跳动声闻如雷霆。默予低头看了一眼脚下的地板，那东西现在就在她的脚下吗？

默予拖着残腿离开工具间，她艰难地穿过走廊扑向气闸室，浓烟与火焰从身后追上来，卡西尼站在燃烧与爆炸中毁灭坍塌。默予没有回头，她知道此刻自己身后已经什么都不会剩下了。漆黑的浓烟吞没了默予，默予又从浓烟中冲出来，她猛地撞到气闸室的舱门上，气喘吁吁地拧动舱门上的开关，每拧一次都用尽了全身的力气。对默予来说，这是唯一的生路。

可是默予不知道，打开卡西尼站的大门之后她将看到什么。

她会看到什么呢？

是漫天飞舞的暴风雪吗？

是从天而降的救援穿梭机吗？

还是长着翅膀猛然突破冰层、夭矫地跃上天空长啸的蓝色巨鲸？

尾声

"暴风雪"号巨大的船身无声地滑入阳光,白色的那一面被染成淡淡的金色,蒙皮上醒目的蓝色字母"пурра"上满是修修补补的痕迹,像是外墙斑驳的老仓库上的标语。"暴风雪"号是艘老船了,它曾经是地球与土卫六之间的主力补给船,已往返两地几十次,十几年来劳苦功高,与另一艘运输船"阿尔忒弥斯"号一起承担了几乎所有的人员运送任务。

"暴风雪"号是有史以来人类制造的最大航天器,它几乎是专门为了土卫六任务而诞生的,能支撑二十个人长达半年的太空航行。为了制造人工重力,人员生活舱被设计成一个巨大的轮辐,轮毂直径超六十米,以每秒十七米的线速度持续转动,两根长杆配重反向旋转以抵消扭矩。而核心服务舱段被绑定在中央的主轴桁架上,主轴有三百多米长,最前端顶着一把巨大的辐射屏蔽伞。这把柔性巨伞的伞面只有两毫米厚,但面积超过两公顷,它是"暴风雪"号的防护罩,用来抵御土星释放的强烈辐射。飞船末端则是动力模块——两台推力强劲的聚变发动机。

聚变发动机是"暴风雪"号的基础,也是飞船所有模块中最沉最重要的部分,能在飞行途中为其提供充足的动力。地球与泰坦之间遥隔十几亿千米,化学火箭已经无法承担这样的任务,所以人们把聚变反应堆搬上了飞船。"暴风雪"号上的聚变发动机并不以高推力著称,它的峰值推力其实远远小于顶级化学火箭的,其最强大之处是其他任何发动机都无法比拟的续航能力——依靠聚变发动机,"暴风雪"号能持续加速,将五六年的航行时长缩短到半年。

"进入轨道前泊点,倒计时三、二、一!"

"进入泊点。"

"正常。"

姿态控制发动机喷射出暗蓝色的等离子流,"暴风雪"号正在缓缓转向,在土星巨大的阴影中,它看上去像是吊机的摆臂。

与此同时,两台聚变发动机的四个喷口同时大亮,开始最后的反推减速。

"暴风雪"号并不进入泰坦的环绕轨道,因为那需要减速太多,浪费推进工质。它只进入土星的环绕轨道,与泰坦以极近的距离同步运行,再释放穿梭机登陆土卫六。

穿梭机是运输人员和货物的登陆工具，"暴风雪"号作为母机同时携带两架"水瓶座"号穿梭机。跟"暴风雪"号这样的骨架子大伞不同，"水瓶座"拥有流畅的机身线条和气动外形，可以在大气层内进行有动力飞行。一架"水瓶座"最多搭载十二个人以及三十吨的货物，并能把他们平稳地送到卡西尼站的停机坪上。

"'水瓶座'分离。"

"01分离。"

"收到，01分离。"

白色的穿梭机与"暴风雪"号断开连接，开始降低高度，机身腹面的姿态控制发动机闪烁着调整姿态，它的正下方就是土卫六棕黄色的大气，看上去像是一锅沸腾的浑浊泥汤。

通常情况下一个机组有三个人，正、副机长与一名安全员，但此次任务特殊又紧急，卡西尼站与地球方面已经失联七天，所以机组增派了一名安全员以做策应，由"暴风雪"号的副船长亲自担任。

"各部门注意，脱钩，断开连接。"

"脱钩。"

"断开连接。"

机长在屏幕上依次点击，驾驶舱的观察窗全部打开，阳光照射进来，机舱内的人同时眯起眼睛。从他们的角度看，土卫六巨大的边缘弧线就在他们头顶上，那是地天相接之处朦胧的一线。断开连接的一瞬间，机身猛然一震，某个地方发出老拖拉机特有的轰隆声。

"这破船，新三年旧三年，缝缝补补又三年，啥时候才是个头！"机长摇了摇头，把头顶控制面板上的电门推了上去，然后缓缓推动操作杆，"01注意，左舵60。"

"水瓶座"的姿态控制发动机转向，穿梭机逐渐脱离"暴风雪"号。

"我们跟卡西尼站之间断了多久的联系？"副驾驶扯了扯身上的安全带，望着舷窗外逐渐远离的"暴风雪"号，"差不多七天了吧？"

"七天了。"坐在后排的安全员说，"不知道他们七个现在什么情况。"

"通信塔故障。"机长回答，"只可能是这个原因。这段日子香格里拉平原不太平，早知如此，我们应该早点把他们给撤回来的。"

"所以我们不是临时折返了吗？"副驾驶耸肩，"我听说他们发现了什么。"

"谁知道呢？"安全员说，"卡西尼站上天天都有大新闻。"

"不知道是什么宝贝，值得我们直接折返，这一来一回油钱可不少。"机长插嘴，"还需要那么大一个箱子。"

所有人扭头去看固定在地板上的箱子，那是个厚重坚实的保险箱，专门用来运输贵重货物。"暴风雪"号就是为了它将储存的东西而回来的，可谁也不知道几个小时后将被封装的究竟是什么。

"先生们请注意，我们正在下降，三分钟后进入大气层。"机长提醒，"请系好安全带。"

话音刚落，穿梭机开始剧烈震颤。

从舷窗望出去，棕黄色的浓雾已经贴上了玻璃窗，穿梭机的速度越来越快，高速摩擦产生的等离子体激波迅速扩散。土卫六拥有极其浓厚的大气层，"水瓶座"进入大气层后可以通过气动翼面操纵姿态。从现在开始，"水瓶座"变成了一架高空滑翔机，机长与副驾驶都是经验丰富的飞行员，他们将驾驶"水瓶座"号滑翔数百千米，抵达卡西尼站的停机坪。

"这里是'水瓶座'，呼叫卡西尼站。"副驾驶开始呼叫，"呼叫卡西尼站。"

"我们还没突破云层。"机长提醒，"现在呼叫，他们还听不见。"

穿梭机一头扎进几万米厚的云层，黑暗中电闪雷鸣，目视距离几乎为零，机长与副驾驶只能依靠导航寻找目标，这比三级盲降还要难。

果然，通信频道中都是电流杂音，没有任何人回应。

"海拔63247米，电磁干扰非常严重。"机长说，"我们需要降低高度。"

土卫六上浓厚且充满电荷的大气干扰了通信，穿梭机必须下降到足够低的高度，突破云层，才能联系上卡西尼站，或者某人的铁浮屠。

"这里是'水瓶座'，呼叫卡西尼站。"副驾驶仍在坚持呼叫，"听到请回答，听到请回答！"

越接近卡西尼站，几个人越焦急。

没人知道卡西尼站发生了什么，中断联系七天，什么都有可能发生。

"这里是'水瓶座'，呼叫卡西尼站。"机长也开始呼叫。

"这里是'水瓶座'，呼叫卡西尼站！"

"这里是'水瓶座'，有人能听到我们吗？"

"水瓶座"号的高度仍然在持续下降，穿梭机已经突破云层，机舱中的几人神色凝重，盯着通信系统。

通信频道中忽然有了声音。

"收到……"

所有人神色一振，终于有人说话了，听声音是个年轻的女人。

"这里是'水瓶座'号，是默予吗？默予，是你吗？"机长激动地问，"卡西尼站情况如何？你们那边怎么样了？你们都还安全吗？"

"是……我是默予。"

信号仍然不稳定，时断时续。

"你还安全吗？"副驾驶问，"你们都还安全吗？卡西尼站如今情况怎么样？"

通信中断。

"默予？默予？"

几分钟后，频道中又有了声音，嘈杂不清的背景音中女人的语气极度恐慌。

"心跳……

"还有……手指……"

机长、副驾驶和两名安全员面面相觑。

她在说什么？

这是什么意思？

紧接着，信号突然恢复，所有的杂音全部消失，女人的声音冷静而清晰。

"我是默予，我已经收到你们的信号，通知'水瓶座'号，我将引导诸位降落，我将引导诸位降落。"

穿梭机内的几人都松了口气，一颗久悬的心终于放了下来。

"默予，我们即将降落，待会儿见。"

"收到，待会儿见，卡西尼站全体人员会来迎接你们，祝你们好运，嘻——"

联络被掐断。

机长与副驾驶都深吸了一口气，神情不由得放松下来。他们的高度已经足够低，舷窗外是无穷无尽的淡黄色雾霾，但他们心底清楚，不远的前方就是卡西尼站，而那里有老朋友在笑着等他们。

番外：起源

（一）

从一万六千千米的高空俯瞰，这个世界满是悬浮在宇宙中的棕黄色浓雾，它朝向太阳的一面被阳光浸透，散出淡青色的光芒，而背光的那一面隐藏在黑暗中，仿佛沉在深水里。

谁知道这层浓雾之下是什么呢？

除非纵身跃下。

但坠落的路径不是抛物线，在几十吨当量的庞大推力作用下，飞船从世界的这一边跃到另一边，划出半个庞大的螺弧，随即又被万有引力拉了回来，继续补完这条围绕着星球的螺旋线。对它本身而言，它是在坠落，朝着底下的世界自由落体，但人们在失重环境中无法正确判断自己的状态，他们不知道自己是在运动中还是静止的——直到舷窗外闪烁起明亮的火光，他们才知道自己又回来了。

又回到了这个暴雨倾盆的世界。

飞船拖着浓郁、明亮的火光笔直地插入云层，像是上帝向大地投出的一把尖矛，这把矛有数万米长，内部是被高温蒸发又迅速冷凝的液态甲烷。矛尖与大气剧烈摩擦，迅速突破重重叠叠的云层。

在进入大气之后的前十五分钟里，飞船一直是这个状态，所有乘员都被安全带死死地绑在座椅上。他们要在十五分钟里下降一万千米，直到降至一万米左右的高度，启动发动机改平，飞船在浓厚的大气中滑行。

进入有动力飞行状态之后，乘员就可以自由活动了。

崖香看到其他人都解开了安全带，才稍稍放松自己腰间的带子，然后探身把舷窗上的小窗板推了上去。

"哇哦……"

小姑娘双眼闪闪发亮，眼底倒映着窗外的火光。

"崖香小姐，第一次来吗？"坐在她身后的男人也把遮光板推开，崖香记得他的名字叫梁敬。玻璃舷窗外是昏暗的淡黄色浓雾，不知道外面是白天还是黑夜。

"现在是白天还是晚上？"崖香问。

"白天，不过太阳快落山了。"梁敬偏头望着窗外，"这里太阳落山的速度很慢。"

"这里一昼夜就是半个月！"前面驾驶舱位上有人轻飘飘地挪了过来，递给崖香一块巧克力，"晕机吗？嚼点东西。"

那是一个精壮的中年俄罗斯人，一头白发，下巴上留着短胡髭，他是"暴风雪"号飞船的副船长，同时也是穿梭机的机长，负责把梁敬和崖香送上土卫六。崖香回忆了大半天才想起来他叫什么。

鲍里斯。

"吃点吃点，提神的。"俄罗斯人把手往前凑了凑。

梁敬从他手里取了一块巧克力，扔进嘴里嚼了嚼，脸突然涨红了。

"酒心的？"他剧烈地咳嗽。

"伏特加！纯正的苏联红牌！"鲍里斯骄傲地点头，低头时一张嘴满口酒气，看量最少吃了一斤。

"我天，你……你在酒驾？"梁敬和崖香大惊。

"开飞船不算酒驾！"鲍里斯振振有词。

"你究竟吃了多少？"梁敬问。

"我？我不吃这东西。"鲍里斯摇摇头，然后手一伸，"那个谁，麻烦把我的壶给我！"

座椅后头飞过来一只金属酒壶，鲍里斯准确地抓住，然后拧开盖子对着嘴咕嘟咕嘟就是一大口。

"哇——！爽爆！"鲍里斯长舒一口气，对着两人晃了晃手里的酒壶，"我喝这个！"

"老梁啊，小香啊，你们俩都是头一次来，不要客气，就把这儿当自己家！"鲍里斯大剌剌地坐着，背靠座椅，身体随着飞船的震动晃来晃去，熟稔得像是公交车上的售票大哥，"不过，为什么要来这儿啊？被判刑了？"

"你才被判刑了。"梁敬回嘴，"我跟你说过，我是做地质学研究的。"

"哦，对。"鲍里斯挠挠头，"你还是博士。"

"对。"

"我也是博士！"鲍里斯用力拍他的肩膀。

"您是什么博士？"崖香问。

"博学之士！"鲍里斯说，"阿香，你不是记者吗？对卡西尼站，我熟得跟自己家后厨一样，有什么问题你们尽管问我，我要是不知道，那太阳系内就没第二个人知道了。"

"鲍里斯，你可别吹了。"前面驾驶舱位上有人大笑，"有本事你和江子、胡董海碰一碰？"

"我可没吹！"鲍里斯怒喝，"我在卡西尼站当了六年的站长！六年啊！你知道那六年我都是怎么熬过来的吗？整个香格里拉平原上有几根萝卜我都一清二楚！江子、胡董海怎么了？他们比我行呗？"

"那有几根萝卜？"崖香问。

"零根。"鲍里斯回答。

"他们至少没有开车把自己开丢。"

"我也——那是特殊情况！"鲍里斯被踩了尾巴，"换个人来也一样！这鬼地方蹊跷得很，谁知道那是什么玩意儿？忽闪忽闪的，一会儿有一会儿没有，我开足马力追了那么久，愣是没有追上。"

"什么东西？"崖香的八卦心顿起。

"土卫六上有什么东西吗……"梁敬也好奇，但他的脸色突然变得发青，"不好意思，我得去一下卫生间。"

他捂着嘴站起来，推开鲍里斯，跌跌撞撞地往机舱后面走。

"梁老师？梁老师，你没事吧？"

"老梁？你晕机吗？再吃点？"

"谢谢，谢谢！"梁敬挥了挥手，"呕……我……我不能再吃了。"

"砰"的一声，卫生间的门被关上了，接着传来男人呕吐的声音。

"他没事吧？"崖香有点担忧。

"他应该多吃点。"鲍里斯一耸肩，晃了晃手里的酒壶，"这个对治疗晕机有奇效。"

"那咱们接着说，接着说，土卫六上有什么？"

鲍里斯沉吟了几秒钟："基尔·霍顿，整个土卫六上的人都知道的孤魂野鬼。"

"一个永远游荡在香格里拉平原上的幽灵。"机组中的其他人说，"没人知道他要去哪儿，如果这世上有天堂，那门肯定不在泰坦上。"

穿梭机还在继续飞行，鲍里斯灌了一大口酒，讲起基尔·霍顿。

（二）

那是很多年前的事了。

基尔·霍顿是什么人?

是英国人。

作为第一批登陆土卫六的勇士,一个英国人、一个俄国人和两个中国人,一共四个人,组成敢死队踏上了香格里拉平原的土地。那是拓荒的年代,也是迄今为止人类在太阳系内的最后一次拓荒。

他们套着厚厚的铁浮屠,小心翼翼地从梯子上一步步地爬下来,踏上一片未知的土地。

其实不算完全未知,在他们登上泰坦之前,卫星和探测器早已来过。

太阳系内没有秘密。

江子仍然很激动,一直以来,泰坦都是一个笼着厚重纱丽的女人,时至今日,他终于可以亲手触摸到它了。

"江子,你在作甚?"胡董海问。

"看看地面硬度如何。"江子回答,"是否适合安营扎寨。"

"看地面硬度需要趴下去亲它?"

"我没有亲它!"

"……"

这个小组由胡董海担任负责人,基尔·霍顿是副组长,他们两个是科考任务组的核心专家,鲍里斯和江子是人形搬砖工具。

胡董海抬头望天,这是泰坦白昼的第二个地球日,他们的工作时间只有七十个小时,要在下一个泰坦黑夜降临之前离开这里。运输船已经先他们一步抵达香格里拉平原,安装好了临时营地。

临时营地就在不远处,隔着薄雾闪着灯光。

四人小组在宽广的冰原上列队前行,积雪没至膝盖,他们深一脚浅一脚地走着,几分钟内集装箱式营地就出现在众人眼前。

营地外壳为白灰色,整体吊装,落地组合,五个方舱轴对称接在圆形的核心舱上,从上往下看是个五角星。

营地门前立着一杆大灯,此前他们看到的就是这盏灯的光。

"飞船为什么不能停得近一些?"江子问。

"因为地面不够平整。"胡董海用力打开气闸室的舱门,咔嚓一声响,室内的灯在门开之后亮起,照亮了探进来的铁浮屠上半身,"从现在开始,在接下来的七十个小时内,这里就是我们下榻的酒店了,看上去还不错。"

"希尔顿泰坦分店。"霍顿跟在胡董海身后钻进气闸室，转身把江子拉进来，"这里是整个泰坦上最豪华的下榻处。"

他们需要在气闸室内脱下铁浮屠，这种沉重的舱外装备并不适合室内活动。

"你认为这里是希尔顿？"江子脱下头盔东张西望，"不是如家？"

"我觉得咱们不是来'如家'的。"鲍里斯说，"是如厕。"

霍顿换上了室内工作服，正在清点舱内的设备，完成任务需要的所有装备在搭建营地时已被送到了这里，并被分门别类地放置在箱子里。这些银色黑边的箱子占用了营地的大部分空间，导致临时营地看上去像座仓库，组员们只能挤在仓库里，转个身都会撞到箱子角。

"我们需要的东西都在吗？"胡董海问。

"在。"霍顿解开固定设备箱的绑带。

"自动迫击炮带了吗？"鲍里斯问，"核炮弹那种？"

"我们为什么要带自动核迫击炮？"霍顿问。

"碰到虫族炸它丫的。"

（三）

在七十个小时之内，他们要完成的任务很多，但胡董海认为那些都没什么大不了的。对于在场的几根老油条而言，泰坦早已失去神秘感，它身上有多少根汗毛，他们都清清楚楚，而组员们又都是执行舱外任务的老手，个个都是有多年驾龄的老司机。

没有神秘感的女人对男性而言是缺乏吸引力的，尽管胡董海是第一次真正登上泰坦，但他对这个世界了如指掌。

"两千克岩芯。"胡董海用食指戳戳下面又戳戳上面，"底层大气数据，还要评估一下适居程度。"

"这还用评估？"江子说，"瞎子隔着十万千米也能看出来这地方不能住人。"

"例行任务。"胡董海说，"给你一张那么长的表格，你总得填完不是？"

"编！"江子大手一挥，"我大学毕业论文的数据全是编的。"

鲍里斯和霍顿鼓掌。

看来这事他们也没少干。

"能不能严谨一点？"胡董海问，"你作为一个科研工作者，最基本的严谨呢？"

"你信不信我编的数据比测出来的严谨？"江子说，"不过话说回来，你们准备怎么做这个适居度评估？"

胡董海瞄了他一眼："你以为我们把你带过来是干吗的？"

舱内的气温有些低，几个人瑟缩着找温控开关没找着，隔着十几亿千米痛骂地球上的工程师连空调都设计不好，只能从物资箱里抽出锡箔纸内衬裹在身上。四个银光闪闪的男人围坐在地板上，支着电脑吃吃喝喝。

临时营地能同时支持四个人的工作和生活，五个方舱中有一个是供进出的气闸舱，另外四个是供睡眠的生活舱，核心舱提供主要的活动场地。他们要在土卫六上待七十个小时，如果没有营地，屎都没地方拉。

"我们可以拉在铁浮屠里！"江子说。

其他三人照吃吃照喝喝，显然已经习惯了江子粗犷的生活方式。

"这是一块什么？姜？"霍顿叉着餐盒里的棕黄色块根，"还是土豆？"

鲍里斯瞄了一眼："腌萝卜。"

"这是萝卜？这萝卜再腌就能成精了。"霍顿啧啧称奇，"你看，它还会模仿土豆。"

打开超长途运输之后的即食餐盒简直是一场冒险，你永远不知道自己会看到什么，把自己的老命押在那帮无良食品工程师的节操上绝对是危险的，所以胡董海建议在开箱前戴好防毒面具。

"吃完饭该干什么？"江子问，"出舱吗？"

"不着急。"胡董海摇摇头，"我们有七十个小时，先休息，后面的任务很繁重。"

吃完饭之后四人上床睡觉，这种感觉很像是倒时差，你不想睡觉也得强迫自己睡觉。有时候胡董海特别羡慕江子那随时都能入睡的能力，他躺在床上盯着舱顶，心里老觉得这不是睡觉的时候。

七个小时之后，他们将开始第一次出舱任务。

胡董海的小组是登陆泰坦的第一梯队，但不是唯一一支队伍。在泰坦上建立永久科考站是个宏大的计划，在不远的未来，会有更多的人踏足这颗星球。胡董海的队伍要做的就是先摸清楚这个世界的情况，试试香格里拉平原的深浅。

一觉醒来后，他们打开气闸室的舱门，门外是浓重的棕黄色雾气。

"我们脚下的平原有东三省那么大！"胡董海踏出气闸舱，往前一指，"再往前走一点，那边有一片湖。"

"湖里有水吗？"鲍里斯问。

霍顿笑了："鲍里斯，随时牢记你正身处一个零下一百八十摄氏度的世界。"

"湖里是液态甲烷。"胡董海说，"如果日后要建立永久基地，那么最合适的地方就在这里，甲烷可以当作燃料。"

第一次出舱考察并不需要走多远，四个人只需在营地门口挖个坑。

按照预定构想，在接下来的六十个小时内，他们可以进行三至五次出舱活动，具体情况视天气等外部条件而定，状况好就出去五次，状况不好就出去三次。

胡董海把设备立在冰面上，设置参数，读取数据，干得热火朝天，另外三个人袖手旁观，交头接耳，聊得热火朝天。

"要我说，这队伍只要有老胡一个人就够了。"江子说。

"兄台所言甚是！"

"兄台所言甚是！"

霍顿和鲍里斯表示赞同。

"如果我们是合体金刚，那老胡就是头部。"江子说，"我只能组成屁股。"

"那我组成头皮屑！"鲍里斯说。

"我组成痔疮！"霍顿说。

"你们几个在那儿闲聊扯淡，就不能上来帮把手吗？"胡董海说，"帮我看着点大气数据！"

"来了，来了！我来组成屁股！"

这个时候，胡董海一行人还并未意识到这个世界与他们待过的其他星球有什么不同，这次任务是平常、轻松的，甚至可以说是一次放松身心的远距离出游。胡董海已做好打算，任务结束之后要回到飞船上喝一杯。

第二次出舱任务在五个小时后。

基础的勘察任务都已经完成，第二次出舱胡董海决定考察附近的湖泊。

香格里拉平原上的甲烷湖是本次登陆任务的勘探重点，如果未来要在土卫六上建立大规模聚居点，那么湖里的液态甲烷就是天然的优质能源，所以他们把飞船登陆点和临时营地都设在甲烷湖不远处，步行就能抵达。

根据卫星遥测的数据，这片湖有四十多平方千米，但深度很浅，只有四十厘米，成年人踏进去只能没到小腿处。

这片湖的正式名称叫洞庭湖。

胡董海估计了一下时间，从临时营地步行抵达洞庭湖大概需要十分钟，他们这次分头行动，胡董海带着江子和鲍里斯出舱，霍顿留守在营地里收集天气数据。

但他们到底是第一次登陆泰坦，谁都没有经验，第一次执行远距离任务就出了岔子。

胡董海高估了自己的前进速度，在能见度极低的浓雾中，他怎么走都走不快。为了防止走丢，他们只能用相当原始的方法，用绳子把人系成一串，像老鹰捉小鸡里的母鸡带小鸡那样。胡董海就是那只老母鸡。

既然人都被串了起来，那么只要有一个拖后腿的，整支队伍就走不快。

江子就是那个拖后腿的。

他尿得比谁都快，一进雾里就开始碎碎念。

"那个，那个，你们有没有看过斯蒂芬·金的《迷雾》啊？

"我老觉得这雾里有什么东西……

"我我我我有种不祥的预感。

"要不咱们回去吧？"

胡董海很干脆地关掉了江子的语音，他都懒得反驳这个二货，土卫六的情况他门儿清。雾里有什么？雾里什么都没有。

"下次我们再来时应该带上交通工具！"霍顿在无线电里高声说，"在这里行动比预想的要困难！"

他们装备的铁浮屠已经是针对土卫六环境设计的改进版，但仍然举步维艰。

"带什么交通工具？"鲍里斯说，"车轮在这地方准打滑！"

"用带腿的车！"霍顿说，"可以在地上爬的那种。"

"蟑螂车！"鲍里斯说。

"螃蟹车！"江子表示那车应该叫螃蟹车，"螃蟹好，开着螃蟹车，我们在泰坦上横着走！而且螃蟹好吃！"

胡董海一言不发，听着他们几个扯淡，他莫名地想起被子里食人皮屑的螨虫，浓雾紧贴着铁浮屠的头盔面罩翻涌，仿佛蠕动的足。

他们下到洞庭湖里，虽然液态甲烷的密度不到水的一半，但土卫六上的重力过小，在液体中很难站稳。在铁浮屠外骨骼的帮助下，他们仍然觉得自己软绵绵地踩在蓬松的棉花上，一脚下去根本碰不着地。胡董海第一个摔倒，他一倒把剩下两个也拉倒了。

三个人倒在液态甲烷里扑腾，花了二十分钟才爬起来站稳。

"我真难以想象以后会有更多的人到这儿来。"江子嘟囔，"我到这里二十个小时就厌倦了。"

"这里的液态甲烷大概有两千万立方米。"胡董海说，"还会得到源源不断的补充。"

他指了指头顶，泰坦上的烷烃循环类似地球上的水循环，洞庭湖中的甲烷能通过降雨得到补充。

"要是包了这片湖，那我是不是就能成为石油大王了？"鲍里斯问。

"你可以把土卫六上的所有湖都包了，没人拦你。"胡董海说，"但运输成本就能让你破产。"

"那就建几条跨行星油气输送管道。"鲍里斯一张嘴就是一项上帝工程，"把土卫六上的甲烷送回地球！"

"地球和土卫六的相对位置是运动的。"胡董海提醒。

"那就把它们固定死！"又是一项上帝工程。

胡董海伸手捧起湖里的液态甲烷，看着它们像水一样从铁浮屠手套的指缝里流泻而下，很难想象这些液体的温度低至零下一百八十摄氏度。如果没有铁浮屠，他的手一秒钟内就会被冻成碎玻璃。

耳机里吱吱啦啦地响，霍顿的声音响起来："胡，你那边情况怎么样？"

"我这边一切正常。"

"我刚刚得到天气预报，香格里拉平原未来可能会有雷雨天气。"霍顿提醒。

"影响大吗？"胡董海问。

"预估不会对我们的行动造成明显影响。"霍顿回答，"你们结束工作后尽快返回营地。"

鲍里斯抬起头，遥望风平浪静的湖面，在朦胧昏暗的雾气中他看不了太远，只觉得湖面一望无际。

如果能在这湖上开摩托应该挺爽。

鲍里斯往前走了几步，带得湖水哗啦哗啦地响。

"别走远了。"胡董海提醒，"在这地方走丢就找不回来了。"

鲍里斯回头比了个OK，胡董海已经盘膝坐在了湖里，正在埋头工作。他在身边立了一盏高脚照明灯，江子扶着长杆灯脚，高穿透力的雾灯灯光把两个铁浮屠的影子投在湖面上，随着湖水缓缓起伏。

鲍里斯面向两人一步一步地后退，直到两人的影子在雾中若隐若现，他站住不动了。

他不敢再走远，目视距离是安全距离，再远一点就有风险了。

站在这里仿佛处于一个满是水的世界，鲍里斯打开箱子，拎出灯来立在湖水里，灯光把他的影子投在雾中。

鲍里斯往前走了几步，让影子稍微清晰些。

他举手，影子就举手。

他抬脚，影子就抬脚。

他摆"大"字，影子就摆"大"字。

"鲍里斯，你在干什么？"江子摸了过来，看到鲍里斯正在灯光里走太空步。

"江子，你看那边，那边的雾要更浓密一点。"鲍里斯伸手一指，"有没有觉得那边的雾像一堵墙？"

江子眯眼一瞅，确实，那边不到百米的距离有一堵浓密的雾墙，沿东西方向横亘在那里，看不到边际。令人惊异的是，它居然不扩散。

"我刚刚发现那堵墙，"鲍里斯说，"是一种很奇异的气候。"

"什么原因？"江子问。

鲍里斯摇摇头："此前没见过，没见过有这样的研究，不过你有没有觉得那像幕布？"

确实像，难怪鲍里斯在这里放盏射灯，玩得还挺开心。

江子快乐地加入了鲍里斯的游戏，反正所有的项目只靠胡董海一个人就能完成，他和鲍里斯就是来拖后腿的，进入胡董海周身五十米以内就会干扰他的工作。

江子摆"猛虎下山"。

鲍里斯摆"白鹤亮翅"。

江子摆"野马分鬃"。

鲍里斯摆"大鹏展翅"。

江子摆"鲁智深"。

鲍里斯摆"垂杨柳"。

两个人的影子在雾中变化，江子歪着身子，两只手臂高举过顶，弯成一个环形。

"你觉得那个影子像不像奇虾啊？"江子问。

"奇虾是什么？"鲍里斯问。

"一种长相奇怪的古生物，生活在五亿年前的寒武纪时代。"江子回答，"它就有这样一张巨大的嘴。"

鲍里斯望向远处的影子，看上去江子的影子确实像个张开巨大口器的怪物，他弯曲的双手仿佛是个大钳子。

那钳子开开合合，怪物咔嚓咔嚓地咬过来。

"奇虾的宿敌是巨蠕虫。"江子说，"鲍里斯，你扮演巨蠕虫。"

于是鲍里斯扭动身体变成一只大蠕虫。

雾中的奇虾收缩身体，积蓄力量，然后凶悍地扑过来，咔嚓一下将蠕虫截为两段。

（四）

第二次出舱任务结束，三人返回临时营地休息。吃完饭后四人上床睡觉，定了个七小时之后叫醒他们的闹钟，但这一觉他们睡得并不安稳。半梦半醒之间，胡董海听到了沉闷的轰响，仿佛有人把一辆拖拉机停在了隔壁，噪声响个不停，迷迷糊糊的胡董海想骂人，骂那个拖拉机司机。是谁允许他把拖拉机开到土卫六上来的？

一觉醒来，江子打开窗板，立刻被闪瞎了眼。

"哎哟，我天！"

江子闭着眼睛大喊："谁在外面扔闪光弹？"

窗外是刺眼的白昼，强光晃得人睁不开眼睛，像是有人在窗外疯狂地扔闪光弹，所以轰轰响个不停。

鲍里斯和霍顿眯起眼睛，探头探脑："我们不是在水星上吧？"

除了水星上，哪里还有这么强烈的日光？窗外几乎白茫茫一片，尽是强光。

"不是日光，是雷暴。"胡董海说，"那是闪电的光，雷暴中平均一秒钟打十几道雷，高频放电会让整个云层变成一个超大号的氙气灯，一个直径达数万米的大灯，我们现在就是灯光下的小蚂蚁。"

"这就是你说的雷雨天？"霍顿的世界观遭到颠覆。

"霍顿，天气预报有没有告诉过你是这样的雷雨天？"鲍里斯问。

霍顿稍有些尴尬，搓了搓手掌。

霍顿和胡董海是组长，是专家，是所有人当中最了解土卫六的人，但真到了这儿，他们才发现事事出人预料。果真，理论就是不能代替实践。

"这天气咱们还要出去吗？"江子问。

"这也是预定的任务之一。"胡董海说，"会是很宝贵的研究数据。"

"会有危险吗？"霍顿问。

"不会。"胡董海摇摇头，套上铁浮屠准备出门，"我们对土卫六上的极端天气研究得很深入，它不会对我们造成任何威胁。"

尽管胡董海早有心理准备，可推开气闸室舱门的一瞬间还是差点被雷声震聋。

这哪里是有人把拖拉机停在了隔壁？

这根本就是钻进了柴油机的汽缸啊！

那大脑发麻的短暂一秒内，胡董海暗自佩服营地的设计师，别的不说，隔音效果是真好啊。

下一秒胡董海就关闭了铁浮屠的拾音器，全世界一片寂静。

所有人都放下了铁浮屠头盔上的滤光面罩，这样才能勉强看到其他人。绝对的强光和绝对的黑暗是一样的，同样会让人什么都看不到；绝对的噪声和绝对的寂静也是一样的，同样会让人什么都听不到。

占满你所有的感官和剥夺你所有的感官，达到的效果是相同的。

"我的天。"霍顿跟着出门，旋即惊叹，"我觉得我上了天堂。"

"怎么？你的天堂是这个模样？"鲍里斯问。

"一个光芒万丈的世界。"霍顿说。

鲍里斯不觉得这是天堂，他觉得自己正在被几十台超大功率的无影灯无死角地环绕照射，无论往哪个方向看都是刺眼的白光。

"如果这宇宙中真的存在一个全是光的国度！"鲍里斯大喊，"那么我认为那里的生物不会进化出眼睛！"

"雷暴还有多久结束？"江子问。

"我认为不会持续太久。"霍顿回答，"等云层中的能量释放完，雷暴自然也就结束了，天气预报说最多还有三个小时。"

三个小时，足够胡董海收集雷暴的数据。

第三次考察任务顺利展开，他们需要进行一次深层钻探实验，深度超过一千米，这是有史以来人类在土卫六上进行的最深钻探，为此登陆小组需要在香格里拉平原的冰原上搭建一台钻机。

钻机在运输时是拆开分装的，用飞船送到土卫六上，满满当当十六个大箱子。

四个人把箱子一个接一个地搬出来，然后在冰原上立起三脚架，将其牢牢地钉在地面上。这台钻机按计划需要四个人花四十分钟完成组装，但实际上他们花了一个半小时才把钻机装好，大型钻机立起来有两人多高，像塔一样矗立在香格里拉平原上。

"这将是人类在土卫六上建的最高建筑物。"胡董海后退一步，叉腰抬头仰望钻机，"我们创造了历史。"

"奇观误国啊，陛下。"霍顿说。

钻探工作立马开始，伴随着一阵嗡响，小拇指那么粗的钻杆飞快地旋转着进入冰层。

"我们为什么不用激光？"鲍里斯问，"一定要用傻乎乎的一千米长的棍子捅？"

"因为我们认为下面有比较厚的液体流层，激光效果不好。"胡董海回答。

用一根一千米长的完整钻杆是不可能的，那么长的棍子也没法儿运过来，所以钻杆都是分段套接的，一千根一米长的短管一根一根地接在一起就有一千米长。一整套钻机拆开装箱是十六个箱子，其中八个箱子装设备，八个箱子装钻杆。

江子负责接管子，他把钻杆一根一根地塞进钻机里，就像在给高射炮上弹。一条弹链里上十根钻杆，江子看着它们被吞进去，再把剩下的钻杆装进空弹链。

钻头下去了大概两百米后，"咔"的一声，不知道打到了什么，弹链不动了。

江子用力把它往里塞，塞不动。

"这怎么回事？"

"轴承坏了。"胡董海有点吃惊，"地下的冰层分布和我们预估的不一样，奇哉怪哉，不应该啊。"

"老胡，你们能不能靠点谱？"江子相当恼火，"你们预估的和我们碰到的情况有一致的吗？"

"怎么办？"鲍里斯问，"任务中止？"

"不需要，营地有备用件。"霍顿说，"可以修，我去取。"

"你一个人去？"胡董海问。

"备用件就在临时营地里。"霍顿说着起身，"距离不远，没几步路。你们留在这里修钻机。"

胡董海点点头，伸手比了个OK。

霍顿转身钻进薄雾里。

"鲍里斯，过来搭把手。"胡董海叫鲍里斯过来顶替霍顿的位置，"我们得拆开钻机的检修口。"

十分钟后，霍顿到达临时营地，翻箱倒柜："胡，营地里没有备用件，它应该在飞船的货舱里，我去取回来。"

"没问题吗？"

"没问题。"霍顿说，"铁浮屠提供导航，稳妥。"

江子用几个大箱子垫脚，爬上去打开钻机的检修窗口。土卫六上重力这么低倒是不怕摔，但也不好爬。他哼哧哼哧地爬上堆到两米高的箱子，心里骂骂咧咧地把连检修梯都不装的钻机设计师归为和胡董海一样的大傻子。忽然，他皱起眉头："你们有没有听到什么声音？"

"什么声音？"其余人皱眉。

外界是轰响的无间断雷暴，噪声大到压制一切，三个人都觉得自己正待在火箭发动机底下，如果没有无线电通信，只怕是贴着对方的耳朵大吼，别人都听不见你在说什么。他们几个的耳朵全靠铁浮屠的降噪隔音功能拯救。

虽然人耳在极端背噪的环境下无法分辨出细微的声音，但铁浮屠强大的拾音功能可以把不同频率的声波拣出来。

那是一阵幽咽哭声。

江子生出一后背的鸡皮疙瘩。

"有人！"他冲着底下的胡董海大喊，"有人在哭！"

"这儿哪有什么人。"胡董海摇摇头，"应该是风声。"

江子试着关闭铁浮屠的隔音，想亲耳听听那声音，但爆炸似的雷声粗暴地钻进他的耳朵，立马就把江子的大脑炸成了一片空白。

胡董海在埋头修理钻机，没时间关注这些细枝末节。在他看来，土卫六上自然不可能存在什么人，江子听到的大概是风声。

江子没法儿说服胡董海放弃任务，如果他是组长，现在就会丢了设备马上跑路，可胡董海不同意，他也只好听从指挥。江子用电动螺丝刀卸下钻机外壳，手上的活儿倒是一切顺利，唯有拾音器里尖锐的风声越来越大。他正想屏蔽掉这个声音，一抬头发现周围的雾浓得几乎屏蔽了强光。

"老胡，你的天气预报有没有告诉你今天的大雾？"江子感到越发不安。

"这地方每天都是大雾。"胡董海头都不抬。

"那现在这鬼叫呢？"鲍里斯问，"谁知道这叫声是什么？"

"风声罢了。"胡董海回答，"这又不稀奇，空气流动的时候能发出各种各样的奇怪声音，你大可放心，一切尽在掌握中。"

"你心里有底就好。"江子点点头，"我一直觉得这鬼地方不太——啊啊啊啊啊啊啊啊啊啊！"

江子觉得一股巨大的力量抓住了自己，紧接着他就被倒吊了起来，仿佛被一只看不见的手倒提着。鲍里斯眼疾手快，扑上去一把抓住他，然后扭头冲着胡董海大吼："抱住！抱住！"

胡董海惊得愣了一下，意识到鲍里斯的意思是让他赶紧抱住钻机。

就在他紧紧搂住钻机两秒后，一股巨大的力量从背后传来，仿佛有成百上千只手抓在他的脚上、手上、背上、肩上，然后用力撕扯，要把他拉进身后无边无际的迷雾里。胡董海被吓坏了，拼了吃奶的劲紧紧地抱着钻机不撒手。好在钻机被固定在冰面上，足够牢固，除了三条腿，还有一根坚硬的钻杆深入地下两百米。

三个人一人搂着钻机的一条腿，身体被风暴扯向空中，不受控制地左右摆动。

"我的妈呀——"江子闭着眼睛大吼，"这究竟是什么？"

"我也不知道——！"胡董海也大吼。

"你不是说一切尽在掌握中吗！"江子大吼。

"没人告诉我会有这情况啊！"胡董海大吼。

"那你掌握个屁啊！"

一声清脆的崩响被铁浮屠的拾音器捕捉到，三个人都立即意识到那是什么，心里同时说"完蛋了"。

钻杆崩断了。

钻杆极硬，但是不抗剪力，钻机被硬生生地拖着横向位移，钻杆立即就断了。

钻杆一断，仅靠脚架，钻机根本没法儿固定自己。很快，三脚架的一条腿就被拔了出来，发出"嘣"的一声响，三个人的心跟着一沉。

"我们得立即返回临时营地！"鲍里斯说，"钻机快要撑不住了！"

"那你给个法子！"江子说，"我们双脚都没法儿落地！要怎么回去？"

"有绳子吗？"胡董海问。

"嘣！"

又是一声响，钻机立即倾斜，只剩最后一条腿还顽强地钉在地里。

"完了完了完了完了！"江子死死地搂住钻机的一条腿，"我们要死了！"

"找个其他什么东西抓住！"鲍里斯说，"找！"

"找不到！"胡董海心急如焚，但奈何这鬼地方连根野草都没有，"有绳子吗？找根绳子系在钻机上，然后我们抓着绳子——"

"嘣！"

（五）

等胡董海恢复意识，已经不知道过去了多久，他迷迷糊糊地发现自己趴在冰面上，身上疼得像是遭到了暴打。

江子和鲍里斯都不知道在哪儿。胡董海呻吟着爬起来，试着联络另外三人，但通信完全断绝了。后来他才知道江子和鲍里斯都被抛得很远，好在铁浮屠的导航系统还能工作，他们摸了很久，终于摸回飞船的着陆点。

一场风暴过后，整个世界被清扫得一干二净，浓雾消散，天气晴朗。

胡董海一瘸一拐地返回原地，目视所及，唯有一艘飞船孤零零地矗立在平原上。

"然后呢？"崖香问。

"然后我们就返回临时营地了。"鲍里斯说，"发现临时营地不见了。"

"整个营地都被吹飞了？"崖香瞪大眼睛。

鲍里斯摊手："看起来是那样，不过被吹飞的不止营地。"

"还有什么？"

"钻机。"鲍里斯说，"以及它钻出来的那个洞。"

"这不合理。"

"但这是事实。"鲍里斯说，"我们返回营地附近的钻探点，发现那里的冰面完好如初，钻洞没了。"

崖香望着窗外沉吟片刻："真稀奇，或许是因为冰面发生了移动？就像浮冰那样，冰原其实是移动的……那霍顿呢？他丧生在那次风暴中了吗？"

鲍里斯摩挲了一下下巴："很难说他丧生在了那次风暴中。根据我们后来重返飞船观察到的痕迹来看，风暴期间霍顿应该躲在飞船里避难，他不会愚蠢到风暴正在头顶上时跑出去，他肯定是在风暴结束之后才前往临时营地的，准备对我们展开搜救，但就在这期间，他消失了。"

崖香愣了一下。

"你知道，铁浮屠脚下有钉子，用来增大在冰面上行走时的摩擦力。"鲍里斯指了指脚下，"我们发现了霍顿的足迹，从飞船舱门处一路延伸向临时营地……但就在这途中，他的足迹中断了。"

"中断了？"

"中断了，消失了，人间蒸发了。"鲍里斯说，"你知道他最后的足迹距离临时营地有多远吗？十米，不到十米。他就消失在距离临时营地不到十米的地方，再没有其他足迹。"

"这不可能。"

"行了，鲍里斯！别讲鬼故事吓唬小姑娘了！"驾驶舱前头有人在喊，"飞船即将着陆，你快点返回自己的座位！我们要降落了！"

"知道啦！我回来啦！"鲍里斯轻轻一推座椅，矮身钻回驾驶舱前部，途中他扭头朝崖香一笑，"小姑娘，泰坦不是什么好地方，但是也别害怕，它会给你留下深刻印象的。"

在剧烈的发动机轰响中，穿梭机一头扎进浓密的底层大气，它在逐步降低高度。

崖香望着窗外，和地球与火星都不同，在这个星球上飞行，除了雾，她什么都看不到。那么，在这片无边无际的浓雾中会发生什么呢？

她很期待。

此时机上响起广播，是一个清脆的女声："女士们，先生们，你们即将抵达卡西尼站，我们会为你们的登陆提供导航和指引。我是土卫六卡西尼站驻站科考专员默予，欢迎来到泰坦。"